Philip K. Dick · Variante zwei

PHILIP K. DICK

Variante zwei

Sämtliche Erzählungen
Band 3

Aus dem Amerikanischen
von
Bela Wohl

HAFFMANS VERLAG

Die Erzählungen in diesem Band
erschienen 1987 als erste Hälfte von
»Volume Two
The Collected Stories of Philip K. Dick
Second Variety«
bei Underwood-Miller, Los Angeles.

Deutsche Erstausgabe

Konzeption und Gestaltung von Urs Jakob
Umschlagbild von Nikolaus Heidelbach

Gesamtherstellung: Ebner Ulm
ISBN 3 251 20183 2

1 2 3 4 5 6 – 00 99 98 97 96 95

INHALT

Die Keksfrau

»Wohin gehst du, Bubber?« rief Ernie Mill von der anderen Straßenseite und ordnete die Papiere für seine Fahrtroute.

»Nirgendwohin«, sagte Bubber Surle.

»Gehst du deine Freundin besuchen?« Ernie lachte und lachte. »Wozu besuchst du eigentlich diese alte Dame? Verrat's uns doch mal!«

Bubber ging weiter. Er bog um die Ecke und ging die Elm Street hinunter. Schon konnte er am Ende der Straße das Haus sehen, das etwas weiter hinten auf dem Grundstück stand. Die Vorderseite des Hauses war von Gestrüpp überwuchert, altem, trockenem Gestrüpp, das im Wind raschelte und knisterte. Das Haus war ein kleiner, grauer Kasten, heruntergekommen und ohne Anstrich, die Stufen zur Veranda hingen schief. Auf der Veranda stand ein alter, verwitterter Schaukelstuhl, der mit einer zerschlissenen Decke verhüllt war.

Bubber ging den Pfad hinauf. Als er die wackligen Stufen betrat, atmete er tief durch. Er konnte ihn riechen, den wunderbaren warmen Duft, und das Wasser lief ihm im Mund zusammen. Bubbers Herz schlug heftig vor Erwartung, während er den Klingelgriff drehte. Die Klingel schnarrte rostig auf der anderen Seite der Tür. Eine Zeitlang war es still, dann hörte er, wie sich jemand regte.

Mrs. Drew öffnete die Tür. Sie war alt, sehr alt, eine kleine, vertrocknete alte Dame, genau wie das Gestrüpp, das an der Vorderseite des Hauses wuchs. Sie lächelte zu Bubber hinunter und hielt die Tür weit geöffnet, damit er eintreten konnte.

»Du kommst gerade richtig«, sagte sie. »Komm rein, Bernard. Du kommst gerade richtig – sie sind eben fertig.«

Bubber ging zur Küchentür und spähte hinein. Er

konnte sie sehen, wie sie auf einem großen blauen Teller oben auf dem Herd lagen. Kekse, ein Teller voller warmer, frischer Kekse, gerade aus dem Backofen genommen. Kekse mit Nüssen und Rosinen drin.

»Wie sehen sie aus?« fragte Mrs. Drew. Sie raschelte hinter ihm vorbei in die Küche. »Und vielleicht auch etwas kalte Milch. Du magst doch kalte Milch dazu.« Sie holte den Milchkrug aus dem Blumenkasten auf der hinteren Veranda. Dann goß sie ihm ein Glas Milch ein und legte ein paar Kekse auf einen kleinen Teller. »Gehen wir ins Wohnzimmer«, sagte sie.

Bubber nickte. Mrs. Drew trug die Milch und die Kekse hinein und stellte sie auf die Armlehne der Couch. Dann setzte sie sich in ihren Sessel und sah zu, wie Bubber sich neben den Teller plumpsen ließ und zu futtern begann.

Bubber aß gierig wie immer, eifrig mit den Keksen beschäftigt und still bis auf die Kaugeräusche. Mrs. Drew wartete geduldig, bis der Junge fertig war, und seine ohnehin fülligen Formen traten noch mehr hervor. Als Bubber den Teller geleert hatte, warf er wieder einen schnellen Blick in die Küche zu den restlichen Keksen auf dem Herd.

»Möchtest du mit dem Rest nicht lieber bis später warten?« fragte Mrs. Drew.

»In Ordnung«, stimmte Bubber zu.

»Wie waren sie?«

»Gut.«

»Das ist schön.« Sie lehnte sich in ihrem Sessel zurück. »Nun, was hast du heute in der Schule gemacht? Wie war's?«

»Ganz gut.«

Die kleine alte Dame sah, wie der Junge unruhig im Zimmer umherblickte. »Bernard«, sagte sie schnell, »willst du nicht bleiben und dich ein wenig mit mir unterhalten?« Auf seinem Schoß lagen ein paar Bücher, Schulbücher. »Warum liest du mir nicht etwas aus deinen Büchern vor? Du weißt, ich kann nicht mehr besonders gut sehen, und es ist für mich eine Wohltat, etwas vorgelesen zu bekommen.«

»Kann ich danach die restlichen Kekse haben?«

»Natürlich.«

Bubber rückte zu ihr hinüber, ans Ende der Couch. Er öffnete seine Bücher, Geographie, Grundlagen der Arithmetik und Hoyte's Fibel. »Welches möchten Sie?«

Sie zögerte. »Das Geographiebuch.«

Bubber schlug das große blaue Buch aufs Geratewohl auf. PERU. »Peru grenzt im Norden an Ecuador und Kolumbien, im Süden an Chile und im Osten an Brasilien und Bolivien. Peru ist in drei Hauptgebiete unterteilt. Diese sind: Erstens –«

Die kleine alte Dame beobachtete ihn beim Lesen, seine dicken Backen wabbelten, während er las und dabei seinen Finger auf die Zeile hielt. Sie schwieg, beobachtete ihn, musterte den Jungen aufmerksam, während er las, sog jedes konzentrierte Stirnrunzeln in sich auf, jede Bewegung seiner Arme und Hände. Sie entspannte sich und ließ sich in ihren Sessel zurücksinken. Er saß sehr nah bei ihr, nur ein kleines Stückchen entfernt. Nur der Tisch und die Lampe standen zwischen ihnen. Wie schön, daß er sie besuchen kam; er kam nun schon seit mehr als einem Monat, von dem Tag an, als sie auf der Veranda gesessen und gesehen hatte, wie er vorüberging, und ihr der Gedanke gekommen war, ihn zu rufen und dabei auf die Kekse neben ihrem Schaukelstuhl zu zeigen.

Warum hatte sie es getan? Sie wußte es nicht. Sie war so lange allein gewesen, daß sie sich dabei ertappte, wie sie merkwürdige Dinge sagte und merkwürdige Dinge tat. Sie sah so selten Leute, eigentlich nur, wenn sie runter in den Laden ging oder wenn der Postbote mit ihrer Rentenanweisung kam. Oder die Müllmänner.

Die Stimme des Jungen murmelte weiter. Sie fühlte sich behaglich, friedlich und entspannt. Die kleine alte Dame schloß die Augen und faltete die Hände im Schoß. Und während sie so saß, halb schlummernd und zuhörend, geschah etwas. Die kleine alte Dame begann sich zu verändern, ihre grauen Falten und Runzeln verblaßten. Während sie da im Sessel saß, wurde sie jünger, die Jugend ließ den dünnen, zerbrechlichen Körper wieder rundlich werden. Das graue Haar wurde voller und dunkler, die dünnen Haarsträhnen bekamen Farbe. Auch ihre Arme wurden fülliger, das gesprenkelte Fleisch nahm einen kräftigen Farbton an, so wie früher, vor vielen Jahren.

Mrs. Drew atmete tief und öffnete nicht ihre Augen. Sie konnte fühlen, daß *irgend etwas* passierte, aber sie wußte nicht genau, was. *Irgend etwas* geschah; sie konnte es fühlen, und es war gut. Aber was es war, wußte sie nicht genau. Es war schon vorher passiert, fast jedesmal, wenn der Junge kam und neben ihr saß. Besonders in letzter Zeit, seit sie ihren Sessel näher an die Couch herangerückt hatte. Sie atmete tief durch. Wie gut sich das anfühlte, die warme Fülle, zum ersten Mal seit Jahren eine Spur von Wärme im Innern ihres kalten Körpers!

In ihrem Sessel war aus der kleinen alten Dame eine dunkelhaarige, würdevolle Dreißigjährige geworden, eine Frau mit vollen Wangen und molligen Armen und Beinen. Ihre Lippen waren wieder rot, ihr Hals war sogar ein wenig zu dick, so wie früher, in der längst vergessenen Vergangenheit.

Plötzlich brach das Lesen ab. Bubber legte sein Buch beiseite und stand auf. »Ich muß gehen«, sagte er. »Kann ich den Rest der Kekse mitnehmen?«

Sie blinzelte und streckte sich, um wach zu werden. Der Junge war in der Küche und füllte seine Taschen mit Keksen. Sie nickte benommen, noch gebannt von dem Zauber. Der Junge nahm die letzten Kekse. Er ging durch das Wohnzimmer zur Tür. Mrs. Drew erhob sich. Plötzlich verschwand die Wärme. Sie fühlte sich müde, müde und ausgetrocknet. Sie atmete wieder schnell und schwer. Sie sah auf ihre Hände hinunter. Runzlig, dünn.

»Oh!« murmelte sie. Tränen verschleierten ihre Augen. Es war vorbei, wieder vorbei, sobald er fortging. Sie wankte zum Spiegel über dem Kamin und betrachtete sich. Alte, verblaßte Augen starrten zurück, tiefliegende Augen in einem verwelkten Gesicht. Vorbei, alles vorbei, sobald der Junge von ihrer Seite gewichen war.

»Auf Wiedersehen«, sagte Bubber.

»Bitte«, flüsterte sie. »Bitte komm wieder her. Wirst du wiederkommen?«

»Bestimmt«, sagte Bubber gleichgültig. Er drückte die Tür auf. »Wiedersehen.« Er ging die Stufen hinunter. Einen Augenblick später hörte sie seine Schritte auf dem Gehweg. Er war fort.

»Bubber, komm rein!« May Surle stand wütend auf der Veranda. »Komm rein und setz dich an den Tisch.«

»In Ordnung.« Bubber kam langsam auf die Veranda herauf und schob sich ins Haus.

»Was ist los mit dir?« Sie packte seinen Arm. »Wo warst du? Bist du krank?«

»Ich bin müde.« Bubber rieb sich die Stirn.

Sein Vater kam im Unterhemd mit der Zeitung ins Wohnzimmer. »Was ist los?« fragte er.

»Schau ihn dir an«, sagte May Surle. »Völlig erschöpft. Was hast du gemacht, Bubber?«

»Er hat diese alte Dame besucht«, sagte Ralf Surle. »Siehst du das nicht? Er ist immer erledigt, wenn er sie besucht hat. Warum gehst du zu ihr, Junge? Was geht da vor?«

»Sie gibt ihm Kekse«, sagte May. »Du weißt, wie er ist, wenn's was zu essen gibt. Für einen Teller Kekse würde er alles tun.«

»Junge«, sagte sein Vater, »hör mir zu. Ich will nicht, daß du dich noch länger bei dieser verrückten alten Dame rumtreibst. Hast du verstanden? Es ist mir egal, wie viele Kekse sie dir gibt. Du kommst zu müde nach Hause! Schluß damit. Hast du verstanden?«

Bubber blickte zu Boden und lehnte sich gegen die Tür.

Sein Herz schlug schwer, mühsam. »Ich hab ihr gesagt, daß ich wiederkomme«, murmelte er.

»Du kannst noch einmal hingehen«, sagte May und ging ins Eßzimmer, »aber nur noch einmal. Erklär ihr, daß du nicht mehr wiederkommen kannst. Und bemühe dich, ihr das nett beizubringen. Jetzt geh nach oben und wasch dich.«

»Nach dem Abendessen soll er sich lieber hinlegen«, sagte Ralf, während er die Treppe hinaufsah und beobachtete, wie Bubber langsam, die Hand am Geländer, nach oben stieg. Er schüttelte den Kopf. »Das gefällt mir nicht«, murmelte er. »Ich will nicht, daß er noch mal dorthin geht. Irgendwas ist merkwürdig an dieser alten Dame.«

»Nun, es wird das letzte Mal sein«, sagte May.

Der Mittwoch war warm und sonnig. Bubber schritt tüchtig aus, die Hände in den Hosentaschen. Vor McVane's Drugstore blieb er einen Moment stehen und betrachtete nachdenklich die Comichefte. An der Eisbar trank eine Frau eine große Eisschokolade. Bei diesem Anblick lief Bubber das Wasser im Mund zusammen. Damit war es entschieden. Er drehte sich um und setzte seinen Weg fort, jetzt sogar noch ein wenig schneller.

Ein paar Minuten später stieg er die graue, abgetretene Veranda hinauf und klingelte. Unter ihm wehte und raschelte das Gestrüpp im Wind. Es war fast vier Uhr; allzulange konnte er nicht bleiben. Aber schließlich war es sowieso das letzte Mal.

Die Tür wurde geöffnet. Mrs. Drew strahlte über das ganze faltige Gesicht. »Komm rein, Bernard. Wie schön, dich zu sehen. Ich fühle mich immer jung, wenn du mich besuchen kommst.«

Er trat ein und blickte sich um.

»Ich mache die Kekse. Ich wußte nicht, ob du kommen würdest.« Sie schlurfte in die Küche. »Ich fange sofort damit an. Setz dich auf die Couch.«

Bubber ging hinüber und setzte sich. Er bemerkte, daß

der Tisch und die Lampe nicht mehr da waren; der Sessel stand direkt neben der Couch. Er blickte verwirrt auf den Sessel, als Mrs. Drew wieder ins Zimmer geraschelt kam.

»Sie sind im Backofen. Ich hatte den Teig schon fertig. Bald.« Mit einem Seufzer setzte sie sich in den Sessel. »Nun, wie ging's heute so? Wie war's in der Schule?«

»Gut.«

Sie nickte. Wie fett er war, der kleine Junge, der nur ein kleines Stück von ihr entfernt saß mit seinen roten, dicken Backen! Sie konnte ihn berühren, er war so nah. Ihr betagtes Herz pochte laut. Ach, wieder jung sein. Jugend war so viel. Sie war alles. Was bedeutete die Welt schon den Alten? *When all the world is old, lad . . .*

»Willst du mir vorlesen, Bernard?« fragte sie.

»Ich hab keine Bücher mitgebracht.«

»Oh.« Sie nickte. »Nun, ich habe ein paar Bücher«, sagte sie schnell. »Ich hole sie.«

Sie erhob sich und ging hinüber zum Bücherschrank. Als sie die Türen öffnete, sagte Bubber: »Mrs. Drew, mein Vater sagt, ich darf nicht mehr hierherkommen. Er sagt, dies ist das letzte Mal. Ich dachte, ich sag's Ihnen.«

Sie hielt inne und erstarrte. Alles um sie herum schien zu fallen, das Zimmer drehte sich rasend. Rauh und erschrokken holte sie Luft. »Bernard, du – du kommst nicht wieder?«

»Nein, mein Vater sagt, ich darf nicht.«

Stille. Die alte Dame nahm aufs Geratewohl ein Buch heraus und kam langsam zurück zu ihrem Sessel. Nach einer Weile reichte sie ihm das Buch, ihre Hände zitterten. Der Junge nahm es ausdruckslos entgegen und blickte auf den Einband.

»Bitte lies, Bernard. Bitte.«

»In Ordnung.« Er schlug das Buch auf. »Wo soll ich anfangen?«

»Irgendwo. Irgendwo, Bernard.«

Er begann zu lesen. Es war irgendwas von Trollope; sie

hörte die Worte nur halb. Sie legte die Hand auf die Stirn, auf die trockene Haut, spröde und dünn wie altes Papier. Sie zitterte vor Angst. Das letzte Mal?

Bubber las weiter, langsam, monoton. Eine Fliege flog brummend gegen das Fenster. Draußen begann die Sonne unterzugehen, die Luft kühlte ab. Ein paar Wolken kamen auf, und der Wind brauste heftig in den Bäumen.

Die alte Dame saß da, nahe bei dem Jungen, näher als je zuvor, hörte ihn lesen, den Klang seiner Stimme, spürte ihn neben sich. War das wirklich das letzte Mal? Entsetzliche Furcht ergriff ihr Herz, und sie drängte sie zurück. Das letzte Mal! Sie starrte den Jungen an, der so dicht bei ihr saß. Nach einer Weile streckte sie ihre dünne, trockene Hand aus. Sie atmete tief durch. Er würde nie mehr wiederkommen. Es würde keine Besuche mehr geben, nie mehr. Dies war das letzte Mal, daß er dort sitzen würde.

Sie berührte seinen Arm.

Bubber sah auf. »Was ist los?« murmelte er.

»Du hast doch nichts dagegen, wenn ich deinen Arm berühre, nicht wahr?«

»Nein, ich glaub nicht.« Er las weiter. Die alte Dame konnte seine Jugend spüren, die zwischen ihren Fingern hindurch in ihren Arm strömte. Eine pulsierende, vibrierende Jugend, so nah bei ihr. Sie war noch nie so nah gewesen, daß sie sie tatsächlich anfassen konnte. Die Berührung von Leben machte sie schwindlig, schwankend.

Und gleich darauf begann es, so wie früher. Sie schloß die Augen, ließ es über sich kommen und sie anfüllen, in sie hineingetragen durch den Klang der Stimme und die Berührung des Arms. Die Veränderung, das Glühen kamen über sie, das warme, emporhebende Gefühl. Sie erblühte von neuem, füllte sich mit Leben, wurde mollig, so, wie sie früher, vor langer Zeit, gewesen war.

Sie blickte auf ihre Arme hinunter. Sie waren rundlich, die Fingernägel durchsichtig. Ihr Haar. Wieder schwarz, schwer und schwarz im Nacken. Sie berührte die Wangen.

Die Falten waren verschwunden, die Haut war geschmeidig und weich.

Freude erfüllte sie, eine wachsende, wilde Freude. Sie blickte im Zimmer umher. Sie lächelte und fühlte die festen Zähne, das Zahnfleisch, rote Lippen, starke weiße Zähne. Plötzlich stand sie auf, ihr Körper ruhig und sicher. Sie machte eine kleine, geschmeidige, schnelle Drehung.

Bubber hörte auf zu lesen. »Sind die Kekse fertig?« fragte er.

»Ich werde nachschauen.« Ihre Stimme war lebendig und von einem tiefen Klang, der vor vielen Jahren ausgetrocknet war. Jetzt war sie wieder da, *ihre* Stimme, kehlig und sinnlich. Sie ging schnell in die Küche und öffnete den Backofen. Sie nahm die Kekse heraus und stellte sie oben auf den Herd.

»Sie sind fertig«, rief sie fröhlich. »Komm und hol sie.«

Bubber kam hinter ihr her, seinen Blick starr auf die Kekse gerichtet. Er bemerkte die Frau an der Tür nicht einmal.

Mrs. Drew eilte aus der Küche. Sie ging ins Schlafzimmer und zog die Tür hinter sich zu. Dann drehte sie sich um und betrachtete sich lange von Kopf bis Fuß in dem großen Spiegel an der Tür. Jung – sie war wieder jung, angefüllt mit der Lebenskraft vitaler Jugend. Sie atmete tief durch, ihr fester Busen schwoll an. Ihre Augen blitzten, und sie lächelte. Sie wirbelte herum, ihre Röcke flogen. Jung und entzückend.

Und dieses Mal war es nicht vorbei.

Sie öffnete die Tür. Bubber hatte sich den Mund und die Taschen vollgestopft. Er stand mitten im Wohnzimmer, sein Gesicht war fett und leblos, totenbleich.

»Was ist los?« fragte Mrs. Drew.

»Ich gehe jetzt.«

»In Ordnung, Bernard. Und danke, daß du zum Vorlesen gekommen bist.« Sie legte ihre Hand auf seine Schulter. »Vielleicht sehe ich dich irgendwann wieder.«

»Mein Vater –«

»Ich weiß.« Sie lachte fröhlich und öffnete ihm die Tür. »Wiedersehen, Bernard. Wiedersehen.«

Sie beobachtete, wie er langsam die Treppe hinunterstieg, Stufe für Stufe. Dann schloß sie die Tür und hüpfte zurück ins Schlafzimmer. Sie band ihr Kleid auf und stieg heraus, der verschlissene graue Stoff war ihr plötzlich zuwider. Für einen kurzen Moment blickte sie, die Hände auf die Hüften gestützt, auf ihren vollen, rundlichen Körper.

Sie lachte vor Erregung, drehte sich ein wenig, die Augen glänzten. Was für ein wundervoller, vor Leben überschäumender Körper. Ein schwellender Busen – sie berührte sich. Das Fleisch war fest. Es gab so viel, so viele Dinge zu tun! Sie blickte um sich und atmete schnell. So viele Dinge! Sie ließ Wasser in die Badewanne einlaufen und begann, sich das Haar hochzubinden.

Um ihn blies der Wind, als er sich mühsam nach Hause schleppte. Es war spät, die Sonne war untergegangen, und der Himmel über ihm war dunkel und bewölkt. Der Wind, der um ihn wehte und an ihm zerrte, war kalt; er drang durch die Kleidung und ließ ihn frösteln. Der Junge fühlte sich müde, sein Kopf schmerzte, und er blieb alle paar Minuten stehen, rieb sich die Stirn und ruhte sich aus, während sein Herz mühsam schlug. Er ließ die Elm Street hinter sich und ging die Pine Street hinauf. Der Wind heulte um ihn herum und stieß ihn hin und her. Er schüttelte den Kopf und versuchte, klar zu denken. Wie matt er war, wie müde seine Arme und Beine waren. Er fühlte, wie der Wind auf ihn einhämmerte, ihn vorwärts trieb und an ihm riß.

Er atmete durch und ging mit gesenktem Kopf weiter. An der Ecke blieb er stehen und hielt sich an einem Laternenpfahl fest. Der Himmel war ziemlich dunkel, die ersten Straßenlaternen wurden angezündet. Schließlich lief er weiter, er ging, so gut er konnte.

»Wo bleibt bloß der Junge?« fragte May Surle und ging zum zehnten Mal auf die Veranda hinaus. Ralf knipste das Licht an, und sie standen nebeneinander. »Was für ein scheußlicher Wind.«

Der Wind pfiff und peitschte gegen die Veranda. Die beiden blickten die dunkle Straße hinauf und hinunter, doch sie konnten nichts sehen außer ein paar Zeitungen und Fetzen, die vorbeigetrieben wurden.

»Laß uns reingehen«, sagte Ralf. »Er kriegt auf jeden Fall 'ne Tracht Prügel, wenn er nach Hause kommt.«

Sie setzten sich zum Abendessen an den Tisch. Aber gleich legte May ihre Gabel wieder beiseite. »Horch mal! Hörst du was?«

Ralf horchte.

Draußen, an der Haustür, hörte er ein schwaches Geräusch, ein pochendes Geräusch. Er stand auf. Draußen heulte der Wind und blähte die Rollos im ersten Stock. »Ich schau mal nach, was es ist«, sagte er.

Er ging zur Tür und öffnete sie. Etwas Graues, etwas Graues, Trockenes wurde vom Wind die Veranda hinaufgeweht. Er starrte es an, aber er konnte nicht erkennen, was es war. Ein Bündel Gestrüpp, Gestrüpp und Lumpen, die der Wind vor sich hertrieb, vielleicht.

Das Bündel prallte gegen seine Beine. Er beobachtete, wie es an ihm vorbei gegen die Hauswand geweht wurde. Dann zog er die Tür langsam wieder zu.

»Was war das?« rief May.

»Nur der Wind«, sagte Ralf Surle.

Jenseits der Tür

Als sie an diesem Abend bei Tisch saßen, holte er es hervor und stellte es neben ihren Teller. Doris starrte es an und schlug die Hand vor den Mund. »Du lieber Himmel, was ist das?« Sie sah mit leuchtenden Augen zu ihm auf.

»Na, mach's doch auf.«

Mit ihren scharfen Fingernägeln riß Doris das Band und das Papier von dem quadratischen Paket, ihr Busen hob und senkte sich. Larry stand da und beobachtete sie, als sie den Deckel hob. Er zündete sich eine Zigarette an und lehnte sich gegen die Wand.

»Eine Kuckucksuhr!« schrie Doris. »Eine echte alte Kuckucksuhr, wie die von meiner Mutter.« Sie drehte und wendete die Uhr. »Genau wie die von meiner Mutter, als Pete noch lebte.« Tränen schimmerten in ihren Augen.

»Die ist *made in Germany*«, sagte Larry. Nach einem Augenblick fügte er hinzu: »Carl hat sie mir im Großhandel besorgt. Er kennt da einen Kerl, der mit Uhren handelt. Sonst hätte ich mir das nicht –« Er hielt inne.

Doris machte ein merkwürdiges kleines Geräusch.

»Ich meine, sonst hätte ich mir das nicht leisten können.« Sein Blick verfinsterte sich. »Was ist los mit dir? Du hast doch deine Uhr bekommen, oder etwa nicht? Hast du dir das nicht gewünscht?«

Ihre Finger gegen das braune Holz gepreßt, saß Doris da und hielt die Uhr fest.

»Na«, sagte Larry, »was ist los?«

Erstaunt beobachtete er, wie sie aufsprang und aus dem Zimmer lief, die Uhr noch immer fest umklammert. Er schüttelte den Kopf. »Nie zufrieden. Sie sind alle gleich. Kriegen nie genug.«

Er setzte sich zu Tisch und beendete seine Mahlzeit.

Die Kuckucksuhr war nicht sehr groß. Sie war aber handgemacht und reich geschmückt mit kleinen Vertiefungen und Verzierungen, die in das weiche Holz eingekerbt waren. Doris saß auf dem Bett, trocknete sich die Augen und zog die Uhr auf. Sie stellte die Zeiger nach ihrer Armbanduhr. Gleich darauf drehte sie die Zeiger vorsichtig auf zwei Minuten vor zehn. Sie trug die Uhr hinüber zur Frisierkommode und stellte sie auf.

Dann saß sie da und wartete, ihre Hände lagen gefaltet im Schoß – sie wartete darauf, daß der Kuckuck herauskam und die volle Stunde schlug.

Während sie so dasaß, dachte sie über Larry nach und darüber, was er gesagt hatte. Und übrigens auch darüber, was sie selbst gesagt hatte – nicht daß man ihr irgend etwas vorwerfen konnte. Schließlich konnte sie ihm nicht ewig zuhören, ohne auch mal an ihre eigenen Bedürfnisse zu denken; in dieser Welt mußte sich jeder um sich selbst kümmern.

Plötzlich drückte sie ihr Taschentuch an die Augen. Warum mußte er das auch sagen, daß er sie im Großhandel gekauft hatte? Warum mußte er alles verderben? Wenn er so fühlte, hätte er sie erst gar nicht kaufen sollen. Sie ballte die Fäuste. Er war so geizig, so verdammt geizig.

Doch sie war froh über die kleine Uhr, die da stand und vor sich hin tickte, mit ihren lustig verzierten Kanten und der Tür. Hinter der Tür saß der Kuckuck und wartete darauf herauszukommen. Lauschte er, den Kopf auf eine Seite geneigt, lauschte er, um die Uhr schlagen zu hören, damit er wußte, wann er herauskommen mußte?

Schlief er zwischen den Stunden? Nun, sie würde ihn gleich sehen: sie konnte ihn fragen. Und sie würde die Uhr Bob zeigen. Ihm würde sie gefallen; Bob liebte alte Sachen, sogar alte Briefmarken und Knöpfe. Natürlich, es war ein wenig *peinlich*, aber Larry war so oft im Büro geblieben, und das half. Wenn Larry nur nicht eines Tages heraufkam, um –

Da erklang ein Surren. Die Uhr erzitterte, und die Tür sprang plötzlich auf. Flink glitt der Kuckuck heraus. Er blieb stehen und blickte feierlich umher; eingehend prüfte er sie, das Zimmer und die Möbel.

Ihr wurde bewußt, daß er sie zum ersten Mal gesehen hatte, und sie lächelte vergnügt vor sich hin. Sie stand auf und ging schüchtern auf ihn zu. »Mach weiter«, sagte sie. »Ich warte.«

Der Kuckuck öffnete seinen Schnabel. Schnell und rhythmisch summte und zwitscherte er. Dann, nach kurzem Nachdenken, zog er sich zurück. Und die Tür schnappte zu.

Sie war entzückt. Sie klatschte in die Hände und wirbelte in einem kleinen Kreis herum. Er war phantastisch, perfekt! Und wie er sich umgesehen und sie gemustert und abgeschätzt hatte. Er mochte sie; dessen war sie sich sicher. Und sie liebte ihn natürlich sofort, vollkommen. Sie hatte gehofft, daß genau so einer wie er aus der kleinen Tür herauskommen würde.

Doris ging hinüber zur Uhr. Sie beugte sich über die kleine Tür, ihre Lippen ganz nah am Holz. »Hörst du mich?« flüsterte sie. »Ich finde, du bist der wunderbarste Kuckuck der Welt.« Verlegen hielt sie inne. »Ich hoffe, es wird dir hier gefallen.«

Dann ging sie langsam, erhobenen Hauptes, wieder nach unten.

Larry und die Kuckucksuhr kamen von Anfang an wahrhaftig nicht gut miteinander aus. Doris sagte, das läge daran, daß er sie nicht richtig aufzog und daß sie es nicht mochte, immer nur halb aufgezogen zu werden. Larry übertrug ihr die Aufgabe, sie aufzuziehen; der Kuckuck kam dann jede Viertelstunde heraus und ließ die Feder unbarmherzig ablaufen, und irgend jemand mußte sich darum kümmern und sie wieder aufziehen.

Doris tat ihr Bestes, doch sie vergaß es ziemlich oft. Dann

pflegte Larry seine Zeitung mit einer sorgfältig einstudierten Geste des Überdrusses hinzuwerfen und sich zu erheben. Er ging ins Eßzimmer, wo die Uhr an der Wand über dem Kamin hing. Er nahm die Uhr von der Wand und zog sie auf, wobei er darauf achtete, seinen Daumen auf die kleine Tür zu legen.

Einmal fragte Doris: »Warum legst du deinen Daumen auf die Tür?«

»Das macht man so.«

Sie zog eine Augenbraue hoch. »Bist du sicher? Vielleicht machst du es, weil du nicht willst, daß er rauskommt, während du so nahebei stehst.«

»Warum nicht?«

»Vielleicht hast du Angst vor ihm.«

Larry lachte. Er hängte die Uhr wieder an die Wand und nahm behutsam den Daumen weg. Als Doris nicht hinsah, untersuchte er ihn.

Noch immer war dort an der weichen Stelle die Spur einer Kerbe eingeritzt. Wer – oder was – hatte nach ihm gepickt?

Eines Samstagvormittags, als Larry unten im Büro war und ein paar wichtige Sonderkonten überarbeitete, stand Bob Chambers auf der vorderen Veranda und klingelte.

Doris nahm gerade eine kurze Dusche. Sie trocknete sich ab und schlüpfte in ihren Bademantel. Als sie die Tür öffnete, trat Bob grinsend ein.

»Hallo«, sagte er und blickte sich um.

»Ist schon in Ordnung. Larry ist im Büro.«

»Gut.« Bob betrachtete ihre schlanken Beine unter dem Saum des Bademantels. »Wie hübsch du heute aussiehst.«

Sie lachte. »Sei vorsichtig! Vielleicht sollte ich dich lieber doch nicht reinlassen.«

Halb amüsiert, halb erschrocken sahen sie einander an. Schnell sagte Bob: »Wenn du willst, werde ich –«

»Nein, um Gottes willen.« Sie packte ihn am Ärmel.

»Geh nur weg von der Tür, damit ich sie zumachen kann. Mrs. Peters von gegenüber, du weißt schon.«

Sie schloß die Tür. »Und ich will dir etwas zeigen«, sagte sie. »Du hast es noch nicht gesehen.«

Das interessierte ihn. »Eine Antiquität? Oder was?«

Sie nahm seinen Arm und führte ihn zum Eßzimmer. »Sie wird dir gefallen, Bobby.« Mit großen Augen blieb sie stehen. »Ich hoffe es. Sie muß; sie muß dir gefallen. Sie bedeutet mir so viel – *er* bedeutet mir so viel.«

»Er?« Bob runzelte die Stirn. »Wer ist er?«

Doris lachte. »Du bist eifersüchtig! Na, hör mal.« Einen Augenblick später standen sie vor der Uhr und blickten zu ihr hinauf. »In ein paar Minuten kommt er heraus. Warte, bis du ihn siehst. Ich weiß, daß ihr beide euch gut verstehen werdet.«

»Was hält Larry von ihm?«

»Sie mögen sich nicht. Manchmal, wenn Larry hier ist, kommt er nicht raus. Larry wird wütend, wenn er nicht pünktlich rauskommt. Er sagt –«

»Was sagt er?«

Doris senkte den Blick. »Er sagt immer, man hätte ihn betrogen; obwohl er sie im Großhandel gekauft hat.« Ihre Miene heiterte sich auf. »Doch ich weiß, daß er nicht rauskommt, weil er Larry nicht mag. Wenn ich alleine hier bin, erscheint er alle fünfzehn Minuten, nur meinetwegen, obwohl er eigentlich nur zur vollen Stunde rauskommen müßte.«

Sie blickte hinauf zur Uhr. »Er kommt meinetwegen raus, weil er das möchte. Wir unterhalten uns; ich erzähle ihm alles mögliche. Natürlich hätte ich ihn gerne oben in meinem Zimmer, aber das wäre nicht richtig.«

Auf der vorderen Veranda waren Schritte zu hören. Erschrocken sahen sie sich an.

Larry öffnete brummend die Haustür. Er stellte seine Aktentasche ab und nahm den Hut ab. Dann erst sah er Bob.

»Chambers. Ich will verflucht sein.« Er kniff die Augen

zusammen. »Was haben Sie hier zu suchen?« Er betrat das Eßzimmer. Hilflos wickelte Doris den Bademantel enger um sich und wich zurück.

»Ich –«, begann Bob. »Das heißt, wir –« Er brach ab und warf einen schnellen Blick zu Doris hinüber. Plötzlich begann die Uhr zu surren. Der Kuckuck kam herausgestürzt und verkündete laut die Stunden. Larry ging auf ihn zu.

»Stell diesen Lärm ab«, sagte er. Drohend hob er seine Faust gegen die Uhr. Der Kuckuck verstummte augenblicklich und zog sich zurück. Die Tür fiel zu. »Schon besser.« Larry musterte Doris und Bob, die sprachlos nebeneinander standen.

»Ich bin rübergekommen, um mir die Uhr anzusehen«, sagte Bob. »Doris hat mir erzählt, daß es sich um eine seltene Antiquität handelt und daß –«

»Quatsch! Ich hab sie selbst gekauft.« Larry ging zu ihm hinüber. »Raus hier.« Er wandte sich Doris zu. »Du auch. Und nimm diese verdammte Uhr mit.«

Er unterbrach sich und rieb sich das Kinn. »Nein. Laß die Uhr hier. Sie gehört mir; ich hab sie gekauft und dafür bezahlt.«

In den Wochen, nachdem Doris weggegangen war, kamen Larry und die Kuckucksuhr noch schlechter miteinander aus als zuvor. Zum einen blieb der Kuckuck fast immer drinnen, manchmal sogar um zwölf Uhr, wenn er eigentlich am häufigsten rufen sollte. Und wenn er überhaupt herauskam, dann rief er meist nur ein- oder zweimal; nie rief er so oft, wie er sollte. Und in seiner Stimme lag ein mürrischer, abweisender Ton, ein unangenehmer Klang, der Larry beunruhigte und ein wenig ärgerte.

Doch er zog die Uhr immer wieder auf, weil es im Haus sehr still und ruhig war und es ihm auf die Nerven ging, niemanden zu hören, der herumlief, redete und Sachen hinwarf. Und so gefiel ihm sogar das Surren einer Uhr.

Nur den Kuckuck mochte er überhaupt nicht. Und manchmal redete er mit ihm.

»Hör zu«, sagte er einmal spät in der Nacht zu der geschlossenen kleinen Tür. »Ich weiß, daß du mich hören kannst. Ich sollte dich zurückschicken nach Deutschland – zurück in den Schwarzwald.« Er ging auf und ab. »Ich frage mich, was die beiden jetzt grade machen. Dieser kleine Spinner mit seinen Büchern und seinen Antiquitäten. Ein Mann sollte sich nicht für Antiquitäten interessieren; das ist was für Frauen.«

Er biß die Zähne zusammen. »Hab ich nicht recht?«

Die Uhr antwortete nicht. Larry trat vor sie hin. »Hab ich nicht recht?« fragte er. »Hast du denn gar nichts zu sagen?«

Er schaute auf das Zifferblatt der Uhr. Es war fast elf, nur noch wenige Sekunden bis zur vollen Stunde. »In Ordnung. Ich warte bis elf. Dann will ich hören, was du zu sagen hast. Du warst ziemlich still in den letzten paar Wochen, seit sie fort ist.«

Er grinste schief. »Vielleicht gefällt es dir hier nicht mehr, seit sie weg ist.« Sein Blick verfinsterte sich. »Nun, ich hab für dich bezahlt, und du wirst herauskommen, ob du willst oder nicht. Verstanden?«

Es wurde elf Uhr. In der Ferne, am Ende der Stadt, dröhnte die große Turmuhr schläfrig vor sich hin. Doch die kleine Tür blieb geschlossen. Nichts regte sich. Der Minutenzeiger lief weiter, und der Kuckuck rührte sich nicht. Er war irgendwo im Innern der Uhr, jenseits der Tür, stumm und fern.

»In Ordnung; wenn dir nicht danach ist«, murmelte Larry mit verzerrten Lippen. »Aber das ist nicht fair. Es ist dein Job herauszukommen. Wir alle müssen Dinge tun, die uns nicht gefallen.«

Elend ging er in die Küche und öffnete den großen, glänzenden Kühlschrank. Während er sich einen Drink eingoß, dachte er über die Uhr nach.

Eines war sicher – der Kuckuck sollte herauskommen, ob Doris nun hier war oder nicht. Sie hatte er immer gemocht, von Anfang an. Sie hatten sich gut verstanden, die beiden. Wahrscheinlich mochte er Bob ebenfalls – wahrscheinlich hatte er Bob oft genug gesehen, um ihn näher kennenzulernen. Sie wären bestimmt ziemlich glücklich miteinander, Bob und Doris und der Kuckuck.

Larry leerte sein Glas. Er öffnete die Schublade neben der Spüle und nahm den Hammer heraus. Er trug ihn vorsichtig ins Eßzimmer. Die Uhr an der Wand tickte ruhig vor sich hin.

»Hier«, sagte er und schwenkte den Hammer. »Weißt du, was ich hier habe? Weißt du, was ich damit machen werde? Du kommst zuerst dran – zuallererst.« Er lächelte. »Ihr seid doch alle aus dem gleichen Holz geschnitzt – ihr alle drei.«

Es war still im Zimmer.

»Kommst du raus? Oder muß ich reinkommen und dich holen?«

Die Uhr surrte ein wenig.

»Ich hör dich da drinnen. Du wirst 'ne Menge zu erzählen haben, genug für die letzten drei Wochen. Soweit ich ausgerechnet habe, schuldest du mir –«

Die Tür öffnete sich. Der Kuckuck schnellte heraus, direkt auf ihn zu. Larry hatte den Blick gesenkt, die Stirn nachdenklich gerunzelt. Nun sah er rasch auf, und der Kuckuck traf ihn genau ins Auge.

Er stürzte, Hammer und Stuhl und alles, und schlug mit einem fürchterlichen Krachen auf dem Boden auf. Einen Augenblick lang hielt der Kuckuck inne, sein kleiner Körper verharrte regungslos in der Schwebe. Dann glitt er zurück in sein Haus. Hinter ihm schnappte die Tür fest zu.

Der Mann lag auf dem Boden, die Glieder grotesk verrenkt, den Kopf auf eine Seite gebogen. Nichts regte oder bewegte sich. Im Zimmer war es vollkommen still, bis auf das Ticken der Uhr natürlich.

»Ich verstehe«, sagte Doris mit angespanntem Gesicht. Bob legte stützend seinen Arm um sie.

»Doktor«, sagte Bob, »darf ich Sie etwas fragen?«

»Natürlich«, sagte der Arzt.

»Kann man sich sehr leicht das Genick brechen, wenn man von einem so niedrigen Stuhl fällt? Der Sturz war nicht sehr tief. Vielleicht war es gar kein Unfall. Könnte es nicht sein, war es vielleicht –«

»Selbstmord?« Der Arzt rieb sich das Kinn. »Ich habe noch nie gehört, daß jemand auf diese Art und Weise Selbstmord begangen hat. Es war ein Unfall, da bin ich ganz sicher.«

»Ich meine nicht Selbstmord«, flüsterte Bob und sah hinauf zu der Uhr an der Wand. »Ich meinte *etwas anderes.*«

Doch niemand hörte ihn.

Variante zwei

Der russische Soldat kämpfte sich nervös die zerklüftete Seite des Hügels hinauf, das Gewehr im Anschlag. Er blickte sich rasch um und leckte mit starren Gesichtszügen seine trockenen Lippen. Von Zeit zu Zeit wischte er sich mit dem Handschuh den Schweiß aus dem Nacken; dabei schob er seinen Mantelkragen hinunter.

Eric drehte sich zu Corporal Leone um. »Willst du ihn? Oder kann ich ihn haben?« Er stellte den Sucher so ein, daß die Gesichtszüge des Russen die Linse genau ausfüllten und das Fadenkreuz durch seine harten, düsteren Gesichtszüge schnitt.

Leone überlegte. Der Russe war nah, er bewegte sich schnell, rannte fast. »Nicht schießen. Warte.« Leone verkrampfte sich. »Ich glaube nicht, daß wir gebraucht werden.«

Der Russe beschleunigte sein Tempo, Asche und aufgehäufter Schutt wirbelten unter seinen Schritten auf. Er erreichte die Hügelkuppe, blieb keuchend stehen und blickte sich angespannt um. Der Himmel war bedeckt; graue Staubwolken zogen darüber hinweg. Der Boden war eben und kahl, von Geröll übersät; gelegentlich ragten kahle Baumstümpfe auf, hier und da standen Ruinen von Häusern wie vergilbende Schädel.

Der Russe war beunruhigt. Er wußte, daß irgend etwas nicht stimmte. Er begann hügelabwärts zu laufen. Jetzt war er nur noch wenige Schritte vom Bunker entfernt. Eric wurde nervös. Er spielte mit seiner Pistole und warf einen schnellen Blick auf Leone.

»Keine Angst«, sagte Leone. »Bis hierher wird er nicht kommen. Sie werden sich um ihn kümmern.«

»Bist du sicher? Er ist verdammt weit gekommen.«

»Sie lungern ganz nah beim Bunker herum. Gleich betritt er den gefährlichen Teil. Aufgepaßt!«

Der Russe begann zu laufen, er rutschte den Hügel hinunter, seine Stiefel versanken in grauen Aschehaufen, er versuchte, sein Gewehr hochzuhalten. Einen Augenblick blieb er stehen und hob das Fernglas an die Augen.

»Er schaut genau in unsere Richtung«, sagte Eric.

Der Russe kam näher. Sie konnten seine Augen sehen: zwei blaue Steine. Sein Mund war ein wenig geöffnet. Er hätte eine Rasur vertragen können; sein Kinn war stoppelig. Auf einer seiner knochigen Wangen klebte ein viereckiges Heftpflaster, an dessen Rand sich etwas Blaues zeigte. Ein pilzartiger Fleck. Sein Mantel war schmutzig und zerrissen. Ein Handschuh fehlte. Wenn er rannte, hüpfte der Geigerzähler an seinem Gürtel auf und ab und prallte gegen ihn.

Leone berührte Erics Arm. »Da kommt einer.«

Etwas Kleines, Metallisches näherte sich über den Boden und blitzte im trüben Licht der Mittagssonne auf. Eine Metallkugel. Sie raste den Hügel hinauf hinter dem Russen her, ihre Laufflächen ließen Funken stieben. Sie war klein, eine der Babykugeln. Ihre Greifer waren ausgefahren, zwei vorspringende Rasiermesser, die so schnell rotierten, daß der weiße Stahl vor den Augen verschwamm. Der Russe hörte sie. Augenblicklich drehte er sich um und schoß. Die Metallkugel löste sich in Einzelteile auf. Doch schon war eine zweite aufgetaucht und folgte der ersten. Der Russe schoß noch einmal.

Eine dritte Metallkugel schwirrte klickend und surrend am Bein des Russen hinauf. Sie sprang auf die Schulter. Die rotierenden Messer verschwanden in seiner Kehle.

Eric entspannte sich. »Nun, das war's. Mein Gott, bei diesen verdammten Dingern krieg ich Gänsehaut. Manchmal denke ich, wir waren besser dran, als es sie noch nicht gab.«

»Wenn wir sie nicht erfunden hätten, dann hätten die das getan.« Leone zündete sich zitternd eine Zigarette an. »Ich frage mich, warum ein Russe wohl den ganzen Weg hierherkommt, allein. Ich habe keinen gesehen, der ihm Dekkung gab.«

Lieutenant Scott schob sich durch den Tunnel hinauf in den Bunker. »Was ist passiert? Irgend etwas tauchte auf dem Bildschirm auf.«

»Ein Iwan.«

»Nur einer?«

Eric drehte den Sucher zu ihm hinüber. Scott spähte hinein. Jetzt krochen eine Menge Metallkugeln über den niedergestreckten Körper, trübe Metallkugeln, die klickten und surrten und den Russen zum Abtransport in kleine Teile zersägten.

»Was für eine Menge Greifer«, murmelte Scott.

»Sie kamen wie die Fliegen. Es gibt nicht mehr viel für sie zu jagen.«

Angewidert schob Scott den Sucher beiseite. »Wie Fliegen. Ich frage mich, was er da draußen wollte. Sie wissen, daß hier überall Greifer sind.«

Ein größerer Roboter war zu den kleineren Kugeln gestoßen. Er bestand aus einem einfachen langen Rohr mit hervortretenden Stielaugen und beaufsichtigte den Einsatz. Von dem Soldaten war nicht mehr viel übrig. Der Rest wurde von dem Heer von Greifern den Abhang hinuntergebracht.

»Sir«, sagte Leone. »Wenn Sie nichts dagegen haben, würde ich gerne hinausgehen und mir die Stelle ansehen.«

»Warum?«

»Vielleicht hatte er etwas bei sich.«

Scott überlegte. Er zuckte die Achseln. »In Ordnung. Aber seien Sie vorsichtig.«

»Ich habe meinen Streifen.« Leone tätschelte das Metallband an seinem Handgelenk. »Mich können sie nicht angreifen.«

Er nahm sein Gewehr und stieg vorsichtig hinauf zum Ausgang des Bunkers; dabei kämpfte er sich gekrümmt und gebückt zwischen Betonblöcken und Stahlzacken durch. Oben war die Luft kalt. Mit großen Schritten ging er über den weichen Ascheboden auf die Überreste des Soldaten zu. Um ihn herum wehte der Wind und blies ihm graue Partikel ins Gesicht. Er kniff die Augen zusammen und ging weiter.

Als er in ihre Nähe kam, zogen sich die Greifer zurück; einige erstarrten in Reglosigkeit. Er berührte seinen Streifen. Was hätte der Iwan nicht dafür gegeben! Die kurze, harte Strahlung, die von dem Streifen ausging, neutralisierte die Greifer und setzte sie außer Gefecht. Sogar der große Roboter mit seinen zwei schwenkbaren Stielaugen zog sich respektvoll zurück, als er näher kam.

Leone beugte sich hinunter zu den Überresten des Soldaten. Die Hand unter dem Handschuh war fest geschlossen. Sie hielt irgend etwas umklammert. Er bog die Finger auseinander. Ein versiegelter Behälter, Aluminium. Er glänzte noch.

Er steckte ihn in seine Tasche und machte sich auf den Rückweg zum Bunker. Hinter ihm kam wieder Leben in die Greifer, sie setzten ihre Arbeit fort. Die Metallkugeln nahmen ihre Prozession durch die graue Asche wieder auf und schleppten ihre Lasten davon. Er konnte hören, wie ihre Laufflächen über den Boden scharrten. Ihn schauderte.

Gespannt beobachtete Scott, wie er das glänzende Röhrchen aus seiner Tasche hervorholte. »Hatte er das bei sich?«

»In der Hand.« Leone schraubte den Deckel auf. »Vielleicht sollten Sie sich das anschauen, Sir.«

Scott nahm es. Er leerte den Inhalt in seine Handfläche. Ein sorgfältig zusammengefaltetes Stück Seidenpapier. Er setzte sich neben die Lampe und faltete es auseinander.

»Was steht denn drauf?« fragte Eric. Mehrere Offiziere kamen durch den Tunnel herauf. Major Hendricks erschien.

»Major«, sagte Scott. »Schauen Sie sich das an.«

Hendricks las den Zettel. »Eben gekommen?«

»Ein einzelner Melder. Gerade eben.«

»Wo ist er?« fragte Hendricks scharf.

»Die Greifer haben ihn erwischt.«

Major Hendricks brummte. »Hier.« Er reichte den Zettel an seine Begleiter weiter. »Ich glaube, das ist genau das, worauf wir schon lange gewartet haben. Auf jeden Fall haben sie sich damit reichlich Zeit gelassen.«

»Also wollen sie verhandeln«, sagte Scott. »Werden wir darauf eingehen?«

»Es ist nicht unsere Sache, das zu entscheiden.« Hendricks setzte sich. »Wo ist der Fernmeldeoffizier? Ich will die Mondstation.«

Leone grübelte, während der Fernmeldeoffizier vorsichtig die Antenne draußen aufrichtete und dabei den Himmel über dem Bunker nach Spuren eines russischen Beobachtungsschiffs absuchte.

»Sir«, sagte Scott zu Hendricks. »Es ist auf jeden Fall merkwürdig, daß sie plötzlich einlenken wollen. Wir haben die Greifer seit fast einem Jahr im Einsatz. Jetzt auf einmal beginnen sie weichzuwerden.«

»Vielleicht sind die Greifer in ihre Bunker eingedrungen.«

»Letzte Woche drang einer von den großen Robotern mit den Stielaugen in einen Iwanbunker ein«, sagte Eric. »Er erwischte einen ganzen Zug, bevor sie ihren Deckel zukriegten.«

»Woher weißt du das?«

»Hat mir ein Kumpel erzählt. Das Ding kam zurück mit – mit Überresten.«

»Die Mondstation, Sir«, sagte der Fernmeldeoffizier.

Auf dem Bildschirm erschien das Gesicht des Horchfunkers auf Luna. Seine frischgebügelte Uniform stand in krassem Gegensatz zu den Uniformen im Bunker. Und er war glattrasiert. »Mondstation.«

»Hier Frontkommando L-Whistle. Auf Terra. Verbinden Sie mich mit General Thompson.«

Der Horchfunker wurde ausgeblendet. Gleich darauf erschienen scharfgestochen die groben Züge General Thompsons. »Was gibt's, Major?«

»Unsere Greifer haben einen einzelnen russischen Melder mit einer Nachricht erwischt. Wir wissen nicht, ob wir darauf eingehen sollen – solche Tricks haben sie schon früher versucht.«

»Wie lautet die Nachricht?«

»Die Russen wollen, daß wir einen Offizier mit Entscheidungsbefugnis rüber zu ihren Linien schicken, allein. Zu einer Besprechung. Die Art der Besprechung ist nicht näher angegeben. Sie schreiben, daß Angelegenheiten von –« Er zog den Zettel zu Rate: »– Angelegenheiten von äußerster Dringlichkeit es ratsam erscheinen lassen, Verhandlungen zwischen einem Vertreter der UN-Kräfte und ihnen selbst aufzunehmen.«

Er hielt die Nachricht an den Bildschirm, damit der General sie lesen konnte. Thompsons Augen bewegten sich.

»Was sollen wir tun?« fragte Hendricks.

»Schicken Sie einen Mann rüber.«

»Glauben Sie nicht, daß es eine Falle ist?«

»Könnte sein. Aber der Standort, den sie für ihr Frontkommando angeben, ist korrekt. Es ist auf jeden Fall einen Versuch wert.«

»Ich werde einen Offizier rüberschicken. Und Ihnen über die Ergebnisse berichten, sobald er zurückkehrt.«

»In Ordnung, Major.« Thompson unterbrach die Verbindung. Der Bildschirm erlosch. Oben wurde die Antenne langsam eingefahren.

Tief in Gedanken versunken, rollte Hendricks das Papier zusammen.

»Ich werde gehen«, sagte Leone.

»Sie wollen jemanden mit Entscheidungsbefugnis.« Hendricks rieb sich das Kinn. »Entscheidungsbefugnis. Ich bin seit Monaten nicht draußen gewesen. Vielleicht könnte ich mal frische Luft gebrauchen.«

»Glauben Sie nicht, daß es riskant ist?«

Hendricks hob den Sucher und spähte hinein. Die Überreste des Russen waren verschwunden. Nur ein einzelner Greifer war zu sehen. Er faltete sich gerade zusammen und verschwand in der Asche, wie ein Taschenkrebs. Wie ein abscheulicher Taschenkrebs aus Metall . . . »Das ist das einzige, was mich beunruhigt.« Hendricks rieb sein Handgelenk. »Ich weiß, daß ich sicher bin, solange ich das hier trage. Aber sie sind irgendwie unheimlich. Ich hasse die verdammten Dinger. Ich wünschte, wir hätten sie niemals erfunden. Irgendwas stimmt nicht mit ihnen. Unbarmherzige kleine –«

»Wenn wir sie nicht erfunden hätten, dann der Iwan.«

Hendricks stieß den Sucher zurück. »Immerhin, sie scheinen den Krieg zu gewinnen. Ich nehme an, das ist gut so.«

»Hört sich an, als hätten Sie genausoviel Bammel wie der Iwan.«

Hendricks blickte prüfend auf seine Armbanduhr. »Ich glaube, ich mach mich am besten gleich auf den Weg, wenn ich vor Einbruch der Dunkelheit dort sein will.«

Er atmete tief durch und trat dann hinaus auf das graue Geröll. Er wartete einen Augenblick, zündete sich eine Zigarette an und betrachtete lange die Umgebung. Die Landschaft war tot. Nichts regte sich. Er konnte meilenweit sehen, Asche und Schlacke, soweit das Auge reichte, Ruinen von Häusern. Ein paar Bäume ohne Blätter oder Zweige, nur die Stümpfe. Über ihm wälzten sich die ewigen grauen Wolken dahin, die zwischen Terra und der Sonne trieben.

Major Hendricks ging weiter. Rechts, in einiger Entfernung, flitzte etwas davon, etwas Rundes, Metallisches. Ein Greifer, der wie der Blitz hinter etwas herjagte. Wahrscheinlich hinter einem kleinen Tier, einer Ratte. Sie fingen auch Ratten. Sozusagen als Nebenbeschäftigung.

Er erreichte die Kuppe des kleinen Hügels und hob sein

Fernglas. Wenige Meilen vor ihm lagen die russischen Linien. Sie hatten dort einen Frontkommando-Posten. Von dort war der Melder gekommen.

Ein untersetzter Roboter mit schlenkernden Armen überholte ihn; die Arme pendelten suchend hin und her. Der Roboter setzte seinen Weg fort und verschwand unter dem Schutt. Hendricks beobachtete, wie er sich bewegte. Diesen Typ hatte er noch nie gesehen. Es gab mit der Zeit immer mehr Typen, die er noch nie gesehen hatte, neue Varianten und Größen, die aus den unterirdischen Fabriken heraufkamen.

Hendricks trat die Zigarette aus und eilte weiter. Das war interessant, der Einsatz von künstlichen Wesen in der Kriegsführung. Wie hatte das begonnen? Notwendigkeit. Die Partei, die den Krieg angefangen hatte – in diesem Fall die Sowjetunion –, erzielte wie üblich zunächst große Erfolge. Weite Teile Nordamerikas waren dem Erdboden gleichgemacht worden. Natürlich ließ der Vergeltungsschlag nicht lange auf sich warten. Bereits vor Kriegsbeginn zogen am Himmel zahllose Scheibenbomber ihre Kreise; sie waren schon jahrelang dort oben gewesen. Nur wenige Stunden nach dem Angriff auf Washington wurden die Scheibenbomben schon über ganz Rußland abgeworfen.

Doch das hatte Washington nichts geholfen.

Bereits im ersten Jahr übersiedelten die Regierungen des amerikanischen Blocks in die Mondstation. Sonst blieb ihnen nicht viel zu tun. Europa existierte nicht mehr, es war nur noch ein Haufen Schlacke, auf dem aus Asche und Knochen dunkles Gestrüpp wucherte. Der größte Teil Nordamerikas war unbewohnbar geworden; nichts konnte angebaut werden, niemand konnte dort leben. Oben in Kanada und unten in Südamerika vermochten sich noch einige Millionen Menschen zu halten. Doch während des zweiten Jahres begannen sowjetische Fallschirmspringer zu landen, zunächst nur wenige, dann immer mehr. Sie besaßen die ersten wirklich strahlensicheren Anzüge; was von Amerika noch übrig war, zog zusammen mit den Regierungen auf den Mond.

Alle, außer den Truppen. Die restlichen Truppen blieben zurück und schlugen sich durch, so gut sie konnten, ein paar tausend hier, ein Zug dort. Niemand wußte genau, wo sie waren; sie hielten sich auf, wo immer es ging, marschierten nachts, versteckten sich in Ruinen, Abwasserkanälen und Kellern, zwischen Ratten und Schlangen. Es schien, als hätten die Sowjets den Krieg schon fast gewonnen. Abgesehen von einer Handvoll Geschosse, die täglich vom Mond aus abgefeuert wurden, waren kaum Waffen gegen sie im Einsatz. Sie kamen und gingen, wie es ihnen beliebte. Der Krieg war praktisch beendet. Man hatte ihnen nichts Wirkungsvolles entgegenzusetzen.

Und dann tauchten die ersten Greifer auf. Und über Nacht bekam der Krieg ein neues Gesicht.

Am Anfang waren die Greifer unbeholfen. Langsam. Der Iwan erledigte sie fast genauso schnell, wie sie aus ihren unterirdischen Tunnels gekrochen kamen. Doch dann wurden sie besser, schneller und geschickter. Hergestellt wurden sie in Fabriken, alle auf Terra. In Fabriken tief unter der Erde, hinter den sowjetischen Linien, in Fabriken, die früher einmal Atomgeschosse produziert hatten und nun fast vergessen waren.

Die Greifer wurden schneller, und sie wurden größer. Neue Typen tauchten auf, manche mit Fühlern, andere, die fliegen konnten. Es gab ein paar springende Sorten. Die besten Techniker auf dem Mond arbeiteten an ihrer Konstruktion und entwarfen immer kompliziertere und flexiblere Typen. Sie wurden unheimlich; der Iwan hatte eine Menge Ärger mit ihnen. Einige der kleinen Greifer hatten gelernt, sich zu verstecken, sich in die Asche einzugraben und im Hinterhalt zu lauern.

Und sie begannen, in die russischen Bunker einzudringen, hineinzugleiten, während die Deckel zum Lüften oder Ausschauhalten offen waren. Ein Greifer im Inneren eines

Bunkers, eine rasende Kugel aus Messern und Metall – das genügte. Und wenn einer hereinkam, folgten andere nach. Mit einer solchen Waffe konnte der Krieg nicht mehr lange dauern.

Vielleicht war er schon beendet.

Vielleicht würde er die Neuigkeit hören. Vielleicht hatte das Politbüro beschlossen, das Handtuch zu werfen. Schade, daß es so lange gedauert hatte. Sechs Jahre. Eine lange Zeit für einen Krieg, der mit solchen Mitteln geführt worden war. Die automatischen Scheibenbomben, die als Vergeltungsschlag zu Hunderttausenden über ganz Rußland niedergingen. Bakterienkristalle. Die sowjetischen Fernlenkgeschosse, die durch die Luft pfiffen. Die Kettenbomben. Und jetzt das, die Roboter, die Greifer –

Die Greifer waren nicht wie andere Waffen. Praktisch gesehen waren sie *lebendig*, ob die Regierungen das nun zugeben wollten oder nicht. Das waren keine Maschinen. Das waren lebende Wesen, die rotierten, krochen, plötzlich aus der grauen Asche hervorschnellten und über einen Menschen herfielen, an ihm hinaufkletterten und sich auf seine Kehle stürzten. Und genau dafür waren sie konstruiert worden. Das war ihre Aufgabe.

Sie erfüllten ihre Aufgabe gut. Besonders in letzter Zeit, seit die neuen Modelle rauskamen. Jetzt reparierten sie sich selbst. Sie waren unabhängig. Strahlungsstreifen schützten die UN-Truppen, doch wenn ein Mann seinen Streifen verlor, war er Freiwild für die Greifer, egal welche Uniform er trug. Tief unter der Erdoberfläche wurden sie von automatischen Anlagen hergestellt. Menschen hielten sich von ihnen fern. Es war zu riskant; niemand wollte in ihrer Nähe sein. Sie wurden sich selbst überlassen. Und sie schienen gut zurechtzukommen. Die neuen Modelle waren schneller und komplexer. Effizienter.

Offensichtlich hatten sie den Krieg gewonnen.

Major Hendricks zündete sich eine zweite Zigarette an. Die

Landschaft deprimierte ihn. Nichts als Asche und Ruinen. Er schien allein zu sein, das einzige lebende Wesen auf der ganzen Welt. Rechts von ihm erhoben sich die Ruinen einer Stadt, ein paar Mauern und Schutthaufen. Er warf das erloschene Streichholz weg und beschleunigte seinen Schritt. Plötzlich hielt er inne, riß sein Gewehr hoch und erstarrte. Einen Augenblick sah es so aus, als ob –

Hinter dem Gerippe eines zerstörten Hauses kam eine Gestalt hervor; sie ging langsam und zögernd auf ihn zu.

Hendricks kniff die Augen zusammen. »Stehenbleiben!«

Der Junge blieb stehen. Hendricks ließ das Gewehr sinken. Der Junge stand schweigend da und sah ihn an. Er war klein, nicht sehr alt. Vielleicht acht. Aber das war schwer zu sagen. Die meisten Kinder, die überlebt hatten, waren in ihrer Entwicklung zurückgeblieben. Er trug einen blaßblauen, zerlumpten, schmutzigen Pullover und kurze Hosen. Sein Haar war lang und verfilzt. Braunes Haar. Es hing ihm ins Gesicht und über die Ohren. Er hielt etwas in den Armen.

»Was hast du da?« fragte Hendricks scharf.

Der Junge streckte es vor. Es war ein Spielzeug, ein Bär. Ein Teddybär. Die Augen des Jungen waren groß, aber ausdruckslos.

Hendricks entspannte sich. »Ich will ihn nicht. Behalte ihn.«

Der Junge drückte den Bären wieder an sich.

»Wo wohnst du?« fragte Hendricks.

»Da drinnen.«

»In den Ruinen?«

»Ja.«

»Unter der Erde?«

»Ja.«

»Wie viele sind dort?«

»Wie – wie viele?«

»Wie viele von euch? Wie groß ist eure Siedlung?«

Der Junge gab keine Antwort.

Hendricks runzelte die Stirn. »Du bist doch nicht ganz allein, oder?«

Der Junge nickte.

»Wovon lebst du?«

»Es gibt Nahrung.«

»Was für Nahrung?«

»Unterschiedlich.«

Hendricks musterte ihn. »Wie alt bist du?«

»Dreizehn.«

Das war nicht möglich. Oder doch? Der Junge war dünn, zurückgeblieben. Und wahrscheinlich unfruchtbar. Über Jahre hinweg der Strahlung ausgesetzt. Kein Wunder, daß er so klein war. Seine Arme und Beine waren wie Pfeifenreiniger, knotig und dünn. Hendricks berührte den Arm des Jungen. Seine Haut war trocken und rauh; verstrahlte Haut. Er beugte sich hinunter und blickte dem Jungen ins Gesicht. Es war ausdruckslos. Große Augen, groß und dunkel.

»Bist du blind?« fragte Hendricks.

»Nein. Ich kann ganz gut sehen.«

»Wie entgehst du den Greifern?«

»Den Greifern?«

»Den runden Dingern. Die rennen und sich eingraben.«

»Ich verstehe nicht.«

Vielleicht gab es in der Gegend keine Greifer. Viele Gebiete waren frei von ihnen. Sie sammelten sich meistens um die Bunker herum, dort, wo Menschen waren. Die Greifer waren so konstruiert, daß sie auf Wärme reagierten, die Wärme lebender Wesen.

»Du hast Gück.« Hendricks richtete sich auf. »Nun? In welche Richtung gehst du? Zurück – zurück dorthin?«

»Kann ich mit Ihnen kommen?«

»Mit *mir?*« Hendricks verschränkte die Arme. »Ich habe einen weiten Weg vor mir. Meilen. Ich muß mich beeilen.« Er sah auf seine Uhr. »Ich muß bei Einbruch der Dunkelheit dort sein.«

»Ich will mitkommen.«

Hendricks suchte in seinem Tornister herum. »Es lohnt sich nicht. Hier.« Er warf die Lebensmittelkonserven hin, die er bei sich hatte. »Die nimmst du mit und gehst zurück. Okay?«

Der Junge sagte nichts.

»Ich komme auf dem Rückweg wieder hier vorbei. Morgen oder übermorgen. Wenn du hier bist, wenn ich zurückkomme, kannst du mit mir mitkommen. In Ordnung?«

»Ich will jetzt mit Ihnen mitkommen.«

»Es ist weit zu laufen.«

»Ich kann laufen.«

Hendricks wand sich vor Unbehagen. Sie würden ein zu gutes Ziel abgeben, zwei Menschen unterwegs. Und der Junge würde ihn bremsen. Aber vielleicht kam er doch nicht auf diesem Weg zurück. Und wenn der Junge wirklich ganz allein war –

»Okay. Komm mit.«

Der Junge setzte sich neben ihm in Bewegung. Hendricks schritt kräftig aus. Der Junge lief schweigend und umklammerte seinen Teddybären.

»Wie heißt du?« fragte Hendricks nach einer Weile.

»David Edward Derring.«

»David? Was – was ist mit deinen Eltern passiert?«

»Sie sind umgekommen.«

»Wie?«

»Bei der Explosion.«

»Wie lange ist das her?«

»Sechs Jahre.«

Hendricks verlangsamte sein Tempo. »Du warst sechs Jahre lang allein?«

»Nein. Eine Zeitlang waren andere Leute da. Sie gingen fort.«

»Und seitdem warst du allein?«

»Ja.«

Hendricks blickte rasch zu Boden. Der Junge war merkwürdig, wortkarg. Verschlossen. Doch so waren sie, die Kinder, die überlebt hatten. Ruhig. Stoisch. Eine merkwürdige Art von Fatalismus hatte sich ihrer bemächtigt. Nichts konnte sie überraschen. Was auch immer geschah, sie fanden sich damit ab. Sie rechneten nicht mehr mit einem *normalen*, natürlichen Lauf der Dinge, weder der moralischen noch der physikalischen. Sitten und Gewohnheiten, alles, was für das Lernen richtungweisend war, war abhanden gekommen; es gab nur noch die rohe Erfahrung.

»Laufe ich zu schnell?« fragte Hendricks.

»Nein.«

»Wie kommt es, daß du mich gesehen hast?«

»Ich habe gewartet.«

»Gewartet?« Hendricks war verwirrt. »Worauf hast du gewartet?«

»Ich wollte Dinge fangen.«

»Was für Dinge?«

»Eßbare Dinge.«

»Oh.« Grimmig biß Hendricks die Zähne zusammen. Ein dreizehnjähriger Junge, der von Ratten, Schildkröten und halbverfaulten Konserven lebte. Unten in einem Loch unter den Ruinen einer Stadt. Mit Strahlungsquellen, Greifern und russischen Sturzbombern, die oben am Himmel antriebslos herumschlingerten.

»Wohin gehen wir?« fragte David.

»Zu den russischen Linien.«

»Russisch?«

»Der Feind. Das Volk, das den Krieg begonnen hat. Sie warfen die ersten Nuklearbomben. Sie haben mit all dem angefangen.«

Der Junge nickte. Sein Gesicht war ausdruckslos.

»Ich bin Amerikaner«, sagte Hendricks.

Kein Kommentar. Die beiden gingen weiter, Hendricks lief ein Stück voraus, David schleppte sich hinterher und preßte dabei seinen schmutzigen Teddybären gegen die Brust.

Gegen vier Uhr nachmittags machten sie Rast, um zu essen. In einer Mulde zwischen Betonplatten richtete Hendricks einen Feuerplatz ein. Er räumte Gestrüpp beiseite und schichtete Holzstückchen auf. Ein Stück weiter vorn lagen die russischen Linien. Um ihn herum war früher einmal ein langgestrecktes Tal gewesen mit vielen Morgen voller Obstbäume und Rebstöcke. Jetzt war nichts mehr davon übrig außer ein paar kahlen Stümpfen und den Bergen, die sich am anderen Ende über den Horizont erstreckten. Und die sich dahinwälzenden Aschewolken, die der Wind vor sich hertrieb, bis sie sich auf Gestrüpp und Ruinen absetzten; hier und da Mauern, ab und zu die Trümmer einer Straße.

Hendricks machte Kaffee und wärmte etwas gekochtes Hammelfleisch und Brot. »Hier.« Er reichte David Brot und Hammel. David kauerte mit knotigen, weißen Knien am Rande des Feuers. Er musterte das Essen, gab es dann zurück und schüttelte den Kopf.

»Nein.«

»Nein? Willst du nichts davon?«

»Nein.«

Hendricks zuckte die Achseln. Vielleicht war der Junge ein Mutant, der an spezielle Nahrung gewöhnt war. Es war egal. Wenn er hungrig war, würde er schon etwas Eßbares finden. Der Junge war merkwürdig. Aber die Welt erlebte viele merkwürdige Veränderungen. Das Leben war nicht mehr so wie früher. Es würde nie mehr so sein. Das mußte die menschliche Rasse begreifen.

»Wie du willst«, sagte Hendricks. Er aß das Brot und das Hammelfleisch allein und spülte es mit Kaffee hinunter. Er aß langsam, er fand das Essen schwer verdaulich. Als er fertig war, stand er auf und trat das Feuer aus.

David erhob sich langsam und beobachtete ihn mit seinen jungen, alten Augen.

»Wir gehen«, sagte Hendricks.

»In Ordnung.«

Hendricks ging weiter, das Gewehr in den Armen. Sie waren fast da. Er war angespannt und auf alles gefaßt. Die Russen würden einen Melder erwarten, eine Antwort auf ihren eigenen Melder, doch sie waren durchtrieben. Es konnte immer eine Panne geben. Eingehend prüfte er die Landschaft um sich herum. Nichts als Schlacke und Asche, ein paar Hügel, verkohlte Bäume. Betonmauern. Doch irgendwo vor ihm lag der erste Bunker der russischen Linien, das Frontkommando. Unter der Erde, tief eingegraben, nur ein Periskop und ein paar Gewehrmündungen ragten heraus. Vielleicht eine Antenne.

»Sind wir bald da?« fragte David.

»Ja. Wirst du müde?«

»Nein.«

»Warum dann die Frage?«

David antwortete nicht. Er stapfte vorsichtig hinterher und bahnte sich seinen Weg durch die Asche. Seine Beine und Schuhe waren grau vom Staub. Über sein schmales Gesicht zogen sich Streifen, Linien aus grauer Asche, die wie Rinnsale über das blasse Weiß seiner Haut liefen. Sein Gesicht hatte keine Farbe. Typisch für die neuen Kinder, die in Kellern, Abwasserkanälen und unterirdischen Schutzräumen aufwuchsen.

Hendricks verlangsamte seinen Schritt. Er hob sein Fernglas und untersuchte das vor ihm liegende Gelände. Waren sie dort, irgendwo, und warteten auf ihn? Beobachteten sie ihn, so wie seine Männer den russischen Melder beobachtet hatten? Es lief ihm kalt über den Rücken. Vielleicht luden sie gerade ihre Gewehre, bereiteten sich darauf vor zu schießen, so wie seine Männer sich vorbereitet hatten, sich zum Töten bereit gemacht hatten.

Hendricks blieb stehen und wischte sich den Schweiß vom Gesicht. »Verdammt.« Er fühlte sich unbehaglich. Doch eigentlich müßten sie ihn erwarten. Die Situation war eine andere.

Sein Gewehr mit beiden Händen umklammernd, schritt

er durch die Asche. Hinter ihm kam David. Mit zusammengekniffenen Lippen spähte Hendricks umher. Es konnte jeden Moment geschehen. Berstendes weißes Licht, eine Sprengladung, wohlgezielt aus den Tiefen eines Betonbunkers heraus.

Er hob den Arm und schwenkte ihn im Kreis.

Nichts regte sich. Zu seiner Rechten zog sich eine langgestreckte Hügelkette dahin, die von toten Baumstümpfen gekrönt war. Wilde Weinreben hatten sich an den Bäumen emporgerankt, die Überreste von Obstgärten. Und ewig das dunkle Gestrüpp. Hendricks suchte die Hügelkette ab. War irgend etwas dort oben? Ein idealer Standort für einen Ausguck. Wachsam näherte er sich der Hügelkette; David folgte ihm schweigend. Wenn er hier das Kommando hätte, stünde dort oben ein Wachposten, der Ausschau nach Truppen hielte, die versuchten, in das Kommandogebiet einzudringen. Wenn er hier das Kommando hätte, dann wäre das Gebiet natürlich voller Greifer, um absolute Sicherheit zu gewährleisten.

Er blieb stehen, breitbeinig, die Hände auf den Hüften.

»Sind wir da?« fragte David.

»Fast.«

»Warum sind wir stehengeblieben?«

»Ich will keinerlei Risiko eingehen.« Langsam lief Hendricks weiter. Jetzt lag die Hügelkette direkt neben ihm, zu seiner Rechten. Von dort aus konnte man ihn beobachten. Sein Unbehagen wuchs. Wenn dort oben ein Iwan war, hatte er keine Chance. Wieder schwenkte er den Arm. Als Antwort auf die Kapsel mit dem Zettel müßten sie eigentlich einen Mann in UN-Uniform erwarten. Es sei denn, das Ganze war eine Falle.

»Bleib dicht bei mir.« Er wandte sich zu David um. »Bleib nicht zurück.«

»Bei Ihnen?«

»Hier neben mir. Wir sind ganz nah. Wir dürfen nichts riskieren. Komm schon.«

»Es geht schon.« David blieb hinter ihm, in seinem Rükken, ein paar Schritte entfernt, und umklammerte noch immer seinen Teddybären.

»Wie du willst.« Hendricks hob wieder sein Fernglas; plötzlich straffte er sich. Einen Augenblick lang – hatte sich da etwas bewegt? Er suchte die Hügelkette sorgfältig ab. Alles war still. Tot. Kein Leben dort oben, nur Baumstümpfe und Asche. Vielleicht ein paar Ratten. Die großen, schwarzen Ratten, die den Greifern entkommen waren. Mutanten – sie bauten sich ihren Unterschlupf selbst aus Speichel und Asche. Einer Art Mörtel. Anpassung. Er ging weiter.

Auf der Hügelkette über ihm erschien eine hochgewachsene Gestalt in einem flatternden Umhang. Graugrün. Ein Russe. Hinter ihm tauchte ein zweiter Soldat auf, noch ein Russe. Beide hoben ihre Gewehre und zielten.

Hendricks erstarrte. Er öffnete den Mund. Die Soldaten knieten und zielten seitlich den Abhang hinunter. Eine dritte Gestalt hatte sich oben auf der Hügelkette zu ihnen gesellt, eine kleinere Gestalt in Graugrün. Eine Frau. Sie stand hinter den beiden anderen.

Hendricks fand seine Stimme wieder. »Halt!« Verzweifelt winkte er zu ihnen hinauf. »Ich bin –«

Die beiden Russen schossen. Hinter sich hörte Hendricks ein schwaches *Puff*. Hitzewellen schlugen ihm entgegen und warfen ihn zu Boden. Asche stob ihm ins Gesicht, drang ihm knirschend in Augen und Nase. Würgend zog er sich auf die Knie hoch. Das Ganze war eine Falle. Er war erledigt. Er war gekommen, um wie Vieh abgeschlachtet zu werden. Die Soldaten und die Frau kamen den Abhang der Hügelkette herunter auf ihn zu; sie schlitterten durch die weiche Asche. Hendricks war wie betäubt. Sein Kopf dröhnte. Unbeholfen hob er sein Gewehr auf und zielte. Es wog tausend Tonnen; er konnte es kaum halten. Nase und Wangen brannten. Die Luft war angefüllt mit dem Geruch der Sprengladung, einem bitteren, beißenden Gestank.

»Nicht schießen«, sagte der erste Russe auf englisch mit starkem Akzent.

Die drei kamen zu ihm heran und umstellten ihn. »Leg dein Gewehr hin, Yank«, sagte der andere.

Hendricks war benommen. Alles war so schnell gegangen. Sie hatten ihn erwischt. Und sie hatten den Jungen in die Luft gejagt. Er wandte den Kopf. David war nicht mehr da. Was von ihm übrig war, lag über den Boden verstreut.

Die drei Russen musterten ihn neugierig. Hendricks setzte sich auf, wischte sich Blut von der Nase und klaubte Aschebröckchen heraus. Er schüttelte den Kopf und versuchte, klar zu denken. »Warum haben Sie das getan?« murmelte er mit schwerer Zunge. »Den Jungen –«

»Warum?« Einer der Soldaten half ihm grob auf die Beine. Er drehte Hendricks um. »Schauen Sie hin.«

Hendricks schloß die Augen.

»Schauen Sie hin!« Die beiden Russen zogen ihn vorwärts. »Sehen Sie. Beeilen Sie sich. Wir haben keine Zeit zu verlieren, Yank!«

Hendricks schaute hin. Er rang nach Luft.

»Sehen Sie jetzt? Verstehen Sie jetzt?«

Aus den Überresten von David rollte ein Metallrad heraus. Relais, schimmerndes Metall. Einzelteile, Drähte. Einer der Russen trat nach dem Haufen von Überresten. Einzelteile sprangen heraus und rollten davon, Räder, Federn und Stangen. Ein halbverkohltes Plastikstück fiel in sich zusammen. Zitternd beugte sich Hendricks hinunter. Der vordere Teil des Kopfes hatte sich gelöst. Er konnte das komplizierte Gehirn erkennen, Drähte und Relais, winzige Röhren und Schalter, Tausende winzig kleiner Stiftschrauben –

»Ein Roboter«, sagte der Soldat, der ihn am Arm festhielt. »Wir haben beobachtet, wie er sich an Sie hängte.«

»Sich an mich hängte?«

»Das ist ihre Methode. Sie hängen sich an jemanden dran. Bis in den Bunker. So kommen sie rein.«

Hendricks blinzelte benommen. »Aber –«

»Kommen Sie.« Sie führten ihn auf die Hügelkette zu. »Hier können wir nicht bleiben. Es ist nicht sicher. Sie müssen zu Hunderten hier in der Nähe sein.«

Auf der Asche ausrutschend und fallend, zogen ihn die drei den Abhang der Hügelkette hinauf. Die Frau erreichte den Kamm und stand wartend da.

»Das Frontkommando«, murmelte Hendricks. »Ich bin gekommen, um mit dem sowjetischen –«

»Es gibt kein Frontkommando mehr. *Sie* sind eingedrungen. Wir werden es erklären.« Sie erreichten den Kamm der Hügelkette. »Nur wir sind übriggeblieben. Wir drei. Die anderen waren unten im Bunker.«

»Hier entlang. Hier runter.« Die Frau schraubte einen Deckel auf, eine graue Abdeckung für ein Einstiegsloch, die in den Boden eingelassen war. »Steigen Sie rein.«

Hendricks ließ sich hinunter. Hinter ihm stiegen die beiden Soldaten und die Frau die Leiter hinab. Die Frau schloß den Deckel hinter ihnen und verriegelte ihn fest, bis er einrastete.

»Ein Glück, daß wir Sie gesehen haben«, brummte einer der beiden Soldaten. »Viel länger hätte er sich nicht mehr an Sie gehängt.«

»Geben Sie mir eine von Ihren Zigaretten«, sagte die Frau. »Ich hab schon seit Wochen keine amerikanische Zigarette mehr gehabt.«

Hendricks schob ihr die Schachtel rüber. Sie nahm eine Zigarette und reichte die Schachtel an die beiden Soldaten weiter. Die Lampe in der Ecke des kleinen Raumes flakkerte. Der Raum war niedrig und eng. Die vier saßen um einen kleinen Holztisch herum. Auf einer Seite war schmutziges Geschirr aufgestapelt. Hinter einem zerlumpten Vorhang war ein Teil eines zweiten Raumes zu erkennen. Hendricks sah den Zipfel eines Mantels, ein paar Dekken, Kleider, die an einem Haken aufgehängt waren.

»Wir waren hier«, sagte der Soldat neben ihm. Er nahm

seinen Helm ab und strich sein blondes Haar zurück. »Ich bin Corporal Rudi Maxer. Pole. Vor zwei Jahren zum Dienst in der sowjetischen Armee gezwungen worden.« Er reichte ihm die Hand.

Hendricks zögerte, dann schüttelte er sie. »Major Joseph Hendricks.«

»Klaus Epstein.« Der andere Soldat schüttelte ihm die Hand, ein kleiner, dunkler Mann mit schütterem Haar. Epstein zupfte nervös an seinem Ohr. »Österreicher. Gott weiß wann zum Dienst gezwungen worden. Ich erinnere mich nicht. Wir drei waren hier, Rudi und ich, bei Tasso.« Er deutete auf die Frau. »So sind wir davongekommen. Alle anderen waren unten im Bunker.«

»Und – und *sie* drangen ein?«

Epstein zündete sich eine Zigarette an. »Zuerst nur einer von ihnen. Die Sorte, die sich an Sie hängte. Dann ließ er die anderen herein.«

Hendricks horchte auf. »Die *Sorte?* Gibt es denn mehr als eine Sorte?«

»Der kleine Junge. David. David mit dem Teddybären. Das ist Variante drei. Die wirkungsvollste.«

»Wie sehen die anderen Typen aus?«

Epstein griff in seinen Mantel. »Hier.« Er warf einen Pakken Fotos auf den Tisch, die mit einem Bindfaden zusammengeschnürt waren. »Schauen Sie selbst.«

Hendricks löste den Bindfaden.

»Verstehen Sie«, sagte Rudi Maxer, »das war der Grund, warum wir verhandeln wollten. Die Russen, meine ich. Wir haben es vor ungefähr einer Woche herausgefunden. Herausgefunden, daß Ihre Greifer anfingen, selbst neue Modelle zu entwerfen. Ihre eigenen neuen Typen. Bessere Typen. Unten in Ihren unterirdischen Fabriken hinter unseren Linien. Sie haben zugelassen, daß sie sich selbst herstellen und reparieren. Sie haben sie immer komplizierter gemacht. Es ist Ihre Schuld, daß das passiert ist.«

Hendricks sah prüfend die Fotos an. Jemand hatte sie

hastig geknipst; sie waren verschwommen und undeutlich. Die ersten zeigten – David. David, wie er eine Straße entlangging, allein. David und noch ein David. Drei Davids. Alle genau gleich. Jeder mit einem zerlumpten Teddybären.

Alle bemitleidenswert.

»Sehen Sie sich die anderen an«, sagte Tasso.

Die nächsten Bilder, die aus großer Entfernung aufgenommen waren, zeigten einen hochaufragenden, verwundeten Soldaten, der am Wegrand saß, einen Arm in der Schlinge, einen Beinstumpf ausgestreckt, eine behelfsmäßige Krücke auf dem Schoß. Dann zwei Verwundete Soldaten, beide gleich, Seite an Seite.

»Das ist Variante eins. Der Verwundete Soldat.« Klaus griff hinüber und nahm die Bilder. »Verstehen Sie, die Greifer wurden konstruiert, um an Menschen heranzukommen. Sie aufzuspüren. Jede Sorte war besser als die vorhergehende. Sie kamen weiter, näher, durch die meisten unserer Verteidigungsanlagen, bis in unsere Linien. Doch solange es bloß *Maschinen* waren, Metallkugeln mit Greifern, Hörnern und Fühlern, konnte man sie wie jeden anderen Gegenstand wegputzen. Man konnte sie als tödliche Roboter erkennen, sobald sie sich zeigten. Wenn wir sie erst einmal erblickt hatten –«

»Variante eins unterwanderte unseren gesamten Nordflügel«, sagte Rudi. »Es dauerte lange, bevor jemand begriff. Da war es schon zu spät. Sie kamen herein, verwundete Soldaten, die anklopften und um Einlaß baten. Also ließen wir sie herein. Und sobald sie drin waren, übernahmen sie das Kommando. Wir hielten nach Maschinen Ausschau ...«

»Damals dachte man, es gäbe nur den einen Typ«, sagte Klaus Epstein. »Niemand ahnte, daß es noch andere Typen gab. Die Bilder wurden uns durchgegeben. Als der Melder zu Ihnen geschickt wurde, wußten wir nur von dem einen Typ. Variante eins. Der Verwundete Soldat. Wir dachten, das wäre alles.«

»Ihre Linie fiel durch –«

»Durch Variante drei. David und sein Bär. Das klappte sogar noch besser.« Klaus lächelte bitter. »Auf Kinder fallen Soldaten immer herein. Wir holten sie in die Bunker und versuchten, sie zu füttern. Wir haben Lehrgeld dafür gezahlt, daß wir herausfanden, was sie wollten. Zumindest die, die im Bunker waren.«

»Wir drei hatten Glück«, sagte Rudi. »Klaus und ich waren – waren bei Tasso zu Besuch, als es passierte. Sie wohnt hier.« Seine große Hand deutete umher. »In diesem kleinen Keller. Wir waren fertig und kletterten die Leiter hinauf, um uns auf den Rückweg zu machen. Von der Hügelkette aus sahen wir, daß sie um den ganzen Bunker herum verteilt waren. Es wurde gekämpft. David und sein Bär. Hunderte davon. Klaus hat die Aufnahmen gemacht.«

Klaus band die Fotos wieder zusammen.

»Und sieht es denn entlang Ihrer ganzen Linie so aus?«

»Ja.«

»Was ist mit *unseren* Linien?« Gedankenlos berührte Hendricks den Streifen an seinem Arm. »Können sie –«

»Ihre Strahlungsstreifen stören sie nicht. Ob Russe, Amerikaner, Pole, Deutscher, das macht für sie keinen Unterschied aus. Das ist ganz einerlei. Sie tun das, wozu sie konstruiert wurden. Sie verwirklichen die ursprüngliche Idee. Sie spüren Lebewesen auf, wo immer sie sie finden können.«

»Sie reagieren auf Wärme«, sagte Klaus. »Nach diesem Prinzip funktionierten sie von Anfang an. Natürlich werden alle, die noch von Ihnen konstruiert wurden, von den Strahlungsstreifen zurückgehalten, die Sie tragen. Jetzt haben sie das umgangen. Diese neuen Varianten sind auf der Innenseite mit Blei ausgegossen.«

»Wie sieht die andere Variante aus?« fragte Hendricks. »Der David-Typ, der Verwundete Soldat – wie sieht der andere aus?«

»Das wissen wir nicht.« Klaus zeigte zur Wand hinauf.

An der Wand hingen zwei Metallschilder mit gezackten Rändern. Hendricks erhob sich und prüfte sie eingehend. Sie waren verbogen und verbeult.

»Das linke stammt von einem Verwundeten Soldaten«, sagte Rudi. »Wir haben einen von ihnen erwischt. Er lief auf unseren alten Bunker zu. Wir haben ihn von der Hügelkette aus erwischt, genauso, wie wir den David erwischt haben, der sich an Sie gehängt hatte.«

Das Schild trug einen Stempel: *I–V*. Hendricks berührte das andere Schild. »Stammt das hier vom David-Typ?«

»Ja.« Das Schild trug den Stempel: *III–V*.

Klaus betrachtete sie, über Hendricks' breite Schulter gebeugt. »Sie verstehen, worauf wir hinauswollen. Es gibt noch einen Typ. Vielleicht wurde er verworfen. Vielleicht funktionierte er nicht. Aber es muß eine zweite Variante geben. Es gibt eins und drei.«

»Sie hatten Glück«, sagte Rudi. »Der David hängte sich den ganzen Weg hierher an Sie und rührte Sie nicht an. Dachte wahrscheinlich, Sie würden ihn irgendwo in einen Bunker mitnehmen.«

»Einer gelangt hinein, und alles ist vorbei«, sagte Klaus. »Sie bewegen sich schnell. Einer läßt die anderen herein. Sie sind unerbittlich. Maschinen mit nur einem Zweck. Sie wurden für eine einzige Sache gebaut.« Er wischte Schweiß von seiner Lippe. »Wir haben es gesehen.«

Sie schwiegen.

»Geben Sie mir noch 'ne Zigarette, Yank«, sagte Tasso. »Sie sind gut. Ich hatte fast vergessen, wie sie schmecken.«

Es war Nacht. Der Himmel war schwarz. Durch die sich dahinwälzenden Aschewolken waren keine Sterne zu sehen. Klaus hob vorsichtig den Deckel an, so daß Hendricks hinausblicken konnte.

Rudi zeigte in die Dunkelheit. »Dort drüben sind die Bunker. Wo wir früher waren. Nicht mehr als eine halbe Meile von uns entfernt. Es war purer Zufall, daß Klaus und ich nicht dort waren, als es passierte. Schwäche. Durch unsere Geilheit gerettet.«

»Alle anderen sind sicher tot«, sagte Klaus mit leiser Stimme. »Es ging schnell. Heute morgen traf das Politbüro seine Entscheidung. Sie benachrichtigten uns – unser Frontkommando. Unser Melder wurde sofort losgeschickt. Wir sahen, wie er in Richtung auf Ihre Linien loslief. Wir gaben ihm Deckung, bis er außer Sichtweite war.«

»Alex Radrivsky. Wir kannten ihn beide. Gegen sechs Uhr brach er auf. Die Sonne war gerade aufgegangen. Gegen Mittag wurden Klaus und ich für eine Stunde abgelöst. Wir schlichen uns fort, weg von den Bunkern. Niemand beobachtete uns. Wir kamen hierher. Das hier war früher eine Stadt, ein paar Häuser, eine Straße. Der Keller gehörte zu einem großen Bauernhaus. Wir wußten, daß Tasso hier unten in ihrem kleinen Versteck sein würde. Wir waren schon früher hierhergekommen. Andere aus den Bunkern kamen auch hierher. Heute waren zufällig wir an der Reihe.«

»So wurden wir gerettet«, sagte Klaus. »Zufall. Es hätten andere sein können. Wir – wir waren fertig, und dann kamen wir rauf ins Freie und machten uns die Hügelkette entlang auf den Rückweg. Da sahen wir sie, die Davids. Wir wußten sofort Bescheid. Wir hatten die Fotos von der ersten Variante gesehen, den Verwundeten Soldaten. Unser Kommandeur verteilte sie mit einer Erklärung an uns. Wären wir noch einen Schritt weiter gegangen, hätten sie uns entdeckt. Zwei Davids mußten wir ohnehin in die Luft jagen, bevor wir wieder hier waren. Es waren Hunderte, überall. Wie Ameisen. Wir fotografierten sie, schlüpften wieder hier hinein und riegelten den Deckel fest zu.«

»Wenn man sie einzeln erwischt, sind sie nichts Besonderes. Wir bewegten uns schneller als sie. Aber sie sind unerbittlich. Nicht wie lebendige Wesen. Sie kamen direkt auf uns zu. Und wir jagten sie in die Luft.«

Major Hendricks lehnte sich gegen den Deckelrand und gewöhnte seine Augen an die Dunkelheit.

»Ist es nicht zu unsicher, den Deckel überhaupt zu öffnen?«

»Nicht wenn wir vorsichtig sind. Wie sollen Sie sonst Ihr Funkgerät benutzen?«

Langsam hob Hendricks das kleine Funkgerät, das er am Gürtel trug. Er preßte es gegen sein Ohr. Das Metall war kalt und feucht. Er blies ins Mikrophon und zog die kurze Antenne heraus. Ein schwaches Summen drang in sein Ohr. »Ich glaube, da haben Sie recht.«

Doch er zögerte noch immer.

»Wir ziehen Sie runter, wenn irgendwas passiert«, sagte Klaus.

»Danke.« Hendricks wartete einen Augenblick und lehnte das Funkgerät gegen seine Schulter. »Interessant, nicht wahr?«

»Was?«

»Das, die neuen Typen. Die neuen Varianten der Greifer. Wir sind ihnen völlig ausgeliefert, nicht wahr? Jetzt sind sie wahrscheinlich auch schon in die UN-Linien eingedrungen. Ich frage mich, ob wir nicht gerade den Beginn einer neuen Art erleben. *Der* neuen Art. Evolution. Die Rasse, die nach den Menschen kommt.«

Rudi brummte. »Es gibt keine Rasse nach den Menschen.«

»Nein? Warum nicht? Vielleicht erleben wir das gerade mit, das Ende der Menschheit, den Beginn einer neuen Gesellschaft.«

»Sie sind keine Rasse. Sie sind mechanische Killer. Sie haben sie gemacht, um zu vernichten. Das ist alles, was sie können. Sie sind Maschinen mit einer einzigen Aufgabe.«

»So erscheint es gegenwärtig. Aber was wird später sein? Nachdem der Krieg beendet ist. Vielleicht zeigen sich ihre wahren Fähigkeiten erst, wenn es keine Menschen mehr zu vernichten gibt.«

»Sie reden, als ob sie lebendig wären!«

»Sind sie das nicht?«

Sie schwiegen. »Es sind Maschinen«, sagte Rudi. »Sie sehen aus wie Menschen, aber es sind Maschinen.«

»Benutzen Sie Ihr Funkgerät, Major«, sagte Klaus. »Wir können nicht ewig hier oben bleiben.«

Hendricks hielt das Funkgerät fest und rief den Code des Kommandobunkers. Er wartete und lauschte. Keine Antwort. Nur Stille. Sorgfältig überprüfte er die Leitungen. Alles war an seinem Platz.

»Scott!« sagte er ins Mikrophon. »Können Sie mich hören?«

Stille. Er stellte auf volle Lautstärke und versuchte es erneut. Nur Rauschen.

»Hier kommt überhaupt nichts an. Vielleicht hören sie mich, wollen aber nicht antworten.«

»Sagen Sie ihnen, es handle sich um einen Notfall.«

»Sie werden denken, daß ich gezwungen werde anzurufen. Nach Ihren Anordnungen.« Er versuchte es erneut und stellte in groben Zügen dar, was er erfahren hatte. Doch das Gerät schwieg noch immer, von schwachem Rauschen abgesehen.

»Strahlungsquellen unterdrücken fast jede Übertragung«, sagte Klaus nach einer Weile. »Vielleicht liegt es daran.«

Hendricks schaltete das Funkgerät aus. »Funktioniert nicht. Antwortet nicht. Strahlungsquellen? Vielleicht. Oder sie hören mich, wollen aber nicht antworten. Ehrlich gesagt, genau das würde ich tun, wenn ein Melder versuchte, von den russischen Linien aus anzurufen. Sie haben keinen Grund, eine solche Geschichte zu glauben. Vielleicht hören sie alles, was ich sage –«

»Oder vielleicht ist es zu spät.«

Hendricks nickte.

»Wir machen den Deckel besser zu«, sagte Rudi nervös. »Wir wollen kein unnötiges Risiko eingehen.«

Langsam stiegen sie wieder den Tunnel hinab. Klaus ließ den Deckel sorgfältig einrasten. Sie kamen hinunter in die Küche. Die Luft dort unten war schwül und verbraucht.

»Könnten sie so schnell zuschlagen?« fragte Hendricks.

»Ich habe den Bunker heute mittag verlassen. Vor zehn Stunden. Wie können sie sich so schnell bewegen?«

»Sie brauchen nicht viel Zeit. Nicht nachdem der erste eingedrungen ist. Er wird rasend. Sie wissen, was die kleinen Greifer anrichten können. Sogar *einer* von diesen ist unvorstellbar. Rasiermesser, jeder Finger. Wahnsinnig.«

»Na schön.« Hendricks trat ungeduldig beiseite. Er wandte ihnen den Rücken zu.

»Was ist los?« fragte Rudi.

»Die Mondstation. Mein Gott, wenn sie dort eingedrungen sind –«

»Die Mondstation?«

Hendricks drehte sich um. »Sie können nicht in die Mondstation eingedrungen sein. Wie sollten sie dorthin kommen? Es ist unmöglich. Ich kann es nicht glauben.«

»Was ist die Mondstation? Wir haben Gerüchte gehört, aber nichts Genaues. Wie ist eigentlich die Lage? Sie wirken besorgt.«

»Wir werden vom Mond aus versorgt. Dort, unter der Mondoberfläche, befinden sich die Regierungen. Unsere ganzen Leute und Industrien. Das hält uns in Gang. Wenn sie einen Weg finden sollten, Terra zu verlassen und zum Mond –«

»Es braucht nur einen von ihnen. Wenn der erste einmal drinnen ist, läßt er die anderen hinein. Hunderte, alle gleich. Sie hätten sie sehen sollen. Identisch. Wie Ameisen.«

»Der perfekte Sozialismus«, sagte Tasso. »Das Ideal des kommunistischen Staates. Alle Bürger austauschbar.«

Klaus brummte ärgerlich. »Das reicht. Nun? Was jetzt?«

Hendricks lief in dem kleinen Raum hin und her. Der Geruch von Essen und Schweiß erfüllte die Luft. Die anderen beobachteten ihn. Dann schob sich Tasso durch den Vorhang in das andere Zimmer. »Ich werde ein Nickerchen machen.«

Der Vorhang schloß sich hinter ihr. Rudi und Klaus setzten sich an den Tisch und beobachteten Hendricks noch immer. »Es hängt von Ihnen ab«, sagte Klaus. »Wir kennen Ihre Situation nicht.«

Hendricks nickte.

»Das ist ein Problem.« Rudi füllte seine Tasse aus einem rostigen Topf und trank Kaffee.

»Für eine Weile sind wir hier sicher, aber wir können nicht ewig hierbleiben. Nicht genug Lebensmittel oder Vorräte.«

»Aber wenn wir rausgehen –«

»Wenn wir rausgehen, erwischen sie uns. Oder wahrscheinlich erwischen sie uns. Wir würden nicht sehr weit kommen. Wie weit ist es bis zu Ihrem Kommandobunker, Major?«

»Drei oder vier Meilen.«

»Wir könnten es schaffen. Wir vier. Zu viert könnten wir alle Seiten im Auge behalten. Sie könnten sich nicht von hinten anschleichen und sich an uns hängen. Wir haben drei Gewehre, drei Sprengschußgewehre. Tasso kann meine Pistole haben.« Rudi berührte seinen Gürtel. »In der sowjetischen Armee hatten wir nicht immer Schuhe, aber wir hatten Gewehre. Wenn wir alle vier bewaffnet sind, könnte es einer von uns bis zu Ihrem Kommandobunker schaffen. Am besten Sie, Major.«

»Was, wenn sie schon dort sind?« fragte Klaus.

Rudi zuckte die Achseln. »Dann kommen wir hierher zurück.«

Hendricks hielt inne. »Wie hoch ist Ihrer Meinung nach die Wahrscheinlichkeit, daß sie schon in den amerikanischen Linien sind?«

»Schwer zu sagen. Ziemlich hoch. Sie sind organisiert. Sie wissen genau, was sie tun. Wenn sie einmal anfangen, sind sie wie ein Schwarm Heuschrecken. Sie müssen in Bewegung bleiben, Tempo vorlegen. Bei ihnen kommt es darauf an, schnell und im verborgenen zu handeln. Überraschung. Sie drängen sich rein, bevor irgend jemand etwas ahnt.«

»Ich verstehe«, murmelte Hendricks.

Im Nebenzimmer regte sich Tasso. »Major?«

Hendricks schob den Vorhang zurück. »Was gibt's?«

Tasso sah träge vom Feldbett zu ihm auf. »Sind noch ein paar amerikanische Zigaretten übrig?«

Hendricks trat ins Zimmer und setzte sich ihr gegenüber auf einen Holzschemel. Er tastete seine Taschen ab. »Nein. Keine mehr da.«

»Schade.«

»Welche Nationalität haben Sie?« fragte Hendricks nach einer Weile.

»Die russische.«

»Wie sind Sie hierhergekommen?«

»Hierher?«

»Dies war früher Frankreich. Dies war ein Teil der Normandie. Sind Sie mit der russischen Armee gekommen?«

»Warum?«

»Pure Neugier.« Er musterte sie. Sie hatte ihren Mantel ausgezogen und ihn über das Fußende des Feldbettes geworfen. Sie war jung, um die Zwanzig. Schlank. Ihr langes Haar bedeckte das Kopfkissen. Sie blickte ihn schweigend an, mit großen, dunklen Augen.

»Woran denken Sie?« fragte Tasso.

»An nichts. Wie alt sind Sie?«

»Achtzehn.« Sie fuhr fort, ihn zu beobachten, furchtlos, die Arme hinter dem Kopf verschränkt. Sie trug russische Armeehosen und ein ebensolches Hemd. Graugrün. Schwerer Ledergürtel mit Zähler und Patronen. Erste-Hilfe-Kasten.

»Sind Sie in der russischen Armee?«

»Nein.«

»Woher haben Sie die Uniform?«

Sie zuckte die Achseln. »Die hat mir jemand gegeben«, erklärte sie ihm.

»Wie – wie alt waren Sie, als Sie hierherkamen?«

»Sechzehn.«

»So jung?«

Ihre Augen verengten sich. »Was meinen Sie damit?«

Hendricks rieb sich das Kinn. »Ihr Leben wäre völlig anders verlaufen, wenn es keinen Krieg gegeben hätte. Sechzehn. Sie sind mit sechzehn hergekommen. Um so zu leben.«

»Ich mußte überleben.«

»Ich meine es nicht moralisierend.«

»Auch Ihr Leben wäre anders verlaufen«, murmelte Tasso. Sie griff hinunter, öffnete einen ihrer Stiefel und schleuderte ihn auf den Fußboden. »Major, wollen Sie nicht in den anderen Raum gehen? Ich bin müde.«

»Wir vier hier drinnen, das wird Probleme geben. Es wird nicht leicht sein, in dieser Unterkunft zu wohnen. Gibt es nur die beiden Räume?«

»Ja.«

»Wie groß war denn der Keller ursprünglich? War er größer als jetzt? Gibt es noch andere, verschüttete Räume? Wir könnten vielleicht einen davon herrichten.«

»Kann sein. Ich weiß es wirklich nicht.« Tasso lockerte ihren Gürtel. Sie machte es sich auf dem Feldbett bequem und knöpfte ihr Hemd auf. »Sind Sie sicher, daß Sie keine Zigaretten mehr haben?«

»Ich hatte nur die eine Schachtel.«

»Schade. Vielleicht finden wir welche, wenn wir bis zu Ihrem Bunker kommen.« Der andere Stiefel fiel zu Boden. Tasso griff zur Lampenschnur hinauf. »Gute Nacht.«

»Gehen Sie schlafen?«

»Richtig.«

Es wurde dunkel im Zimmer. Hendricks stand auf und zwängte sich durch den Vorhang in die Küche. Und hielt erstarrt inne.

Rudi stand mit dem Rücken zur Wand, sein Gesicht war weiß und glänzend. Sein Mund öffnete und schloß sich, doch er brachte keinen Ton heraus. Klaus stand vor ihm und drückte den Lauf seiner Pistole in Rudis Magen. Keiner von beiden bewegte sich. Klaus umklammerte mit starrem Gesichtsausdruck die Pistole. Rudi stand blaß und still gegen die Wand gespreizt.

»Was –«, murmelte Hendricks, doch Klaus fiel ihm ins Wort.

»Ruhe, Major. Kommen Sie hier rüber. Ihre Pistole. Holen Sie Ihre Pistole raus.«

Hendricks zog seine Pistole. »Was ist los?«

»Decken Sie mich.« Klaus bedeutete ihm, nach vorn zu kommen. »Neben mich. Schnell!«

Rudi bewegte sich ein wenig und ließ die Arme sinken. Er wandte sich zu Hendricks, leckte sich die Lippen. Das Weiße in seinen Augen leuchtete wild. Schweiß rann von seiner Stirn, die Wangen hinunter. Er heftete den Blick starr auf Hendricks. »Major, er ist verrückt geworden. Halten Sie ihn auf.« Rudis Stimme klang dünn und heiser, kaum hörbar.

»Was ist hier los?« fragte Hendricks.

Klaus antwortete, ohne die Pistole zu senken. »Major, erinnern Sie sich an unser Gespräch? Die drei Varianten? Wir kennen eins und drei. Zwei kannten wir nicht. Zumindest bisher nicht.« Klaus' Finger packten den Pistolengriff fester. »Wir kannten sie bisher nicht, doch wir kennen sie jetzt.«

Er drückte den Abzug. Weiße Hitze barst aus der Pistole und umzüngelte Rudi.

»Major, das ist die zweite Variante.«

Tasso riß den Vorhang beiseite. »Klaus! Was hast du getan?«

Klaus wandte sich von der verkohlten Gestalt ab, die langsam an der Wand hinunter auf den Fußboden glitt. »Die zweite Variante, Tasso. Jetzt kennen wir sie. Wir haben alle drei Typen identifiziert. Die Gefahr ist geringer. Ich –«

Tasso starrte an ihm vorbei auf Rudis Überreste, auf die geschwärzten, schwelenden Brocken und Stoffetzen. »Du hast ihn getötet.«

»Ihn? *Es*, meinst du wohl. Ich habe Beobachtungen angestellt. Ich hatte so ein Gefühl, aber ich war nicht sicher. Zumindest bisher nicht. Doch heute abend wußte ich es mit Bestimmtheit.« Nervös rieb Klaus den Griff seiner Pistole. »Wir haben Glück gehabt. Versteht ihr denn nicht? Noch eine Stunde, und es hätte vielleicht –«

»Du wußtest es *mit Bestimmtheit?*« Tasso schob sich an ihm vorbei und beugte sich über die qualmenden Überreste auf dem Fußboden. Ihr Gesicht verhärtete sich. »Major, schauen Sie selbst. Knochen. Fleisch.«

Hendricks beugte sich neben ihr nieder. Die Überreste waren menschliche Überreste. Versengtes Fleisch, verkohlte Knochenreste, Teile eines Schädels. Bänder, Eingeweide, Blut. Eine Blutlache entlang der Wand.

»Keine Räder«, sagte Tasso ruhig. Sie richtete sich auf. »Keine Räder. Keine Einzelteile. Keine Relais. Kein Greifer. Nicht die zweite Variante.« Sie verschränkte die Arme. »Du wirst das hier bald erklären können müssen.«

Klaus setzte sich an den Tisch; plötzlich war alle Farbe aus seinem Gesicht gewichen. Er verbarg den Kopf in den Händen und schaukelte vor und zurück.

»Hör auf damit.« Tassos Finger schlossen sich um seine Schultern. »Warum hast du das getan? Warum hast du ihn getötet?«

»Er hatte Angst«, sagte Hendricks. »Das alles, die ganze Sache, die sich um uns zusammenbraut.«

»Vielleicht.«

»Was sonst. Was glauben Sie?«

»Ich glaube, er könnte einen Grund gehabt haben, Rudi zu töten. Einen guten Grund.«

»Was für einen Grund?«

»Vielleicht hatte Rudi etwas in Erfahrung gebracht.«

Hendricks musterte ihr blasses Gesicht. »Worüber?«

»Über ihn. Über Klaus.«

Klaus blickte schnell auf. »Sie verstehen, worauf sie hinauswill. Sie glaubt, ich sei die zweite Variante. Verstehen Sie nicht, Major? Jetzt will sie, daß Sie glauben, ich hätte ihn absichtlich getötet. Ich hätte –«

»Warum hast du ihn denn sonst getötet?« fragte Tasso.

»Das hab ich schon gesagt.« Müde schüttelte Klaus den Kopf. »Ich dachte, er sei ein Greifer. Ich dachte, ich wüßte Bescheid.«

»Warum?«

»Ich hatte ihn beobachtet. Ich war mißtrauisch.«

»Warum?«

»Ich dachte, ich hätte etwas gesehen. Etwas gehört. Ich dachte, ich – « Er unterbrach sich.

»Weiter.«

»Wir saßen am Tisch. Spielten Karten. Ihr beide wart im Nebenzimmer. Es war still. Ich dachte, ich hörte ihn – *surren*.«

Sie schwiegen.

»Glauben Sie das?« wandte sich Tasso an Hendricks.

»Ja. Ich glaube, was er sagt.«

»Ich nicht. Ich glaube, er hat Rudi mit gutem Grund getötet.« Tasso berührte das Gewehr, das in der Ecke des Raumes lehnte. »Major – «

»Nein.« Hendricks schüttelte den Kopf. »Wir müssen sofort damit aufhören. Einer ist genug. Wir haben Angst, genau wie er vorhin. Wenn wir ihn töten, machen wir das gleiche, was er mit Rudi gemacht hat.«

Klaus sah dankbar zu ihm auf. »Danke. Ich hatte Angst. Sie verstehen mich, nicht wahr? Jetzt hat sie Angst, genau wie ich vorhin. Sie will mich töten.«

»Schluß mit dem Töten.« Hendricks ging auf das Ende der Leiter zu. »Ich gehe nach oben und versuche es noch mal mit dem Funkgerät. Wenn ich sie nicht erreichen kann, werden wir uns morgen früh zu meinen Linien zurückziehen.«

Klaus erhob sich schnell. »Ich komme mit nach oben und helfe Ihnen.«

Die Nachtluft war kalt. Die Erde kühlte ab. Klaus atmete tief durch und füllte seine Lungen. Er und Hendricks stiegen aus dem Tunnel an die Oberfläche. Breitbeinig, das Gewehr im Anschlag, hielt Klaus Wache und lauschte. Hendricks kauerte neben dem Tunneleingang und stellte das kleine Funkgerät ein.

»Hat's geklappt?« fragte Klaus gleich darauf.

»Noch nicht.«

»Versuchen Sie's weiter. Sagen Sie ihnen, was passiert ist.«

Hendricks versuchte es weiter. Ohne Erfolg. Schließlich schob er die Antenne hinein. »Es ist zwecklos. Sie können mich nicht hören. Oder sie hören mich und antworten nicht. Oder –«

»Oder es gibt sie nicht mehr.«

»Ich versuch's noch mal.« Hendricks zog die Antenne heraus. »Scott, hören Sie mich? Bitte kommen!«

Er lauschte. Nur Rauschen. Dann, noch sehr schwach –

»Hier spricht Scott.«

Seine Finger packten das Funkgerät fester. »Scott! Sind Sie's?«

»Hier spricht Scott.«

Klaus kauerte sich nieder. »Ist das Ihr Kommando?«

»Scott, hören Sie zu. Verstehen Sie das? Das mit den Greifern. Haben Sie meine Nachricht bekommen? Haben Sie mich gehört?«

»Ja.« Schwach. Kaum hörbar. Er konnte das Wort kaum verstehen.

»Haben Sie meine Nachricht bekommen? Ist alles in Ordnung im Bunker? Keiner von denen eingedrungen?«

»Es ist alles in Ordnung.«

»Haben die versucht einzudringen?«

Die Stimme war schwächer.

»Nein.«

Hendricks wandte sich an Klaus. »Dort ist alles in Ordnung.«

»Sind sie angegriffen worden?«

»Nein.« Hendricks preßte das Gerät fester an sein Ohr.

»Scott, ich kann Sie kaum hören. Haben Sie die Mondstation benachrichtigt? Wissen die dort Bescheid? Sind sie alarmiert?«

Keine Antwort.

»Scott! Hören Sie mich?«

Schweigen.

Hendricks entspannte sich und sank zusammen. »Ausgeblendet. Muß an den Strahlungsquellen liegen.«

Hendricks und Klaus sahen sich an. Keiner von beiden sprach. Nach einer Weile fragte Klaus: »Hörte es sich an wie einer Ihrer Männer? Konnten Sie die Stimme erkennen?«

»Sie war zu schwach.«

»Könnten Sie es nicht mit Bestimmtheit sagen?«

»Nein.«

»Dann war es vielleicht –«

»Ich weiß es nicht. Ich bin nicht ganz sicher. Gehen wir wieder runter und schließen den Deckel.«

Langsam kletterten sie die Leiter hinunter in den warmen Keller. Klaus verriegelte den Deckel hinter ihnen. Tasso erwartete sie; ihr Gesicht war ausdruckslos.

»Hat's geklappt?« fragte sie.

Keiner von beiden antwortete. »Nun?« fragte Klaus schließlich. »Was glauben Sie, Major? War das Ihr Offizier, oder war das einer von *denen?*«

»Ich weiß es nicht.«

»Dann sind wir genauso schlau wie vorher.«

Hendricks starrte mit zusammengebissenen Zähnen auf den Fußboden. »Wir müssen hingehen. Um sicher zu sein.«

»Unsere Lebensmittel hier reichen sowieso nur für ein paar Wochen. Danach müßten wir auf jeden Fall nach draußen.«

»Sieht ganz danach aus.«

»Stimmt was nicht?« fragte Tasso. »Sind Sie durchgekommen zu Ihrem Bunker? Was ist los?«

»Es könnte einer meiner Männer gewesen sein«, sagte

Hendricks langsam. »Oder einer von *denen*. Aber wir werden es nie erfahren, wenn wir hier rumstehen.« Er blickte prüfend auf seine Uhr. »Gehen wir zu Bett und schlafen ein wenig. Morgen wollen wir früh aufstehen.«

»Früh?«

»Unsere beste Chance, den Greifern zu entwischen, dürfte früh am Morgen sein«, sagte Hendricks.

Der Morgen war frisch und klar. Durch sein Fernglas betrachtete Major Hendricks aufmerksam die Landschaft.

»Irgendwas zu sehen?« fragte Klaus.

»Nein.«

»Können Sie unsere Bunker erkennen?«

»In welcher Richtung?«

»Hier.« Klaus nahm das Fernglas und stellte es ein. »Ich weiß, wo.« Er schaute lange und schweigend.

Tasso kam zur Tunnelöffnung und stieg hinaus an die Oberfläche. »Irgendwas gesehen?«

»Nein.« Klaus gab Hendricks das Fernglas zurück. »Sie sind außer Sichtweite. Kommen Sie. Machen wir, daß wir wegkommen.«

Die drei kämpften sich den Abhang der Hügelkette hinunter und rutschten dabei in der weichen Asche aus. Eine Eidechse flitzte über einen flachen Stein. Sie hielten inne, voller Anspannung.

»Was war das?« murmelte Klaus.

»Eine Eidechse.«

Die Eidechse rannte weiter und huschte durch die Asche. Sie hatte genau die gleiche Farbe wie die Asche.

»Perfekte Anpassung«, sagte Klaus. »Beweist, daß wir recht hatten. Lysenko, meine ich.«

Sie erreichten den Fuß der Hügelkette und hielten inne, blieben nahe beieinander stehen und blickten sich um.

»Gehen wir.« Hendricks setzte sich in Bewegung. »Zu Fuß 'ne ganz schön weite Reise.«

Klaus lief neben ihm her, Tasso ging hinter ihnen, die

Pistole schußbereit. »Major, ich wollte Sie schon die ganze Zeit was fragen«, sagte Klaus. »Wie sind Sie eigentlich auf den David gestoßen? Auf den, der sich an Sie gehängt hatte.«

»Ich habe ihn unterwegs getroffen. In ein paar Ruinen.«

»Was hat er gesagt?«

»Nicht viel. Er sagte, er sei allein. Ganz allein.«

»Haben Sie nicht bemerkt, daß das eine Maschine war? Sprach er wie ein lebendiger Mensch? Hatten Sie keinerlei Verdacht?«

»Er sprach nicht viel. Ich habe nichts Ungewöhnliches bemerkt.«

»Merkwürdig – Maschinen, die den Menschen so täuschend ähnlich sind. Beinahe lebendig. Ich frage mich, wo das enden wird.«

»Sie tun genau das, wozu ihr Yanks sie konstruiert habt«, sagte Tasso. »Ihr habt sie konstruiert, damit sie Leben aufspüren und vernichten. Menschliches Leben. Wo immer sie es finden.«

Hendricks beobachtete Klaus aufmerksam. »Warum haben Sie mich das gefragt? An was denken Sie?«

»An nichts«, antwortete Klaus.

»Klaus denkt, Sie sind die zweite Variante«, sagte Tasso ruhig von hinten. »Jetzt hat er Sie im Verdacht.«

Klaus errötete. »Warum nicht? Wir haben einen Melder zu den Linien der Yanks geschickt, und zurück kommt *er*. Vielleicht dachte er, er würde hier was zum Jagen finden.«

Hendricks lachte rauh. »Ich kam aus den UN-Bunkern. Überall um mich herum waren Menschen.«

»Vielleicht sahen Sie eine Gelegenheit, in die sowjetischen Linien einzudringen. Vielleicht sahen Sie Ihre Chance. Vielleicht –«

»Die sowjetischen Linien waren bereits übernommen worden. Ihre Linien waren schon überfallen worden, bevor ich meinen Kommandobunker verließ. Vergessen Sie das nicht.«

Tasso tauchte neben ihm auf. »Das beweist gar nichts, Major.«

»Warum nicht?«

»Zwischen den Varianten gibt es offensichtlich nicht sehr viel Kommunikation. Jede wird in einer anderen Fabrik hergestellt. Sie scheinen nicht zusammenzuarbeiten. Sie könnten zu den sowjetischen Linien aufgebrochen sein, ohne irgend etwas über die Arbeit der anderen Varianten zu wissen. Noch nicht einmal, wie die anderen Varianten aussahen.«

»Woher wissen Sie so viel über die Greifer?« fragte Hendricks.

»Ich habe sie gesehen. Ich habe beobachtet, wie sie die sowjetischen Bunker übernommen haben.«

»Du weißt eine ganze Menge«, sagte Klaus. »Eigentlich hast du sehr wenig gesehen. Merkwürdig, daß du eine so genaue Beobachterin gewesen sein solltest.«

Tasso lachte. »Hast du jetzt mich im Verdacht?«

»Vergessen Sie's«, sagte Hendricks. Sie gingen schweigend weiter.

»Gehen wir die ganze Strecke zu Fuß?« fragte Tasso nach einer Weile. »Ich bin das Laufen nicht gewöhnt.« Lange betrachtete sie die Ebene aus Asche, die sich um sie herum nach allen Seiten erstreckte, soweit sie schauen konnten. »Wie trostlos.«

»So sieht es überall aus«, sagte Klaus.

»Irgendwie wünschte ich, du wärst in deinem Bunker gewesen, als der Angriff kam.«

»Dann wäre statt meiner irgendein anderer bei dir gewesen«, murmelte Klaus.

Tasso lachte und steckte die Hände in die Taschen. »Wahrscheinlich.«

Sie gingen weiter, die Augen auf die endlose Ebene aus schweigender Asche um sie herum gerichtet.

Die Sonne ging unter. Hendricks lief langsam voraus und

bedeutete Tasso und Klaus zurückzubleiben. Klaus ging in die Hocke und stützte seinen Gewehrkolben auf den Boden.

Tasso fand eine Betonplatte und ließ sich mit einem Seufzer darauf nieder. »Tut gut, sich auszuruhen.«

»Sei still«, sagte Klaus scharf.

Hendricks schob sich bis zur Kuppe der Anhöhe hinauf, die vor ihnen lag. Derselben Anhöhe, die der russische Melder am Vortag heraufgekommen war. Hendricks ließ sich zu Boden gleiten, streckte sich lang aus und spähte durch sein Fernglas in das Gelände jenseits der Anhöhe.

Es war nichts zu sehen. Nur Asche und ein paar Bäume. Doch dort, nicht weiter als fünfzig Meter vor ihm, lag der Eingang zum Bunker des Frontkommandos. Der Bunker, aus dem er gekommen war. Hendricks beobachtete ihn schweigend. Keine Bewegung. Kein Lebenszeichen. Nichts regte sich.

Klaus ließ sich neben ihm niedergleiten. »Wo ist er?«

»Dort unten.« Hendricks reichte ihm das Fernglas. Aschewolken trieben über den Abendhimmel. Es wurde langsam dunkel. Ihnen blieben höchstens noch zwei oder drei Stunden Tageslicht. Wahrscheinlich nicht einmal das.

»Ich sehe gar nichts«, sagte Klaus.

»Der Baum dort. Der Stumpf. Neben dem Backsteinhaufen. Der Eingang liegt rechts von den Backsteinen.«

»Da muß ich mich auf Ihr Wort verlassen.«

»Sie und Tasso geben mir von hier aus Deckung. Sie können den ganzen Weg bis zum Bunkereingang überblicken.«

»Gehen Sie alleine runter?«

»Mit meinem Streifen am Handgelenk bin ich sicher. Um den Bunker herum wimmelt es nur so von Greifern. Sie versammeln sich unten in der Asche. Wie Taschenkrebse. Ohne die Streifen hätten Sie keine Chance.«

»Vielleicht haben Sie recht.«

»Ich werde langsam den ganzen Weg hinuntergehen. Sobald ich sicher weiß –«

»Falls die da unten im Bunker sind, werden Sie es nicht mehr schaffen, hierher zurückzukommen. Die sind schnell. Sie können sich das nicht vorstellen.«

»Was schlagen Sie also vor?«

Klaus überlegte. »Ich weiß nicht. Bringen Sie sie dazu herauszukommen. Damit Sie sie sehen können.«

Hendricks löste das Funkgerät von seinem Gürtel und zog die Antenne heraus. »Dann mal los.«

Klaus gab Tasso ein Zeichen. Geschickt kroch sie den Abhang der Anhöhe hinauf bis zu der Stelle, wo sie kauerten. »Er geht alleine runter«, sagte Klaus. »Wir geben ihm von hier aus Deckung. Sobald du siehst, daß er umkehrt, schieß sofort an ihm vorbei. Sie sind schnell.«

»Du bist nicht sehr optimistisch«, sagte Tasso.

»Nein, bin ich nicht.«

Hendricks öffnete den Verschluß seines Gewehres und überprüfte es sorgfältig. »Vielleicht ist ja alles in Ordnung.«

»Sie haben sie nicht gesehen. Hunderte von ihnen. Alle gleich. Sie strömen heraus wie Ameisen.«

»Ich müßte es eigentlich herausfinden können, ohne den ganzen Weg dort runterzugehen.« Hendricks ließ sein Gewehr zuschnappen; er umklammerte es mit der einen Hand und das Funkgerät mit der anderen. »Nun, wünschen Sie mir Glück.«

Klaus reichte ihm die Hand. »Gehen Sie nicht runter, bevor Sie sicher sind. Sprechen Sie von hier aus mit ihnen. Bringen Sie sie dazu, sich zu zeigen.«

Hendricks erhob sich. Er ging den Abhang der Anhöhe hinunter.

Einen Augenblick später lief er langsam auf den Haufen aus Backsteinen und Schutt neben dem toten Baumstumpf zu. Auf den Eingang zum Bunker des Frontkommandos.

Nichts regte sich. Er hob das Funkgerät und schaltete es ein. »Scott? Hören Sie mich?«

Stille.

»Scott! Hier spricht Hendricks. Hören Sie mich? Ich

stehe draußen vor dem Bunker. Durch den Sucher müßten Sie mich sehen können.«

Er hielt das Funkgerät fest umklammert und lauschte. Kein Laut. Nur Rauschen. Er ging weiter. Ein Greifer grub sich aus der Asche aus und raste auf ihn zu. Etwa einen Meter von ihm entfernt hielt er inne und schlich dann davon. Da tauchte ein zweiter Greifer auf, einer von den großen mit Fühlern. Er bewegte sich auf ihn zu, musterte ihn aufmerksam und schloß sich ihm an; respektvoll folgte er ihm auf dem Fuße und blieb immer ein paar Schritte hinter ihm. Kurz darauf gesellte sich ein zweiter großer Greifer dazu. Schweigend, mit den Greifern im Schlepptau, ging Hendricks langsam auf den Bunker zu.

Er blieb stehen, und die Greifer hinter ihm hielten an. Er war jetzt ganz nah. Fast bei der Treppe zum Bunker.

»Scott! Hören Sie mich? Ich stehe jetzt genau über Ihnen. Draußen. Im Freien. Haben Sie mich im Sucher?«

Er wartete, das Gewehr gegen die Hüfte und das Funkgerät fest ans Ohr gepreßt. Die Zeit verging. Er lauschte angestrengt, doch es blieb still. Stille, und leichtes Rauschen.

Dann, entfernt, metallisch –

»Hier spricht Scott.«

Die Stimme war neutral. Kalt. Er konnte sie nicht identifizieren. Doch der Kopfhörer war winzig klein.

»Scott! Hören Sie zu. Ich stehe genau über Ihnen. Ich bin oben im Freien und schaue auf den Eingang zum Bunker hinunter.«

»Ja.«

»Können Sie mich sehen?«

»Ja.«

»Durch den Sucher? Haben Sie den Sucher auf mich gerichtet?«

»Ja.«

Hendricks grübelte. Um ihn herum wartete schweigend ein Kreis von Greifern, er war von ihren metallgrauen

Körpern umzingelt. »Ist im Bunker alles in Ordnung? Keine ungewöhnlichen Vorfälle?«

»Es ist alles in Ordnung.«

»Würden Sie raufkommen ins Freie? Ich möchte Sie einen Augenblick sehen.« Hendricks atmete tief durch. »Kommen Sie zu mir herauf. Ich möchte mit Ihnen sprechen.«

»Kommen Sie runter.«

»Das ist ein Befehl.«

Stille.

»Kommen Sie jetzt?« Hendricks lauschte. Keine Antwort. »Ich befehle Ihnen herauszukommen.«

»Kommen Sie runter.«

Hendricks biß die Zähne zusammen. »Geben Sie mir Leone.«

Eine lange Pause entstand. Er lauschte auf das Rauschen. Dann kam eine Stimme, hart, dünn und metallisch. Die gleiche wie eben. »Hier spricht Leone.«

»Hendricks. Ich bin hier oben. Am Bunkereingang. Ich möchte, daß einer von Ihnen heraufkommt.«

»Kommen Sie runter.«

»Wozu runterkommen? Das ist ein Befehl!«

Stille. Hendricks ließ das Funkgerät sinken. Er blickte sich vorsichtig um. Der Eingang lag genau vor ihm. Fast zu seinen Füßen. Er schob die Antenne zurück und befestigte das Funkgerät an seinem Gürtel. Vorsichtig umklammerte er sein Gewehr mit beiden Händen und bewegte sich vorwärts, Schritt für Schritt. Wenn sie ihn sehen konnten, wußten sie, daß er auf den Eingang zuging. Er schloß für einen Moment die Augen.

Dann setzte er seinen Fuß auf die erste Stufe der Treppe, die hinunterführte.

Zwei Davids kamen auf ihn zu, ihre Gesichter waren identisch und ausdruckslos. Er jagte sie in die Luft. Schweigend eilten neue auf ihn zu, eine ganze Meute. Alle genau gleich.

Hendricks drehte sich um und rannte zurück, weg von dem Bunker, zurück auf die Anhöhe zu.

Von der Kuppe der Anhöhe aus schossen Tasso und Klaus herunter. Die kleinen Greifer flitzten schon zu ihnen hinauf, glänzende Metallkugeln, die wie wahnsinnig durch die Asche rasten. Doch er hatte keine Zeit, darüber nachzudenken. Er kniete nieder, hielt das Gewehr an seine Wange und zielte auf den Bunkereingang. Die Davids kamen gruppenweise heraus, hielten ihre Teddybären umklammert, ihre dünnen, knotigen Beine bewegten sich auf und ab, während sie die Stufen hinauf ins Freie rannten. Hendricks schoß genau in ihre Mitte. Sie zerbarsten, Räder und Federn flogen in alle Richtungen. Er schoß ein zweites Mal, durch die Partikel hindurch, die sie umnebelten.

Dann erschien eine riesige, schwerfällige Gestalt im Bunkereingang, groß und gewaltig. Überrascht hielt Hendricks inne. Ein Mann, ein Soldat. Mit einem Bein, auf eine Krücke gestützt.

»Major!« Tassos Stimme drang zu ihm. Weitere Schüsse. Von Davids umwimmelt, bewegte sich die riesige Gestalt vorwärts. Hendricks erwachte aus seiner Erstarrung. Die erste Variante. Der Verwundete Soldat. Er zielte und schoß. Der Soldat zerbarst in fliegende Brocken, Einzelteile und Relais. Jetzt waren viele Davids draußen im flachen Gelände, ein Stück vom Bunker entfernt. Er schoß immer wieder; halb geduckt zielend, zog er sich langsam zurück.

Von der Anhöhe aus feuerte Klaus herunter. Der Abhang der Anhöhe wimmelte von hinaufrasenden Greifern. Gebückt rannte Hendricks wieder zur Anhöhe zurück. Tasso hatte sich von Klaus getrennt und schwenkte langsam nach rechts ab, von der Anhöhe fort.

Ein David glitt auf ihn zu, sein kleines, weißes Gesicht war ausdruckslos, braune Haare hingen ihm in die Augen. Plötzlich beugte er sich vor und öffnete die Arme. Sein Teddybär polterte zu Boden, stürzte los und lief auf ihn zu. Hendricks schoß. Beide, der Bär und der David, lösten sich auf. Er grinste und kniff die Augen zusammen. Es war wie ein Traum.

»Hier rauf!« Tassos Stimme. Hendricks kämpfte sich zu ihr hinauf. Sie stand drüben neben ein paar Betonpfeilern, den Wänden eines eingestürzten Gebäudes. Mit der Pistole, die Klaus ihr gegeben hatte, schoß sie an Hendricks vorbei.

»Danke.« Er hatte sie erreicht und rang nach Luft. Sie zog ihn zurück, hinter den Beton, und nestelte an ihrem Gürtel.

»Augen zu!« Sie löste eine Kugel von ihrem Hüftgurt. Rasch schraubte sie den Deckel ab und ließ ihn einrasten. »Augen zu und hinlegen.«

Sie warf die Bombe, die in gekonntem Bogen durch die Luft segelte und dann hüpfend zum Bunkereingang rollte. Zwei Verwundete Soldaten standen unsicher neben dem Backsteinhaufen. Weitere Davids strömten hinter ihnen hervor, raus ins Gelände. Einer der Verwundeten Soldaten ging auf die Bombe zu und bückte sich unbeholfen, um sie aufzuheben.

Die Bombe explodierte. Die Erschütterung wirbelte Hendricks herum und warf ihn aufs Gesicht. Ein heißer Wind fegte über ihn hinweg. Verschwommen sah er Tasso hinter den Pfeilern stehen und langsam und methodisch auf die Davids schießen, die aus den wütenden Wolken weißen Feuers herauskamen.

Weiter hinten auf der Anhöhe kämpfte Klaus mit einem Ring von Greifern, die ihn umzingelten. Er zog sich zurück, jagte sie in die Luft und bewegte sich dabei rückwärts; er versuchte, den Ring zu durchbrechen.

Hendricks rappelte sich hoch. Sein Kopf schmerzte. Er konnte kaum sehen. Alles drehte sich, rasend und wirbelnd. Er konnte den rechten Arm nicht bewegen.

Tasso schob sich rückwärts zu ihm hin. »Kommen Sie. Gehen wir.«

»Klaus – er ist noch immer dort oben.«

»Kommen Sie!« Tasso zerrte Hendricks zurück, weg von

den Säulen. Hendricks schüttelte den Kopf und versuchte, klar zu denken. Tasso führte ihn rasch fort, ihre Augen leuchteten hell; sie hielt nach Greifern Ausschau, die der Explosion entkommen waren.

Ein David trat aus den wogenden Feuerwolken. Tasso jagte ihn in die Luft. Danach tauchten keine mehr auf.

»Aber Klaus. Was wird aus ihm?« Hendricks blieb schwankend stehen. »Er –«

»Kommen Sie!«

Sie zogen sich zurück, immer weiter weg vom Bunker. Ein paar kleine Greifer folgten ihnen ein Weilchen und gaben dann auf; sie machten kehrt und verschwanden.

Endlich blieb Tasso stehen. »Hier können wir anhalten und uns ausruhen.«

Hendricks setzte sich auf einen Schutthaufen. Er wischte sich den Nacken und rang nach Luft. »Wir haben Klaus dort hinten zurückgelassen.«

Tasso sagte nichts. Sie öffnete ihre Pistole und ließ eine neue Ladung Sprengpatronen einrasten.

Hendricks starrte sie benommen an. »Sie haben ihn absichtlich dort zurückgelassen.«

Tasso ließ die Pistole zuschnappen. Mit ausdruckslosem Gesicht musterte sie aufmerksam die Geröllhaufen um sie herum. Als ob sie nach etwas Ausschau hielte.

»Was ist los?« fragte Hendricks. »Was suchen Sie? Kommt irgendwas?« Er schüttelte den Kopf und versuchte, das alles zu begreifen. Was machte sie da? Worauf wartete sie? Er konnte nichts sehen. Nur Asche weit und breit, Asche und Ruinen. Gelegentlich kahle Baumstümpfe, ohne Blätter oder Zweige. »Was –«

Tasso fiel ihm ins Wort. »Schweigen Sie.« Ihre Augen verengten sich. Plötzlich hob sie die Pistole. Hendricks drehte sich um und folgte ihrem starren Blick.

Dort hinten, wo sie hergekommen waren, tauchte eine Gestalt auf. Die Gestalt kam schwankend auf sie zu. Ihre Kleider waren zerrissen. Sie hinkte, während sie sich vorwärtskämpfte; sie ging sehr langsam und vorsichtig. Ab und zu blieb sie stehen, ruhte sich aus und sammelte neue Kraft. Einmal wäre sie beinahe gestürzt. Sie blieb einen Augenblick stehen und versuchte, das Gleichgewicht wiederzufinden, dann ging sie weiter.

Klaus.

Hendricks erhob sich. »Klaus!« Er ging ihm entgegen. »Wie zum Teufel haben Sie –«

Tasso schoß. Hendricks wirbelte herum. Sie schoß noch mal, die Sprengladung, ein versengender Hitzestrahl, zischte an ihm vorbei und traf Klaus in die Brust. Er explodierte, Getriebeteile und Räder flogen umher. Einen Augenblick ging er noch weiter, dann schwankte er vor und zurück. Plötzlich streckte er die Arme aus und stürzte krachend zu Boden. Noch ein paar Räder rollten davon.

Stille.

Tasso wandte sich an Hendricks. »Jetzt verstehen Sie, warum er Rudi umgebracht hat.«

Hendricks setzte sich langsam wieder hin. Er schüttelte den Kopf. Er war wie betäubt. Er konnte nicht denken.

»Verstehen Sie?« fragte Tasso. »Begreifen Sie?«

Hendricks sagte nichts. Alles glitt von ihm fort, schneller und schneller. Dunkelheit wälzte sich heran und umfing ihn.

Er schloß die Augen.

Langsam öffnete Hendricks die Augen. Sein ganzer Körper schmerzte. Er versuchte sich aufzusetzen, doch der Schmerz schoß wie Nadelstiche durch Arm und Schulter. Er rang nach Luft.

»Versuchen Sie nicht, aufzustehen«, sagte Tasso. Sie beugte sich hinunter und legte ihm ihre kalte Hand auf die Stirn.

Es war Nacht. Sterne glitzerten und funkelten über ihnen durch die dahintreibenden Aschewolken. Hendricks biß die Zähne zusammen und legte sich wieder hin. Tasso beobachtete ihn teilnahmslos. Sie hatte aus etwas Holz und Gestrüpp ein Feuer gemacht. Die Flammen züngelten kraftlos empor und zischten um eine Blechtasse, die darübergehängt war. Alles war still. Jenseits des Feuers reglose Dunkelheit.

»Also war er die Variante zwei«, murmelte Hendricks.

»Das hatte ich die ganze Zeit vermutet.«

»Warum haben Sie ihn nicht schon eher vernichtet?« wollte er wissen.

»Sie haben mich davon abgehalten.« Tasso ging zum Feuer hinüber, um in die Blechtasse zu schauen. »Kaffee. Er wird bald fertig sein.«

Sie kam zurück und setzte sich neben ihm nieder. Dann öffnete sie ihre Pistole und begann, den Zündmechanismus zu zerlegen und eingehend zu untersuchen.

»Eine schöne Pistole«, sagte Tasso halblaut. »Hervorragend konstruiert.«

»Was ist mit ihnen? Mit den Greifern.«

»Die Erschütterung der Explosion hat die meisten von ihnen außer Gefecht gesetzt. Sie sind empfindlich. Hochkompliziert, nehme ich an.«

»Auch die Davids?«

»Ja.«

»Woher hatten Sie so eine Bombe?«

Tasso zuckte die Achseln. »Wir haben sie konstruiert. Sie sollten unsere Technologie nicht unterschätzen, Major. Ohne eine solche Bombe wären Sie und ich nicht mehr am Leben.«

»Sehr nützlich.«

Tasso streckte die Beine aus und wärmte ihre Füße am Feuer. »Ich war erstaunt, daß Sie offenbar nichts verstanden, nachdem er Rudi getötet hatte. Warum, glaubten Sie, hatte er –«

»Ich hab's Ihnen gesagt. Ich dachte, er hatte Angst.«

»Wirklich? Wissen Sie, Major, eine Zeitlang hatte ich Sie im Verdacht. Weil Sie nicht zuließen, daß ich ihn tötete. Ich dachte, Sie nehmen ihn vielleicht in Schutz.« Sie lachte.

»Sind wir hier sicher?« fragte Hendricks.

»Eine Zeitlang. Bis sie aus einem anderen Gebiet Verstärkung bekommen.« Tasso begann, das Innere der Pistole mit einem Lumpen zu putzen. Als sie fertig war, ließ sie den Mechanismus wieder einrasten. Sie schloß die Pistole und strich mit dem Finger am Pistolenlauf entlang.

»Wir hatten Glück«, murmelte Hendricks.

»Ja. Großes Glück.«

»Danke, daß Sie mich weggezogen haben.«

Tasso antwortete nicht. Sie blickte starr auf ihn, ihre Augen leuchteten im Schein des Feuers. Hendricks untersuchte seinen Arm. Er konnte die Finger nicht bewegen. Die ganze Seite schien taub zu sein. In seinem Inneren pochte ein dumpfer, gleichbleibender Schmerz.

»Wie fühlen Sie sich?« fragte Tasso.

»Mein Arm ist verletzt.«

»Was noch?«

»Innere Verletzungen.«

»Sie haben sich nicht zu Boden geworfen, als die Bombe explodierte.«

Hendricks sagte nichts. Er beobachtete, wie Tasso den Kaffee aus der Tasse in eine flache Blechschale goß. Sie brachte sie zu ihm herüber.

»Danke.« Mühsam rappelte er sich so weit hoch, daß er trinken konnte. Das Schlucken fiel ihm schwer. Ihm drehte sich der Magen um; er schob die Schale von sich. »Mehr kann ich im Moment nicht trinken.«

Tasso trank den Rest. Die Zeit verging. Über ihnen zogen die Aschewolken dahin. Hendricks ruhte sich aus, sein Kopf war leer. Nach einer Weile bemerkte er, daß Tasso über ihm stand und auf ihn hinabblickte.

»Was ist los?« murmelte er.

»Fühlen Sie sich ein wenig besser?«

»Ein bißchen.«

»Sie wissen, Major, wenn ich Sie nicht weggezerrt hätte, hätten die Sie gekriegt. Sie wären tot. Wie Rudi.«

»Ich weiß.«

»Wollen Sie wissen, warum ich Sie dort herausgeholt habe? Ich hätte Sie zurücklassen können. Ich hätte Sie dort zurücklassen können.«

»Warum haben Sie mich herausgeholt?«

»Weil wir hier weg müssen.« Mit einem Stock schürte Tasso das Feuer und blickte ruhig hinein. »Kein Mensch kann hier leben. Wenn ihre Verstärkung kommt, haben wir keine Chance. Ich habe darüber nachgegrübelt, während Sie bewußtlos waren. Uns bleiben vielleicht noch drei Stunden, bevor sie kommen.«

»Und Sie erwarten, daß ich uns hier fortbringe?«

»Richtig. Ich erwarte, daß Sie uns hier rausbringen.«

»Wieso ich?«

»Weil ich nicht wüßte, wie.« Im Dämmerlicht strahlten ihre Augen ihn hell und ruhig an. »Wenn Sie uns hier nicht rausbringen können, werden die uns innerhalb von drei Stunden töten. Ich sehe keine andere Möglichkeit. Nun, Major? Was werden Sie tun? Ich habe die ganze Nacht gewartet. Während Sie bewußtlos waren, habe ich hier gesessen, gewartet und gelauscht. Es ist kurz vor Tagesanbruch. Die Nacht ist fast vorbei.«

Hendricks überlegte. »Komisch«, sagte er schließlich.

»Komisch?«

»Daß Sie denken, ich könnte uns hier rausbringen. Ich frage mich, wie Sie sich das vorstellen.«

»Können Sie uns zur Mondstation bringen?«

»Zur Mondstation? Wie denn?«

»Es muß einen Weg geben.«

Hendricks schüttelte den Kopf. »Nein. Es gibt keinen Weg, soviel ich weiß.«

Tasso sagte nichts. Ihr ruhiger, starrer Blick flackerte kurz. Sie senkte rasch den Kopf und drehte sich jäh weg. Sie rappelte sich auf. »Noch Kaffee?«

»Nein.«

»Wie Sie wollen.« Tasso trank schweigend. Er konnte ihr

Gesicht nicht sehen. Er lag wieder auf dem Boden, tief in Gedanken versunken, und versuchte sich zu konzentrieren. Das Denken fiel ihm schwer. Sein Kopf tat immer noch weh. Und die dumpfe Benommenheit hüllte ihn noch immer ein.

»Vielleicht gibt es einen Weg«, sagte er plötzlich.

»Oh?«

»Wann wird es hell?«

»In zwei Stunden. Die Sonne geht bald auf.«

»Hier in der Nähe soll ein Schiff liegen. Ich habe es nie gesehen. Aber ich weiß, daß es existiert.«

»Was für ein Schiff?« Ihre Stimme war schneidend.

»Ein Raketenkreuzer.«

»Können wir damit starten? Zur Mondstation?«

»Dazu ist es da. Für den Notfall.« Er rieb sich die Stirn.

»Was ist los?«

»Mein Kopf. Das Denken fällt mir schwer. Ich kann mich kaum – kaum konzentrieren. Die Bombe.«

»Ist das Schiff hier in der Nähe?« Tasso glitt zu ihm hinüber und setzte sich neben ihn auf den Boden. »Wie weit ist es? Wo ist es?«

»Ich versuche nachzudenken.«

Ihre Finger gruben sich in seinen Arm. »In der Nähe?« Ihre Stimme war unnachgiebig. »Wo könnte es sein? Könnte es unter der Erde untergestellt sein? In einem unterirdischen Versteck?«

»Ja. In einem verschlossenen Depot.«

»Wie können wir es finden? Ist es markiert? Gibt es ein Geheimsymbol, um es zu identifizieren?«

Hendricks konzentrierte sich. »Nein. Keine Markierungen. Kein Geheimsymbol.«

»Was dann?«

»Ein Zeichen.«

»Was für ein Zeichen?«

Hendricks antwortete nicht. In dem flackernden Licht waren seine Augen glasig, zwei blinde Augäpfel. Tassos Finger gruben sich in seinen Arm.

»Was für ein Zeichen? Wie sieht es aus?«

»Ich – ich kann nicht denken. Lassen Sie mich ausruhen.«

»In Ordnung.« Sie ließ ihn los und erhob sich. Hendricks legte sich mit geschlossenen Augen zurück auf den Boden. Tasso ging ein Stück fort, die Hände in den Hosentaschen. Sie kickte einen Stein aus dem Weg, blieb stehen und starrte zum Himmel hinauf. Schon ging die Schwärze der Nacht allmählich in Grau über. Der Morgen dämmerte herauf.

Tasso umklammerte ihre Pistole und lief im Kreis um das Feuer herum, hin und her. Auf dem Boden lag Major Hendricks, reglos, mit geschlossenen Augen. Das Grau breitete sich immer weiter am Himmel aus. Die Landschaft wurde sichtbar, Aschefelder, die sich in alle Richtungen erstreckten. Asche und Ruinen von Häusern, hier und da eine Mauer, Betonhaufen, ein nackter Baumstumpf.

Die Luft war kalt und schneidend. Irgendwo in der Ferne schrie traurig ein Vogel.

Hendricks regte sich. Er öffnete die Augen. »Wird es hell? Jetzt schon?«

»Ja.«

Hendricks setzte sich halb auf. »Sie wollten etwas wissen. Sie haben mich gefragt.«

»Erinnern Sie sich jetzt?«

»Ja.«

»Wie sieht es aus?« Sie fixierte ihn. »Wie?« wiederholte sie scharf.

»Ein Brunnen. Ein eingestürzter Brunnen. Es liegt in einem verschlossenen Depot unter einem Brunnen.«

»Ein Brunnen.« Tasso entspannte sich. »Dann werden wir einen Brunnen finden.« Sie sah auf ihre Uhr. »Uns bleibt noch ungefähr eine Stunde, Major. Glauben Sie, wir können ihn innerhalb einer Stunde finden?«

»Helfen Sie mir«, sagte Hendricks.

Tasso steckte ihre Pistole weg und half ihm auf die Beine. »Das wird nicht leicht werden.«

»Stimmt.« Hendricks preßte die Lippen fest zusammen. »Ich glaube nicht, daß wir sehr weit kommen werden.«

Sie begannen zu laufen. Die Morgensonne strahlte ein wenig Wärme auf sie herab. Das Land war flach und öde und erstreckte sich grau und leblos, soweit das Auge reichte. Hoch über ihnen segelten schweigend ein paar Vögel und zogen langsam ihre Kreise.

»Sehen Sie irgendwas?« fragte Hendricks. »Greifer?«

»Nein. Noch nicht.«

Ihr Weg führte sie durch Ruinen, Betonpfeiler und Backsteine. Eine Grundmauer aus Zement. Ratten huschten davon. Tasso sprang argwöhnisch zurück.

»Hier war früher eine Stadt«, sagte Hendricks. »Ein Dorf. Eine Kleinstadt. Hier wurde früher überall Wein angebaut. Wo wir jetzt sind.«

Sie kamen in eine verfallene Straße, die von einem Gewirr von Gestrüpp und Rissen durchzogen war. Rechts von ihnen ragte ein gemauerter Schornstein in die Höhe.

»Vorsicht«, warnte er sie.

Eine klaffende Grube, ein offener Keller. Abgerissene Rohrenden standen verbogen und verdreht daraus hervor. Sie kamen an den Ruinen eines Hauses vorbei, eine Badewanne lag umgekippt auf der Seite. Ein zerbrochener Stuhl. Ein paar Löffel, Scherben von Porzellangeschirr. In der Mitte der Straße hatte sich der Boden gesenkt. Die Vertiefung war voller Gestrüpp, Schutt und Knochen.

»Hier rüber«, murmelte Hendricks.

»Hier entlang?«

»Nach rechts.«

Sie kamen an den Überresten eines schweren Panzers vorbei. Der Zähler an Hendricks' Gürtel klickte unheildrohend. Der Panzer war durch Strahlung zerstört worden. Etwa einen Meter vom Panzer entfernt lag, alle viere von sich gestreckt, ein mumifizierter Körper mit offenem Mund. Jenseits der Straße war ein flaches Feld. Steine, Gestrüpp und Glassplitter.

»Dort«, sagte Hendricks.

Ein abgesackter, zerbrochener Steinbrunnen ragte empor. Darüber lagen ein paar Bretter. Der größte Teil des Brunnens war im Geröll versunken. Hendricks ging schwankend darauf zu, Tasso neben ihm.

»Sind Sie sicher, daß es hier ist?« fragte Tasso. »Das hier sieht nach gar nichts aus.«

»Ganz sicher.« Hendricks setzte sich mit zusammengebissenen Zähnen am Brunnenrand nieder. Er atmete schnell und wischte sich den Schweiß vom Gesicht. »Das hier wurde arrangiert, damit der ranghöchste Offizier des Kommandos entkommen konnte. Für den Fall, daß etwas passierte. Für den Fall, daß der Bunker erobert würde.«

»Das waren Sie?«

»Ja.«

»Wo ist das Schiff? Ist es hier?«

»Wir stehen genau darüber.« Hendricks strich mit den Händen über die Oberfläche des Steinbrunnens. »Das Abtastschloß reagiert nur auf mich, auf keinen anderen. Es ist mein Schiff. So war es zumindest gedacht.«

Sie hörten ein scharfes Klicken und gleich darauf ein leises, knirschendes Geräusch unter sich.

»Treten Sie zurück«, sagte Hendricks. Er und Tasso entfernten sich vom Brunnen.

Ein Teil des Bodens glitt nach hinten. Langsam hob sich ein Metallgerüst durch die Asche und schob dabei Backsteine und Gestrüpp aus dem Weg. Als der Rumpf des Schiffes in Sicht kam, wurde der Mechanismus abgeschaltet.

»Da ist es«, sagte Hendricks.

Das Schiff war klein. Es lag ruhig da, hing wie eine stumpfe Nadel in seinem Gittergerüst. Ein Ascheregen ergoß sich hinunter in den dunklen Schacht, aus dem das Schiff herausgehoben worden war. Hendricks ging zu ihm hinüber. Er kletterte am Gitter hinauf, schraubte die Luke auf und zog sie zurück. Im Inneren des Schiffes konnte man die Schalttafeln und den Druckausgleichssitz erkennen.

Tasso kam herüber, stellte sich neben ihn und starrte in das Schiff hinein. »Ich bin es nicht gewohnt, ein Raketentriebwerk zu steuern«, sagte sie nach einer Weile.

Hendricks warf ihr einen raschen Blick zu. »Ich werde steuern.«

»Tatsächlich? Es gibt nur einen Sitz, Major. Ich sehe, daß es gebaut wurde, um eine einzige Person zu befördern.«

Hendricks' Atmung veränderte sich. Aufmerksam musterte er das Innere des Schiffes. Tasso hatte recht. Es gab nur einen Sitz. Das Schiff war gebaut worden, um eine einzige Person zu befördern. »Ich verstehe«, sagte er langsam. »Und die eine Person sind Sie.«

Sie nickte.

»Natürlich.«

»Warum?«

»*Sie* können nicht fliegen. Sie würden die Reise vielleicht nicht überstehen. Sie sind verwundet. Sie würden wahrscheinlich nie ankommen.«

»Ein interessanter Gesichtspunkt. Aber sehen Sie, ich weiß, wo die Mondstation liegt. Und Sie wissen es nicht. Sie würden vielleicht monatelang herumfliegen und sie nicht finden. Sie ist gut versteckt. Wenn man nicht weiß, wonach man suchen muß –«

»Ich muß es riskieren. Vielleicht werde ich sie nicht finden. Nicht allein. Doch ich glaube, Sie werden mir alle Informationen geben, die ich brauche. Ihr Leben hängt davon ab.«

»Wieso?«

»Falls ich die Mondstation rechtzeitig finde, kann ich sie vielleicht dazu bringen, ein Schiff zurückzuschicken, um Sie abzuholen. *Falls* ich die Mondstation rechtzeitig finde. Falls nicht, haben Sie keine Chance. Ich vermute, es gibt Vorräte im Schiff. Ich werde damit lange genug auskommen, um –«

Hendricks bewegte sich schnell. Doch sein verletzter Arm ließ ihn im Stich. Tasso duckte sich und glitt geschmeidig beiseite. Blitzschnell hob sie die Hand. Hendricks sah den Pistolengriff kommen. Er versuchte den Schlag abzuwehren, aber sie war zu schnell. Der metallene Griff traf ihn seitlich am Kopf, genau über dem Ohr. Ein betäubender Schmerz durchzuckte ihn. Schmerz und wogende Schwärze. Er sank in sich zusammen und glitt zu Boden.

Verschwommen nahm er wahr, daß Tasso über ihm stand und mit der Schuhspitze nach ihm trat.

»Major! Wachen Sie auf!«

Stöhnend öffnete er die Augen.

»Hören Sie.« Sie beugte sich hinunter, die Pistole auf sein Gesicht gerichtet. »Ich muß mich beeilen. Es bleibt nicht mehr viel Zeit. Das Schiff ist startbereit, doch bevor ich losfliege, müssen Sie mir die notwendigen Informationen geben.«

Hendricks schüttelte den Kopf und versuchte klar zu denken.

»Beeilen Sie sich! Wo ist die Mondstation? Wie finde ich sie? Wonach muß ich suchen?«

Hendricks sagte nichts.

»Antworten Sie!«

»Tut mir leid.«

»Major, das Schiff ist voller Lebensmittelvorräte. Damit kann ich wochenlang antriebslos fliegen. Am Ende werde ich die Station finden. Und Sie werden in einer halben Stunde tot sein. Ihre einzige Überlebenschance – « Sie brach ab.

Entlang des Abhangs, neben einigen zerfallenden Ruinen, bewegte sich etwas. Etwas in der Asche. Tasso drehte sich schnell um und zielte. Sie schoß. Ein Feuerstoß loderte auf. Etwas rollte durch die Asche und flitzte davon. Sie schoß noch einmal. Der Greifer zerbarst, Räder flogen umher.

»Sehen Sie?« fragte Tasso. »Ein Kundschafter. Es wird nicht mehr lange dauern.«

»Werden Sie sie hierher zurückbringen, um mich zu holen?«

»Ja. So bald wie möglich.«

Hendricks sah zu ihr auf. Er musterte sie eingehend. »Sagen Sie die Wahrheit?« Auf seinem Gesicht zeichnete sich jetzt ein merkwürdiger Ausdruck ab, ein gieriger Hunger. »Werden Sie zurückkommen, um mich zu holen? Werden Sie mich zur Mondstation bringen?«

»Ich werde Sie zur Mondstation bringen. Aber sagen Sie mir, wo sie liegt! Es bleibt nur noch wenig Zeit.«

»In Ordnung.« Hendricks ergriff einen Stein und rappelte sich hoch. »Schauen Sie her.«

Hendricks begann, in der Asche zu kratzen. Tasso stand neben ihm und folgte der Bewegung des Steines. Hendricks skizzierte in groben Zügen eine Landkarte des Mondes.

»Hier liegt das Apenninengebirge, hier der Archimedeskrater. Die Mondstation liegt etwa zweihundert Meilen jenseits der Apenninen. Ich weiß nicht genau, wo. Keiner auf Terra weiß es. Doch wenn Sie über den Apenninen sind, geben Sie Leuchtsignale: eine rote Leuchtkugel, eine grüne Leuchtkugel, danach schnell hintereinander zwei rote Leuchtkugeln. Der Stationsmonitor wird Ihr Signal aufzeichnen. Die Station ist natürlich unterirdisch. Sie werden dann per Magnetsteuerung nach unten geleitet.«

»Und die Schaltknöpfe? Kann ich sie bedienen?«

»Die Schaltknöpfe funktionieren praktisch automatisch. Sie müssen bloß zur rechten Zeit das richtige Signal geben.«

»Das werde ich.«

»Der Sitz fängt die Erschütterung beim Start weitgehend auf. Luft und Temperatur werden automatisch geregelt. Das Schiff wird Terra verlassen und in den freien Raum hinausfliegen. Es wird sich selbst auf Kurs zum Mond bringen und etwa einhundert Meilen über der Mondoberfläche in eine Mondumlaufbahn einschwenken. Die Umlaufbahn wird Sie über die Station führen. Wenn Sie in die Apenninenregion kommen, lösen Sie die Signalraketen aus.«

Tasso glitt ins Innere des Schiffes und ließ sich in den Druckausgleichssitz sinken. Automatisch schlossen sich die

Haltevorrichtungen für die Arme. Sie spielte mit den Schaltknöpfen. »Schade, daß Sie nicht fliegen, Major. All das steht hier für Sie bereit, und Sie können die Reise nicht antreten.«

»Lassen Sie mir die Pistole hier.«

Tasso zog die Pistole aus dem Gürtel. Sie hielt sie nachdenklich abwägend in der Hand. »Entfernen Sie sich nicht allzuweit von diesem Standort. Es wird ohnehin schwer sein, Sie zu finden.«

»Nein, ich bleibe hier neben dem Brunnen.«

Tasso umklammerte den Starthebel und strich mit den Fingern über das glatte Metall. »Ein schönes Schiff, Major. Gut gebaut. Ich bewundere Ihre Kunstfertigkeit. Ihre Leute haben immer gute Arbeit geleistet. Sie bauen wunderbare Dinge. Ihre Arbeit und Ihre Konstruktionen sind Ihre größten Errungenschaften.«

»Geben Sie mir die Pistole«, sagte Hendricks ungeduldig und streckte die Hand aus. Er rappelte sich hoch.

»Auf Wiedersehen, Major!« Tasso schleuderte die Pistole an Hendricks vorbei. Die Pistole fiel klappernd zu Boden, hüpfte und rollte davon. Hendricks eilte ihr nach. Er bückte sich und schnappte sie.

Die Luke des Schiffes flog krachend zu. Die Verriegelungsbolzen rasteten ein. Hendricks kämpfte sich zurück. Die Innentür wurde hermetisch verschlossen. Schwankend hob er die Pistole.

Mit ohrenbetäubendem Dröhnen durchbrach das Schiff seinen metallenen Käfig und hinterließ unter sich das geschmolzene Gitter. Geduckt zog Hendricks sich zurück. Das Schiff schoß in die sich dahinwälzenden Aschewolken hinauf und verschwand am Himmel.

Hendricks stand lange da und schaute ihm nach, bis sich sogar der Kondensstreifen aufgelöst hatte. Nichts regte sich. Die Morgenluft war frostig und still. Ziellos begann er, den Weg zurückzugehen, den sie gekommen waren. Besser, in Bewegung zu bleiben. Es würde lange dauern, bis Hilfe kam – falls sie überhaupt kam.

Er suchte in seinen Taschen, bis er ein Päckchen Zigaretten fand. Grimmig zündete er sich eine an. Sie hatten ihn alle um Zigaretten gebeten, doch Zigaretten waren knapp.

Eine Eidechse schlitterte durch die Asche an ihm vorbei. Angespannt blieb er stehen. Die Eidechse verschwand. Oben am Himmel stieg die Sonne höher. Seitlich von ihm landeten ein paar Fliegen auf einem flachen Stein. Hendricks trat mit dem Fuß nach ihnen.

Es wurde heiß. Schweiß rann ihm übers Gesicht und in den Kragen. Sein Mund war trocken.

Dann setzte er sich auf einen Schutthaufen. Er öffnete seinen Erste-Hilfe-Kasten und schluckte ein paar Betäubungskapseln. Er blickte sich um. Wo war er?

Vor ihm lag etwas. Ausgestreckt auf dem Boden. Still und reglos.

Rasch zog Hendricks die Pistole. Es sah aus wie ein Mensch. Dann erinnerte er sich. Es waren die Überreste von Klaus. Die zweite Variante. Dort, wo Tasso ihn in die Luft gejagt hatte. Er konnte Räder, Relais und Metallteile sehen, die verstreut in der Asche lagen. Sie glitzerten und funkelten im Sonnenlicht.

Hendricks rappelte sich hoch und ging hinüber. Er stieß mit dem Fuß leicht gegen die reglose Gestalt und drehte sie ein wenig herum. Er konnte den Metallschädel sehen, die Rippen und Streben aus Aluminium. Noch mehr Drähte fielen heraus. Wie Eingeweide. Berge von Drähten, Schaltern und Relais. Unzählige Motoren und Stangen.

Er bückte sich. Die Hirnschale war durch den Sturz zerschmettert worden. Er konnte das künstliche Gehirn sehen. Er betrachtete es lange. Ein Labyrinth von Schaltkreisen. Miniaturröhren. Haarfeine Drähte. Er berührte die Hirnschale. Sie schwang beiseite. Das Typenschild wurde sichtbar.

Hendricks untersuchte es.

Und erbleichte.

IV–V.

Er starrte lange auf das Schild. Variante vier. Nicht zwei. Sie hatten sich geirrt. Es gab noch mehr Typen. Nicht nur drei. Vielleicht viel mehr. Mindestens vier. Und Klaus war nicht Variante zwei.

Doch wenn Klaus nicht Variante zwei war –

Plötzlich zuckte er zusammen. Etwas näherte sich, kam jenseits des Hügels durch die Asche. Was war das? Er spähte angestrengt. Gestalten. Gestalten, die langsam daherstapften und sich durch die Asche kämpften.

Sie kamen auf ihn zu.

Hendricks duckte sich schnell und hob die Pistole. Schweiß rann ihm in die Augen. Er kämpfte seine wachsende Panik nieder, während die Gestalten näher kamen.

Die erste war ein David. Der David erblickte ihn und beschleunigte sein Tempo. Die anderen eilten hinterher. Ein zweiter David. Ein dritter. Drei Davids, alle gleich, kamen schweigend auf ihn zu, ausdruckslos, ihre dünnen Beine hoben und senkten sich. Sie umklammerten ihre Teddybären.

Er zielte und schoß. Die beiden ersten Davids lösten sich in Einzelteile auf. Der dritte kam näher. Und die Gestalt hinter ihm. Schweigend kletterte sie durch die graue Asche auf ihn zu. Ein Verwundeter Soldat, der den David weit überragte. Und –

Und hinter dem Verwundeten Soldaten kamen zwei Tassos; sie gingen Seite an Seite. Schwerer Gürtel, russische Armeehosen, Hemd, langes Haar. Die vertraute Gestalt, wie er sie noch vor kurzem gesehen hatte. Wie sie im Druckausgleichssitz des Schiffes saß. Zwei schlanke, schweigende Gestalten, beide genau gleich.

Sie waren ganz nah. Plötzlich beugte sich der David vor und ließ seinen Teddybären fallen. Der Bär raste über den Boden. Automatisch schlossen sich Hendricks' Finger fester um den Abzug. Der Bär war verschwunden, hatte sich in Nebel aufgelöst. Die beiden Tasso-Typen kamen näher, liefen ausdruckslos Seite an Seite durch die graue Asche.

Als sie fast bei ihm waren, hob Hendricks die Pistole in Hüfthöhe und schoß.

Die beiden Tassos lösten sich auf. Doch schon schaute eine neue Gruppe die Anhöhe hinauf, fünf oder sechs Tassos, alle gleich; sie kamen in einer Reihe schnell auf ihn zu.

Und er hatte ihr das Schiff und das Geheimsignal anvertraut. Durch seine Hilfe war sie auf dem Weg zum Mond, zur Mondstation. Er hatte es ermöglicht.

Letztlich hatte er doch recht gehabt, was die Bombe betraf. In ihre Konstruktion war das Wissen über andere Typen eingeflossen, über den David-Typ und den Verwundeter-Soldat-Typ. Und den Klaus-Typ. Sie war nicht von Menschen konstruiert. Sie war in einer der unterirdischen Fabriken konstruiert worden, weitab von jedem menschlichen Kontakt.

Die Reihe Tassos kam näher. Hendricks nahm all seine Kraft zusammen und beobachtete sie ruhig. Das vertraute Gesicht, der Gürtel, das schwere Hemd, die Bombe sorgfältig an ihrem Platz.

Die Bombe –

Als die Tassos nach ihm griffen, ging Hendricks ein letzter, ironischer Gedanke durch den Kopf. Während er darüber nachdachte, fühlte er sich ein wenig besser. Die Bombe. Hergestellt von Variante zwei, um die anderen Varianten zu zerstören. Allein zu diesem Zweck hergestellt.

Schon begannen sie Waffen zu konstruieren, um sich gegenseitig zu vernichten.

Jons Welt

Kastner ging wortlos um das Schiff herum. Er kletterte die Rampe hinauf, trat behutsam ein und verschwand im Inneren. Eine Weile war seine umherwandernde Silhouette zu sehen. Dann tauchte er wieder auf, sein breites Gesicht leuchtete schwach.

»Nun?« fragte Caleb Ryan. »Was halten Sie davon?«

Kastner kam die Rampe herunter. »Ist es startklar? Nichts mehr dran zu tüfteln?«

»Es ist fast startbereit. Die restlichen Abschnitte werden von Facharbeitern fertiggestellt. Relaisschaltungen und Versorgungsleitungen. Aber größere Probleme wird es nicht geben. Zumindest keine, die wir voraussehen können.«

Die beiden Männer standen nebeneinander und blickten hinauf zu dem gedrungenen Metallkasten mit seinen Pforten, Abschirmungen und vergitterten Beobachtungsfenstern. Das Schiff war nicht schön. Es hatte keine schnittige Form, keine Streben aus Chrom und Rexeroid, die dem Rumpf die Leichtigkeit einer allmählich spitz zulaufenden Träne verliehen hätten. Das Schiff war gedrungen und wulstig, überall ragten Türmchen und Vorsprünge heraus.

»Was werden die denken, wenn wir aus dem Ding aussteigen?« fragte Kastner.

»Wir hatten keine Zeit, es zu verzieren. Wenn Sie natürlich noch zwei Monate länger warten wollen –«

»Könnten Sie nicht ein paar von diesen Wülsten entfernen? Wozu dienen die eigentlich? Was bewirken die?«

»Ventile. Sie können die Pläne einsehen. Sie leiten die Starkstromspannung ab, sobald sie die Höchstgrenze überschreitet. Zeitreisen ist gefährlich. Während das Schiff sich rückwärts bewegt, wird eine ungeheure Spannung angestaut. Die muß man allmählich ableiten – sonst werden wir zu einer gewaltigen Bombe, die mit Millionen von Volt aufgeladen ist.«

»Ich verlasse mich ganz auf Sie.« Kastner nahm seine Aktentasche auf. Er ging auf einen der Ausgänge zu. Die Wachposten der Liga gaben den Weg frei. »Ich werde den Direktoren berichten, daß es bald startklar ist. Ich muß Ihnen übrigens noch etwas eröffnen.«

»Was ist los?«

»Wir haben entschieden, wer Sie begleiten wird.«

»Wer?«

»Ich werde Sie begleiten. Ich wollte schon immer wissen, wie die Welt vor dem Krieg aussah. Man sieht die Geschichtsbänder, aber das ist nicht das gleiche. Ich will dort *sein*. Herumlaufen. Wissen Sie, man sagt, daß es vor dem Krieg keine Asche gab. Das Land war fruchtbar. Man konnte meilenweit laufen, ohne auf Ruinen zu stoßen. Das würde ich gern sehen.«

»Ich wußte nicht, daß Sie sich für die Vergangenheit interessieren.«

»O ja. Meine Familie hat ein paar Bücher mit Abbildungen aufbewahrt, die zeigen, wie es war. Kein Wunder, daß USIC Schonermans Papiere in die Hände bekommen will. Wenn der Wiederaufbau beginnen könnte –«

»Das wünschen wir uns alle.«

»Und vielleicht bekommen wir es. Auf Wiedersehen.«

Ryan beobachtete, wie der feiste, kleine Geschäftsmann hinausging und seine Aktentasche umklammerte. Die Wachposten der Liga traten beiseite, damit er passieren konnte, und schlossen die Lücke hinter ihm, während er durch den Ausgang verschwand.

Ryan wandte sich wieder dem Schiff zu. Also würde Kastner sein Begleiter sein. USIC – United Synthetic Industries Combine – hatte auf einer paritätischen Vertretung während der Reise bestanden: ein Mann von der Liga, einer von USIC. USIC war sowohl in organisatorischer als auch in finanzieller Hinsicht die Versorgungsquelle für das Projekt »Uhr« gewesen. Ohne diese Hilfe wäre das Projekt nie über das Planungsstadium hinausgekommen. Ryan setzte sich an den Arbeitstisch und schickte die Blaupausen rasch durch den Scanner. Sie hatten lange gearbeitet. Es war nicht mehr sehr viel zu tun. Nur hier und da noch der letzte Schliff.

Der Videoschirm klickte. Ryan stoppte den Scanner und wirbelte herum, um den Anruf entgegenzunehmen.

»Ryan.«

Auf dem Bildschirm erschien der Operator der Zentrale. Der Anruf kam über Ligakabel. »Notruf.«

Ryan erstarrte. »Stellen Sie durch.«

Der Operator wurde ausgeblendet. Einen Augenblick später erschien ein altes Gesicht, rot und zerfurcht. »Ryan –«

»Was ist passiert?«

»Du solltest besser nach Hause kommen. So schnell du kannst.«

»Was gibt's?«

»Jon.«

Ryan zwang sich, ruhig zu bleiben. »Ein neuer Anfall?« Seine Stimme klang belegt.

»Ja.«

»Wie die anderen?«

»Genau wie die anderen.«

Ryans Hand zuckte zum Abschaltknopf. »In Ordnung. Ich bin sofort zu Hause. Laß niemanden hinein. Versuch, ihn zu beruhigen. Laß ihn nicht aus seinem Zimmer. Wenn nötig, verdopple die Wachen.«

Ryan unterbrach die Verbindung. Einen Augenblick später war er auf dem Weg zum Dach, zu seinem Intercity-Schiff, das über ihm, auf dem Dachflugplatz des Gebäudes, parkte.

Sein Intercity-Schiff raste über die endlose graue Asche,

automatische Lenkstationen leiteten es nach Stadt vier. Schreckensbleich starrte Ryan durch die Luke, halb blind für die Aussicht unter ihm.

Er befand sich zwischen den Städten. Das Land war unfruchtbar, endlose Hügel von Schlacke und Asche, soweit das Auge reichte. Städte ragten auf wie verstreute Giftpilze, dazwischen meilenweit Grau. Giftpilze hier und da, Türme und Gebäude, arbeitende Männer und Frauen. Allmählich wurde das Land wieder urbar gemacht. Proviant und Geräte wurden von der Mondstation heruntergebracht.

Während des Krieges hatten die Menschen Terra verlassen und den Mond besiedelt. Terra war verwüstet. Nur noch eine Kugel aus Ruinen und Asche. Als der Krieg vorbei war, kehrten die Menschen allmählich zurück.

Eigentlich hatte es zwei Kriege gegeben. Der erste: Menschen gegen Menschen. Der zweite: Menschen gegen Greifer – komplizierte Roboter, die als Kriegswaffe geschaffen worden waren. Die Greifer hatten sich gegen ihre Schöpfer gewandt und ihre eigenen neuen Typen und Geräte konstruiert.

Ryans Schiff setzte zur Landung an. Er befand sich über Stadt vier. Gleich darauf kam das Schiff auf dem Dach seines gediegenen Privatwohnsitzes im Stadtzentrum zum Stehen. Ryan sprang schnell heraus und lief quer über das Dach zum Lift.

Einen Augenblick später betrat er seinen Wohntrakt und machte sich auf den Weg zu Jons Zimmer.

Er fand den alten Mann, der Jon mit ernstem Gesicht durch die gläserne Zimmerwand beobachtete. Jons Zimmer lag teilweise im Dunkeln. Jon saß auf dem Bettrand, die Hände ineinander verkrampft. Seine Augen waren geschlossen. Sein Mund stand ein wenig offen, und von Zeit zu Zeit kam seine starre Zunge heraus.

»Seit wann ist er in diesem Zustand?« fragte Ryan den alten Mann neben sich.

»Ungefähr seit einer Stunde.«

»Verliefen die anderen Anfälle nach dem gleichen Muster?«

»Dieser ist schlimmer. Sie werden jedesmal schlimmer.«

»Hat keiner außer dir ihn gesehen?«

»Nur wir beide. Ich rief dich an, sobald ich sicher war. Es ist fast vorüber. Er kommt wieder zu sich.«

Auf der anderen Seite der Glasscheibe erhob sich Jon und entfernte sich mit verschränkten Armen von seinem Bett. Das blonde Haar hing ihm zerzaust ins Gesicht. Seine Augen waren noch immer geschlossen. Sein Gesicht war bleich und starr. Seine Lippen zuckten.

»Zuerst war er regelrecht bewußtlos. Ich hatte ihn eine Zeitlang allein gelassen. Ich war in einem anderen Teil des Gebäudes. Als ich zurückkam, lag er auf dem Boden. Er hatte gelesen. Die Bänder lagen überall um ihn herum verstreut. Sein Gesicht war blau, die Atmung unregelmäßig. Er hatte immer wieder Muskelkrämpfe, wie vorher.«

»Was hast du gemacht?«

»Ich ging ins Zimmer und trug ihn zum Bett. Zuerst war er starr, doch nach ein paar Minuten begann er sich zu entspannen. Sein Körper wurde schlaff. Ich kontrollierte seinen Puls. Er war sehr langsam. Die Atmung wurde ruhiger. Und dann fing es an.«

»Es?«

»Das Gerede.«

»Oh.« Ryan nickte.

»Ich wünschte, du hättest dabeisein können. Er redete mehr als je zuvor. Redete und redete. Es strömte nur so aus ihm heraus. Ununterbrochen. Als könnte er nicht aufhören.«

»War – war es das gleiche Gerede wie immer?«

»Genau das gleiche wie sonst auch. Und sein Gesicht leuchtete. Es glühte. Wie zuvor.«

Ryan überlegte. »Kann ich jetzt ins Zimmer gehen?«

»Ja. Es ist fast vorüber.«

Ryan ging zur Tür. Seine Finger drückten gegen das Codeschloß, und die Tür glitt zurück in die Wand.

Jon bemerkte ihn nicht, als er leise ins Zimmer trat. Er lief auf und ab, die Augen geschlossen, die Arme um sich geschlungen. Er schwankte ein wenig. Ryan ging bis zur Mitte des Zimmers und blieb stehen.

»Jon!«

Der Junge blinzelte. Seine Augen öffneten sich. Er schüttelte heftig den Kopf. »Ryan? Was – was wolltest du?«

»Setz dich besser hin.«

Jon nickte. »Ja. Danke.« Unsicher ließ er sich auf dem Bett nieder. Seine blauen Augen waren weit offen. Er strich sich das Haar aus dem Gesicht und lächelte Ryan zaghaft zu.

»Wie fühlst du dich?«

»Ich fühle mich gut.«

Ryan zog sich einen Stuhl heran und setzte sich ihm gegenüber. Er schlug die Beine übereinander und lehnte sich zurück. Lange und eingehend musterte er den Jungen. Keiner von beiden sprach. »Grant sagt, du hattest einen kleinen Anfall«, sagte Ryan schließlich.

Jon nickte.

»Bist du jetzt wieder klar?«

»O ja. Wie läuft's mit dem Zeitschiff?«

»Gut.«

»Du hast versprochen, daß ich es sehen darf, wenn es fertig ist.«

»Darfst du. Wenn alle Arbeiten abgeschlossen sind.«

»Wann wird das sein?«

»Bald. In ein paar Tagen.«

»Ich will es unbedingt sehen. Ich habe darüber nachgedacht. Stell dir vor, in der Zeit zu reisen. Du könntest zurückreisen nach Griechenland. Du könntest zurückreisen und Perikles und Xenophon und – und Epiktet sehen. Du könntest zurückreisen nach Ägypten und mit Echnaton sprechen.« Er grinste. »Ich kann's kaum erwarten, es zu sehen.«

Ryan änderte seine Haltung. »Jon, glaubst du wirklich, du bist gesund genug, um rauszugehen? Vielleicht –«

»Gesund genug? Was soll das heißen?«

»Deine Anfälle. Glaubst du wirklich, du solltest rausgehen? Bist du stark genug?«

Jons Miene verdüsterte sich. »Es sind keine Anfälle. Eigentlich nicht. Du sollst sie nicht Anfälle nennen.«

»Keine Anfälle? Was sind sie dann?«

Jon zögerte. »Ich – ich sollte es dir nicht sagen, Ryan. Du würdest es nicht verstehen.«

Ryan erhob sich. »In Ordnung, Jon. Wenn du das Gefühl hast, du kannst nicht mit mir sprechen, dann gehe ich zurück ins Labor.« Er ging quer durch den Raum zur Tür. »Schade, daß du das Schiff nicht sehen kannst. Ich glaube, es würde dir gefallen.«

Jon folgte ihm wehleidig. »Darf ich es nicht sehen?«

»Vielleicht, wenn ich mehr über deine – deine Anfälle wüßte; dann wüßte ich, ob du gesund genug bist, um rauszugehen.«

Jons Gesicht zuckte. Ryan beobachtete ihn aufmerksam. Er konnte sehen, welche Gedanken Jon durch den Kopf gingen; sie standen ihm ins Gesicht geschrieben. Er kämpfte mit sich.

»Willst du es mir nicht sagen?«

Jon atmete tief durch. »Es sind *Visionen.*«

»Was?«

»Es sind Visionen.« Jons Gesicht strahlte lebhaft. »Ich weiß es schon lange. Grant sagt, es sind keine, aber es sind welche. Wenn du sie sehen könntest, wüßtest du das auch. Sie sind anders als alles andere. Echter als, na ja, als das hier.« Er schlug gegen die Wand. »Echter als das.«

Bedächtig zündete sich Ryan eine Zigarette an. »Erzähl weiter.«

Da sprudelte alles heraus. »Echter als *alles* andere! Als würde man durch ein Fenster schauen. Ein Fenster in eine andere Welt. Eine echte Welt. Sehr viel echter als unsere.

Dagegen ist all dies hier nur eine Schattenwelt. Nur verschwommene Schatten. Formen. Bilder.«

»Schatten einer ultimativen Wirklichkeit?«

»Ja! Genau. Die Welt hinter all dem hier.« Von der Aufregung getrieben, lief Jon auf und ab. »Das hier, all diese Dinge. Was wir hier sehen. Gebäude. Der Himmel. Die Städte. Die endlose Asche. Nichts ist ganz echt. Es ist so verschwommen und vage! Ich fühle es nicht richtig, nicht wie das andere. Und es wird mit der Zeit immer weniger echt. Das andere wird stärker, Ryan. Es wird immer lebendiger! Grant hat gesagt, das sei nur meine Phantasie. Aber das stimmt nicht. Es ist echt. Echter als all diese Dinge hier, die Dinge in diesem Zimmer.«

»Warum können wir es dann nicht alle sehen?«

»Ich weiß es nicht. Ich wünschte, du könntest es sehen. Du solltest es sehen, Ryan. Es ist schön. Es würde dir gefallen, wenn du dich erst mal dran gewöhnt hast. Man braucht Zeit, um sich anzupassen.«

Ryan überlegte. »Erzähl's mir«, sagte er schließlich. »Ich will genau wissen, was du siehst. Siehst du immer das gleiche?«

»Ja. Immer das gleiche. Aber intensiver.«

»Was ist es? Was siehst du, das so echt sein soll?«

Eine Zeitlang gab Jon keine Antwort. Er schien sich in sich zurückgezogen zu haben. Ryan wartete und beobachtete seinen Sohn. Was ging vor in dessen Kopf? Woran dachte er? Die Augen des Jungen waren wieder geschlossen. Seine Hände waren zusammengepreßt, die Finger waren weiß. Er war wieder fort, fort in seiner eigenen Welt.

»Erzähl weiter«, sagte Ryan laut.

Also hatte der Junge *Visionen*. Visionen einer ultimativen Wirklichkeit. Wie im Mittelalter. Sein eigener Sohn. Darin lag eine bittere Ironie. Gerade jetzt, da es schien, als sei endlich dieser Hang des Menschen unter Kontrolle gebracht worden, seine ewige Unfähigkeit, der Wirklichkeit ins Auge zu sehen. Seine ewige Träumerei. Würde es der

Wissenschaft denn niemals gelingen, ihr Ideal zu verwirklichen? Würde der Mensch immer weiter die Illusion der Wirklichkeit vorziehen?

Sein eigener Sohn. Degeneration. Tausend Jahre verloren. Geister, Götter, Teufel, die geheime innere Welt. Die Welt der ultimativen Wirklichkeit. All die Fabeln und Dichtungen und die Metaphysik, die der Mensch jahrhundertelang benutzt hatte, um seine Angst und seine schreckliche Furcht vor der Welt zu kompensieren. All die Träume, die er erfunden hatte, um die Wahrheit zu verbergen, die Welt der rauhen Wirklichkeit. Mythen, Religionen, Märchen. Eine bessere Welt, jenseits, im Himmel. Das Paradies. All das kam zurück, tauchte wieder auf, und ausgerechnet bei seinem eigenen Sohn.

»Erzähl weiter«, sagte Ryan ungeduldig. »Was siehst du?«

»Ich sehe Felder«, sagte Jon. »Gelbe Felder, so strahlend wie die Sonne. Felder und Parks. Endlose Parks. Grün, vermischt mit dem Gelb. Wege, auf denen Menschen gehen können.«

»Was noch?«

»Männer und Frauen. In Gewändern. Sie gehen die Wege entlang, zwischen den Bäumen. Die Luft ist frisch und wohlriechend. Der Himmel leuchtend blau. Vögel. Tiere. Tiere, die in den Parks herumlaufen. Schmetterlinge. Meere. Plätschernde Meere klaren Wassers.«

»Keine Städte?«

»Nicht wie unsere Städte. Nicht genauso. Die Menschen leben in den Parks. Kleine Holzhäuser hier und dort. Zwischen den Bäumen.«

»Straßen?«

»Nur Wege. Keine Schiffe oder so was. Nur Fußgänger.«

»Was siehst du sonst noch?«

»Das ist alles.« Jon öffnete die Augen. Seine Wangen glühten. Seine Augen funkelten und tanzten. »Das ist alles,

Ryan. Parks und gelbe Felder. Männer und Frauen in Gewändern. Und so viele Tiere. Die herrlichen Tiere.«

»Wovon leben sie?«

»Was?«

»Wovon leben die Menschen? Was hält sie am Leben?«

»Sie pflanzen etwas an. Auf den Feldern.«

»Ist das alles? Bauen sie nichts? Haben sie keine Fabriken?«

»Ich glaube nicht.«

»Eine Agrargesellschaft. Primitiv.« Ryan runzelte die Stirn. »Kein Geschäftsleben oder Handel.«

»Sie arbeiten auf den Feldern. Und diskutieren Dinge.«

»Kannst du sie *hören?*«

»Sehr leise. Manchmal kann ich sie ein wenig hören, wenn ich sehr angestrengt lausche. Wörter kann ich allerdings nicht verstehen.«

»Was diskutieren sie?«

»Dinge.«

»Was für Dinge?«

Jon machte eine unbestimmte Geste. »Große Dinge. Die Welt. Das Universum.«

Sie schwiegen. Ryan brummte. Er sagte nichts. Schließlich drückte er die Zigarette aus. »Jon –«

»Ja?«

»Glaubst du, das, was du siehst, ist *echt?*«

Jon lächelte. »Ich weiß, daß es echt ist.«

Ryans Blick war schneidend. »Was soll das heißen, echt? Inwiefern ist deine Welt echt?«

»Sie existiert.«

»Wo existiert sie?«

»Ich weiß es nicht.«

»Hier? Existiert sie hier?«

»Nein. Sie ist nicht hier.«

»Irgendwo anders? Weit weg von hier? In einem anderen Teil des Universums, jenseits unseres Erfahrungsbereichs?«

»Nicht in einem anderen Teil des Universums. Es hat nichts mit dem Raum zu tun. Sie ist hier.« Jon deutete umher. »In der Nähe. Sie ist ganz nah. Ich sehe sie überall um mich herum.«

»Siehst du sie jetzt?«

»Nein. Sie kommt und geht.«

»Hört sie auf zu existieren? Existiert sie nur manchmal?«

»Nein, sie ist immer da. Aber ich kann nicht immer Kontakt mit ihr aufnehmen.«

»Woher weißt du, daß sie immer da ist?«

»Ich weiß es einfach.«

»Warum kann *ich* sie nicht sehen? Warum bist du der einzige, der sie sehen kann?«

»Ich weiß es nicht.« Müde rieb Jon sich die Stirn. »Ich weiß nicht, warum ich der einzige bin, der sie sehen kann. Ich wünschte, du könntest sie sehen. Ich wünschte, jeder könnte sie sehen.«

»Wie kannst du beweisen, daß das keine Halluzination ist? Du hast keinen objektiven Beweis dafür. Du hast nur dein eigenes inneres Empfinden, deinen Bewußtseinszustand. Wie könnte man sie einer empirischen Überprüfung zugänglich machen?«

»Vielleicht geht das nicht. Ich weiß es nicht. Es ist mir egal. Ich *will* sie keiner empirischen Überprüfung zugänglich machen.«

Sie schwiegen. Jons Gesicht war starr und grimmig, er hatte die Zähne zusammengebissen. Ryan seufzte. Toter Punkt.

»In Ordnung, Jon.« Er ging langsam auf die Tür zu. »Auf Wiedersehen.«

Jon sagte nichts.

An der Tür blieb Ryan stehen und blickte zurück. »Deine Visionen werden also stärker, nicht wahr? Stufenweise lebhafter.«

Jon nickte knapp.

Ryan überlegte eine Weile. Schließlich hob er die Hand.

Die Tür glitt beiseite, und er trat aus dem Zimmer auf den Flur hinaus.

Grant kam zu ihm herüber. »Ich habe durch das Fenster zugeschaut. Er ist ziemlich verschlossen, oder?«

»Es ist schwer, mit ihm zu reden. Er scheint zu glauben, diese Anfälle seien so eine Art Vision.«

»Ich weiß. Er hat es mir gesagt.«

»Warum hast du mir nichts davon erzählt?«

»Ich wollte dich nicht noch mehr beunruhigen. Ich weiß, daß du dir Sorgen um ihn gemacht hast.«

»Die Anfälle werden schlimmer. Er sagt, sie seien lebhafter. Überzeugender.«

Grant nickte.

Tief in Gedanken versunken, ging Ryan den Korridor hinunter, Grant folgte ihm. »Es ist schwer, mit Sicherheit zu sagen, welche Vorgehensweise jetzt die beste ist. Die Anfälle nehmen ihn immer mehr in Anspruch. Er fängt an, sie ernst zu nehmen. Sie verdrängen die Außenwelt immer mehr. Und außerdem –«

»Und außerdem reist du bald ab.«

»Wenn wir bloß mehr über das Zeitreisen wüßten. Uns kann alles mögliche passieren.« Ryan rieb sich das Kinn. »Vielleicht kommen wir nicht zurück. Die Zeit ist eine gewaltige Kraft. Sie ist noch nicht gründlich erforscht. Wir haben keine Ahnung, in was wir da hineingeraten können.«

Er erreichte den Lift und blieb stehen.

»Ich muß meine Entscheidung sofort treffen. Sie muß getroffen werden, bevor wir abreisen.«

»Deine Entscheidung?«

Ryan betrat den Lift. »Du wirst es später erfahren. Halte Jon von jetzt ab ständig unter Beobachtung. Du darfst ihn auch nicht einen Augenblick allein lassen. Verstehst du?«

Grant nickte. »Ich verstehe. Du willst sicher sein, daß er sein Zimmer nicht verläßt.«

»Du hörst entweder heute abend oder morgen von mir.«

Ryan fuhr zum Dach hinauf und bestieg sein Intercity-Schiff.

Sobald er in der Luft war, schaltete er den Videoschirm ein und wählte die Dienststelle der Liga an. Das Gesicht des Liga-Operators erschien. »Dienststelle.«

»Verbinden Sie mich mit dem Gesundheitszentrum.«

Der Operator wurde ausgeblendet. Gleich darauf erschien Walter Timmer, der ärztliche Leiter, auf dem Bildschirm. Seine Augen flackerten, als er Ryan erkannte. »Was kann ich für dich tun, Caleb?«

»Ich möchte, daß du einen Krankenwagen und ein paar gute Leute losschickst und hierher nach Stadt vier kommst.«

»Warum?«

»Es geht um eine Angelegenheit, die ich vor mehreren Monaten mit dir besprochen habe. Ich denke, du erinnerst dich.«

Timmers Gesichtsausdruck veränderte sich. »Dein Sohn?«

»Ich habe mich entschieden. Ich kann nicht länger warten. Sein Zustand verschlechtert sich, und wir gehen bald auf die Zeitreise. Ich will, daß das erledigt wird, bevor ich abreise.«

»In Ordnung.« Timmer machte sich eine Notiz. »Wir werden hier sofort alle Vorbereitungen treffen. Und wir schicken ein Schiff rüber, um ihn unverzüglich abzuholen.«

Ryan zögerte. »Werdet ihr die Sache auch ordentlich machen?«

»Natürlich. James Pryor wird die eigentliche Operation durchführen.« Timmer griff nach oben, um die Leitung des Videoschirms zu unterbrechen. »Keine Sorge, Caleb. Er wird seine Sache ordentlich machen. Pryor ist der beste Lobotomie-Spezialist, den wir hier im Zentrum haben.«

Ryan breitete die Karte aus und spannte die Ecken auf den

Tisch. »Das ist die Zeitkarte; darin ist die Zeit räumlich dargestellt. Damit wir sehen können, wohin wir reisen.«

Kastner spähte über seine Schulter. »Werden wir uns auf das eine Projekt beschränken – Schonermans Papiere zu bekommen? Oder können wir herumreisen?«

»Nur das eine Projekt ist geplant. Doch um sicherzustellen, daß auch alles klappt, sollten wir auf dieser Seite von Schonermans Kontinuum einige Zwischenstopps einlegen. Unsere Zeitkarte könnte ungenau sein, oder beim Triebwerk selbst könnte eine gewisse Abweichung auftreten.«

Die Arbeit war beendet. Die letzten Teilstücke waren alle montiert.

In einer Ecke des Raumes saß Jon und sah mit ausdruckslosem Gesicht zu. Ryan blickte kurz zu ihm hinüber. »Wie gefällt es dir?«

»Gut.«

Das Zeitschiff sah aus wie eine Art stummelförmiges Insekt, das mit Warzen und Wülsten übersät war. Ein viereckiger Kasten mit Fenstern und zahllosen Türmchen. Überhaupt nicht wie ein echtes Schiff.

»Ich nehme an, du würdest gern mitkommen«, sagte Kastner zu Jon. »Stimmt's?«

Jon nickte matt.

»Wie fühlst du dich?« fragte Ryan ihn.

»Gut.«

Ryan betrachtete seinen Sohn. Der Junge hatte wieder Farbe bekommen. Er hatte einen Großteil seiner früheren Vitalität wiedererlangt. Visionen hatte er natürlich nicht mehr.

»Vielleicht kannst du nächstes Mal mitkommen«, sagte Kastner.

Ryan wandte sich wieder der Karte zu. »Schonermans Arbeit entstand größtenteils zwischen 2030 und 2037. Die Ergebnisse kamen erst einige Jahre später zur Anwendung. Erst nach gründlicher Erwägung wurde die Entscheidung getroffen, seine Arbeit im Krieg zu verwenden. Die Regierungen scheinen sich der Gefahren bewußt gewesen zu sein.«

»Aber nicht ausreichend.«

»Nein.« Ryan zögerte. »Und wir könnten in die gleiche Situation kommen.«

»Was soll das heißen?«

»Schonermans Entdeckung des künstlichen Gehirns ging verloren, als der letzte Greifer vernichtet wurde. Keiner von uns war in der Lage, seine Arbeit zu kopieren. Wenn wir seine Papiere hierherholen, könnten wir die Gesellschaft wieder in Gefahr bringen. Wir könnten die Greifer zurückbringen.«

Kastner schüttelte den Kopf. »Nein. Man kann Schonermans Arbeit nicht ohne weiteres mit den Greifern gleichsetzen. Die Entwicklung eines künstlichen Gehirns impliziert nicht dessen todbringende Verwendung. Jede wissenschaftliche Entdeckung kann zur Vernichtung eingesetzt werden. Selbst das Rad wurde für die Streitwagen der Assyrer benutzt.«

»Vermutlich haben Sie recht.« Ryan warf Kastner einen raschen Blick zu. »Sind Sie sicher, daß USIC nicht beabsichtigt, Schonermans Arbeit für militärische Zwecke zu nutzen?«

»USIC ist ein Industriekonzern. Keine Regierung.«

»Das würde seine Überlegenheit für lange Zeit sichern.«

»USIC ist auch so mächtig genug.«

»Lassen wir das.« Ryan rollte die Karte zusammen. »Wir können jederzeit starten. Ich kann es kaum erwarten. Wir haben lange dafür gearbeitet.«

»Richtig.«

Ryan ging quer durch den Raum zu seinem Sohn hinüber. »Wir reisen ab, Jon. Wir dürften schon recht bald zurück sein. Wünsch uns Glück.«

Jon nickte. »Ich wünsche euch Glück.«

»Fühlst du dich gut?«

»Ja.«

»Jon – du fühlst dich jetzt besser, oder? Besser als vorher?«

»Ja.«

»Bist du nicht froh, daß sie verschwunden sind? Die ganzen Scherereien, die du hattest?«

»Ja.«

Unbeholfen legte Ryan die Hand auf die Schulter des Jungen. »Auf Wiedersehen.«

Ryan und Kastner stiegen die Rampe hinauf zur Einstiegsluke des Zeitschiffes. Jon beobachtete sie schweigend aus seiner Ecke. Ein paar Wachposten der Liga lungerten an den Eingängen zum Arbeitslabor herum und sahen mit oberflächlichem Interesse zu.

An der Luke blieb Ryan stehen. Er rief einen der Wachposten zu sich herüber. »Sagen Sie Timmer, ich möchte ihn sprechen.«

Der Wachposten ging weg und schob sich durch den Ausgang.

»Was ist los?« fragte Kastner.

»Ich muß ihm einige letzte Anweisungen geben.«

Kastner warf ihm einen kurzen, scharfen Blick zu. »Letzte? Was ist los? Glauben Sie, uns wird etwas passieren?«

»Nein. Nur eine Vorsichtsmaßnahme.«

Timmer kam mit großen Schritten herein. »Reist ihr ab, Ryan?«

»Alles ist bereit. Es gibt keinen Grund, noch länger zu zögern.«

Timmer kam die Rampe herauf. »Wozu hast du mich rufen lassen?«

»Vielleicht ist es unnötig. Aber es besteht immer die Möglichkeit, daß irgendwas schiefgeht. Falls das Schiff nicht planmäßig wiederauftaucht, habe ich bei den Mitgliedern der Liga etwas hinterlegt –«

»Du möchtest, daß ich einen Vormund für Jon benenne.«

»Genau.«

»Mach dir darüber keine Sorgen.«

»Ich weiß. Aber ich würde mich besser fühlen. Jemand sollte auf ihn aufpassen.«

Sie warfen beide einen kurzen Blick auf den stillen, teilnahmslosen Jungen, der in der Ecke des Raumes saß. Jon starrte geradeaus. Sein Gesicht war leer. Seine Augen waren glanzlos und gleichgültig. Dort war nichts.

»Viel Glück«, sagte Timmer. Er und Ryan schüttelten sich die Hände. »Ich hoffe, daß alles klappt.«

Kastner kletterte ins Innere des Schiffes und stellte seine Aktentasche ab. Ryan folgte ihm, klappte die Luke herunter und ließ die Verriegelung einrasten. Er sperrte das innere Schloß fest zu. Eine Reihe der automatischen Beleuchtung schaltete sich ein. Der Druckkontrollmechanismus ließ zischend Luft in die Kabine des Schiffes strömen.

»Luft, Licht, Heizung«, sagte Kastner. Er spähte durch die Pforte zu den Wachposten der Liga draußen. »Es ist kaum zu glauben. In wenigen Minuten wird das alles verschwinden. Das Gebäude. Die Wachposten. Alles.«

Ryan ließ sich am Steuerpult des Schiffes nieder und breitete die Zeitkarte aus. Er befestigte die Karte in der richtigen Lage und legte die Kabelzuleitungen von dem vor ihm liegenden Pult aus quer über ihre Oberfläche. »Mein Plan sieht vor, unterwegs mehrere Beobachtungsstopps einzulegen, damit wir einige der Ereignisse aus der Vergangenheit, die für unsere Arbeit wichtig sind, in Augenschein nehmen können.«

»Den Krieg?«

»Hauptsächlich. Ich bin daran interessiert, die Greifer konkret in Aktion zu sehen. Nach den Berichten des Kriegsministeriums hatten sie einmal ganz Terra unter Kontrolle.«

»Gehen wir nicht zu nah ran, Ryan.«

Ryan lachte. »Wir werden nicht landen. Wir machen unsere Beobachtungen aus der Luft. Der einzige, mit dem wir wirklich Kontakt aufnehmen, ist Schonerman.«

Ryan schloß den Starkstromkreis. Energie floß durch das

Schiff um sie herum, strömte in die Meßinstrumente und Anzeigetafeln am Steuerpult. Nadeln schnellten empor und registrierten die Spannung.

»Das Wichtigste, worauf wir achten müssen, ist unsere Energiehöchstgrenze«, erklärte Ryan. »Wenn sich eine zu starke Ladung von Zeit-Ergs anstaut, ist das Schiff nicht mehr in der Lage, aus dem Zeitstrom auszuscheren. Wir werden uns stetig zurück in die Vergangenheit bewegen und dabei eine immer größere Spannung aufbauen.«

»Eine gewaltige Bombe.«

»Richtig.« Ryan stellte die vor ihm angeordneten Schalter ein. Die Anzeigen der Meßgeräte veränderten sich. »Jetzt geht's los. Halten Sie sich lieber fest.«

Er gab die Steuerung frei. Das Schiff bebte, während es in die richtige Position polarisierte und in den Zeitstrom glitt. Die Turbinenschaufeln und Wülste veränderten ihre Lage und stellten sich selbsttätig auf die Belastung ein. Relais schlossen sich und bremsten das Schiff gegen die Strömung, die sie umflutete.

»Wie das Meer«, murmelte Ryan. »Die mächtigste Energie im Universum. Die große Dynamik hinter aller Bewegung. Die Urkraft.«

»Vielleicht ist es das, was man sich früher unter Gott vorstellte.«

Ryan nickte. Das Schiff um sie herum vibrierte. Sie waren in der Gewalt einer riesigen Hand, einer ungeheuren Faust, die sich geräuschlos schloß. Sie hatten sich in Bewegung gesetzt. Durch die Pforte sahen sie, wie Menschen und Mauern zu schwinden begannen, wie sie aufhörten zu existieren, während das Schiff aus seiner Phasengleichheit mit der Gegenwart herausglitt und immer weiter in den Zeitstrom hineintrieb.

»Es wird nicht lange dauern«, murmelte Ryan.

Ganz plötzlich erlosch die Szene jenseits der Pforte. Nichts war mehr dort. Jenseits von ihnen: nichts.

»Wir sind nicht phasengleich mit irgendwelchen

Raum-Zeit-Objekten«, erklärte Ryan. »Wir sind aus dem Brennpunkt des Universums selbst gerückt. In diesem Augenblick existieren wir in der Nicht-Zeit. Es gibt kein Kontinuum, zu dem wir gehören.«

»Ich hoffe, wir können zurückkehren.« Kastner setzte sich nervös hin, die Augen auf die leere Pforte gerichtet. »Ich fühle mich wie der erste Mensch, der in einem U-Boot untertauchte.«

»Das war während der Amerikanischen Revolution. Das U-Boot wurde mit einer Kurbel angetrieben, die der Steuermann drehte. Am anderen Ende der Kurbel war eine Schiffsschraube.«

»Wie gelang es ihm, tief zu tauchen?«

»Es gelang ihm nicht. Er kurbelte sein Boot unter eine britische Fregatte und bohrte ein Loch in ihren Rumpf.«

Kastner warf einen raschen Blick auf den Rumpf des Zeitschiffes, der unter der Belastung vibrierte und klapperte. »Was würde geschehen, wenn das Schiff auseinanderbräche?«

»Wir würden uns in Atome auflösen. In den Strom um uns herum übergehen.« Ryan zündete sich eine Zigarette an. »Wir würden zu einem Bestandteil des Zeitstromes. Wir würden uns endlos hin und her bewegen, von einem Ende des Universums zum anderen.«

»Ende?«

»Die Zeit ist endlich. Die Zeit strömt in beide Richtungen. In diesem Augenblick bewegen wir uns rückwärts. Doch Energie muß sich in beide Richtungen bewegen, um ein Gleichgewicht zu halten. Andernfalls würden sich ungeheure Mengen von Zeit-Ergs in einem bestimmten Kontinuum ansammeln, und das Ergebnis wäre katastrophal.«

»Glauben Sie, daß hinter all dem ein Sinn steckt? Ich frage mich, wie der Zeitstrom jemals angefangen hat.«

»Ihre Frage ist bedeutungslos. Fragen nach dem Sinn haben keine objektive Gültigkeit. Sie können nicht mit empirischen Methoden überprüft werden.«

Kastner verstummte. Nervös zupfte er an seinem Ärmel und beobachtete die Pforte.

Die Kabelarme bewegten sich quer über die Zeitkarte und folgten einer Linie von der Gegenwart zurück in die Vergangenheit. Aufmerksam beobachtete Ryan die Bewegung der Arme. »Wir erreichen den letzten Teil des Krieges. Das Endstadium. Ich werde das Schiff wieder in Phase bringen und es aus dem Zeitstrom auskoppeln.«

»Befinden wir uns dann wieder im Universum?«

»Zwischen Objekten. In einem spezifischen Kontinuum.«

Ryan packte den Stromversorgungsschalter. Er atmete tief durch. Das Schiff hatte den ersten großen Test bestanden. Sie waren ohne Zwischenfall in den Zeitstrom eingetreten. Konnten sie ihn ebenso leicht wieder verlassen? Er schaltete die Stromversorgung ab.

Das Schiff machte einen Satz. Kastner taumelte und hielt sich am Wandträger fest. Draußen vor der Pforte wirbelte und flimmerte ein grauer Himmel. Regulatoren rasteten ein und brachten das Schiff in der Luft in horizontale Lage. Tief unter ihnen kreiste und krängte Terra, während das Schiff sein Gleichgewicht wiederfand.

Kastner eilte zur Porte, um hinauszuspähen. Sie befanden sich gut hundert Meter über der Erdoberfläche und rasten parallel zum Boden dahin. Graue Asche erstreckte sich in alle Richtungen, unterbrochen von gelegentlichen Schuttbergen. Ruinen von Städten, Gebäuden, Mauern. Kümmerliche Überreste von Kriegsgerät. Aschewolken wirbelten über den Himmel und verdunkelten die Sonne.

»Ist der Krieg noch im Gange?« fragte Kastner.

»Noch herrschen die Greifer über Terra. Wir müßten sie sehen können.«

Ryan stieg mit dem Zeitschiff höher und erweiterte dadurch ihren Gesichtskreis. Kastner suchte den Boden ab. »Was passiert, wenn sie auf uns schießen?«

»Wir können immer in die Zeit entkommen.«

»Sie könnten das Schiff kapern und es benutzen, um in die Gegenwart zu gelangen.«

»Das bezweifle ich. In diesem Stadium des Krieges waren die Greifer damit beschäftigt, sich gegenseitig zu bekämpfen.«

Rechts von ihnen schlängelte sich eine Straße, verschwand in der Asche und tauchte weiter hinten wieder auf. Bombenkrater klafften hier und da und hatten die Straße aufgerissen. Etwas kroch langsam darauf entlang.

»Dort«, sagte Kastner. »Auf der Straße. Eine Art Kolonne.«

Ryan manövrierte das Schiff. Sie hingen über der Straße und spähten beide hinaus. Die Kolonne war dunkelbraun, eine Reihe im Gänsemarsch, die sich gleichmäßig vorwärts bewegte. Männer, eine Kolonne von Männern, die schweigend durch die Landschaft aus Asche marschierte.

Plötzlich schnappte Kastner nach Luft. »Sie sind identisch! Sie sind alle gleich!«

Was sie sahen, war eine Greiferkolonne. Wie ferngesteuerte Spielzeuge marschierten die Roboter dahin und stapften durch die graue Asche. Ryan hielt den Atem an. Natürlich hatte er einen solchen Anblick erwartet. Es gab nur vier Typen Greifer. Die, die er jetzt sah, waren alle in derselben unterirdischen Fabrik hergestellt worden, mit denselben Preßwerkzeugen und Stanzmaschinen. Fünfzig oder sechzig Roboter, die aussahen wie junge Männer, marschierten ruhig dahin. Sie bewegten sich sehr langsam. Jeder hatte nur ein Bein.

»Sie müssen gegeneinander gekämpft haben«, murmelte Kastner.

»Nein. Dieser Typ wurde so gemacht. Der Verwundeter-Soldat-Typ. Ursprünglich wurden sie konstruiert, um menschliche Wachposten zu überlisten und sich so Zutritt zu den normalen Bunkern zu verschaffen.«

Es war unheimlich, die schweigende Kolonne der Männer zu beobachten, identischer Männer, jeder genau wie sein Nebenmann, wie sie sich auf der Straße dahinschleppten. Jeder Soldat stützte sich auf eine Krücke. Selbst die Krücken waren identisch. Angewidert öffnete und schloß Kastner den Mund.

»Nicht sehr erfreulich, nicht wahr?« sagte Ryan. »Wir haben Glück, daß die menschliche Rasse zur Luna entkommen konnte.«

»Sind keine von denen gefolgt?«

»Ein paar, doch zu diesem Zeitpunkt hatten wir die vier Typen schon identifiziert und waren auf sie vorbereitet.« Ryan packte den Stromversorgungsschalter. »Sehen wir zu, daß wir weiterkommen.«

»Warten Sie.« Kastner hob die Hand. »Gleich passiert was.«

Rechts der Straße glitt eine Gruppe von Gestalten schnell durch die Asche den Abhang einer Anhöhe hinunter. Ryan ließ den Stromversorgungsschalter los und beobachtete sie. Die Gestalten waren identisch. Frauen. Die Frauen in Uniform und Stiefeln rückten geräuschlos in Richtung auf die Kolonne auf der Straße vor.

»Eine andere Variante«, sagte Kastner.

Plötzlich kam die Kolonne der Soldaten zum Stehen. Sie verteilten sich und humpelten unbeholfen in alle Richtungen. Einige von ihnen stolperten, ließen ihre Krücken los und fielen hin. Die Frauen stürmten auf die Straße. Sie waren schlank und jung, mit dunklen Haaren und Augen. Einer der Verwundeten Soldaten begann zu schießen. Eine Frau nestelte an ihrem Gürtel. Sie holte zum Wurf aus.

»Was –«, brummte Kastner. Plötzlich ein Aufblitzen. Eine Wolke aus weißem Licht stieg von der Mitte der Straße auf und wogte in alle Richtungen.

»Irgendeine Art Aufschlagbombe«, sagte Ryan.

»Vielleicht sollten wir besser hier verschwinden.«

Ryan legte den Hebel um. Die Szene unter ihnen begann zu verschwimmen. Plötzlich wurde sie ausgeblendet und erlosch.

»Gott sei Dank ist das vorbei«, sagte Kastner. »So sah also der Krieg aus.«

»Der zweite Teil. Der wichtigere Teil. Greifer gegen Greifer. Ein Glück, daß sie begannen, sich gegenseitig zu bekämpfen. Glück für uns, meine ich.«

»Wohin jetzt?«

»Wir legen noch einen Beobachtungsstopp ein. Während des ersten Teils des Krieges. Bevor die Greifer zum Einsatz kamen.«

»Und dann Schonerman?«

Ryan biß die Zähne zusammen. »Richtig. Noch ein Zwischenstopp, und dann Schonerman.«

Ryan stellte die Steuerung ein. Die Meßinstrumente reagierten kaum merklich. Die Kabelarme folgten ihrem Weg quer über die Karte. »Es wird nicht lange dauern«, sagte Ryan. Er packte den Schalter und stellte die Relais ein. »Diesmal müssen wir vorsichtiger sein. Es wird mehr Kampfhandlungen geben.«

»Vielleicht sollten wir nicht einmal –«

»Ich will es sehen. Damals kämpften Menschen gegen Menschen. Das Sowjetgebiet gegen die Vereinten Nationen. Ich bin gespannt, wie das war.«

»Was, wenn sie uns entdecken?«

»Wir können schnell abhauen.«

Kastner sagte nichts. Ryan bediente die Steuerung. Die Zeit verging. Am Rande des Pultes verglomm Ryans Zigarette zu Asche. Schließlich richtete er sich auf.

»Wir sind da. Aufgepaßt.« Er schaltete den Strom ab.

Unter ihnen erstreckten sich grüne und braune Ebenen, von Bombenkratern übersät. Teile einer Stadt flitzten vorbei. Sie brannte. Gewaltige Rauchsäulen stiegen zum Himmel. Entlang den Straßen bewegten sich schwarze Punkte, Ströme von fliehenden Menschen und Fahrzeugen.

»Ein Bombenangriff«, sagte Kastner. »Gerade vor kurzem.«

Die Stadt blieb zurück. Sie befanden sich über offenem

Gelände. Militärlastwagen rasten dahin. Der Großteil des Bodens war noch unversehrt. Sie konnten ein paar Bauern sehen, die ihre Felder bestellten. Die Bauern warfen sich zu Boden, als das Zeitschiff über sie hinwegflog.

Ryan beobachtete den Himmel. »Passen Sie auf.«

»Flugzeuge?«

»Ich weiß nicht genau, wo wir sind. In diesem Teil des Krieges kenne ich die Stellungen der Kriegsparteien nicht. Wir können uns über UN-Gebiet oder über sowjetischem Gebiet befinden.« Ryan hielt den Schalter fest umklammert.

Aus dem blauen Himmel tauchten zwei Punkte auf. Die Punkte wurden größer. Ryan beobachtete sie aufmerksam. Neben ihm gab Kastner ein nervöses Brummen von sich. »Ryan, wir sollten lieber –«

Die Punkte trennten sich. Ryans Hand schloß sich um den Stromversorgungsschalter. Mit einem Ruck schaltete er den Strom an. Während sich die Szene auflöste, flitzten die Punkte vorbei. Dann war draußen nur noch Grau.

In ihren Ohren hallte noch das Dröhnen der beiden Flugzeuge wider.

»Das war knapp«, sagte Kastner.

»Ziemlich. Die haben keine Zeit verplempert.«

»Ich hoffe, Sie wollen nicht noch mal anhalten.«

»Nein. Keine Beobachtungsstopps mehr. Als nächstes kommt das Projekt selbst. Wir sind in der Nähe von Schonermans Zeitbereich. Ich kann anfangen, die Geschwindigkeit des Schiffes zu drosseln. Es wird brenzlig werden.«

»Brenzlig?«

»Es wird nicht leicht sein, zu Schonerman vorzudringen. Wir müssen sein Kontinuum exakt treffen, sowohl räumlich als auch zeitlich. Vielleicht wird er bewacht. Auf jeden Fall wird uns niemand viel Zeit geben, uns vorzustellen.« Ryan klopfte auf die Zeitkarte. »Und es besteht immer die Möglichkeit, daß die hier angegebenen Informationen ungenau sind.«

»Wie lange noch, bis wir uns mit einem Kontinuum phasengleich schalten? Mit Schonermans Kontinuum?«

Ryan sah auf seine Armbanduhr. »Etwa fünf bis zehn Minuten. Machen Sie sich zum Verlassen des Schiffes bereit. Wir werden einen Teil zu Fuß erledigen.«

Es war Nacht. Kein Laut, nur unendliche Stille. Kastner lauschte angestrengt, das Ohr gegen den Schiffsrumpf gepreßt. »Nichts.«

»Nein. Ich höre auch nichts.« Vorsichtig ließ Ryan die Verriegelung zurückgleiten und öffnete die Luke. Er stieß sie auf, packte sein Gewehr fest und spähte hinaus in die Dunkelheit.

Die Luft war frisch und kalt. Sie roch nach Dingen, die wachsen. Nach Bäumen und Blumen. Er atmete tief ein. Er konnte nichts sehen. Es war stockdunkel. Weit weg, in der Ferne, zirpte eine Grille.

»Hören Sie das?« fragte Ryan.

»Was ist das?«

»Ein Käfer.« Ryan stieg behutsam aus. Der Boden unter den Füßen war weich. Er begann, sich an die Dunkelheit zu gewöhnen. Über ihm blinkten ein paar Sterne. Er konnte Bäume erkennen, eine weite Fläche voller Bäume. Und jenseits der Bäume einen hohen Zaun.

Kastner stieg neben ihm aus. »Was jetzt?«

»Sprechen Sie leise.« Ryan deutete auf den Zaun. »Wir gehen dort rüber. Irgendein Gebäude.«

Sie gingen quer über die weite Fläche zum Zaun. Dort richtete Ryan sein Gewehr auf den Zaun und stellte die niedrigste Ladung ein. Der Zaun verkohlte und sank in sich zusammen, der Draht glühte rot.

Ryan und Kastner stiegen über den Zaun. Vor ihnen ragte die Seitenwand des Gebäudes auf, Beton und Stahl. Ryan nickte Kastner zu. »Wir müssen uns schnell bewegen. Und geduckt.«

Er ging in die Hocke und atmete tief ein. Dann rannte er

gebückt los, Kastner neben ihm. Sie rannten quer über das Gelände zum Gebäude. Vor ihnen wurde undeutlich ein Fenster sichtbar. Dann eine Tür. Ryan warf sein Gewicht dagegen.

Die Tür gab nach. Ryan fiel taumelnd nach drinnen. Flüchtig sah er erschreckte Gesichter, Männer, die auf die Füße sprangen.

Ryan schoß und schwenkte dabei die Gewehrmündung durch den Raum. Flammen schossen heraus und knisterten um ihn herum. Kastner schoß über Ryans Schulter. In den Flammen bewegten sich Gestalten, verschwommene Silhouetten, die hinfielen und sich am Boden wälzten.

Die Flammen erloschen. Ryan schob sich vorwärts, stieg über verkohlte Haufen auf dem Fußboden. Eine Kaserne. Schlafkojen, Überreste eines Tisches. Eine Lampe und ein Radio waren umgekippt.

Im Lichtstrahl der Lampe studierte Ryan eine Gefechtskarte an der Wand. Nachdenklich fuhr er mit dem Finger über die Karte.

»Sind wir weit weg?« fragte Kastner, der mit schußbereitem Gewehr neben der Tür stand.

»Nein. Nur ein paar Meilen.«

»Wie kommen wir dorthin?«

»Wir benutzen das Zeitschiff. Das ist sicherer. Wir haben Glück. Es hätte am anderen Ende der Welt sein können.«

»Werden dort viele Wachposten sein?«

»Die Fakten verrate ich Ihnen, wenn wir dort sind.« Ryan ging zur Tür. »Kommen Sie. Es könnte uns jemand gesehen haben.«

Von den Überresten des Tisches schnappte sich Kastner eine Handvoll Zeitungen. »Die nehm ich mit. Vielleicht verraten sie uns irgendwas.«

»Gute Idee.«

Ryan landete das Schiff in einer Talmulde zwischen zwei Hügeln. Er breitete die Zeitungen aus und studierte sie aufmerksam. »Wir sind früher, als ich dachte. Um ein paar Monate. Vorausgesetzt, die sind neu.« Er befühlte das Zeitungspapier. »Noch nicht vergilbt. Wahrscheinlich etwa einen Tag alt.«

»Welches Datum haben wir?«

»Herbst 2030. 21. September.«

Kastner spähte durch die Pforte. »Die Sonne wird bald aufgehen. Der Himmel wird schon grau.«

»Wir werden schnell arbeiten müssen.«

»Ich bin etwas unsicher. Worin besteht meine Aufgabe?«

»Schonerman hält sich in einem kleinen Dorf jenseits dieses Hügels auf. Wir befinden uns in den Vereinigten Staaten. In Kansas. Dieses Gebiet ist von Truppen umstellt, von einem Ring aus Bunkern und Unterständen. Wir befinden uns innerhalb dieser Begrenzung. In diesem Kontinuum ist Schonerman praktisch unbekannt. Seine Forschungsarbeit ist noch nicht veröffentlicht worden. Gegenwärtig arbeitet er an einem großangelegten Forschungsprojekt der Regierung mit.«

»Dann hat er keine Sonderbewachung.«

»Erst später, nachdem er seine Arbeit der Regierung übergeben haben wird, wird er Tag und Nacht bewacht. Er wird in einem unterirdischen Laboratorium untergebracht und nie raufgelassen ins Freie. Der wertvollste Forschungsarbeiter der Regierung. Aber im Augenblick –«

»Wie werden wir ihn erkennen?«

Ryan reichte Kastner ein Bündel Fotos. »Das ist Schonerman. Alle Aufnahmen, die bis in unsere Zeit erhalten geblieben sind.«

Kastner betrachtete die Aufnahmen aufmerksam. Schonerman war klein und trug eine Hornbrille. Er lächelte matt in die Kamera, ein dünner, nervöser Mann mit vorspringender Stirn. Seine Hände waren schlank, die Finger lang und spitz. Auf einem Foto saß er an seinem Schreibtisch, neben sich eine Pfeife, die schmale Brust von einem Wollpullunder bedeckt. Auf einem anderen saß er mit übereinandergeschlagenen Beinen da, eine getigerte Katze auf dem Schoß und einen Krug Bier vor sich. Einen alten deutschen Emailkrug mit Jagdszenen und Frakturschrift.

»Das ist also der Mann, der die Greifer erfand. Beziehungsweise die Forschungsarbeit gemacht hat.«

»Das ist der Mann, der die Grundlagen für das erste funktionierende künstliche Gehirn erarbeitet hat.«

»Wußte er, daß man seine Arbeit benutzen würde, um die Greifer zu bauen?«

»Zunächst nicht. Berichten zufolge erfuhr Schonerman erst davon, nachdem die erste Partie Greifer freigegeben war. Die Vereinten Nationen waren dabei, den Krieg zu verlieren. Die Sowjets waren uns durch ihre Überraschungsangriffe zu Beginn des Krieges zunächst überlegen. Die Greifer wurden als Triumph des westlichen Fortschritts begeistert begrüßt. Eine Zeitlang schien sich das Blatt in diesem Krieg gewendet zu haben.«

»Und dann –«

»Und dann begannen die Greifer, ihre eigenen Varianten herzustellen und Sowjets und Westmächte gleichermaßen anzugreifen. Die einzigen Menschen, die überlebten, waren die auf der UN-Station auf Luna. Ein paar Dutzend Millionen.«

»Es war ein Glück, daß sich die Greifer schließlich gegenseitig angriffen.«

»Schonerman erlebte die gesamte Entwicklung seiner Arbeit bis zum Endstadium. Es heißt, er sei außerordentlich verbittert gewesen.«

Kastner gab die Aufnahmen zurück. »Und Sie sagen, er wird nicht besonders bewacht?«

»Nicht in diesem Kontinuum. Nicht mehr als jeder andere Forschungsarbeiter auch. Er ist jung. In diesem Kontinuum ist er erst fünfundzwanzig Jahre alt. Vergessen Sie das nicht.«

»Wo werden wir ihn finden?«

»Das Regierungsprojekt ist in einem ehemaligen Schulhaus untergebracht. Ein Großteil der Arbeit findet über der Erde statt. Noch ist der Raum unter der Erde kaum nutzbar gemacht. Die Forscher leben in Kasernen etwa eine Viertelmeile von ihren Laboratorien entfernt.« Ryan warf einen raschen Blick auf seine Uhr. »Unsere beste Chance besteht darin, ihn zu erwischen, wenn er mit der Arbeit an seinem Werktisch im Labor beginnt.«

»Nicht in der Kaserne?«

»Die Papiere sind alle im Labor. Die Regierung gestattet nicht, irgendwelche Schriftstücke mit hinauszunehmen. Jeder Arbeiter wird beim Hinausgehen durchsucht.« Ryan berührte behutsam seinen Mantel. »Wir müssen vorsichtig sein. Schonerman darf nichts geschehen. Wir wollen nur seine Papiere.«

»Werden wir unsere Sprengschußgewehre nicht benutzen?«

»Nein. Wir dürfen keinesfalls das Risiko eingehen, ihn zu verletzen.«

»Werden seine Papiere ganz bestimmt an seinem Werktisch sein?«

»Er darf sie unter keinen Umständen von dort wegbringen. Wir wissen ganz genau, wo wir das finden werden, was wir suchen. Es gibt nur einen Ort, an dem die Papiere sein können.«

»Ihre Sicherheitsvorkehrungen spielen uns direkt in die Hände.«

»Genau«, murmelte Ryan.

Zwischen den Bäumen hindurch rannten Ryan und Kastner den Abhang hinunter. Der Boden unter ihren Füßen war hart und kalt. Sie kamen am Stadtrand heraus. Einige Menschen waren bereits unterwegs und gingen langsam die Straße entlang. Die Stadt war nicht bombardiert worden. Bis jetzt war noch nichts beschädigt. Die Schaufenster der Geschäfte waren mit Brettern vernagelt, und riesige Pfeile wiesen den Weg zu den unterirdischen Schutzräumen.

»Was tragen sie?« fragte Kastner. »Einige von ihnen tragen etwas vor ihren Gesichtern.«

»Bakterienmasken. Kommen Sie.« Ryan packte seine Sprengschußpistole fester, während er und Kastner die Stadt durchquerten. Niemand beachtete sie.

»Nur zwei Uniformierte mehr«, sagte Kastner.

»Unsere größte Hoffnung liegt in der Überraschung. Wir befinden uns innerhalb des Verteidigungswalles. Am Himmel fliegen Patrouillen gegen sowjetische Flugzeuge. Hier könnten keine Sowjetagenten landen. Und auf jeden Fall ist dies hier ein unbedeutendes Forschungslabor mitten in den Vereinigten Staaten. Es gäbe keinen Grund für Sowjetagenten hierherzukommen.«

»Aber es gibt Wachposten.«

»Alles wird bewacht. Die gesamte Wissenschaft. Die gesamte Forschungsarbeit.«

Vor ihnen zeichnete sich undeutlich das Schulgebäude ab. Ein paar Männer liefen am Eingang herum. Ryans Herz schnürte sich zusammen. War einer von ihnen Schonerman?

Die Männer gingen hinein, einer nach dem anderen. Ein Wachposten in Helm und Uniform überprüfte ihre Kennmarken. Ein paar der Männer trugen Bakterienmasken, nur ihre Augen waren sichtbar. Würde er Schonerman erkennen? Was, wenn er eine Maske trüge? Plötzlich wurde Ryan von Furcht ergriffen. Mit einer Maske würde Schonerman aussehen wie alle anderen.

Ryan ließ seine Sprengschußpistole verschwinden und bedeutete Kastner, dasselbe zu tun. Seine Finger schlossen sich um das Futter seiner Manteltasche. Schlafgaskristalle. Zu diesem frühen Zeitpunkt würde niemand gegen Schlafgas immunisiert worden sein. Es war erst etwa ein Jahr später entwickelt worden. Das Gas würde jeden im Umkreis von über einhundert Metern für eine unterschiedliche Zeitdauer in Schlaf versetzen. Es war eine heikle und unberechenbare Waffe – doch wie geschaffen für diese Situation.

»Ich bin bereit«, murmelte Kastner.

»Warten Sie. Wir müssen auf *ihn* warten.«

Sie warteten. Die Sonne stieg und erwärmte den kalten Himmel. Weitere Forschungsarbeiter erschienen und gingen im Gänsemarsch den Weg entlang ins Gebäude hinein. Sie stießen weiße Wolken gefrierender Atemluft aus und schlugen die Hände aneinander. Ryan begann nervös zu werden. Einer der Wachposten beobachtete ihn und Kastner. Wenn sie Verdacht schöpften –

Ein kleiner Mann in einem schweren Überzieher und mit Hornbrille kam den Weg herauf und eilte auf das Gebäude zu.

Ryan spannte sich an. Schonerman! Schonerman ließ den Wachposten kurz seine Kennmarke sehen. Er stampfte den Matsch von den Füßen und streifte beim Hineingehen seine Fausthandschuhe ab. Es dauerte nur einen Augenblick. Ein flotter junger Mann, der sich beeilte, an seine Arbeit zu kommen. An seine Papiere.

»Kommen Sie«, sagte Ryan.

Er und Kastner bewegten sich vorwärts. Ryan löste die Gaskristalle aus dem Futter seiner Manteltasche und zog sie heraus. Die Kristalle lagen kalt und hart in seiner Hand. Wie Diamanten. Der Wachposten beobachtete, wie sie näher kamen, und hielt sein Gewehr bereit. Sein Gesicht war starr. Er musterte sie. Er hatte sie noch nie zuvor gesehen. Ryan, der das Gesicht des Wachpostens beobachtete, konnte mühelos seine Gedanken lesen.

Ryan und Kastner blieben am Eingang stehen. »Wir sind vom FBI«, sagte Ryan ruhig.

»Ihre Kennmarken.« Der Wachposten bewegte sich nicht.

»Hier sind unsere Ausweispapiere«, sagte Ryan. Er zog die Hand aus der Manteltasche. Und zerbrach die Gaskristalle in seiner Faust.

Der Wachposten sackte zusammen. Sein Gesicht entspannte sich. Sein Körper glitt schlaff zu Boden. Das Gas breitete sich aus. Kastner trat durch die Tür und blickte sich um, seine Augen leuchteten.

Das Gebäude war klein. Nach allen Seiten erstreckten sich Werktische und Laborgerätschaften. Die Arbeiter lagen, wo sie gestanden hatten, schlaffe Haufen auf dem Fußboden mit ausgestreckten Armen und Beinen und offenen Mündern.

»Schnell.« Ryan eilte an Kastner vorbei quer durchs Labor. Am anderen Ende des Raumes lag Schonerman zusammengesackt über seinem Werktisch, der Kopf ruhte auf der metallenen Tischplatte. Die Brille war heruntergefallen. Die offenen Augen stierten ins Leere. Er hatte seine Papiere aus der Schublade genommen. Vorhängeschloß und Schlüssel lagen noch auf dem Werktisch. Die Papiere lagen unter seinem Kopf und zwischen seinen Händen.

Kastner rannte zu Schonerman, raffte die Papiere zusammen und stopfte sie in seine Aktentasche.

»Nehmen Sie alles mit!«

»Ich hab alles.« Kastner zog die Schublade auf. Er riß die restlichen Papiere in der Schublade an sich. »Jedes einzelne Blatt.«

»Gehen wir. Das Gas wird sich rasch verflüchtigen.«

Sie rannten zurück nach draußen. Ein paar Körper lagen ausgestreckt quer vorm Eingang, Arbeiter, die auf das Gelände gekommen waren.

»Beeilung.«

Sie rannten durch die Stadt, die einzige Hauptstraße entlang. Leute blickten sie erstaunt an. Kastner rang nach Luft und hielt seine Aktentasche fest, während er rannte. »Ich kann – nicht mehr.«

»Nicht stehenbleiben.«

Sie erreichten den Stadtrand und begannen, den Hügel hinaufzueilen. Ryan rannte zwischen den Bäumen, sein Körper war vornübergeneigt, er blickte nicht zurück. Einige Arbeiter würden jetzt wieder zu Bewußtsein kommen. Und andere Wachposten würden das Gelände betreten. Es würde nicht mehr lange dauern, bis der Alarm ausgelöst war.

Hinter ihnen surrte eine Sirene los.

»Jetzt kommen sie.« Ryan hielt auf der Hügelkuppe inne und wartete auf Kastner. Hinter ihnen strömten Menschen eilig auf die Straße, kamen aus unterirdischen Bunkern herauf. Weitere Sirenen heulten, ein bedrückendes, hallendes Geräusch.

»Runter!« Ryan rannte den Abhang hinunter auf das Zeitschiff zu und rutschte und schlitterte dabei über die trockene Erde. Kastner eilte hinter ihm her und rang schluchzend nach Atem. Sie konnten hören, wie Befehle gerufen wurden. Soldaten schwärmten aus und folgten ihnen den Abhang hinauf.

Ryan erreichte das Schiff. Er packte Kastner und zog ihn ins Innere. »Machen Sie die Luke zu. Machen Sie sie dicht!«

Ryan rannte zum Steuerpult. Kastner ließ die Aktentasche fallen und zerrte am Rand der Luke. Auf der Hügelkuppe tauchte ein Trupp Soldaten auf. Sie kamen den Abhang hinunter und zielten und schossen im Laufen.

»Hinlegen«, bellte Ryan. Granaten krachten gegen den Rumpf des Schiffes. »Runter!«

Kastner schoß mit seiner Sprengschußpistole zurück. Eine Feuerwand wälzte sich den Abhang hinauf auf die Soldaten zu. Die Luke fiel mit einem Knall herunter. Kastner wirbelte die Verriegelung herum und ließ das innere Schloß einrasten. »Fertig. Alles startklar.«

Ryan riß den Stromversorgungsschalter herum. Draußen kämpften sich die restlichen Soldaten durch die Flammen an die Seite des Schiffes heran. Durch die Pforte konnte Ryan ihre Gesichter sehen, die von der Explosion versengt und verbrannt waren.

Ein Mann hob ungeschickt sein Gewehr. Die meisten von ihnen lagen am Boden, wälzten sich herum oder kämpften sich auf die Füße. Während die Szene verschwamm, sah er, wie einer von ihnen mühsam auf die Knie kam. Die Kleider des Mannes brannten. Rauchwolken stiegen von ihm auf, von seinen Armen und Schultern. Sein Gesicht war schmerzverzerrt. Er streckte seine Arme vor, zum Schiff hin, er streckte sie hinauf zu Ryan, seine Hände bebten, sein Körper krümmte sich.

Ryan erstarrte.

Er starrte noch immer unverwandt hinaus, als die Szene erlosch und nichts mehr zu sehen war. Gar nichts. Die Anzeigen der Meßgeräte veränderten sich. Die Arme bewegten sich ruhig über die Zeitkarte und folgten ihren Linien.

Im letzten Augenblick hatte Ryan direkt in das Gesicht des Mannes geblickt. Das vor Schmerz verzogene Gesicht. Die Gesichtszüge waren entstellt, verzerrt und verunstaltet. Und die Hornbrille war verschwunden. Doch es gab keinen Zweifel – es war Schonerman gewesen.

Ryan setzte sich. Er strich sich mit zitternder Hand durchs Haar.

»Sind Sie sicher?« fragte Kastner.

»Ja. Er muß sehr schnell aus dem Schlaf erwacht sein. Es wirkt bei jedem Menschen anders. Und er befand sich am anderen Ende des Raumes. Er muß zu sich gekommen und uns gefolgt sein.«

»War er schwer verletzt?«

»Ich weiß es nicht.«

Kastner öffnete die Aktentasche. »Immerhin haben wir die Papiere.«

Ryan hörte nur halb zu und nickte. Schonerman verletzt, versengt, in brennenden Kleidern. Das war nicht Bestandteil ihres Planes gewesen.

Doch wichtiger noch – *war es nun Bestandteil der Geschichte?*

Zum ersten Mal kam ihm die Tragweite ihres Handelns zu Bewußtsein. Ihr Ziel war es gewesen, sich Schonermans Papiere zu verschaffen, damit die USIC vom künstlichen Gehirn Gebrauch machen konnte. Richtig angewandt, konnte Schonermans Entdeckung eine äußerst wertvolle

Hilfe bei der Wiederherstellung des verwüsteten Planeten Terra sein. Armeen von Arbeitsrobotern, die alles wieder bepflanzten und aufbauten. Eine mechanische Armee, um Terra wieder fruchtbar zu machen. Roboter konnten in einer Generation das erreichen, wofür Menschen sich jahrelang plagen mußten. Terra könnte wiedergeboren werden.

Doch hatten sie durch die Rückkehr in die Vergangenheit neue Faktoren eingeführt? War eine neue Vergangenheit entstanden? War irgendein Gleichgewicht gestört worden?

Ryan erhob sich und lief hin und her.

»Was ist los?« fragte Kastner. »Wir haben die Papiere.«

»Ich weiß.«

»USIC wird erfreut sein. Von jetzt an kann die Liga mit Unterstützung rechnen. Was immer sie will. Das wird USIC für alle Zeiten eine gute Position verschaffen. Schließlich wird USIC die Roboter herstellen. Arbeitsroboter. Das Ende der menschlichen Plackerei. Maschinen statt Menschen, um den Boden zu bearbeiten.«

Ryan nickte. »Gut.«

»Was ist dann nicht in Ordnung?«

»Ich mache mir Sorgen um unser Kontinuum.«

»Worüber machen Sie sich Sorgen?«

Ryan ging zum Steuerpult hinüber und studierte die Zeitkarte. Das Schiff bewegte sich rückwärts in die Gegenwart, die Arme folgten einem Weg zurück. »Ich mache mir Sorgen über neue Faktoren, die wir vielleicht in frühere Kontinua eingeführt haben. Es gibt keinen Bericht über einen verletzten Schonerman. Es gibt keinen Bericht über dieses Ereignis. Es könnte eine andere Kausalkette in Gang gesetzt haben.«

»Zum Beispiel?«

»Ich weiß es nicht. Aber ich werde es herausfinden. Wir werden gleich jetzt einen Zwischenstopp einlegen und in Erfahrung bringen, welche neuen Faktoren wir in Gang gesetzt haben.«

Ryan steuerte das Schiff in ein Kontinuum, das unmittelbar auf den Vorfall mit Schonerman folgte. Es war Anfang Oktober, eine gute Woche danach. Er landete das Schiff bei Sonnenuntergang auf dem Feld eines Bauern außerhalb von Des Moines in Iowa. Eine kalte Herbstnacht, der Boden unter den Füßen war hart und spröde.

Ryan und Kastner gingen in die Stadt, Kastner hielt die Aktentasche fest umklammert. Des Moines war mit russischen Fernlenkkörpern beschossen worden. Die meisten Industriegebiete waren zerstört. Nur Militärangehörige und Bauarbeiter blieben noch in der Stadt. Die Zivilbevölkerung war evakuiert worden.

Tiere streiften durch die verlassenen Straßen und suchten nach Nahrung. Überall lag Glas und Schutt. Die Stadt war kalt und trostlos. Durch die Brände nach dem Bombenangriff waren die Straßen ausgebrannt und zusammengefallen. Die Herbstluft war stickig vom Verwesungsgeruch der Leichen, die zusammen mit den Trümmern an Kreuzungen und auf unbebauten Grundstücken zu gewaltigen Bergen aufgetürmt worden waren.

An einem mit Brettern vernagelten Zeitungskiosk stahl Ryan ein Nachrichtenmagazin. Die Zeitschrift war feucht und schimmlig. Kastner steckte sie in die Aktentasche, und sie kehrten zum Zeitschiff zurück. Gelegentlich wurden sie von Soldaten überholt, die Waffen und Ausrüstung aus der Stadt herausbrachten. Niemand fragte sie nach der Losung.

Sie erreichten das Zeitschiff, gingen an Bord und schlossen die Luke hinter sich. Die Felder um sie herum lagen verlassen da. Das Bauernhaus war niedergebrannt, das Getreide vertrocknet. In der Einfahrt lagen die Überreste eines zertrümmerten, umgekippten Autos, ein verkohltes Wrack. Eine Gruppe häßlicher Schweine schnüffelte in den Ruinen des Bauernhauses herum und suchte nach Eßbarem.

Ryan setzte sich und schlug die Zeitschrift auf. Er las lange und aufmerksam darin und blätterte die feuchten Seiten langsam um.

»Was steht drin?« fragte Kastner.

»Alles über den Krieg. Er ist noch im Anfangsstadium. Sowjetische Fernlenkkörper werden abgeschossen. Amerikanische Scheibenbomben hageln über ganz Rußland nieder.«

»Irgendwas über Schonerman?«

»Ich kann nichts finden. Es ist zuviel anderes im Gange.« Ryan las aufmerksam weiter. Schließlich fand er auf einer der letzten Seiten, was er gesucht hatte. Einen kurzen Artikel, nur einen Absatz lang.

SOWJETAGENTEN ÜBERRASCHT

Eine Gruppe Sowjetagenten, die versuchte, eine Forschungsstation der Regierung in Harristown, Kansas, zu zerstören, wurde von den Wachposten beschossen und schnell vertrieben. Die Agenten entkamen, nachdem sie versucht hatten, an den Wachposten vorbei in die Arbeitsräume der Station einzudringen. Die Sowjetagenten gaben sich als FBI-Männer aus und versuchten, sich bei Beginn der Frühschicht Zutritt zu verschaffen. Aufmerksame Wachposten versperrten ihnen den Weg und nahmen die Verfolgung auf. Die Forschungslaboratorien und -gerätschaften wurden nicht beschädigt. Zwei Wachposten und ein Arbeiter wurden bei dem Zusammenstoß getötet. Die Namen der Wachposten

Ryan umklammerte die Zeitschrift.

»Was ist los?« Kastner eilte herbei.

Ryan las den Artikel zu Ende. Er legte die Zeitschrift hin und schob sie langsam zu Kastner hinüber.

»Was ist los?« Kastner überflog suchend die Seite.

»Schonerman ist gestorben. Durch die Explosion getötet. Wir haben ihn getötet. Wir haben die Vergangenheit verändert.«

Ryan erhob sich und ging zur Pforte. Er zündete sich

eine Zigarette an und gewann langsam seine Fassung wieder. »Wir haben neue Fakten geschaffen und eine neue Kette von Ereignissen ausgelöst. Niemand kann wissen, wo sie enden wird.«

»Was soll das heißen?«

»Vielleicht entdeckt jemand anders das künstliche Gehirn. Vielleicht wird die Verschiebung sich selbst berichtigen. Der Zeitstrom wird seinen normalen Verlauf wiederaufnehmen.«

»Warum sollte er?«

»Ich weiß es nicht. Wie die Dinge jetzt liegen, haben wir ihn getötet und seine Papiere gestohlen. Es gibt keinen Weg, wie die Regierung in den Besitz seiner Arbeit gelangen kann. Sie werden nicht einmal wissen, daß sie je existiert hat. Es sei denn, jemand anders macht die gleiche Arbeit, befaßt sich mit derselben Materie –«

»Wie werden wir das erfahren?«

»Wir werden noch öfter nachschauen müssen. Nur so können wir es herausfinden.«

Ryan wählte das Jahr 2051.

Im Jahre 2051 waren die ersten Greifer aufgetaucht. Die Sowjets hatten den Krieg schon fast gewonnen. In einem letzten verzweifelten Versuch, das Blatt in diesem Krieg noch zu wenden, hatten die UN mit dem Einsatz der Greifer begonnen.

Ryan landete das Zeitschiff auf dem Kamm einer Hügelkette. Unter ihnen erstreckte sich eine eintönige Ebene, die von einem Gewirr aus Ruinen, Stacheldraht und den Überresten von Waffen überzogen war.

Kastner schraubte die Luke auf und trat behutsam hinaus auf den Boden.

»Seien Sie vorsichtig«, sagte Ryan. »Denken Sie an die Greifer.«

Kastner packte sein Sprengschußgewehr. »Ich werde dran denken.«

»In dieser Phase waren sie klein. Etwa dreißig Zentimeter lang. Metall. Sie versteckten sich unten in der Asche. Die humanoiden Typen gab es noch nicht.«

Die Sonne stand hoch am Himmel. Es war gegen Mittag. Die Luft war warm und trübe. Aschewolken wurden vom Wind über den Boden getrieben.

Plötzlich spannte sich Kastner an. »Schauen Sie. Was ist das? Es kommt die Straße herauf.«

Ein Lastwagen holperte langsam auf sie zu, ein schwerer, brauner Lastwagen voller Soldaten. Der Lastwagen kämpfte sich die Straße entlang bis zum Fuß der Hügelkette. Ryan packte sein Sprengschußgewehr. Er und Kastner waren bereit.

Der Lastwagen hielt an. Soldaten sprangen herunter und kamen mit großen Schritten durch die Asche den Abhang der Hügelkette hinauf.

»Aufgepaßt«, murmelte Ryan.

Die Soldaten erreichten sie und blieben wenige Schritte entfernt stehen. Ryan und Kastner standen schweigend da, die Sprengschußgewehre im Anschlag. Einer der Soldaten lachte. »Steckt sie weg. Wißt ihr nicht, daß der Krieg vorbei ist?«

»Vorbei?«

Die Soldaten entspannten sich. Ihr Anführer, ein großer Mann mit rotem Gesicht, wischte sich den Schweiß von der Stirn und drängte sich zu Ryan durch. Seine Uniform war zerlumpt und schmutzig. Seine zerschlissenen Stiefel waren von einer Aschenkruste bedeckt. »Der Krieg ist seit einer Woche vorbei. Kommt mit! Es gibt eine Menge zu tun. Wir nehmen euch mit zurück.«

»Zurück?«

»Wir trommeln sämtliche vorgeschobenen Posten zusammen. Wart ihr abgeschnitten? Keine Verbindung?«

»Nein«, sagte Ryan.

»Es wird Monate dauern, bis alle wissen, daß der Krieg vorbei ist. Kommt mit. Keine Zeit, hier rumzustehen und zu tratschen.«

Ryan änderte seine Haltung. »Hör mal. Der Krieg ist wirklich vorbei, sagst du? Aber –«

»Ein Glück, außerdem. Viel länger hätten wir uns nicht halten können.« Der Offizier klopfte gegen seinen Gürtel. »Du hast nicht zufällig eine Zigarette, oder?«

Ryan brachte langsam seine Schachtel zum Vorschein. Er nahm die Zigaretten heraus und reichte sie dem Offizier, dann zerknüllte er die Schachtel sorgfältig und steckte sie zurück in seine Tasche.

»Danke.« Der Offizier reichte die Zigaretten an seine Männer weiter. Ihre Mienen hellten sich auf. »Ja, ein Glück. Wir waren fast am Ende.«

Kastners Mund öffnete sich. »Die Greifer. Was ist mit den Greifern?«

Der Offizier runzelte die Stirn. »Was?«

»Warum endete der Krieg so – so plötzlich?«

»Konterrevolution in der Sowjetunion. Wir hatten monatelang Agenten und Material abgeworfen. Trotzdem hätten wir nie gedacht, daß irgendwas dabei rauskommt. Sie waren sehr viel schwächer, als sich irgend jemand vorstellen konnte.«

»Dann ist der Krieg also wirklich vorbei?«

»Natürlich.« Der Offizier packte Ryan am Arm. »Gehen wir. Wir haben viel Arbeit. Wir versuchen, diese gottverdammte Asche wegzuräumen und etwas anzupflanzen.«

»Anzupflanzen? Getreide?«

»Natürlich. Was würdest *du* denn anpflanzen?«

Ryan entzog sich ihm. »Hab ich das richtig verstanden: Der Krieg ist vorbei? Keine Kampfhandlungen mehr? Und ihr habt nie was von Greifern gehört? Von einer Sorte Waffen, die man Greifer nennt?«

Das Gesicht des Offiziers verzog sich. »Wovon sprichst du?«

»Von mechanischen Killern. Robotern. Als Waffe.«

Der Kreis der Soldaten zog sich ein wenig zurück. »Wovon zum Teufel redet er eigentlich?«

»Besser, du erklärst das«, sagte der Offizier, und sein Gesicht war plötzlich hart. »Was soll das mit den Greifern?«

»Wurde niemals eine Waffe nach diesem Prinzip entwikkelt?« fragte Kastner.

Schweigen. Schließlich brummte einer der Soldaten. »Ich glaube, ich weiß, was er meint. Er meint Dowlings Mine.«

Ryan drehte sich um. »Was?«

»Ein englischer Physiker. Er hat mit künstlichen, selbstgelenkten Minen experimentiert. Roboterminen. Doch die Minen konnten sich nicht selbst reparieren. Deshalb gab die Regierung das Projekt auf und verstärkte statt dessen die Propaganda-Arbeit.«

»Darum ist der Krieg vorbei«, sagte der Offizier. Er wandte sich zum Aufbruch. »Gehen wir.«

Die Soldaten folgten ihm den Abhang der Hügelkette hinunter.

»Kommt ihr?« Der Offizier blieb stehen und schaute zu Ryan und Kastner zurück.

»Wir kommen später nach«, sagte Ryan. »Wir müssen unsere Ausrüstung zusammenpacken.«

»In Ordnung. Das Camp liegt etwa eine halbe Meile die Straße hinunter. Es gibt dort eine Siedlung. Leute, die vom Mond zurückkommen.«

»Vom Mond?«

»Wir hatten begonnen, Einheiten zur Luna zu verlegen, aber jetzt ist das nicht mehr nötig. Vielleicht ist das ein Glück. Wer zum Teufel will schon Terra verlassen?«

»Danke für die Zigaretten«, rief einer der Soldaten zurück. Die Soldaten drängten sich auf die Ladefläche des Lastwagens. Der Offizier glitt hinter das Lenkrad. Der Lastwagen fuhr los und setzte holpernd seinen Weg fort.

Ryan und Kastner beobachteten, wie er davonfuhr.

»Dann wurde Schonermans Tod nie ausgeglichen«, murmelte Ryan. »Eine völlig neue Vergangenheit –«

»Ich frage mich, wie weit sich die Veränderung fortsetzt. Ich frage mich, ob sie sich bis in unsere eigene Zeit fortsetzt.«

»Es gibt nur einen Weg, das herauszufinden.«

Kastner nickte. »Ich will es sofort wissen. Je eher, desto besser. Brechen wir auf.«

Ryan nickte, tief in Gedanken versunken. »Je eher, desto besser.«

Sie gingen an Bord des Zeitschiffes. Kastner setzte sich mit seiner Aktentasche. Ryan stellte die Steuerung ein. Draußen vor der Pforte erlosch die Szene. Sie waren wieder im Zeitstrom und bewegten sich auf die Gegenwart zu.

Ryans Gesicht war grimmig. »Ich kann es nicht fassen. Das gesamte Gefüge der Vergangenheit verändert. Eine völlig neue Kette in Gang gesetzt. Die sich auf jedes Kontinuum ausweitet. Und unseren Zeitstrom immer weiter abändert.«

»Dann wird es nicht unsere Gegenwart sein, wenn wir zurückkommen. Man kann nicht vorhersehen, wie sie sich verändert haben wird. Alles durch Schonermans Tod. Eine völlig neue Geschichte, die durch einen einzigen Zwischenfall in Gang gesetzt wurde.«

»Nicht durch Schonermans Tod«, verbesserte Ryan.

»Was soll das heißen?«

»Nicht durch seinen Tod, sondern durch den Verlust seiner Papiere. Weil Schonerman starb, erhielt die Regierung keine brauchbare Methode zur Konstruktion eines künstlichen Gehirns. Deshalb wurden die Greifer nie gebaut.«

»Das kommt aufs gleiche raus.«

»Wirklich?«

Kastner blickte rasch auf. »Erklären Sie.«

»Schonermans Tod ist unwichtig. Der Verlust seiner Papiere für die Regierung ist der entscheidende Faktor.« Ryan deutete auf Kastners Aktentasche. »Wo sind die Papiere? Da drinnen. Wir haben sie.«

Kastner nickte. »Das stimmt.«

»Wir können die Situation wiederherstellen, indem wir in die Vergangenheit zurückgehen und die Papiere bei irgendeiner Regierungsstelle abliefern. Schonerman ist unwichtig. Es sind seine Papiere, die zählen.«

Ryans Hand griff nach dem Stromversorgungsschalter.

»Warten Sie!« sagte Kastner. »Wollen wir nicht die Gegenwart sehen? Wir sollten sehen, welche Veränderungen sich bis in unsere Zeit fortsetzen.«

Ryan zögerte. »Stimmt.«

»Dann können wir entscheiden, was wir tun wollen. Ob wir die Papiere zurückgeben wollen.«

»In Ordnung. Wir setzen unsere Reise in die Gegenwart fort und treffen dann eine Entscheidung.«

Die Kabelarme, die quer über die Zeitkarte liefen, waren fast in ihre Ausgangsposition zurückgekehrt. Ryan betrachtete sie lange und eingehend, seine Hand lag auf dem Stromversorgungsschalter. Kastner hielt die Aktentasche fest, seine Arme umschlangen das schwere Lederbündel auf seinem Schoß.

»Wir sind fast da«, sagte Ryan.

»In unserer eigenen Zeit?«

»In wenigen Augenblicken.« Ryan erhob sich und packte den Schalter. »Ich bin gespannt, was wir sehen werden.«

»Wahrscheinlich sehr wenig Bekanntes.«

Ryan atmete tief durch und fühlte das kalte Metall unter seinen Fingern. Wie verändert würde ihre Welt sein? Würden sie irgend etwas wiedererkennen? Hatten sie alles Vertraute ausgelöscht?

Eine gewaltige Kette war in Gang gesetzt worden. Eine Flutwelle, die durch die Zeit spülte, jedes Kontinuum abänderte und alle zukünftigen Zeitalter beeinflussen würde. Der zweite Teil des Krieges hatte nie stattgefunden. Bevor die Greifer erfunden werden konnten, war der Krieg vorbei. Es hatte nie ein brauchbares Verfahren für die Umsetzung der Idee vom künstlichen Gehirn gegeben. Die wirksamste Waffe in diesem Krieg war nie gebaut worden. Die menschliche Energie hatte sich vom Krieg ab- und dem Wiederaufbau des Planeten zugewandt.

Um Ryan herum vibrierten die Meßgeräte und Skalen. In wenigen Augenblicken würden sie zurück sein. Wie würde

Terra aussehen? Würde noch irgend etwas so sein wie früher?

Die Fünfzig Städte. Wahrscheinlich existierten sie nicht mehr. Sein Sohn Jon, der still in seinem Zimmer saß und las. USIC. Die Regierung. Die Liga und ihre Laboratorien und Büros, ihre Gebäude, Dachflugplätze und Wachposten. Die ganze komplizierte Gesellschaftsstruktur. Würde all das spurlos verschwunden sein? Wahrscheinlich.

Und was würde er statt dessen vorfinden?

»Gleich wissen wir's«, murmelte Ryan.

»Gleich ist es soweit.« Kastner erhob sich und ging zur Pforte. »Ich will es sehen. Es dürfte eine äußerst ungewohnte Welt sein.«

Ryan legte den Stromversorgungsschalter um. Das Schiff scherte mit einem plötzlichen Ruck aus dem Zeitstrom aus. Draußen vor der Pforte trieb und wirbelte etwas vorbei, während sich das Schiff wieder aufrichtete. Die automatische Schwerkraftsteuerung schaltete sich ein. Das Schiff raste über der Erdoberfläche dahin.

Kastner rang nach Luft.

»Was sehen Sie?« fragte Ryan und regulierte die Geschwindigkeit des Schiffes. »Was ist da draußen?«

Kastner sagte nichts.

»Was sehen Sie?«

Nach einer langen Zeit wandte sich Kastner von der Pforte ab. »Sehr interessant. Sehen Sie selbst.«

»Was ist da draußen?«

Kastner setzte sich langsam hin und nahm die Aktentasche auf. »Das eröffnet ganz neue gedankliche Möglichkeiten.«

Ryan ging hinüber zur Pforte und blickte hinaus. Unter dem Schiff lag Terra. Aber nicht der Planet Terra, den sie verlassen hatten.

Felder, endlose gelbe Felder. Und Parks. Parks und gelbe Felder. Grüne Rechtecke zwischen dem Gelb, soweit das Auge reichte. Sonst nichts.

»Keine Städte«, sagte Ryan mit belegter Stimme.

»Nein. Erinnern Sie sich nicht? Die Menschen sind alle draußen in den Feldern. Oder gehen in den Parks spazieren. Diskutieren das Wesen des Universums.«

»Das ist das, was Jon gesehen hat.«

»Ihr Sohn war außerordentlich präzise.«

Ryan ging zurück zur Steuerung; sein Gesicht war bleich. Sein Kopf war wie betäubt. Er setzte sich und stellte die Lenkstation für die Landung ein. Das Schiff sank immer tiefer, bis es antriebslos über die flachen Felder schwebte. Männer und Frauen blickten erschreckt zu dem Schiff hinauf. Männer und Frauen in Gewändern.

Sie flogen über einen Park. Eine Herde Tiere raste wie wahnsinnig davon. Irgendeine Sorte Wild.

Hier war die Welt, die sein Sohn gesehen hatte. Hier war seine Vision. Felder und Parks, Männer und Frauen in langen, fließenden Gewändern. Die die Wege entlangspazierten und die Probleme des Universums diskutierten.

Und die andere Welt, seine Welt, existierte nicht mehr. Die Liga war verschwunden. Die Arbeit seines ganzen Lebens zerstört. In dieser Welt existierte sie nicht. Jon. Sein Sohn. Ausgelöscht. Er würde ihn niemals wiedersehen. Seine Arbeit, sein Sohn, alles, was ihm vertraut gewesen war, hatte aufgehört zu existieren.

»Wir müssen zurück«, sagte Ryan plötzlich.

Kastner blinzelte. »Wie bitte?«

»Wir müssen die Papiere zurückbringen in ihr Kontinuum, wo sie hingehören. Wir können nicht genau die gleiche Situation wiederherstellen, aber wir können die Papiere der Regierung in die Hände spielen. Dadurch sind wieder alle relevanten Faktoren vorhanden.«

»Ist das Ihr Ernst?«

Ryan erhob sich schwankend und ging auf Kastner zu. »Geben Sie mir die Papiere. Das ist eine sehr ernste Situation. Wir müssen schnell handeln. Die Dinge müssen wieder an ihren Platz zurückgebracht werden.«

Kastner wich zurück und riß seine Pistole heraus. Ryan stürzte vor. Er erwischte Kastner mit der Schulter und stieß den kleinen Geschäftsmann um. Die Pistole schlitterte quer über den Boden des Schiffes und krachte gegen die Wand. Die Papiere flatterten in alle Richtungen.

»Sie verdammter Idiot!« Ryan fiel auf die Knie und griff hastig nach den Papieren.

Kastner jagte hinter seiner Pistole her. Er hob sie auf, das runde Gesicht starr vor eulenhafter Entschlossenheit. Ryan sah ihn aus dem Augenwinkel. Einen Augenblick lang konnte er der Versuchung zu lachen kaum widerstehen. Kastners Gesicht glühte, seine Wangen waren feuerrot. Er fuchtelte mit der Pistole herum und versuchte zu zielen.

»Kastner, um Gottes willen –«

Die Finger des kleinen Geschäftsmannes spannten sich um den Abzug. Plötzliche Furcht ließ Ryan erzittern. Er rappelte sich auf. Die Pistole krachte, Flammen knisterten quer durch das Zeitschiff. Ryan sprang beiseite, eine Feuerspur versengte ihn.

Schonermans Papiere loderten auf, wo sie auf dem Fußboden verstreut lagen. Sie brannten einen kurzen Augenblick. Dann verglühten sie zu Asche. Der dünne, beißende Geruch der Explosion wehte zu Ryan hinüber, reizte seine Nase und trieb ihm Tränen in die Augen.

»Tut mir leid«, murmelte Kastner. Er legte die Pistole auf das Steuerpult. »Finden Sie nicht, Sie sollten uns lieber runterbringen? Wir sind ziemlich nah am Boden.«

Mechanisch ging Ryan zum Steuerpult hinüber. Nach kurzem Zögern nahm er Platz und begann, die Steuerung einzustellen und die Geschwindigkeit des Schiffes zu drosseln. Er sagte nichts.

»Langsam begreife ich die Sache mit Jon«, murmelte Kastner. »Er muß so etwas wie ein paralleles Zeitempfinden gehabt haben. Ein Bewußtsein über andere Möglichkeiten der Zukunft. Während die Arbeit am Zeitschiff Fortschritte machte, verstärkten sich seine Visionen, nicht wahr? Jeden Tag wurden seine Visionen echter. Jeden Tag wurde das Zeitschiff wirklicher.«

Ryan nickte.

»Das eröffnet ganz neue Möglichkeiten der Betrachtung. Die mystischen Visionen der Heiligen im Mittelalter. Vielleicht kamen sie aus einer anderen Zukunft, aus anderen Zeitströmen. Visionen der Hölle wären schlechtere Zeitströme, Visionen des Himmels bessere Zeitströme. Unserer muß irgendwo in der Mitte liegen. Und die Vision der ewig unveränderlichen Welt. Vielleicht ist das ein Bewußtsein von der Nicht-Zeit. Keine andere Welt, sondern diese Welt, außerhalb der Zeit betrachtet. Auch darüber werden wir mehr nachdenken müssen.«

Das Schiff landete und kam am Rande eines der Parks zum Stillstand. Kastner ging hinüber zur Pforte und blickte hinaus auf die Bäume jenseits des Schiffes.

»In den Büchern, die meine Familie gerettet hat, waren einige Bilder von Bäumen«, sagte er gedankenvoll. »Diese Bäume hier neben uns. Das sind Peruanische Pfefferbäume. Die dort drüben nennt man Immergrün. Sie bleiben das ganze Jahr über so. Daher der Name.«

Kastner hob die Aktentasche auf und umklammerte sie. Er ging auf die Luke zu.

»Gehen wir nachschauen, wo ein paar Leute sind. Damit wir anfangen können, Dinge zu diskutieren. Metaphysische Dinge.« Er grinste Ryan an. »Ich habe metaphysische Dinge schon immer gemocht.«

Die kosmischen Wilderer

»Was für ein Schiff ist es?« fragte Captain Shure und blickte unverwandt auf den Sichtschirm, die Hände an der Feineinstellung.

Nelson, der Navigationsoffizier, spähte über seine Schulter. »Einen Augenblick.« Er schwang die Überwachungskamera herüber und machte eine Aufnahme vom Sichtschirm. Das Foto verschwand durch die Rohrpost hinunter in den Navigationsraum. »Immer mit der Ruhe. Barnes wird das für uns ermitteln.«

»Was machen die hier? Was suchen sie? Die müssen doch wissen, daß das Sirius-System geschlossen ist.«

»Achten Sie auf die ballonförmigen Seiten.« Nelson fuhr mit dem Finger über den Sichtschirm. »Es ist ein Frachter. Sehen Sie sich die Ausbuchtung an. Das ist ein Transportschiff.«

»Und wenn Sie schon dabei sind, achten Sie mal *darauf*.« Shure drehte am Vergrößerer. Das Bild des Schiffes wurde aufgeblasen und schwoll an, bis es den Sichtschirm ganz ausfüllte. »Sehen Sie diese Reihe von Vorsprüngen?«

»Und?«

»Schwere Geschütze. Versenkt. Zum Tiefraumschießen. Es ist ein Frachter, aber er ist auch bewaffnet.«

»Vielleicht Piraten.«

»Vielleicht.« Shure spielte mit dem Verbindungsmikrofon. »Ich bin versucht, daheim auf Terra anzurufen.«

»Warum?«

»Es könnte ein Aufklärungsschiff sein.«

Nelsons Augen flackerten. »Glauben Sie, die sind dabei, uns auszuforschen? Aber wenn es noch mehr davon gibt, warum fängt unser Sichtschirm sie dann nicht auf?«

»Der Rest ist vielleicht außer Reichweite.«

»Mehr als zwei Lichtjahre entfernt? Ich hab die Sichtschirme schon auf Maximum gestellt. Und das sind die besten Sichtschirme, die's gibt.«

Das Ermittlungsergebnis kam vom Navigationsraum durch die Rohrpost heraufgeschossen und wurde auf den Tisch geschleudert. Shure öffnete es und überflog es schnell. Er reichte es Nelson. »Hier.«

Das Schiff war auf Adhara konstruiert. Erstklassig, aus einer neueren Frachterserie. Barnes hatte eine handschriftliche Notiz beigefügt: »Jedoch eigentlich nicht bewaffnet. Die Geschütze müssen zusätzlich eingebaut worden sein. Keine Standardausrüstung bei adharanischen Frachtern.«

»Dann ist es kein Lockvogel«, murmelte Shure. »Das können wir ausschließen. Was wissen wir über Adhara? Was könnte ein adharanisches Schiff im Sirius-System zu suchen haben? Terra hat die gesamte Region schon vor Jahren geschlossen. Sie müssen wissen, daß sie hier keinen Handel treiben können.«

»Niemand weiß viel über die Adharaner. Sie haben an der Gesamtgalaktischen Handelskonferenz teilgenommen, aber das ist auch alles.«

»Was für einer Rasse gehören sie an?«

»Den Arachniden. Typisch für dieses Gebiet. Nachkommen des Geschlechts der Großen Murzim. Sie sind eine Varietät der Stammform der Murzim. Meist bleiben sie unter sich. Kompliziertes Sozialgefüge, sehr starre Strukturen. Organisches Staatsgefüge.«

»Sie meinen, es sind Insekten.«

»Das nehme ich an. Wir sind ja schließlich auch Halbaffen.«

Shure wandte seine Aufmerksamkeit wieder dem Sichtschirm zu. Er wählte eine geringere Vergrößerung und beobachtete aufmerksam. Der Sichtschirm folgte dem adharanischen Schiff automatisch mit direkter Ausrichtung darauf.

Das Schiff der Adharaner war schwer und schwarz,

plump im Vergleich zu dem schnittigen Kreuzer der Terraner. Es war rundlich wie ein wohlgenährter Wurm, seine dunklen Seiten waren fast kugelrund angeschwollen. Gelegentlich blinkte ein Positionslicht auf, während sich das Schiff dem äußersten Planeten des Sirius-Systems näherte. Es bewegte sich langsam, vorsichtig, ertastete sich seinen Weg. Es begab sich auf eine Umlaufbahn um den zehnten Planeten und begann zur Landung anzusetzen. Die Bremsdüsen sprangen an und leuchteten rot auf. Der aufgedunsene Wurm ließ sich abwärts treiben und senkte sich zur Oberfläche des Planeten hinab.

»Sie landen«, murmelte Nelson.

»Ausgezeichnet. Dann stehen sie. Gute Zielscheibe für uns.«

Auf der Oberfläche des zehnten Planeten war der adharanische Frachter zum Stillstand gekommen, das Dröhnen seiner Düsen erstarb. Eine Wolke von Abgaspartikeln stieg von ihm auf. Der Frachter war zwischen zwei Gebirgszügen gelandet, in einer kahlen Einöde aus grauem Sand. Der zehnte Planet war völlig unfruchtbar. Es gab dort weder Leben noch eine Atmosphäre oder Wasser. Der Planet bestand überwiegend aus Felsen, kalten, grauen Felsen mit gewaltigen Schatten und Abgründen, eine zerfressene, ungesunde Oberfläche, feindselig und trostlos.

Plötzlich kam Leben in das adharanische Schiff. Luken sprangen auf. Winzige schwarze Punkte stürzten heraus. Es wurden immer mehr, eine Flut von Pünktchen, die aus dem Frachter herausströmten und über den Sand davonflitzten. Einige von ihnen erreichten die Berge und verschwanden zwischen den Kratern und Gipfeln. Andere gelangten auf die andere Seite und verloren sich in den langen Schatten.

»Verdammt«, murmelte Shure. »Das ergibt keinen Sinn. Was suchen die? Wir haben diese Planeten mit einem feinen Staubkamm abgesucht. Dort unten gibt es nichts, was irgendwer sich wünschen könnte.«

»Vielleicht haben sie andere Wünsche – oder andere Methoden.«

Shure straffte sich. »Sehen Sie mal. Ihre Fahrzeuge kehren zum Schiff zurück.«

Die schwarzen Punkte waren wieder erschienen, aufgetaucht aus den Schatten und Kratern. Sie rasten über den Sand und eilten zurück zu ihrem wurmförmigen Mutterschiff. Die Luken öffneten sich. Nacheinander huschten die Fahrzeuge ins Schiff und verschwanden. Ein paar verspätete Fahrzeuge kämpften sich bis zum Schiff und fuhren hinein. Die Luken wurden dichtgemacht.

»Was zum Teufel könnten sie gefunden haben?« fragte Shure.

Barnes, der Fernmeldeoffizier, betrat den Kommandoraum und reckte den Hals. »Noch immer dort unten? Lassen Sie mich mal gucken. Ich hab noch nie ein adharanisches Schiff gesehen.«

Auf dem Planeten kam Bewegung in das adharanische Schiff. Es erzitterte und bebte von vorn bis achtern. Es hob ab, gewann rasch an Höhe und hielt Kurs auf den neunten Planeten. Eine Zeitlang umkreiste es ihn und begutachtete die zerklüftete, erodierte Oberfläche unter sich. Die leeren Becken ausgetrockneter Meere lagen da wie riesige Kuchenformen.

Das adharanische Schiff wählte eines der Becken und blies bei der Landung Abgaswolken in den Himmel.

»Verdammt, das Ganze noch mal«, murmelte Shure.

Luken öffneten sich. Schwarze Pünktchen schossen hinaus auf die Oberfläche und rasten in alle Richtungen davon.

Shures Kinn sprang wütend vor. »Wir müssen herausfinden, was sie suchen. Sehen Sie nur, wie sie losgehen! Sie wissen genau, was sie tun.« Er riß das Verbindungsmikrofon hoch. Dann ließ er es sinken. »Wir werden allein damit fertig. Wir brauchen Terra nicht.«

»Es ist bewaffnet, vergessen Sie das nicht.«

»Wir werden es schnappen, wenn es landet. Sie halten der

Reihe nach auf jedem Planeten an. Wir werden bis zum vierten Planeten vorausfliegen.« Shure bewegte sich schnell und brachte die Kommandokarte in Position. »Wenn sie auf dem vierten Planeten landen, werden wir dort sein und sie erwarten.«

»Vielleicht kommt es zum Kampf.«

»Vielleicht. Aber wir müssen herausfinden, was sie einladen – und was immer es ist, es gehört uns.«

Der vierte Planet des Sirius-Systems hatte eine Atmosphäre und ein wenig Wasser. Shure landete seinen Kreuzer in den Ruinen einer alten, seit langem verlassenen Stadt.

Der adharanische Frachter war noch nicht aufgetaucht. Shure suchte den Himmel ab und öffnete dann die Hauptluke. Er, Barnes und Nelson stiegen vorsichtig aus, mit Slem-Hochleistungsgewehren bewaffnet. Hinter ihnen fiel die Luke wieder ins Schloß, der Kreuzer hob ab und schwang sich in den Himmel empor.

Sie standen mit schußbereiten Gewehren nebeneinander und beobachteten, wie er verschwand. Die Luft war kalt und dünn. Sie konnten fühlen, wie sie um ihre Druckanzüge wehte.

Barnes stellte die Temperatur seines Anzugs höher. »Zu kalt für mich.«

»Daran merkt man, daß wir noch immer Terraner sind, selbst Lichtjahre von zu Hause entfernt«, sagte Nelson.

»Wir werden folgendermaßen vorgehen«, sagte Shure. »Wir können sie nicht in die Luft jagen. Das ist ausgeschlossen. Wir wollen ihre Ladung. Wenn wir sie in die Luft jagen, jagen wir gleichzeitig die Ladung in die Luft.«

»Was werden wir einsetzen?«

»Wir werden eine Nebelwolke auf sie abschießen.«

»Eine Nebelwolke? Aber –«

»Captain«, sagte Nelson. »Wir können keine Nebelwolke einsetzen. Wir können uns ihnen dann nicht nähern, bevor der Nebel seine Wirkung verloren hat.«

»Es ist windig. Der Nebel wird sich sehr schnell verflüchtigen. Mehr können wir ohnehin nicht tun. Wir müssen das Risiko eingehen. Sobald der Adharaner in Sicht kommt, müssen wir bereit sein, das Feuer zu eröffnen.«

»Was, wenn die Wolke danebengeht?«

»Dann steht uns ein Kampf bevor.« Shure musterte aufmerksam den Himmel. »Ich glaube, es kommt. Gehen wir.«

Sie eilten zu einem Hügel aus aufgehäuften Steinen, Überresten von Säulen und Türmen, die, mit Schutt und Trümmern vermischt, zu hohen Wällen aufgeschüttet waren.

»Das genügt.« Shure ging in die Hocke und hielt sein Slem-Gewehr fest im Griff. »Da kommen sie.«

Das adharanische Schiff war über ihnen aufgetaucht und machte sich zur Landung bereit. Es verlor an Höhe, seine Düsen dröhnten, Abgaspartikel stiegen auf. Es prallte mit Wucht auf dem Boden auf, machte ein paar Sätze und kam endgültig zum Stillstand.

Shure packte sein Sprechgerät. »Okay.«

Über ihnen am Himmel tauchte der Kreuzer auf und stürzte sich auf den Adharaner. Aus seinen Druckdüsen stieß er direkt über dem schwarzen adharanischen Schiff eine blau-weiße Wolke aus. Die Wolke erreichte den parkenden Frachter. Sie umhüllte ihn und fraß sich hinein.

Am Rumpf des Adharaners glühte die Oberfläche kurz auf, fiel langsam ein und war zerstört. Zerfressen. Der terranische Kreuzer jagte vorbei und beendete seinen Zielanflug. Er verschwand in den Himmel.

Aus dem adharanischen Schiff tauchten Gestalten auf und sprangen heraus auf den Boden. Sie schnellten langbeinig in alle Richtungen und hüpften verstört herum. Die meisten hopsten aufgeregt auf ihr Schiff, schleppten Schläuche und Gerätschaften, arbeiteten wie wahnsinnig und verschwanden in der Nebelwolke.

»Sie sprühen.«

Weitere Adharaner erschienen, hüpften wie wahnsinnig

auf und ab, auf ihr Schiff, auf den Boden, einige hierhin, andere völlig richtungslos herum.

»Wie wenn man auf einen Ameisenhaufen tritt«, murmelte Barnes.

Der Rumpf des adharanischen Schiffes war mit sich anklammernden Adharanern bedeckt, die verzweifelt sprühten und versuchten, den durch den Nebel verursachten Korrosionsprozeß aufzuhalten. Über ihnen erschien wieder der terranische Kreuzer und setzte zu einem zweiten Zielanflug an. Er wuchs und schwoll dabei von einem Tropfen zu einer tränenförmigen Nadel an, die im Sonnenlicht von Sirius aufblitzte. Der Frachter fuhr verzweifelt seine aufgereihten Geschütze aus und versuchte, sie nach dem schnell anfliegenden Kreuzer auszurichten.

»Bombardiert sie knapp daneben!« befahl Shure in sein Sprechgerät. »Aber keine direkten Treffer. Ich will die Ladung retten.«

Die Bombenaufhängevorrichtungen des Kreuzers öffneten sich. Zwei Bomben fielen heraus, sausten in gekonntem Bogen zu beiden Seiten des schwerfälligen Frachters herab und explodierten. Gewaltige Wolken aus Steinen und Schutt stiegen auf und hüllten den Frachter ein. Das schwarze Gebilde erzitterte, Adharaner rutschten am Rumpf hinunter zu Boden. Die Reihe der Geschütze feuerte ein paar vergebliche Schüsse ab, der Kreuzer jagte vorbei und verschwand.

»Sie haben keine Chance«, murmelte Nelson. »Sie können nicht vom Boden abheben, bevor sie ihren Rumpf gesprüht haben.«

Die meisten Adharaner begannen, von ihrem Schiff zu fliehen und sich im Gelände zu zerstreuen.

»Es ist fast vorbei«, sagte Shure. Er erhob sich und trat aus den Ruinen heraus. »Gehen wir.«

Eine weiße Leuchtkugel stieg vom adharanischen Schiff auf und ließ Funken vom Himmel regnen. Die Adharaner waren durch den Angriff verwirrt und irrten ziellos umher.

Die Nebelwolke hatte sich praktisch verflüchtigt. Die Leuchtkugel war das offizielle Zeichen für die Kapitulation. Der Kreuzer kreiste wieder über dem Frachter und wartete auf Shures Befehle.

»Sehen Sie nur«, sagte Barnes. »Insekten, so groß wie Menschen.«

»Kommen Sie!« sagte Shure ungeduldig. »Gehen wir. Ich kann es kaum erwarten zu sehen, was da drinnen ist.«

Der adharanische Kommandant empfing sie außerhalb seines Schiffes. Er ging auf sie zu, offensichtlich noch von dem Angriff benommen.

Nelson, Shure und Barnes starrten ihn angewidert an. »Lieber Himmel«, murmelte Barnes. »So sehen sie also aus.«

Der Adharaner war fast anderthalb Meter groß und von einem schwarzen Chitinpanzer umhüllt. Er stand auf vier mageren Beinen und schwenkte unsicher zwei weitere in seiner Körpermitte. Er trug einen lockeren Gürtel, in dem sein Gewehr und seine übrige Ausrüstung steckten. Die Augen waren aus vielen Einzelaugen zusammengesetzt. Der Mund war ein enger Schlitz am unteren Ende des länglichen Schädels. Er hatte keine Ohren.

Hinter dem adharanischen Kommandanten stand eine Gruppe von Crewmitgliedern unsicher herum, einige von ihnen mit halb auf sie gerichteten Rohren bewaffnet. Der adharanische Kommandant machte mit dem Mund eine Reihe scharfer, klickender Geräusche und schwenkte seine Fühler hin und her. Die anderen Adharaner senkten ihre Rohre.

»Wie ist eine Verständigung mit dieser Rasse möglich?« fragte Barnes Nelson.

Shure trat vor. »Das ist unwichtig. Wir haben ihnen nichts zu sagen. Sie wissen, daß sie sich illegal hier aufhalten. Was uns interessiert, ist die Ladung.«

Er drängte sich an dem adharanischen Kommandanten

vorbei. Die Gruppe von Adharanern gab ihm den Weg frei. Er ging an Bord des Schiffes, Nelson und Barnes folgten ihm.

Das Innere des adharanischen Schiffes troff von übelriechendem Schleim. Die Gänge waren eng und dunkel wie lange Tunnel. Der Boden unter den Füßen war glitschig. Ein paar Crewmitglieder eilten durch die Dunkelheit und schwenkten ihre Zangen und Fühler nervös hin und her. Shure leuchtete mit seiner Lampe in einen der Korridore hinein.

»Hier entlang. Das sieht aus wie der Hauptgang.«

Der adharanische Kommandant folgte dicht hinter ihnen. Shure beachtete ihn nicht. Draußen war der Kreuzer in der Nähe gelandet. Nelson konnte terranische Soldaten sehen, die auf dem Planeten herumstanden.

Vor ihnen versperrte eine Metalltür den Korridor. Shure deutete auf die Tür und machte die Bewegung des Öffnens.

»Aufmachen.«

Der adharanische Kommandant wich zurück und machte keine Anstalten, die Tür zu öffnen. Ein paar weitere Adharaner, alle mit Rohren bewaffnet, eilten herbei.

»Vielleicht kämpfen sie doch noch«, sagte Nelson ruhig.

Shure richtete sein Slem-Gewehr auf die Tür. »Ich muß sie in die Luft jagen.«

Die Adharaner klickten aufgeregt. Keiner von ihnen näherte sich der Tür.

»Na schön«, sagte Shure grimmig. Er schoß. Die Tür löste sich auf, zerfiel zu rauchender Asche. Sie sank in sich zusammen und hinterließ eine Öffnung, die breit genug zum Durchgehen war. Die Adharaner rasten verstört herum und klickten einander zu. Immer mehr von ihnen strömten vom Rumpf in das Schiff hinein und scharten sich um die drei Terraner.

»Kommen Sie«, sagte Shure und trat durch das klaffende Loch. Nelson und Barnes folgten ihm, die Slem-Gewehre schußbereit.

Der Gang führte abwärts. Die Luft war drückend und stickig, und während sie den Gang hinunterliefen, drängten die Adharaner hinter ihnen her.

»Zurück.« Shure wirbelte herum, das Gewehr im Anschlag. Die Adharaner blieben stehen. »Bleibt zurück. Kommen Sie. Gehen wir.«

Die Terraner bogen um eine Ecke. Sie befanden sich im Laderaum. Shure ging behutsam, mit vorsichtigen Bewegungen, voran. Mehrere adharanische Wachposten standen mit gezogenen Waffenrohren da.

»Geht aus dem Weg.« Shure schwenkte sein Slem-Gewehr. Widerstrebend traten die Wachposten beiseite. »Kommen Sie!«

Die Wachposten traten auseinander. Shure ging voran.

Und blieb erstaunt stehen.

Vor ihnen lag die Ladung des Schiffes. Der Laderaum war halbvoll mit sorgfältig aufgestapelten, milchig glühenden Kugeln, riesenhaften Juwelen, die übergroßen Perlen glichen. Tausende. Soweit sie blicken konnten. Endlose Stapel, die hinten in den Tiefen des Schiffes verschwanden. Sie alle erstrahlten in einem sanften Glanz, einem inneren Licht, das den gewaltigen Laderaum des Schiffes erleuchtete.

»Unglaublich!« murmelte Shure.

»Kein Wunder, daß sie bereit waren, ohne Erlaubnis hier einzudringen.« Barnes atmete tief durch, seine Augen waren weit aufgerissen. »Ich glaube, ich würde dasselbe tun. Sehen Sie nur!«

»Groß, nicht wahr?« fragte Nelson.

Rasch blickten sie sich an.

»So was hab ich noch nie gesehen«, sagte Shure benommen. Die adharanischen Wachposten beobachteten sie argwöhnisch, die Waffenrohre schußbereit. Shure ging auf die erste Reihe der Juwelen zu, die ordentlich, mit mathematischer Genauigkeit, aufgestapelt waren. »Das ist doch nicht möglich. Juwelen, aufgestapelt wie – wie Türknäufe in einem Lagerhaus.«

»Vielleicht haben sie früher einmal den Adharanern gehört«, sagte Nelson nachdenklich. »Vielleicht wurden sie von den Erbauern der Städte im Sirius-System gestohlen. Jetzt holen sie sie zurück.«

»Interessant«, sagte Barnes. »Das könnte erklären, warum die Adharaner sie so leicht gefunden haben. Vielleicht existierten Pläne oder Karten.«

Shure brummte. »Jetzt sind es auf jeden Fall *unsere*. Alles im Sirius-System gehört Terra. Das wurde alles vereinbart, unterzeichnet und ratifiziert.«

»Aber wenn sie ursprünglich den Adharanern gestohlen wurden –«

»Dann durften sie dem Abkommen über die geschlossenen Systeme nicht zustimmen. Sie haben ihre eigenen Systeme. Dieses hier gehört Terra.« Shure streckte die Hand nach einem der Juwelen aus. »Ich frage mich, wie sich das anfühlt.«

»Vorsicht, Captain. Vielleicht ist es radioaktiv.«

Shure berührte eines der Juwelen.

Die Adharaner packten ihn und schleuderten ihn zurück. Shure wehrte sich. Ein Adharaner bekam sein Slem-Gewehr zu fassen und entwand es seinen Händen.

Barnes schoß. Eine Gruppe Adharaner löste sich in nichts auf. Nelson hatte sich niedergekniet und schoß auf die Tür zum Gang. Die Adharaner verstopften den Gang. Einige schossen zurück. Dünne Hitzestrahlen schnitten durch die Luft über Nelsons Kopf.

»Sie können uns nicht erwischen«, keuchte Barnes. »Sie haben Angst zu schießen. Wegen der Juwelen.«

Die Adharaner wichen in den Gang zurück, weg vom Laderaum. Wer Waffen hatte, wurde vom Kommandanten zurückbeordert.

Shure schnappte sich Nelsons Gewehr und jagte eine Traube von Adharanern in die Luft. Die Adharaner machten den Gang dicht. Sie rollten schwere Ersatzplatten in Position und verschweißten sie an Ort und Stelle.

»Ein Loch reinbrennen«, bellte Shure. Er richtete sein Gewehr auf die Wand des Schiffes. »Sie versuchen, uns hier drinnen einzuschließen.«

Barnes richtete sein Gewehr auf die Wand. Die beiden Slem-Strahlen fraßen sich in die Seitenwand des Schiffes. Plötzlich gab sie nach; ein rundes Loch öffnete sich.

Außerhalb des Schiffes kämpften terranische Soldaten mit den Adharanern. Die Adharaner traten den Rückzug an, schießend und hopsend wichen sie zurück, so gut sie konnten. Einige von ihnen hopsten auf ihr Schiff. Andere drehten sich um, warfen ihre Gewehre weg und flohen. Sie wuselten in hilfloser Verwirrung umher, rannten und sprangen in alle Richtungen und klickten verstört.

Plötzlich kam Leben in den parkenden Kreuzer, seine schweren Geschütze senkten sich in Position.

»Nicht schießen«, befahl Shure durch sein Sprechgerät. »Laßt ihr Schiff in Ruhe. Es ist nicht notwendig.«

»Sie sind am Ende«, keuchte Nelson und sprang aus dem adharanischen Schiff auf den Boden. Shure und Barnes folgten ihm. »Sie haben keine Chance. Sie wissen nicht, wie man kämpft.«

Shure winkte eine Gruppe terranischer Soldaten zu sich heran. »Hier herüber! Beeilung, verdammt noch mal.«

Milchige Juwelen ergossen sich aus dem Schiff auf den Boden, sie rollten und kullerten durch das Loch. Ein Teil der Verstrebungen, die sie festgehalten hatten, waren weggesprengt worden. Stapel von Juwelen stürzten wie ein Wasserfall herab, rollten vor ihre Füße und lagen ihnen im Weg.

Barnes hob eins auf. Durch den Handschuh hindurch brannte es leicht in seiner Hand und kribbelte an seinen Fingern. Er hielt es gegen das Licht. Die Kugel war undurchsichtig. Nebelhafte Gebilde schwammen in dem milchigen Glühen, trieben darin hin und her. Die Kugel pulsierte und strahlte, als wäre sie lebendig.

Nelson grinste ihn an. »Wirklich toll, nicht wahr?«

»Wunderschön.« Barnes hob eine andere auf. Vom Rumpf des Schiffes schoß ein Adharaner vergeblich auf ihn hinunter. »Sehen Sie nur, wie viele. Es müssen Tausende sein.«

»Eines unserer Handelsschiffe wird herkommen und sie einladen«, sagte Shure. »Ich werde mich erst sicher fühlen, wenn sie auf dem Weg zurück nach Terra sind.«

Ein Großteil der Kampfhandlungen war beendet. Die restlichen Adharaner wurden von den terranischen Soldaten zusammengetrieben.

»Was machen wir mit ihnen?« fragte Nelson.

Shure antwortete nicht. Er untersuchte eines der Juwelen und drehte es nach allen Seiten. »Sehen Sie nur«, murmelte er. »Es wechselt jedesmal die Farbe, wenn man es anders hält. Haben Sie so was schon mal gesehen?«

Holpernd landete der große terranische Frachter. Seine Ladeluken wurden heruntergelassen. Transportfahrzeuge rumpelten heraus, eine Kolonne unförmiger Lastwagen. Die Transportfahrzeuge fuhren zum adharanischen Schiff hinüber. Rampen senkten sich an ihren Platz, während automatische Baggerschaufeln sich zur Arbeit bereit machten.

»Scheffelt sie auf«, plapperte Silvanus Fry und ging zu Captain Shure hinüber. Der Manager von Terran Enterprises wischte sich mit einem roten Taschentuch die Stirn. »Erstaunlicher Fang, Captain. Ganz netter Fund.« Er reichte ihm seine feuchte Handfläche, sie schüttelten sich die Hände.

»Ich kann nicht verstehen, wie wir sie übersehen konnten«, sagte Shure. »Die Adharaner kamen hierher und sammelten sie ein. Wir beobachteten, wie sie von einem Planeten zum anderen flogen wie eine Honigbiene. Ich weiß nicht, warum unsere eigenen Teams sie nicht gefunden haben.«

Fry zuckte die Achseln. »Was spielt das für eine Rolle?«

Er untersuchte eines der Juwelen, warf es in die Luft und fing es auf. »Ich stelle mir vor, daß jede Frau auf Terra eines davon um den Hals tragen wird – oder sich wünschen wird, eines um den Hals zu tragen. In sechs Monaten werden sie nicht mehr wissen, wie sie jemals ohne sie leben konnten. So sind die Menschen, Captain.« Er verstaute die Kugel in seiner Aktentasche und ließ sie zuschnappen. »Ich glaube, ich nehme eins mit nach Hause, für meine Frau.«

Der adharanische Kommandant wurde von einem terranischen Soldaten herübergeführt. Er schwieg, klickte nichts. Den überlebenden Adharanern waren die Waffen abgenommen worden, sie durften ihre Arbeit am Schiff wiederaufnehmen. Sie hatten den Rumpf repariert und die Korrosionsschäden größtenteils ausgebessert.

»Wir lassen euch gehen«, sagte Shure zu dem adharanischen Kommandanten. »Wir könnten euch als Piraten aburteilen und erschießen, doch das hätte wenig Sinn. Erzählt lieber eurer Regierung, daß sie von jetzt an nichts mehr im Sirius-System zu suchen hat.«

»Er kann Sie nicht verstehen«, sagte Barnes sanft.

»Ich weiß. Das ist reine Formsache. Immerhin versteht er ganz allgemein, worum es geht.«

Der adharanische Kommandant stand schweigend da und wartete.

»Das ist alles.« Shure deutete ungeduldig zum adharanischen Schiff hinüber. »Los. Hebt ab. Verschwindet hier. Und kommt nicht wieder.«

Der Soldat ließ den Adharaner frei. Langsam ging er zu seinem Schiff zurück und verschwand durch die Luke. Die Adharaner, die am Rumpf des Schiffes arbeiteten, sammelten ihre Ausrüstung ein und folgten ihrem Kommandanten.

Die Luken schlossen sich. Das adharanische Schiff erzitterte, nachdem die Düsen eingeschaltet worden waren. Unbeholfen hob es von der Oberfläche ab und stieg hinauf in den Himmel. Es wendete und hielt Kurs auf den Weltraum.

Shure beobachtete es, bis es verschwunden war.

»Das wäre erledigt.« Er und Fry gingen schnell auf den Kreuzer zu. »Glauben Sie, diese Juwelen werden auf Terra Aufsehen erregen?«

»Selbstverständlich. Bezweifeln Sie das?«

»Nein.« Shure war tief in Gedanken versunken. »Sie haben nur fünf der zehn Planeten erreicht. Auf den übrigen inneren Planeten müßten noch mehr sein. Sobald diese Ladung nach Terra zurückgebracht ist, können wir mit der Arbeit auf den inneren Planeten beginnen. Wenn die Adharaner sie gefunden haben, sollten auch wir dazu in der Lage sein.«

Frys Augen hinter den Brillengläsern glänzten. »Gut. Ich wußte nicht, daß es noch mehr gibt.«

»Gibt es.« Shure runzelte die Stirn und rieb sich das Kinn. »Sollte es zumindest.«

»Was ist los?«

»Ich kann nicht begreifen, warum wir sie nie gefunden haben.«

Fry klopfte ihm auf den Rücken. »Keine Sorge!«

Shure nickte, noch immer tief in Gedanken versunken. »Aber ich kann nicht begreifen, warum wir sie nie selbst gefunden haben. Glauben Sie, das hat irgendwas zu bedeuten?«

Der adharanische Kommandant saß an seinem Überwachungsbildschirm und stellte seine Übertragungsleitungen ein.

Auf dem Bildschirm erschien die Kontrollstation auf dem zweiten Planeten des adharanischen Systems. Der Kommandant hob den Schalltrichter an seinen Hals.

»Pech gehabt.«

»Was ist vorgefallen?«

»Terraner griffen uns an und beschlagnahmten den Rest unserer Ladung.«

»Wieviel war noch an Bord?«

»Die Hälfte. Wir waren erst auf fünf der Planeten.«

»Das ist bedauerlich. Haben sie die Ladung nach Terra mitgenommen?«

»Das nehme ich an.«

Kurze Stille. »Wie warm ist Terra?«

»Ziemlich warm, soviel ich weiß.«

»Vielleicht wird alles gutgehen. Wir hatten keine Brut auf Terra geplant, aber wenn –«

»Mir gefällt die Vorstellung nicht, daß ein Großteil unserer nächsten Generation sich in den Händen der Terraner befindet. Ich bedaure, daß wir mit der Verteilung nicht weiter waren.«

»Keine Sorge. Wir werden die Mutter ersuchen, als Ersatz eine ganz neue Gruppe zu legen.«

»Aber was können die Terraner mit unseren Eiern vorhaben? Es wird nur Ärger geben, wenn die Jungen ausschlüpfen. Ich verstehe sie nicht. Die Gedanken der Terraner sind mir unbegreiflich. Mich schaudert bei der Vorstellung, was geschehen wird, wenn die Eier ausgebrütet sind. – Und auf einem feuchten Planeten dürfte die Brut ziemlich bald beginnen . . .«

Nachwuchs

Ed Doyle beeilte sich. Er erwischte einen Schwebewagen, hielt dem Robotfahrer fünfzig Credits vors Gesicht, wischte sich das rosige Gesicht mit einem roten Taschentuch, öffnete schwitzend seinen Kragen, leckte sich die Lippen und schluckte während des ganzen Weges zum Krankenhaus mitleiderregend.

Der Schwebewagen glitt vor das große Krankenhausgebäude mit der weißen Kuppel und kam sanft zum Stillstand. Ed sprang heraus, rannte, drei Stufen auf einmal nehmend, die Treppe hinauf und drängte sich durch die Besucher und genesenden Patienten, die auf der breiten Terrasse standen. Er warf sein Gewicht gegen die Tür und gelangte in die Vorhalle, wo er die Bediensteten und die wichtigtuerischen Leute, die dort ihren Pflichten nachgingen, in Erstaunen versetzte.

»Wo?« fragte Ed und blickte wild umher, breitbeinig, die Fäuste geballt, seine Brust hob und senkte sich. Sein Atem ging krächzend wie der eines Tieres. In der Vorhalle wurde es still. Alle unterbrachen ihre Arbeit und wandten sich ihm zu. »Wo?« fragte Ed wieder. »Wo ist sie? *Sind* sie?«

Welch ein Glück, daß Janet gerade heute ihr Kind zur Welt gebracht hatte. Proxima Centauri war weit von Terra entfernt, und die Verkehrsverbindung war schlecht. In Erwartung der Geburt seines Kindes hatte Ed Proxima vor einigen Wochen verlassen. Er war gerade wieder in der Stadt angekommen. Während er seinen Koffer auf der Gepäckspur am Bahnhof verstaute, hatte ihm ein Roboteilbote die Nachricht überbracht: *Zentralkrankenhaus Los Angeles. Sofort.*

Ed eilte schnellstens dorthin. Während er herbeieilte, konnte er nicht umhin, Befriedigung darüber zu empfinden, daß er genau den richtigen Tag erwischt hatte, fast auf die Stunde. Das war ein gutes Gefühl. Er kannte es von früher, aus den Jahren, in denen er geschäftlich in den »Kolonien« zu tun hatte, im Grenzgebiet, am Rand der terranischen Zivilisation, wo die Straßen noch von elektrischen Lampen beleuchtet und die Türen von Hand geöffnet wurden.

Es würde schwer sein, sich *daran* zu gewöhnen. Ed wandte sich zu der Tür hinter ihm um und kam sich plötzlich töricht vor. Er hatte das Abtastschloß nicht beachtet und sie aufgestoßen. Jetzt schloß sich die Tür gerade und glitt langsam an ihren Platz zurück. Er beruhigte sich etwas und steckte sein Taschentuch in die Manteltasche. Die Krankenhausbediensteten kehrten an ihre Arbeit zurück und machten dort weiter, wo sie unterbrochen worden waren. Ein Bediensteter, ein stämmiger Roboter modernster Bauweise, rollte zu Ed herüber und blieb stehen.

Der Roboter balancierte geschickt sein Notizpult, seine Fotozellen-Augen taxierten Eds erhitzte Gesichtszüge. »Darf ich fragen, wen Sie suchen, Sir? Wen wünschen Sie zu treffen?«

»Meine Frau.«

»Ihr Name, Sir?«

»Janet. Janet Doyle. Sie hat gerade ein Kind bekommen.«

Der Roboter zog sein Pult zu Rate. »Hier entlang, Sir.« Er rollte voran, den Gang hinunter.

Ed folgte ihm nervös. »Geht es ihr gut? Bin ich rechtzeitig gekommen?« Seine Unruhe kehrte zurück.

»Es geht ihr recht gut, Sir.« Der Roboter hob seinen metallenen Arm, und eine Seitentür glitt zurück. »Hier drinnen, Sir.«

Janet saß in einem chicen blaumaschigen Anzug vor einem Mahagonischreibtisch, eine Zigarette zwischen den Fingern, die schlanken Beine übereinandergeschlagen, und redete schnell. Auf der anderen Seite des Schreibtisches saß ein elegant gekleideter Arzt und hörte zu.

»Janet!« sagte Ed und betrat das Zimmer.

»Hallo, Ed.« Sie blickte kurz zu ihm auf. »Bist du gerade angekommen?«

»Genau. Ist – ist alles überstanden? Du – ich meine, ist es *passiert?*«

Janet lachte, ihre gleichmäßigen weißen Zähne blitzten. »Natürlich. Komm rein und setz dich. Das ist Dr. Bish.«

»Hallo, Doc.« Nervös setzte Ed sich ihnen gegenüber. »Dann ist alles überstanden?«

»Das Ereignis hat stattgefunden«, sagte Dr. Bish. Seine Stimme klang dünn und metallisch. Mit jähem Schrecken erkannte Ed, daß der Arzt ein Roboter war. Ein Roboter der Spitzenklasse in menschlicher Gestalt, nicht wie die gewöhnlichen Arbeiter mit den metallenen Gliedmaßen. Er hatte ihn getäuscht – Ed war so lange fort gewesen. Dr. Bish sah breit und wohlgenährt aus, mit freundlichen Gesichtszügen und Brille. Seine großen, fleischigen Hände lagen auf dem Schreibtisch. Ein Ring am Finger. Nadelstreifenanzug und Krawatte. Krawattennadel mit Diamant. Sorgfältig manikürte Nägel. Schwarzes Haar, gerader Scheitel.

Doch seine Stimme hatte ihn verraten. Es schien ihnen nie zu gelingen, der Stimme einen echten menschlichen Klang zu verleihen. Offenbar versagte ihr Druckluft- und Schwungscheiben-Verfahren hier. Davon abgesehen war er sehr überzeugend.

»Wie ich höre, arbeiten Sie in der Nähe von Proxima, Mr. Doyle«, sagte Dr. Bish freundlich.

Ed nickte. »Ja.«

»Ziemlich weit weg, nicht wahr? Ich bin nie dort draußen gewesen. Ich wollte schon immer mal dorthin. Stimmt es, daß sie fast soweit sind, zum Sirius vorzustoßen?«

»Hören Sie, Doc –«

»Ed, sei nicht ungeduldig.« Janet drückte ihre Zigarette aus und sah mißbilligend zu ihm auf. Sie hatte sich in den sechs Monaten nicht verändert. Kleines, blondes Gesicht, roter Mund, kalte Augen wie kleine blaue Steine. Und jetzt hatte sie wieder ihre tadellose Figur. »Sie bringen ihn her. Es dauert ein paar Minuten. Er wird gewaschen und bekommt Tropfen in die Augen; ein Hirnstrombild wird aufgenommen.«

»*Er?* Dann ist es ein Junge?«

»Natürlich. Erinnerst du dich nicht? Du warst dabei, als ich die Injektionen bekam. Damals waren wir uns einig. Du hast doch deine Meinung nicht geändert, oder?«

»Jetzt ist es zu spät, Ihre Meinung noch zu ändern, Mr. Doyle«, erklang hoch und ruhig Dr. Bishs tonlose Stimme. »Ihre Frau hat beschlossen, ihn Peter zu nennen.«

»Peter.« Ed nickte ein wenig benommen. »Richtig. Das haben wir beschlossen, nicht wahr? Peter.« Er ließ sich das Wort durch den Kopf gehen. »Ja. Das klingt gut. Gefällt mir.«

Plötzlich verschwand die Wand, die undurchsichtige Mauer wurde durchsichtig. Ed wirbelte schnell herum. Sie blickten in einen hell erleuchteten Raum voller Krankenhausgeräte und weißgekleideter Dienstroboter. Einer der Roboter bewegte sich auf sie zu und schob einen Handwagen. Auf dem Handwagen stand ein Behälter, ein großer Metalltopf.

Ed atmete schneller. Er fühlte, wie ihm schwindlig wurde. Er ging hinüber zu der durchsichtigen Wand, stand dort und starrte auf den Metalltopf auf dem Handwagen.

Dr. Bish erhob sich. »Wollen Sie ihn nicht auch sehen, Mrs. Doyle?«

»Natürlich.« Janet ging hinüber zur Wand und stellte sich mit kritischem Blick und verschränkten Armen neben Ed.

Dr. Bish machte ein Zeichen. Der Bedienstete griff in den Topf und hob einen Drahteinsatz heraus, indem er die Griffe mit seinen magnetischen Klammern packte. Auf dem Einsatz lag, durch den Draht tropfend und noch immer naß vom Baden, Peter Doyle, die Augen vor Erstaunen weit aufgerissen. Er war ganz rosa, abgesehen von ein paar

Haarfransen auf dem Kopf und den großen, blauen Augen. Er war klein, runzlig und zahnlos wie ein uralter, verwelkter Weiser.

»Menschenskind«, sagte Ed.

Dr. Bish machte ein zweites Zeichen. Die Wand glitt zurück. Der Dienstroboter schob sich in das Zimmer und streckte den tropfenden Einsatz vor. Dr. Bish nahm Peter aus dem Einsatz und hielt ihn hoch, um ihn zu untersuchen. Er drehte ihn nach allen Seiten und musterte ihn prüfend aus allen Winkeln.

»Er sieht gut aus«, sagte er schließlich.

»Wie war das Ergebnis des Hirnstrombildes?« fragte Janet.

»Gutes Ergebnis. Hervorragende Neigungen angezeigt. Sehr vielversprechend. Hohe Ausprägung der –« Der Arzt unterbrach sich. »Was ist los, Mr. Doyle?«

Ed hatte die Hände ausgestreckt. »Geben Sie ihn mir, Doktor. Ich möchte ihn halten.« Er grinste von einem Ohr zum anderen. »Mal sehen, wie schwer er ist. Er sieht jedenfalls groß aus.«

Dr. Bishs Mund blieb vor Schreck offen. Er und Janet starrten ihn an.

»Ed!« kreischte Janet. »Was ist los mit dir?«

»Gütiger Himmel, Mr. Doyle«, murmelte der Arzt.

Ed blinzelte. »Was?«

»Wenn ich geahnt hätte, daß Sie etwas Derartiges im Sinn haben –« Dr. Bish gab Peter schnell dem Bediensteten zurück. Dieser brachte Peter eilig aus dem Zimmer, zurück in den Metalltopf. Handwagen, Roboter und Topf verschwanden hastig, die Wand glitt krachend an ihren Platz zurück.

Wütend packte Janet Eds Arm. »Du lieber Himmel, Ed! Hast du den Verstand verloren? Komm mit. Laß uns hier verschwinden, bevor du noch irgendwas anderes tust.«

»Aber –«

»Komm mit.« Janet lächelte Dr. Bish nervös an. »Wir

müssen jetzt gehen, Doktor. Herzlichen Dank für alles. Achten Sie nicht auf ihn. Er war so lange dort draußen, wissen Sie.«

»Ich verstehe«, sagte Dr. Bish sanft. Er hatte die Fassung wiedergewonnen. »Ich verlasse mich darauf, daß wir später von Ihnen hören, Mrs. Doyle.«

Janet zog Ed hinaus auf den Gang. »Ed, was ist los mit dir? So was Peinliches ist mir in meinem ganzen Leben noch nicht passiert.« Zwei rote Flecken glänzten auf Janets Wangen. »Ich hätte dich treten können.«

»Aber was –«

»Du weißt, daß wir ihn nicht berühren dürfen. Was hast du vor, willst du sein ganzes Leben ruinieren?«

»Aber –«

»Komm mit.« Sie verließen hastig das Krankenhaus und traten hinaus auf die Terrasse. Warmes Sonnenlicht umfing sie. »Es ist nicht abzusehen, welchen Schaden du angerichtet hast. Vielleicht ist er bereits hoffnungslos gestört. Wenn er sich ganz gestört und – und neurotisch und leicht erregbar entwickelt, dann ist das deine Schuld.«

Plötzlich erinnerte sich Ed. Er sackte in sich zusammen, sein Gesicht war vor Kummer ganz eingefallen. »Stimmt. Ich hab's vergessen. Nur Roboter dürfen den Kindern nahe kommen. Tut mir leid, Jan. Ich hab mich hinreißen lassen. Ich hoffe, ich habe nichts angerichtet, was sie nicht wieder in Ordnung bringen können.«

»Wie *konntest* du das vergessen?«

»Es ist so anders da draußen auf Prox.« Niedergeschlagen und beschämt winkte Ed einen Schwebewagen heran. Der Fahrer hielt vor ihnen an. »Jan, es tut mir höllisch leid. Wirklich. Ich war ganz aufgeregt. Laß uns irgendwo einen Kaffee trinken und reden. Ich will wissen, was der Arzt gesagt hat.«

Ed trank eine Tasse Kaffee, und Janet nippte an einem eisgekühlten Brandy. Im Nymphite Room war es stockdunkel, abgesehen von einer diffusen Beleuchtung, die von dem Tisch zwischen ihnen ausging. Der Tisch tauchte alles um sich herum in ein fahles Licht, eine gespenstische Strahlung, scheinbar ohne Lichtquelle. Eine Robotkellnerin bewegte sich mit einem Tablett voller Getränke geräuschlos hin und her. Im Hintergrund des Raumes spielte leise Musik vom Band.

»Erzähl weiter«, sagte Ed.

»Erzähl weiter?« Janet streifte ihre Jacke ab und legte sie über die Stuhllehne. In dem fahlen Licht leuchteten ihre Brüste schwach. »Es gibt nicht viel zu erzählen. Alles ging gut. Es hat nicht lange gedauert. Die meiste Zeit habe ich mit Dr. Bish geplaudert.«

»Ich bin froh, daß ich angekommen bin.«

»Wie war deine Reise?«

»Gut.«

»Wird die Verkehrsverbindung besser? Dauert es noch genauso lange wie früher?«

»Ungefähr.«

»Ich verstehe nicht, warum du so weit dort raus willst. Es ist so – so abgeschnitten von allem. Was findest du dort draußen? Sind Installateurarbeiten dort wirklich so gefragt?«

»Sie werden gebraucht. Grenzgebiet. Alle möchten nur das Feinste.« Ed machte eine unbestimmte Geste. »Was hat er dir über Peter erzählt? Wie wird er sich entwickeln? Kann er das sagen? Ich nehme an, es ist noch zu früh.«

»Er wollte es mir gerade erzählen, als du anfingst, dich so danebenzubenehmen. Ich werde ihn auf dem Videofon anrufen, sobald wir zu Hause sind. Peters Hirnstrommuster dürfte gut sein. Er kommt aus der besten Genzucht.«

Ed brummte. »Zumindest von deiner Seite.«

»Wie lange wirst du hierbleiben?«

»Ich weiß es nicht. Nicht lange. Ich muß zurück. Ich möchte ihn natürlich noch mal sehen, bevor ich fahre.« Er warf seiner Frau einen raschen, hoffnungsvollen Blick zu. »Glaubst du, ich darf?«

»Ich denke schon.«

»Wie lange wird er dort bleiben müssen?«

»Im Krankenhaus? Nicht lange. Ein paar Tage.«

Ed zögerte. »Ich meinte eigentlich nicht im Krankenhaus. Ich meine, bei *ihnen*. Wie lange dauert es, bis wir ihn haben können? Wie lange, bis wir ihn nach Hause mitnehmen können?«

Stille. Janet trank ihren Brandy aus. Sie lehnte sich zurück und zündete sich eine Zigarette an. Der Rauch trieb hinüber zu Ed und mischte sich mit dem fahlen Licht. »Ed, ich glaube nicht, daß du das verstehst. Du warst so lange dort draußen. Es ist viel geschehen, seit du ein Kind warst. Neue Methoden, neue Techniken. Sie haben so viele Dinge herausgefunden, die sie nicht wußten. Zum ersten Mal machen sie Fortschritte. Sie wissen, was zu tun ist. Sie entwickeln gerade eine echte Methodik für den Umgang mit Kindern. Für die Wachstumsperiode. Einstellungsentwicklung. Erziehung.« Sie lächelte Ed strahlend an. »Ich habe alles darüber gelesen.«

»Wie lange, bis wir ihn bekommen?«

»In ein paar Tagen wird er aus dem Krankenhaus entlassen. Dann kommt er in ein Orientierungszentrum für Kinder. Er wird getestet und untersucht. Sie bestimmen seine verschiedenen Fähigkeiten und latenten geistigen Anlagen. Die Richtung, in die er sich wahrscheinlich entwickeln wird.«

»Und dann?«

»Dann kommt er in die geeignete pädagogische Abteilung. Damit er die richtige Erziehung erhält. Ed, weißt du, ich glaube, aus ihm wird was Besonderes! Ich konnte es an Dr. Bishs Gesichtsausdruck erkennen. Er besah sich gerade die Hirnstromdiagramme, als ich hereinkam. Auf seinem Gesicht lag ein Ausdruck ... Wie kann ich ihn beschreiben?« Sie suchte nach dem Wort. »Nun, fast – fast ein gieriger Ausdruck. Echte Erregung. Sie sind so engagiert bei ihrer Arbeit. Er –«

»Sag nicht er. Er ist ein *Es*.«

»Ed, wirklich! Was ist in dich gefahren?«

»Nichts.« Ed stierte mürrisch vor sich hin. »Erzähl weiter.«

»Sie stellen sicher, daß er in der richtigen Richtung erzogen wird. Die ganze Zeit über, die er dort verbringt, werden seine Anlagen getestet. Dann, wenn er ungefähr neun ist, wird er verlegt in –«

»Neun! Du meinst, neun *Jahre?*«

»Natürlich.«

»Aber wann bekommen wir ihn?«

»Ed, ich dachte, du weißt Bescheid. Muß ich dir die ganze Sache erklären?«

»Mein Gott, Jan! Wir können nicht neun Jahre warten!« Ed saß mit einem Ruck aufrecht. »So was hab ich noch nie gehört. Neun Jahre? Aber dann wird er doch schon halb erwachsen sein.«

»Das ist genau der springende Punkt.« Janet lehnte sich zu ihm hinüber und stützte ihren nackten Ellenbogen auf den Tisch. »Solange er wächst, muß er bei ihnen bleiben. Nicht bei uns. Hinterher, wenn er ausgewachsen ist, wenn er nicht mehr so formbar ist, dann können wir so viel mit ihm zusammensein, wie wir wollen.«

»Hinterher? Wenn er achtzehn ist?« Ed sprang auf und schob seinen Stuhl zurück. »Ich geh dort runter und hole ihn.«

»Setz dich hin, Ed.« Janet blickte ruhig zu ihm auf, einen geschmeidigen Arm leichthin über die Stuhllehne gelegt. »Setz dich hin und benimm dich zur Abwechslung mal wie ein Erwachsener.«

»Ist dir das denn egal? Macht es dir nichts aus?«

»Natürlich macht es mir was aus.« Janet zuckte die Achseln. »Aber es muß sein. Sonst würde er sich nicht richtig entwickeln. Es ist zu *seinem* Nutzen. Nicht zu unserem. Er lebt nicht für uns. Willst du, daß er Probleme bekommt?«

Ed entfernte sich vom Tisch. »Bis später.«

»Wohin gehst du?«

»Bißchen spazieren. Ich kann solche Lokale nicht ausstehen. Sie regen mich auf. Bis später.« Ed schob sich durch den Raum zur Tür. Die Tür öffnete sich, und er stand im hellen Mittagslicht auf der Straße. Strahlender Sonnenschein umfing ihn. Blinzelnd gewöhnte er sich an das blendende Licht. Menschen umfluteten ihn. Menschen und Lärm. Er folgte dem Strom.

Er war wie betäubt. Natürlich hatte er es gewußt. Es war dort, in seinen verborgensten Gedanken. Die neuen Entwicklungen in der Kinderpflege. Doch es war etwas Abstraktes, Allgemeines gewesen. Hatte nichts mit ihm zu tun. Mit *seinem* Kind.

Während er weiterging, beruhigte er sich. Er regte sich grundlos auf. Janet hatte natürlich recht. Es war zu Peters Nutzen. Peter lebte nicht für sie, wie ein Hund oder eine Katze. Ein Haustier, das man zu Hause um sich hatte. Er war ein menschliches Wesen mit einem eigenen Leben. Die Erziehung sollte ihm dienen, nicht den Eltern. Sie sollte ihn und seine geistigen Anlagen und Fähigkeiten fördern, sie formen, verwirklichen und verwertbar machen.

Selbstverständlich konnten Roboter das am besten. Roboter konnten ihn wissenschaftlich erziehen, nach einer rationalen Methode. Nicht nach den Launen der Gefühle. Roboter wurden nicht wütend. Roboter nörgelten und jammerten nicht herum. Sie schlugen ein Kind nicht oder brüllten es an. Sie gaben keine einander widersprechenden Anordnungen. Sie stritten nicht miteinander oder benutzten das Kind für ihre eigenen Zwecke. Und nur von Robotern umgeben, konnte auch kein Ödipuskomplex entstehen.

Überhaupt keine Komplexe. Schon vor langer Zeit war entdeckt worden, daß Neurosen auf die Erziehung in der Kindheit zurückzuführen waren. Auf die Art und Weise, wie Eltern das Kind aufzogen. Die Verbote, die es lernte, die Manieren, Lehren, Strafen, Belohnungen. Neurosen,

Komplexe, Entwicklungsstörungen, all das kam durch die subjektive Beziehung zwischen Eltern und Kind zustande. Vielleicht, wenn der Faktor Eltern eliminiert werden konnte ...

Eltern konnten ihre Kinder nie objektiv betrachten. Was Eltern dem Kind entgegenbrachten, war immer eine voreingenommene, emotionale Projektion. Der Blick der Eltern war zwangsläufig verzerrt. Eltern konnten ihrem Kind nie ein geeigneter Lehrer sein.

Roboter konnten das Kind untersuchen, seine Bedürfnisse und Wünsche analysieren, seine Anlagen und Interessen testen. Roboter würden nicht versuchen, das Kind in eine bestimmte Form zu zwingen. Das Kind würde nach seinen eigenen Voraussetzungen erzogen werden; wo immer seine durch wissenschaftliche Untersuchungen festgestellten Interessen und Bedürfnisse lagen.

Ed erreichte die Ecke. Der Verkehr rauschte an ihm vorbei. Geistesabwesend trat er einen Schritt vor.

Ein Klirren und Krachen. Gitter fielen vor ihm herunter und stoppten ihn. Automatische Sicherheitsüberwachung.

»Sir, passen Sie besser auf!« ertönte dicht neben ihm die durchdringende Stimme.

»Verzeihung.« Ed trat zurück. Die Absperrgitter hoben sich. Er wartete, bis die Ampel umschaltete. Es war zu Peters eigenem Nutzen. Roboter konnten ihn richtig erziehen. Später, wenn er aus dem Wachstumsstadium heraus war, wenn er nicht mehr so leicht zu beeinflussen, so empfänglich war – »Es ist besser für ihn«, murmelte Ed. Er wiederholte es halblaut. Einige Leute warfen ihm Blicke zu, und er errötete. Natürlich war es besser für ihn. Daran bestand kein Zweifel.

Achtzehn. Er konnte nicht mit seinem Sohn zusammensein, bevor er achtzehn war. Praktisch erwachsen.

Die Ampel schaltete um. Tief in Gedanken, überquerte Ed zusammen mit den anderen Fußgängern die Straße und hielt sich vorsichtig innerhalb des Sicherheitsstreifens. Es war das beste für Peter. Aber achtzehn Jahre waren eine lange Zeit.

»Eine verflucht lange Zeit«, murmelte Ed und runzelte die Stirn. »Eine verdammt viel zu lange Zeit.«

Doktor 2g-Y Bish musterte den Mann, der vor ihm stand, eingehend. Seine Relais und Datenbanken klickten und näherten sich immer mehr einer Identifikation des Bildes, während sie eine Vielzahl von Vergleichsmöglichkeiten durch den Scanner jagten.

»Ich erinnere mich an Sie, Sir«, sagte Dr. Bish schließlich. »Sie sind der Mann von Proxima. Aus den Kolonien. Doyle, Edward Doyle. Mal sehen. Es ist schon eine Weile her. Es muß vor –«

»Vor neun Jahren«, sagte Ed Doyle barsch. »Genau vor neun Jahren, praktisch auf den Tag genau.«

Dr. Bish faltete die Hände. »Setzen Sie sich, Mr. Doyle. Was kann ich für Sie tun? Wie geht es Mrs. Doyle? Eine ganz reizende Gattin, wie ich mich erinnere. Während der Geburt haben wir uns wunderbar unterhalten. Wie –«

»Dr. Bish, wissen Sie, wo mein Sohn ist?«

Dr. Bish überlegte und klopfte dabei mit den Fingern auf die Schreibtischplatte, auf die polierte Mahagonioberfläche. Er schloß die Augen ein wenig und blickte sinnend in die Ferne. »Ja. Ja, ich weiß, wo Ihr Sohn ist, Mr. Doyle.«

Ed Doyle entspannte sich. »Gut.« Er nickte und atmete erleichtert aus.

»Ich weiß genau, wo Ihr Sohn ist. Ich habe ihn vor etwa einem Jahr in der Biologischen Forschungsstation in Los Angeles untergebracht. Dort erhält er eine Spezialausbildung. Ihr Sohn, Mr. Doyle, hat außergewöhnliche Anlagen. Ich würde sagen, er ist einer der wenigen, der ganz wenigen, die wir gefunden haben, der echte Entwicklungsmöglichkeiten hat.«

»Darf ich ihn sehen?«

»Ihn sehen? Wie meinen Sie das?«

Doyle beherrschte sich mühsam. »Ich denke, der Begriff ist klar.«

Dr. Bish rieb sich das Kinn. Sein Fotozellengehirn arbeitete surrend auf Hochtouren. Schalter leiteten Stromschübe weiter, Spannungen wurden aufgebaut, und Funken sprangen über, während er den Mann vor sich betrachtete. »Wollen Sie ihn *anschauen*? Das ist eine Bedeutung dieses Begriffes. Oder wollen Sie mit ihm sprechen? Manchmal wird der Ausdruck benutzt, um einen direkteren Kontakt zu beschreiben. Es ist ein ungenaues Wort.«

»Ich will mit ihm sprechen.«

»Ich verstehe.« Bedächtig zog Bish einige Formulare aus dem Ausgabegerät auf seinem Schreibtisch. »Hier sind ein paar Routinepapiere, die natürlich vorher ausgefüllt werden müssen. Wie lange genau wollten Sie mit ihm sprechen?«

Ed Doyle blickte fest und ruhig in Dr. Bishs sanftes Gesicht. »Ich will mehrere Stunden mit ihm sprechen. *Allein*.«

»Allein?«

»Ohne Roboter in der Nähe.«

Dr. Bish sagte nichts. Er strich die Papiere, die er hielt, glatt und kniffte die Ränder mit seinem Fingernagel. »Mr. Doyle«, sagte er behutsam, »ich frage mich, ob Sie in einem angemessenen emotionalen Zustand sind, um Ihren Sohn zu besuchen. Sie sind erst vor kurzem aus den Kolonien zurückgekehrt?«

»Ich habe Proxima vor drei Wochen verlassen.«

»Dann sind Sie gerade in Los Angeles eingetroffen?«

»Richtig.«

»Und Sie sind gekommen, um Ihren Sohn zu sehen? Oder haben Sie andere Angelegenheiten zu erledigen?«

»Ich bin wegen meines Sohnes gekommen.«

»Mr. Doyle, Peter ist in einer sehr kritischen Phase. Er ist erst vor kurzem zur weiteren Ausbildung auf die Biologische Station verlegt worden. Bisher war seine Ausbildung allgemein. Was wir das nichtdifferenzierte Stadium nennen. Vor kurzem ist er in eine neue Phase eingetreten. Während der letzten sechs Monate hat Peter mit dem Fortgeschrittenenstudium seines spezifischen Fachgebietes, der Biochemie, begonnen. Er wird –«

»Was denkt Peter darüber?«

Bish runzelte die Stirn. »Ich verstehe nicht, Sir.«

»Wie fühlt *er* sich? Ist es das, was er will?«

»Mr. Doyle, Ihr Sohn hat die Möglichkeit, einer der besten Biochemiker der Welt zu werden. In all den Jahren, in denen wir mit Menschen gearbeitet haben, an ihrer Ausbildung und Entwicklung, sind wir noch nie auf eine lebhaftere und umfassendere Begabung gestoßen, Informationen aufzunehmen, Theorien zu bilden und Sachverhalte in Formeln zu fassen, als bei Ihrem Sohn. Alle Tests deuten darauf hin, daß er auf seinem gewählten Gebiet bald einer der Besten sein wird. Er ist immer noch ein Kind, Mr. Doyle, doch es sind gerade die Kinder, die ausgebildet werden müssen.«

Doyle erhob sich. »Sagen Sie mir, wo ich ihn finde. Ich werde zwei Stunden mit ihm sprechen, der Rest ist dann seine Sache.«

»Der Rest?«

Doyle biß die Zähne zusammen. Er schob die Hände in die Taschen. Sein Gesicht war gerötet und starr, grimmig vor Entschlossenheit. In den neun Jahren war er viel schwerer, stämmiger und rosiger geworden. Sein schütteres Haar war jetzt eisengrau. Seine Kleider waren grob und ungebügelt. Er sah störrisch aus.

Dr. Bish seufzte. »In Ordnung, Mr. Doyle. Hier sind Ihre Papiere. Das Gesetz gestattet Ihnen, Ihren Sohn zu beobachten, wann immer Sie einen ordnungsgemäßen Antrag stellen. Da er dem nichtdifferenzierten Stadium entwachsen ist, dürfen Sie auch für die Dauer von neunzig Minuten mit ihm sprechen.«

»Allein?«

»Sie dürfen während dieses Zeitraums das Stationsgelände mit ihm verlassen.« Dr. Bish schob die Papiere hinüber zu Doyle. »Füllen Sie sie aus, und ich werde Peter herbringen lassen.«

Er blickte ruhig zu dem Mann auf, der vor ihm stand.

»Ich hoffe, Sie werden beherzigen, daß in dieser kritischen Phase jede gefühlsbetonte Erfahrung seine Entwicklung entscheidend hemmen kann. Er hat sein Gebiet gewählt, Mr. Doyle. Man muß ihm gestatten, sich ungehindert durch situative Blockierungen in seiner gewählten Richtung zu entwickeln. Peter stand während seiner gesamten Ausbildungszeit in Kontakt mit unserem technischen Personal. Er ist den Kontakt mit Menschen nicht gewohnt. Also seien Sie bitte behutsam.«

Doyle sagte nichts. Er riß die Papiere an sich und zog seinen Füllfederhalter heraus.

Ed erkannte seinen Sohn kaum, als die zwei Dienstroboter ihn aus der Station, einem massiven Betongebäude, herausführten und ihn wenige Meter von seinem geparkten Schwebewagen stehenließen.

Ed schob die Tür auf. »Pete!« Sein Herz schlug heftig, mühsam und schmerzhaft. Er beobachtete, wie sein Sohn auf den Wagen zukam und in dem hellen Sonnenlicht die Augenbrauen runzelte. Es war gegen vier Uhr nachmittags. Ein leichter Wind wehte über den Parkplatz und trieb Papierfetzen und Schuttstückchen vor sich her.

Peter stand schlank und aufrecht da. Seine Augen waren groß und tiefbraun wie Eds. Sein Haar war hell, fast blond. Mehr wie Janets. Er hatte jedoch Eds Mund, die entschlossene Linie, makellos und wohlgeformt. Ed grinste ihn an. Es war neun Jahre her. Neun Jahre, seit der Dienstroboter den Einsatz aus dem Transporttopf herausgehoben hatte, um das kleine, runzlige, krebsrote Baby zu zeigen.

Peter war gewachsen. Er war kein Baby mehr. Er war ein junger Bursche, aufrecht und stolz, mit entschlossenen Gesichtszügen und großen, klaren Augen.

»Pete«, sagte Ed. »Verflucht, wie geht's dir?«

Der Junge blieb bei der Wagentür stehen. Er blickte Ed ruhig an. Seine Augen flackerten und nahmen den Wagen, den Robotfahrer und den stämmig gebauten Mann im zerknitterten Tweedanzug, der ihn nervös angrinste, in sich auf.

»Steig ein. Komm rein.« Ed rückte auf die andere Seite. »Komm schon. Wir haben einiges vor.«

Der Junge sah ihn wieder an. Plötzlich war sich Ed seines unförmigen Anzuges bewußt, der ungeputzten Schuhe und des grauen Stoppelkinns. Errötend zerrte er sein rotes Taschentuch heraus und wischte sich unbehaglich die Stirn. »Ich komme direkt vom Schiff, Peter. Von Proxima. Ich hatte keine Zeit, mich umzuziehen. Ich bin ein wenig staubig. Lange Reise.«

Peter nickte. »4,3 Lichtjahre, nicht wahr?«

»Es dauert drei Wochen. Steig ein. Willst du nicht einsteigen?«

Peter glitt neben ihn. Ed schlug die Tür zu.

»Fahren wir.« Der Wagen setzte sich in Bewegung. »Fahren Sie – « Ed spähte aus dem Fenster. »Fahren Sie dort hinauf. An dem Hügel vorbei. Raus aus der Stadt.« Er wandte sich zu Peter. »Ich hasse Großstädte. Ich kann mich nicht an sie gewöhnen.«

»In den Kolonien gibt es keine großen Städte, nicht wahr?« murmelte Peter. »Du bist nicht an das Stadtleben gewöhnt.«

Ed lehnte sich zurück. Sein Herz schlug wieder langsamer, im normalen Rhythmus. »Nein, eigentlich ist es genau umgekehrt, Pete.«

»Wie meinst du das?«

»Ich ging nach Prox, *weil* ich Städte nicht ausstehen konnte.«

Peter sagte nichts. Der Schwebewagen kletterte immer höher und fuhr einen steilen Highway hinauf in die Hügel. Genau unter ihnen breitete sich riesig und eindrucksvoll die Station aus wie ein Haufen Zementsteine. Ein paar Wagen fuhren die Straße entlang, aber nicht viele. Heutzutage ging fast alles per Luftverkehr. Schwebewagen wurden immer seltener.

Die Straße wurde flacher. Sie fuhren auf dem Kamm der Hügelkette entlang. Zu beiden Seiten wuchsen Bäume und Sträucher. »Es ist schön hier oben«, sagte Ed.

»Ja.«

»Wie – wie ist es dir ergangen? Ich habe dich lange nicht gesehen. Genau einmal. Genau, nachdem du geboren warst.«

»Ich weiß. Dein Besuch ist in den Akten vermerkt.«

»Bist du gut zurechtgekommen?«

»Ja. Ganz gut.«

»Behandeln sie dich anständig?«

»Natürlich.«

Nach einer Weile lehnte Ed sich nach vorn. »Halten Sie hier«, sagte Ed zu dem Robotfahrer.

Der Wagen verlangsamte die Geschwindigkeit und fuhr an den Straßenrand. »Sir, es gibt hier nichts –«

»Hier ist es gut. Lassen Sie uns aussteigen. Von hier aus gehen wir zu Fuß.«

Der Wagen hielt an. Zögernd glitt die Tür auf. Ed trat schnell vom Wagen auf die Fahrbahn. Hinter ihm stieg Peter aus, langsam und verwirrt. »Wo sind wir?«

»Nirgendwo.« Ed schlug die Tür zu. »Fahren Sie zurück in die Stadt«, sagte er zu dem Fahrer. »Wir brauchen Sie nicht mehr.«

Der Wagen fuhr davon. Ed ging zum Straßenrand hinüber. Peter folgte ihm. Der Hügel fiel steil ab bis hinunter zu den Ausläufern der Stadt unter ihnen. Vor ihnen erstreckte sich ein gewaltiges Panorama, die große Metropole in der späten Nachmittagssonne. Ed atmete tief ein und breitete die Arme aus. Er zog seinen Mantel aus und warf ihn über die Schulter.

»Komm mit.« Er begann, den Abhang hinunterzugehen. »Auf geht's.«

»Wohin?«

»Auf einen Spaziergang. Bloß weg von dieser verdammten Straße.«

Sie kletterten den Abhang des Hügels hinunter, liefen vorsichtig und hielten sich an Gras und Wurzeln fest, die aus der Erde herausragten. Schließlich kamen sie zu einer flachen Stelle neben einer großen Platane. Ed warf sich zu Boden, brummte und wischte sich den Schweiß aus dem Nacken.

»Hier. Setzen wir uns hier hin.«

Peter setzte sich vorsichtig hin, ein kleines Stück entfernt. Eds blaues Hemd war durchgeschwitzt. Er band seine Krawatte auf und öffnete den Kragen. Gleich darauf suchte er in seinen Manteltaschen herum. Er zog Pfeife und Tabak hervor.

Peter beobachtete, wie er die Pfeife stopfte und sie mit einem großen Schwefelstreichholz anzündete. »Was ist das?« murmelte er.

»Das? Meine Pfeife.« Ed grinste und zog an der Pfeife. »Hast du noch nie eine Pfeife gesehen?«

»Nein.«

»Das ist eine gute Pfeife. Ich bekam sie, als ich das erste Mal raus nach Proxima ging. Das ist lange her, Pete. Es ist fünfundzwanzig Jahre her. Ich war damals gerade neunzehn. Nur ungefähr doppelt so alt wie du.«

Er steckte den Tabak weg und lehnte sich zurück, sein massiges Gesicht war ernst und besorgt.

»Gerade neunzehn. Ich ging als Installateur dorthin. Reparaturen und Handel, wenn ich mal einen Handel abschließen konnte. Terranische Installationen. Eines dieser großen Inserate, die man häufig sah. Unbegrenzte Möglichkeiten. Neuland. Werde Millionär. Gold auf den Straßen.« Ed lachte.

»Wie ist es dir ergangen?«

»Nicht schlecht. Gar nicht schlecht. Ich habe jetzt meine eigene Firma, weißt du. Ich mache den Kundendienst für das gesamte Proxima-System. Reparaturen, Wartung, Aufbau und Konstruktion. Ich habe sechshundert Angestellte. Es hat lange gedauert. Es war nicht einfach.«

»Nein.«

»Hungrig?«

Peter drehte sich um. »Was?«

»Bist du hungrig?« Ed zog ein in braunes Papier gewikkeltes Päckchen aus dem Mantel und packte es aus. »Ich hab noch ein paar Sandwiches von der Reise. Wenn ich von Prox hierherkomme, nehme ich immer was zu essen mit. Ich kaufe nicht gern was im Speiseabteil. Sie nehmen dich aus.« Er hielt ihm das Päckchen hin. »Willst du eins?«

»Nein, danke.«

Ed nahm ein Sandwich und begann zu essen. Er aß nervös und blickte rasch zu seinem Sohn hinüber. Peter saß schweigend ein kleines Stück entfernt und starrte ausdruckslos vor sich hin. Sein weiches, hübsches Gesicht war leer.

»Alles in Ordnung?« fragte Ed.

»Ja.«

»Dir ist nicht kalt, oder?«

»Nein.«

»Du willst dich doch nicht erkälten.«

Vor ihnen lief ein Eichhörnchen vorbei und rannte auf die Platane zu. Ed warf ihm ein Stück von seinem Sandwich hin. Das Eichhörnchen rannte ein Stückchen weg und kam dann langsam zurück. Es schimpfte zu ihnen herüber und stand dabei auf den Hinterbeinen, sein großer, grauer Schwanz quoll hinter ihm hervor.

Ed lachte. »Sieh es dir an. Hast du schon mal ein Eichhörnchen gesehen?«

»Ich glaube nicht.«

Das Eichhörnchen rannte mit dem Stück Sandwich davon. Es verschwand zwischen Gestrüpp und Sträuchern.

»Dort draußen in der Umgebung von Prox gibt es keine Eichhörnchen«, sagte Ed.

»Nein.«

»Es tut gut, ab und zu mal nach Terra zurückzukommen. Ein paar von den alten Sachen sehen. Selbst wenn sie verschwinden.«

»Verschwinden?«

»Weg. Zerstört. Terra verändert sich ständig.« Ed deutete auf den Abhang um sie herum. »Eines Tages wird das hier verschwunden sein. Erst fällen sie die Bäume. Dann ebnen sie alles ein. Eines Tages werden sie die ganze Hügelkette zerstückeln und fortschaffen. Sie irgendwo an der Küste als Erddamm benutzen.«

»Das liegt außerhalb unseres Bereichs«, sagte Peter.

»Was?«

»Diese Informationen bekomme ich nicht. Dr. Bish hat es dir sicher erzählt. Ich beschäftige mich mit Biochemie.«

»Ich weiß«, murmelte Ed. »Sag mal, wie zum Teufel bist du denn auf diesen Kram gekommen? Biochemie?«

»Die Tests haben gezeigt, daß meine Begabungen auf diesem Gebiet liegen.«

»Macht dir deine Arbeit Spaß?«

»Was für eine seltsame Frage. Natürlich macht mir meine Arbeit Spaß. Es ist die Arbeit, die zu mir paßt.«

»Mir kommt es verdammt komisch vor, ein Kind schon mit so was anfangen zu lassen.«

»Warum?«

»Mein Gott, Pete. Als ich neun Jahre alt war, trieb ich mich in der Stadt herum. Manchmal in der Schule, meistens draußen, ich ging mal hierhin, mal dorthin. Spielte. Las. Schlich mich immer auf die Raketenabschußgelände.« Er überlegte. »Ich hab alles mögliche gemacht. Mit sechzehn brach ich auf zum Mars. Ich blieb eine Weile dort. Arbeitete als Kellner. Dann ging ich nach Ganymed. Auf Ganymed kam man nirgendwo rein. Da war nichts zu machen. Von Ganymed ging ich raus nach Prox. Ich konnte mir die ganze Reise dorthin durch Arbeit an Bord verdienen. Auf einem großen Frachter.«

»Bist du auf Proxima geblieben?«

»Sicher. Ich fand, was ich suchte. Ein schöner Platz dort draußen. Jetzt brechen wir auf zum Sirius, weißt du.« Eds Brust schwoll. »Ich habe eine Filiale im Sirius-System. Einen kleinen Laden, Einzelhandel und Kundendienst.«

»Sirius ist 8,8 Lichtjahre von Sol entfernt.«

»Es ist eine weite Reise. Sieben Wochen von hier aus. Eine üble Schinderei. Meteorenschwärme. Die heizen einem die ganze Reise über gründlich ein.«

»Das kann ich mir vorstellen.«

»Weißt du, was ich überlegt habe, was ich tun könnte?« Ed drehte sich zu seinem Sohn um, sein Gesicht war voller Hoffnung und Begeisterung. »Ich habe darüber nachgedacht. Ich dachte, vielleicht gehe ich dort raus. Nach Sirius. Ein netter kleiner Laden, den wir dort haben. Ich habe die Pläne selbst entworfen. Eine Spezialkonstruktion, an die Eigenarten des Systems angepaßt.«

Peter nickte.

»Pete –«

»Ja?«

»Glaubst du, du wärst eventuell interessiert? Willst du nach Sirius rauskommen und es dir anschauen? Es ist ein guter Platz. Vier saubere Planeten. Völlig unberührt. Viel Platz. Meilenweit Platz. Felsen und Berge. Meere. Kein Mensch dort. Nur ein paar Siedler, Familien, einige Baustellen. Weite, endlose Ebenen.«

»Wie meinst du das, interessiert woran?«

»Daran, dort rauszufahren.« Eds Gesicht war blaß. Sein Mund zuckte nervös. »Ich dachte, du würdest vielleicht gerne mitkommen und sehen, wie es dort aussieht. Es ist dort ganz ähnlich wie auf Prox vor fünfundzwanzig Jahren. Es ist gut und sauber dort draußen. Keine Städte.«

Peter lächelte.

»Warum lächelst du?«

»Nur so.« Plötzlich stand Peter auf. »Wenn wir zur Station zurücklaufen müssen, sollten wir besser losgehen. Findest du nicht? Es wird spät.«

»Sicher.« Ed rappelte sich hoch. »Sicher, aber –«

»Wann wirst du wieder zurück im Sol-System sein?«

»Wieder zurück?« Ed ging hinter seinem Sohn her. Peter kletterte den Hügel hinauf zur Straße. »Lauf bitte langsamer, ja?«

Peter ging langsamer. Ed holte ihn ein.

»Ich weiß nicht, wann ich wieder zurück sein werde. Ich komme nicht sehr oft hierher. Keine Bindungen. Nicht, seitdem Jan und ich uns getrennt haben. Ehrlich gesagt, bin ich diesmal hergekommen, um –«

»Hier entlang.« Peter begann, die Straße hinunterzugehen.

Ed ging eilig neben ihm her, band seine Krawatte, zog seinen Mantel an und schnappte nach Luft. »Peter, was sagst du dazu? Willst du mit mir zum Sirius rausfahren? Dir das anschauen? Dort draußen ist ein schöner Platz. Wir könnten zusammenarbeiten. Wir beide. Wenn du willst.«

»Aber ich habe schon meine Arbeit.«

»Dieser Kram? Dieser verdammte Chemiekram?«

Wieder lächelte Peter.

Ed schaute düster drein, sein Gesicht war dunkelrot. »Warum lächelst du?« fragte er. Sein Sohn antwortete nicht. »Was ist los? Was ist so verdammt komisch?«

»Nichts«, sagte Peter. »Reg dich nicht auf. Es ist ein weiter Weg bis unten.« Er steigerte sein Tempo ein wenig, sein geschmeidiger Körper marschierte mit langen, gleichmäßigen Schritten. »Es wird spät. Wir müssen uns beeilen.«

Dr. Bish schob den Ärmel seines Nadelstreifenjacketts zurück und blickte prüfend auf seine Armbanduhr. »Ich bin froh, daß du zurück bist.«

»Er hat den Schwebewagen weggeschickt«, murmelte Peter. »Wir mußten zu Fuß den Hügel runterlaufen.«

Draußen war es dunkel. In der Station, in den Reihen der Gebäude und Laboratorien, gingen automatisch die Lichter an.

Dr. Bish erhob sich von seinem Schreibtisch. »Unterschreib das, Peter. Unten auf diesem Formular.«

Peter unterschrieb. »Was ist das?«

»Eine Bestätigung, daß du ihn gemäß den gesetzlichen Bestimmungen gesehen hast. Wir haben nicht versucht, dich in irgendeiner Weise zu behindern.«

Peter gab das Papier zurück. Bish legte es mit den anderen zu den Akten. Peter ging auf die Tür von Dr. Bishs Büro zu. »Ich gehe. Runter in die Kantine zum Abendessen.«

»Hast du noch nichts gegessen?«

»Nein.«

Dr. Bish verschränkte die Arme und musterte den Jungen prüfend. »Nun?« fragte er. »Was hältst du von ihm? Das war das erste Mal, daß du deinen Vater gesehen hast. Es muß seltsam für dich gewesen sein. Du warst so viel mit uns zusammen während deiner gesamten Erziehung und Arbeit.«

»Es war – außergewöhnlich.«

»Hast du Eindrücke gewonnen? Ist dir irgend etwas Besonderes aufgefallen?«

»Er war sehr emotional. In allem, was er sagte und tat, kam eine deutliche Befangenheit zum Ausdruck. Eine allgegenwärtige, verzerrende Subjektivität.«

»Was sonst noch?«

Peter zögerte und drückte sich an der Tür herum. Plötzlich lächelte er. »Eine Sache noch.«

»Was denn?«

»Ich bemerkte –« Peter lachte. »Ich bemerkte einen unverkennbaren Geruch an ihm. Einen beißenden Gestank, die ganze Zeit über, während ich mit ihm zusammen war.«

»Ich fürchte, das ist bei ihnen allen so«, sagte Dr. Bish. »Bestimmte Hautdrüsen. Abfallstoffe, die aus dem Blut ausgeschieden werden. Du wirst dich daran gewöhnen, nachdem du mehr mit ihnen zu tun gehabt hast.«

»Muß ich denn mit ihnen zu tun haben?«

»Sie gehören zu deiner eigenen Rasse. Wie willst du sonst

mit ihnen arbeiten? Deine ganze Ausbildung ist auf diesen Gedanken aufgebaut. Wenn wir dir alles beigebracht haben, was uns möglich ist, dann wirst du –«

»Er erinnerte mich an etwas. Der beißende Gestank. Ich habe ständig darüber nachgedacht, die ganze Zeit, die ich mit ihm zusammen war. Ich habe versucht, ihn einzuordnen.«

»Kannst du ihn jetzt identifizieren?«

Peter überlegte. Er dachte angestrengt nach, mit äußerster Konzentration. Sein kleines Gesicht legte sich in Falten. Dr. Bish wartete geduldig, mit verschränkten Armen, neben seinem Schreibtisch. Das automatische Heizungssystem stellte sich klickend für die Nacht ein und wärmte den Raum mit einem gedämpften Glühen, das sie sanft umströmte.

»Ich weiß es!« rief Peter plötzlich.

»Was denn?«

»Die Tiere im Biologielabor. Es war der gleiche Gestank. Der gleiche Gestank wie bei den Versuchstieren.«

Sie blickten sich an, der Robotarzt und der vielversprechende junge Bursche. Beide lächelten, ein geheimes, vertrauliches Lächeln. Ein Lächeln vollkommenen Einvernehmens.

»Ich glaube, ich weiß, was du meinst«, sagte Dr. Bish. »In der Tat, ich weiß *genau*, was du meinst.«

Gewisse Lebensformen

»Joan, Herrgott noch mal!«

Selbst durch den Wandlautsprecher bemerkte Joan Clarke den Ärger in der Stimme ihres Mannes. Sie erhob sich aus ihrem Sessel vor dem Videoschirm und eilte ins Schlafzimmer. Wütend wühlte Bob im Kleiderschrank herum, riß Jacken und Anzüge heraus und schleuderte sie aufs Bett. Sein Gesicht war rot vor Zorn.

»Was suchst du denn?«

»Meine Uniform. Wo ist sie? Ist sie nicht hier?«

»Natürlich. Laß mich nachschauen.«

Mürrisch ging Bob aus dem Weg. Joan drängte sich vor ihn und klickte den automatischen Sortierer an. In rascher Folge ruckten Anzüge vorbei, marschierten zur Inspektion vor ihr auf.

Es war früh am Morgen, gegen neun Uhr. Der Himmel war strahlend blau. Keine einzige Wolke war zu sehen. Ein warmer Frühlingstag Ende April. Der Boden draußen vor dem Haus war feucht und schwarz von den Regengüssen des Vortages. Schon begannen grüne Schößlinge sich durch die dampfende Erde nach oben zu bohren. Der Bürgersteig war dunkel vor Nässe. Weite Rasenflächen glitzerten im funkelnden Sonnenlicht.

»Hier ist sie.« Joan schaltete den Sortierer aus. Die Uniform fiel in ihre Arme, und sie trug sie hinüber zu ihrem Mann. »Nun reg dich aber nächstes Mal nicht so auf.«

»Danke.« Bob grinste verlegen. Er klopfte auf die Jacke. »Aber schau mal, sie ist ganz zerknittert. Ich dachte, du würdest das verdammte Ding reinigen lassen.«

»Das ist gleich in Ordnung.« Joan schaltete den Bettenmacher ein. Der Bettenmacher glättete die Laken und Dekken und faltete sie an den richtigen Stellen. Die Tagesdecke legte sich behutsam über die Kopfkissen. »Wenn du sie eine Weile getragen hast, wird sie einfach wunderbar aussehen. Bob, du bist der pingeligste Mann, den ich kenne.«

»Tut mir leid, Liebling«, murmelte Bob.

»Was ist los?« Joan trat neben ihn und legte ihre Hand auf seine breite Schulter. »Machst du dir wegen irgendwas Sorgen?«

»Nein.«

»Sag's mir.«

Bob begann, seine Uniform aufzuknöpfen. »Es ist nichts Wichtiges. Ich wollte dich nicht damit belästigen. Erickson rief mich gestern auf der Arbeit an, um mir zu sagen, daß meine Gruppe wieder dran sei. Scheinbar berufen sie jetzt zwei Gruppen gleichzeitig ein. Ich dachte, ich würde in den nächsten sechs Monaten nicht rausgerissen werden.«

»O Bob! Warum hast du mir nichts *gesagt?*«

»Erickson und ich haben uns lange unterhalten. ›Um Himmels willen!‹ sagte ich zu ihm. ›Ich war grade erst oben.‹ ›Ich weiß, Bob‹, sagte er. ›Es tut mir höllisch leid, aber ich kann nichts daran ändern. Wir sitzen alle im selben Boot. Es wird jedenfalls nicht lange dauern. Könntest es ebensogut hinter dich bringen. Es geht um die Situation auf dem Mars. Alle regen sich darüber auf und sind besorgt.‹ Das hat er gesagt. Er war sehr nett. Für einen Sektor-Organisator ist Erickson ein ziemlich feiner Kerl.«

»Wann – wann mußt du gehen?«

Bob schaute auf seine Uhr. »Ich muß bis Mittag unten am Flugplatz sein. Mir bleiben noch drei Stunden.«

»Wann kommst du zurück?«

»Och, ich müßte in ein paar Tagen zurück sein – wenn alles gutgeht. Du weißt ja, wie das ist. Ganz unterschiedlich. Erinnerst du dich an letzten Oktober, als ich eine ganze Woche fort war? Aber das ist ungewöhnlich. Sie lassen die Gruppen jetzt so schnell rotieren, daß man praktisch schon zurück ist, bevor man startet.«

Tommy kam aus der Küche hereingeschlendert. »Was ist

los, Dad?« Er bemerkte die Uniform. »Sag mal, ist deine Gruppe wieder dran?«

»Richtig.«

Tommy grinste von einem Ohr zum anderen, ein entzücktes Teenagergrinsen. »Wirst du bei der Geschichte auf dem Mars eingesetzt? Ich hab das auf dem Videoschirm verfolgt. Diese Marsianer sehen aus wie ein zusammengeschnürtes Bündel trockener Pflanzen. *Die* solltet ihr doch wohl zum Teufel jagen können.«

Bob lachte und schlug seinem Sohn auf den Rücken. »Du zeigst es ihnen, Tommy.«

»Ich würde so gerne mitkommen.«

Bobs Ausdruck veränderte sich. Seine Augen wurden hart wie grauer Feuerstein. »Nein, das würdest du nicht, Junge. Sag so was nicht.«

Ein unbehagliches Schweigen entstand.

»Ich hab nur Spaß gemacht«, murmelte Tommy.

Bob lachte erleichtert. »Vergiß es. Und jetzt raus mit euch allen, damit ich mich umziehen kann.«

Joan und Tommy verließen das Zimmer. Die Tür glitt zu. Bob kleidete sich rasch an, schleuderte Bademantel und Schlafanzug aufs Bett und zog die dunkelgrüne Uniform an. Er schnürte die Stiefel zu und öffnete dann die Tür.

Joan hatte seinen Koffer aus der Kammer im Flur geholt. »Du willst sicher diesen, oder?« fragte sie.

»Danke.« Bob nahm den Koffer. »Gehen wir raus zum Wagen.« Tommy war schon ganz mit dem Videoschirm beschäftigt und begann mit dem Schulunterricht für diesen Tag. Eine Biologiestunde lief langsam über den Bildschirm.

Bob und Joan gingen die Vordertreppe hinunter und den Pfad entlang zu ihrem Schwebewagen, der am Straßenrand geparkt war. Als sie näher kamen, öffnete sich die Tür. Bob warf den Koffer hinein und setzte sich hinters Lenkrad.

»Warum müssen wir gegen die Marsianer kämpfen?« fragte Joan plötzlich. »Sag's mir, Bob. Sag mir, warum.«

Bob zündete sich eine Zigarette an. Er ließ den grauen Rauch im Wageninneren umhertreiben. »Warum? Das weißt du genausogut wie ich.« Er streckte seine große Hand aus und schlug gegen das noble Steuerpult des Wagens. »Darum.«

»Was soll das heißen?«

»Der Steuerungsmechanismus benötigt Rexeroid. Und die einzigen Rexeroidvorkommen im ganzen System befinden sich auf dem Mars. Wenn wir den Mars verlieren, verlieren wir dies hier.« Er ließ seine Hand über das schimmernde Steuerpult gleiten. »Und wenn wir das hier verlieren, wie sollen wir dann herumreisen? Verrat mir das mal.«

»Können wir nicht wieder zur Handsteuerung zurückkehren?«

»Das konnten wir vor zehn Jahren. Doch vor zehn Jahren fuhren wir weniger als hundert Meilen pro Stunde. Kein Mensch könnte bei den Geschwindigkeiten heutzutage selbst steuern. Wir können nicht wieder zur Handsteuerung zurückkehren, ohne unser Tempo zu verringern.«

»Können wir das nicht tun?«

Bob lachte. »Schatz, es sind neunzig Meilen von hier bis in die Stadt. Glaubst du wirklich, ich könnte meine Arbeitsstelle behalten, wenn ich den ganzen Weg mit fünfunddreißig Meilen pro Stunde fahren müßte? Ich wäre mein ganzes Leben unterwegs.«

Joan schwieg.

»Verstehst du, wir müssen dieses verdammte Zeug haben – das Rexeroid. Es macht unsere Steuerungsausrüstung erst möglich. Wir sind davon abhängig. Wir brauchen es. Wir müssen den Bergbau auf dem Mars in Gang halten. Wir können es uns nicht leisten, uns die Rexeroidvorkommen von den Marsianern wegnehmen zu lassen. Verstehst du?«

»Ich verstehe. Und letztes Jahr war es das Kryonerz von der Venus. Wir mußten es haben. Also gingst du und hast auf der Venus gekämpft.«

»Liebling, ohne Kryon würden die Wände unseres Hauses keine gleichbleibende Temperatur aufrechterhalten. Kryon ist der einzige anorganische Stoff im System, der sich selbsttätig an Temperaturveränderungen anpaßt. Nun, wir müßten – wir müßten alle wieder zu Fußbodenheizungen zurückkehren. Wie die von meinem Großvater.«

»Und im Jahr davor war es das Lonolit vom Pluto.«

»Lonolit ist der einzige bekannte Stoff, der für die Konstruktion der Datenbanken bei Rechenmaschinen verwendet werden kann. Es ist das einzige Metall mit echter Speicherfähigkeit. Ohne Lonolit würden wir unsere sämtlichen Großrechenanlagen verlieren. Und du weißt, wie weit wir ohne sie kämen.«

»In Ordnung.«

»Schatz, du weißt, ich *will* nicht gehen. Aber ich muß. Wir alle müssen.« Bob deutete auf das Haus. »Willst du das aufgeben? Willst du zurückkehren in die Vergangenheit?«

»Nein.« Joan trat vom Wagen zurück. »In Ordnung, Bob. Dann sehe ich dich in ein oder zwei Tagen?«

»Ich hoffe es. Diese Scherereien dürften bald überstanden sein. Die meisten Gruppen aus New York werden einberufen. Die Gruppen aus Berlin und Oslo sind schon dort. Es dürfte nicht lange dauern.«

»Viel Glück.«

»Danke.« Bob schloß die Tür. Der Motor wurde automatisch angelassen. »Grüß Tommy noch mal von mir.«

Der Wagen fuhr los und beschleunigte, das automatische Steuerpult fädelte ihn geschickt in den Hauptverkehrsstrom auf dem Highway ein. Joan schaute dem Wagen nach, bis er sich mit der endlosen Flut glänzender Metallkarosserien vermischt hatte, die wie ein leuchtendes Band quer durch die Landschaft auf die ferne Stadt zurasten. Dann ging sie langsam zurück ins Haus.

Bob kehrte nie vom Mars zurück, also wurde Tommy sozusagen der Mann im Haus. Joan bekam für ihn eine Befreiung von der Schule, und nach einer Weile begann er, als

Labortechniker an dem Forschungsprojekt der Regierung ein paar Meilen entfernt mitzuarbeiten.

Eines Abends kam Bryan Erickson, der Sektor-Organisator, vorbei, um sich zu erkundigen, wie sie zurechtkämen. »Ein nettes kleines Haus habt ihr hier«, sagte Erickson und schlenderte herum.

Tommy platzte vor Stolz. »Ja, nicht wahr? Setzen Sie sich und machen Sie es sich bequem.«

»Danke.« Erickson spähte in die Küche, die gerade damit beschäftigt war, das Abendessen zuzubereiten. »Eine tolle Küche.«

Tommy stellte sich neben ihn. »Sehen Sie diese Anlage oben auf dem Herd?«

»Wozu dient sie?«

»Das ist ein Wähler für die Küche. Er stellt jeden Tag ein neues Menü zusammen. Wir müssen uns nicht überlegen, was wir essen sollen.«

»Wundervoll.« Erickson warf einen kurzen Blick auf Tommy. »Ihr scheint gut zurechtzukommen.«

Joan blickte vom Videoschirm auf. »Den Umständen entsprechend.« Ihre Stimme war tonlos und matt.

Erickson brummte. Er ging zurück ins Wohnzimmer. »Nun, ich glaube, ich muß jetzt gehen.«

»Wozu sind Sie hergekommen?« fragte Joan.

»Nichts Besonderes, Mrs. Clarke.« An der Tür zögerte Erickson, ein großer, rotgesichtiger Mann Ende Dreißig. »Oh, da war noch eine Sache.«

»Was denn?« Ihre Stimme war kühl.

»Tom, hast du deine Sektorgruppenkarte ausgefüllt?«

»Meine Sektorgruppenkarte?«

»Nach dem Gesetz mußt du als Teil dieses Sektors – *meines* Sektors – registriert werden.« Er griff in seine Tasche. »Ich habe ein paar leere Karten bei mir.«

»Menschenskind!« sagte Tommy ein wenig erschrocken. »Jetzt schon? Ich dachte, das wäre nicht nötig, bevor ich achtzehn werde.«

»Sie haben die Richtlinien geändert. Wir haben auf dem Mars eine ziemliche Niederlage eingesteckt. Einige der Sektoren können ihre Quoten nicht erfüllen. Müssen ab jetzt tiefer graben.« Erickson grinste gutmütig. »Das hier ist ein guter Sektor, weißt du. Wir haben viel Spaß beim Exerzieren und beim Ausprobieren der neuen Ausrüstung. Ich habe Washington endlich dazu gebracht, uns eine ganze Staffel der neuen kleinen Zweistrahlturbojäger anzuvertrauen. Jeder Mann in meinem Sektor bekommt das Benutzungsrecht für einen Jäger.«

Tommys Augen leuchteten auf. »Wirklich?«

»Der Benutzer kann den Jäger sogar übers Wochenende mit nach Hause nehmen. Du kannst ihn auf eurem Rasen parken.«

»Im Ernst?« Tommy setzte sich an den Schreibtisch. Freudig füllte er die Gruppenkarte aus.

»Ja, wir amüsieren uns glänzend«, murmelte Erickson.

»Zwischen den Kriegen«, sagte Joan ruhig.

»Wie bitte, Mrs. Clarke?«

»Nichts.«

Erickson nahm die ausgefüllte Karte entgegen. Er steckte sie in seine Brieftasche. »Übrigens«, sagte er.

Tommy und Joan wandten sich ihm zu.

»Ich nehme an, Sie haben den Gleco-Krieg auf dem Bildschirm verfolgt. Ich nehme an, Sie wissen alles darüber.«

»Den Gleco-Krieg?«

»Wir bekommen unser gesamtes Gleco vom Callisto. Es wird aus den Häuten irgendeiner Tierart hergestellt. Nun, es gab ein paar Scherereien mit den Eingeborenen. Sie fordern –«

»Was ist Gleco?« fragte Joan angespannt.

»Das ist das Zeug, das bewirkt, daß Ihre Haustür sich nur für Sie öffnet. Es reagiert auf Ihr Druckmuster. Gleco wird aus diesen Tieren hergestellt.«

Es entstand eine Stille; die Luft schien plötzlich zum Schneiden dick.

»Ich glaube, ich gehe jetzt.« Erickson ging auf die Tür zu. »Wir sehen dich beim nächsten Übungstreffen, Tom. Abgemacht?« Er öffnete die Tür.

»Abgemacht«, murmelte Tommy.

»Gute Nacht.« Erickson ging und schloß die Tür hinter sich.

»Aber ich *muß* gehen!« rief Tommy.

»Warum?«

»Der ganze Sektor geht. Das ist so vorgeschrieben.«

Joan starrte aus dem Fenster. »Es ist nicht richtig.«

»Aber wenn wir nicht gehen, verlieren wir Callisto. Und wenn wir Callisto verlieren . . .«

»Ich weiß. Dann müssen wir wieder Schlüssel mit uns herumtragen. Wie unsere Großväter.«

»Richtig.« Tommy streckte die Brust heraus und drehte sich hin und her. »Wie sehe ich aus?«

Joan sagte nichts.

»Wie sehe ich aus? Sehe ich ordentlich aus?«

Tommy sah gut aus in seiner tiefgrünen Uniform. Er war schlank, hielt sich gerade und sah viel besser aus als Bob. Bob hatte zugenommen gehabt. Sein Haar war schütter geworden. Tommys Haar war voll und schwarz. Seine Wangen waren vor Aufregung gerötet, seine blauen Augen blitzten. Er setzte seinen Helm auf und schnallte den Riemen fest.

»Okay?« fragte er.

Joan nickte. »Gut.«

»Gib mir einen Abschiedskuß. Ich bin unterwegs zum Callisto. In ein paar Tagen bin ich zurück.«

»Wiedersehen.«

»Du klingst nicht sehr glücklich.«

»Das bin ich auch nicht«, sagte Joan. »Ich bin nicht sehr glücklich.«

Tommy kam heil vom Callisto zurück, doch während des Trekton-Krieges auf Europa ging mit seinem kleinen

Zweistrahlturbojäger etwas schief, und die Sektorgruppe kehrte ohne ihn zurück.

»Trekton«, erklärte Bryan Erickson, »wird in den Röhren der Videoschirme verwendet. Es ist sehr wichtig, Joan.«

»Ich verstehe.«

»Du weißt, was der Videoschirm bedeutet. Darüber läuft unsere gesamte Bildung und Information. Die Kinder lernen damit. Sie werden unterrichtet. Und abends benutzen wir die Vergnügungskanäle zur Unterhaltung. Du willst doch nicht, daß wir wieder dazu übergehen müssen, das –«

»Nein, nein – natürlich nicht. Tut mir leid.« Joan gab ein Handzeichen, und der Kaffeetisch glitt, mit einer Kanne dampfenden Kaffees beladen, ins Wohnzimmer. »Sahne? Zucker?«

»Nur Zucker, danke.« Erickson nahm seine Tasse, rührte um, trank schlückchenweise und saß schweigend auf dem Sofa. Im Haus war es still. Es war später Abend, gegen elf Uhr. Die Rollos waren heruntergelassen. In der Ecke lief leise der Videoschirm. Draußen vor dem Haus war die Welt dunkel und reglos, bis auf einen leichten Wind, der zwischen den Zedern am Ende des Grundstücks raschelte.

»Irgendwelche Nachrichten von den verschiedenen Fronten?« fragte Joan nach einer Weile, lehnte sich zurück und glättete ihren Rock.

»Von den Fronten?« Erickson überlegte. »Nun, ein paar neue Entwicklungen im Iderium-Krieg.«

»Wo findet der statt?«

»Auf dem Neptun. Wir bekommen unser Iderium vom Neptun.«

»Wozu wird Iderium benutzt?« Joans Stimme klang dünn und schwach, so als käme sie aus weiter Ferne. Ihr Gesicht wirkte ausgehöhlt und war unnatürlich blaß. Als hätte sich eine Maske darübergelegt und wäre dort geblieben, eine Maske, durch die sie aus großer Entfernung hindurchsah.

»Die ganzen Zeitungsmaschinen brauchen Iderium«, erklärte Erickson. »Durch die Auskleidung mit Iderium sind sie in der Lage, Ereignisse in dem Augenblick wahrzunehmen, in dem sie geschehen, und sie gleich über den Videoschirm durchzugeben. Ohne Iderium müßten wir wieder zu Berichterstattern und zu handgeschriebenen Nachrichten zurückkehren. Das würde Subjektivität hineinbringen. Frisierte Nachrichten. Die Iderium-Nachrichtenmaschinen sind unparteiisch.«

Joan nickte. »Noch mehr Neuigkeiten?«

»Nur ein paar. Es heißt, es könnte eventuell Scherereien auf Merkur geben.«

»Was bekommen wir vom Merkur?«

»Von dort kommt unser Ambrolin. Wir benutzen Ambrolin in den verschiedensten Arten von Wahlanlagen. In Ihrer Küche – der Wähler, den Sie dort haben. Der Mahlzeitenwähler, der die Menükombinationen zusammenstellt. Das ist eine Ambrolin-Anlage.«

Joan starrte ausdruckslos in ihre Kaffeetasse. »Die Eingeborenen auf dem Merkur – greifen die uns an?«

»Es gab Unruhen, Aufwiegelung und dergleichen. Einige Sektorgruppen sind bereits dorthin einberufen worden. Die Gruppen aus Paris und Moskau. Große Gruppen, glaube ich.«

Nach einer Weile sagte Joan: »Hören Sie, Bryan, ich weiß, daß Sie aus einem bestimmten Grund gekommen sind.«

»O nein. Warum sagen Sie das?«

»Ich weiß es. Was ist los?«

Erickson errötete, sein gutmütiges Gesicht lief an. »Sie sind ziemlich scharfsinnig, Joan. Ich bin tatsächlich aus einem bestimmten Grund gekommen.«

»Was ist los?«

Erickson griff in seine Jacke und zog ein gefaltetes vervielfältigtes Papier heraus. Er reichte es Joan. »Das ist nicht meine Idee, verstehen Sie. Ich bin nur ein Rädchen in einer großen Maschine.« Er kaute nervös auf seiner Lippe herum.

»Es ist wegen der schweren Verluste im Trekton-Krieg. Sie müssen die Reihen schließen. Ich habe gehört, sie sind in der Klemme.«

»Was hat das alles zu bedeuten?« Joan reichte das Papier zurück. »Ich werde nicht schlau aus diesen ganzen juristischen Formulierungen.«

»Nun, das bedeutet, daß Frauen bei – bei Abwesenheit männlicher Familienmitglieder in die Sektorgruppen aufgenommen werden können.«

»Oh, ich verstehe.«

Erickson stand schnell auf, erleichtert, daß er seine Pflicht erfüllt hatte. »Ich glaube, ich muß jetzt gehen. Ich wollte das vorbeibringen und es Ihnen zeigen. Sie werden überall verteilt.« Er steckte das Papier wieder zurück in seine Jacke. Er sah sehr müde aus.

»Da bleiben nicht mehr sehr viele Menschen übrig, nicht wahr?«

»Wie meinen Sie das?«

»Erst die Männer. Dann die Kinder. Jetzt die Frauen. Es scheint so ungefähr jeden zu treffen.«

»Irgendwie wahrscheinlich schon. Nun, es muß einen Grund geben. Wir müssen diese Fronten halten. Das Zeug muß weiter hereinkommen. Wir müssen es haben.«

»Vermutlich.« Joan erhob sich langsam. »Bis bald, Bryan.«

»Ja, ich werde wohl gegen Ende der Woche vorbeikommen. Bis dann.«

Bryan Erickson kam wieder vorbei, gerade als der Nymphit-Krieg auf dem Saturn ausbrach. Er lächelte Mrs. Clarke entschuldigend an, als sie ihn einließ.

»Tut mir leid, Sie so früh morgens zu belästigen«, sagte Erickson. »Ich habe es sehr eilig, bin im ganzen Sektor unterwegs.«

»Was ist los?« Joan schloß die Tür hinter ihm. Er trug seine Organisatorenuniform, blaßgrün mit silbernen Borten quer über den Schultern. Joan war noch im Morgenmantel.

»Schön warm hier drinnen«, sagte Erickson und wärmte sich die Hände an der Wand. Draußen war der Tag strahlend und kalt. Es war November. Über allem lag Schnee, eine kalte, weiße Decke. Ein paar öde Bäume ragten auf, die Äste kahl und eisbedeckt. In der Ferne entlang des Highways war das leuchtende Band der Schwebewagen zu einem dünnen Rinnsal verebbt. Nur noch wenige Leute fuhren in die Stadt. Die meisten Schwebewagen waren eingelagert.

»Ich nehme an, Sie wissen von den Scherereien auf dem Saturn«, murmelte Erickson. »Sie haben davon gehört.«

»Ich glaube, ich habe Aufnahmen davon gesehen. Auf dem Videoschirm.«

»Ein ziemliches Drunter und Drüber. Diese Eingeborenen auf dem Saturn sind wirklich groß. Menschenskind, sie müssen über fünfzehn Meter hoch sein.«

Joan nickte geistesabwesend und rieb sich die Augen. »Es ist ein Jammer, daß wir irgendwas vom Saturn brauchen. Haben Sie gefrühstückt, Bryan?«

»O ja, danke – ich habe schon gegessen.« Erickson wandte sich von der Wand ab. »Tut jedenfalls gut, aus der Kälte draußen reinzukommen. Sie halten Ihr Haus wirklich schön sauber. Ich wünschte, meine Frau würde unser Heim auch so sauberhalten.«

Joan ging zu den Fenstern hinüber und zog die Rollos herauf. »Was verwenden wir vom Saturn?«

»Nymphit, ausgerechnet. Alles andere könnten wir aufgeben. Aber nicht Nymphit.«

»Wofür wird Nymphit verwendet?«

»Für die gesamte Ausrüstung für Eignungstests. Ohne Nymphit wären wir nicht in der Lage, festzustellen, wer sich für welchen Posten eignet, den des Weltratspräsidenten eingeschlossen.«

»Ich verstehe.«

»Mit den Nymphit-Testgeräten können wir bestimmen, wo die Stärke jedes einzelnen liegt und welche Art von Arbeit er verrichten sollte. Nymphit ist das grundlegende Rüstzeug der modernen Gesellschaft. Es dient zu unserer Klassifizierung und Einstufung. Sollte irgendwas mit der Versorgung schiefgehen . . .«

»Und es kommt alles vom Saturn?«

»Ich fürchte ja. Jetzt haben die Eingeborenen Unruhen angezettelt und versuchen, die Nymphitminen zu übernehmen. Das wird ein harter Kampf. Sie sind groß. Die Regierung wird jeden einberufen müssen, den sie kriegen kann.«

Plötzlich rang Joan nach Luft. »Jeden?« Sie schlug die Hand vor den Mund. »Sogar Frauen?«

»Ich fürchte. Tut mir leid, Joan. Sie wissen, das ist nicht meine Idee. Keiner will es. Aber wenn wir all die Dinge behalten wollen, die wir haben –«

»Aber wer bleibt dann noch übrig?«

Erickson antwortete nicht. Er setzte sich an den Schreibtisch, füllte eine Karte aus und reichte sie ihr. Joan nahm sie mechanisch. »Ihre Gruppenkarte.«

»Aber wer wird übrigbleiben?« fragte Joan wieder. »Können Sie mir das nicht sagen? Wird irgend jemand übrigbleiben?«

Das Raketenschiff vom Orion landete mit lautem, krachendem Getöse. Aus den Ablaßventilen strömten Abgaswolken, während die Düsenkompressoren abkühlten und verstummten.

Eine Zeitlang war kein Laut zu kören. Dann wurde die Luke vorsichtig aufgeschraubt und nach innen geklappt. Behutsam trat N'tgari-3 hinaus und schwenkte einen Atmosphären-Testkegel vor sich her.

»Ergebnisse?« fragte sein Begleiter, indem seine Gedanken zu N'tgari-3 hinübereilten.

»Zu dünn zum Atmen. Für uns. Aber ausreichend für

gewisse Lebensformen.« N'tgari-3 starrte umher, über die Hügel und Ebenen in der Ferne. »Wirklich still hier.«

»Kein Laut. Oder irgendein Lebenszeichen.« Sein Begleiter tauchte auf. »Was ist das dort drüben?«

»Wo?« fragte N'tgari-3.

»Dort, in dieser Richtung.« Luci'n-6 deutete mit seiner gepolten Antenne hinüber. »Siehst du das?«

»Sieht aus wie irgendwelche Gruppen von Bauwerken. Eine Art Gebäudekomplexe.«

Die beiden Orionianer hoben ihr Beiboot auf Lukenhöhe an und ließen es auf den Boden hinausgleiten. Mit N'tgari-3 hinterm Lenkrad schossen sie über die Ebene auf die Erhöhung zu, die am Horizont zu sehen war. Auf allen Seiten wuchsen Pflanzen, einige hoch und robust, andere zart und klein mit mehrfarbigen Blüten.

»Ziemlich viele unbewegliche Formen«, bemerkte Luci'n-6. Sie durchquerten ein Feld mit grau-orangefarbenen Pflanzen, mit Tausenden gleichförmiger Halme, endloser Pflanzen, alle genau gleich.

»Die sehen aus, als wären sie künstlich gesät«, murmelte N'tgari-3.

»Droßle das Tempo. Wir kommen zu irgendeiner Art von Gebäude.«

N'tgari-3 verlangsamte das Beiboot, bis es fast zum Stillstand kam. Die beiden Orionianer lehnten sich aus der Luke und schauten interessiert umher.

Ein wunderschönes Gebäude erhob sich, umgeben von allen Arten von Pflanzen, hohen Pflanzen, Teppichen von niedrigen Pflanzen, Beeten von Pflanzen mit erstaunlichen Blüten. Das Gebäude selbst war sauber und hübsch, offensichtlich das Artefakt einer höheren Kultur.

N'tgari-3 sprang aus dem Beiboot. »Vielleicht werden wir gleich den legendären Wesen von Terra begegnen.« Er eilte über den Pflanzenteppich, der langgestreckt und gleichförmig den Boden bedeckte, bis zur vorderen Veranda des Gebäudes.

Luci'n-6 folgte ihm. Sie untersuchten die Tür. »Wie läßt sie sich öffnen?« fragte Luci'n-6.

Sie brannten ein sauberes Loch in das Schloß, und die Tür glitt zurück. Automatisch gingen Lichter an. Das Haus war warm, von den Wänden beheizt.

»Wie – wie raffiniert! Wie ausgesprochen fortschrittlich.«

Sie schlenderten von Zimmer zu Zimmer, begafften den Videoschirm, die ausgeklügelte Küche, die Möbel im Schlafzimmer, die Vorhänge, die Stühle, das Bett.

»Aber wo sind die Terraner?« fragte N'tgari-3 schließlich.

»Sie werden gleich zurückkommen.«

N'tgari-3 lief hin und her. »Ich hab so ein komisches Gefühl. Ich kann meine Antenne nicht darauf einstellen. Irgendwie so ein unbehagliches Gefühl.« Er zögerte. »Es ist doch unmöglich, daß sie *nicht* zurückkommen, oder?«

»Warum nicht?«

Luci'n-6 begann, am Videoschirm herumzufummeln. »Kaum wahrscheinlich. Wir werden auf sie warten. Sie werden zurückkommen.«

N'tgari-3 spähte nervös aus dem Fenster. »Ich sehe sie nicht. Aber sie *müssen* in der Nähe sein. Sie können doch nicht einfach weggegangen sein und das alles zurückgelassen haben. Wohin sollten sie gehen? Warum?«

»Sie werden zurückkommen.« Luci'n-6 empfing nur Rauschen auf dem Bildschirm. »Das ist nicht sehr beeindruckend.«

»Ich hab das Gefühl, sie kommen nicht zurück.«

»Wenn die Terraner nicht zurückkehren«, sagte Luci'n-6 nachdenklich und spielte mit den Knöpfen des Videoschirms, »dann wird das eines der größten Rätsel für die Archäologie sein.«

»Ich werde weiter nach ihnen Ausschau halten«, sagte N'tgari-3 ungerührt.

Marsianer kommen in Wolken

Ted Barnes kam zitternd und mit finsterer Miene herein. Er warf Mantel und Zeitung über den Stuhl. »Wieder eine Wolke«, murmelte er. »Eine ganze Wolke von ihnen! Einer war oben auf Johnsons Dach. Sie haben ihn mit einer langen Stange heruntergeholt.«

Lena kam und trug seinen Mantel zum Kleiderschrank. »Ich bin jedenfalls froh, daß du gleich weitergegangen und nach Hause gekommen bist.«

»Ich kriege Schüttelfrost, wenn ich einen von denen sehe.« Ted warf sich auf die Couch und tastete in seinen Taschen nach Zigaretten. »Herrje, das nimmt mich wirklich mit.«

Er zündete sich eine Zigarette an und blies einen grauen Rauchschleier um sich herum. Langsam wurden seine Hände ruhiger. Er wischte sich den Schweiß von der Oberlippe und lockerte seine Krawatte. »Was gibt's zum Abendessen?«

»Schinken.« Lena beugte sich vor, um ihn zu küssen.

»Wie kommt's? Irgendein Anlaß?«

»Nein.« Lena ging wieder auf die Küchentür zu. »Das ist diese Dose holländischer Schinken, die deine Mutter uns gegeben hat. Ich dachte, wir könnten sie langsam mal öffnen.«

Ted sah ihr nach, wie sie in der Küche verschwand, schlank und reizvoll in ihrer hellen, bedruckten Schürze. Er seufzte, entspannte sich und lehnte sich zurück. Das stille Wohnzimmer, Lena in der Küche, der Fernseher, der in der Ecke vor sich hin lief, all das half ihm, sich etwas besser zu fühlen.

Er band seine Schuhe auf und schleuderte sie weg. Der ganze Zwischenfall hatte nur ein paar Minuten gedauert, doch ihm war es viel länger vorgekommen. Eine Ewigkeit – während deren er wie angewurzelt auf dem Bürgersteig gestanden und zu Johnsons Dach hinaufgestarrt hatte. Die schreiende Menschenmenge. Die lange Stange. Und . . .

. . . und *es*, das formlose, graue Bündel, das über dem Dachfirst gehangen hatte und dem Ende der Stange ausgewichen war. Es war hierhin und dorthin gekrochen und hatte versucht, der Vertreibung zu entgehen.

Ted schauderte. Ihm drehte sich der Magen um. Er hatte dort gestanden wie festgenagelt und hinaufgestarrt, unfähig, den Blick abzuwenden. Schließlich hatte irgendein vorbeirennender Bursche ihm auf den Fuß getreten und so den Bann gebrochen und ihn erlöst. Er war weitergeeilt, weggelaufen, so schnell er konnte, erleichtert und erschüttert. Lieber Himmel . . .!

Die Hintertür knallte zu. Jimmy schlenderte ins Wohnzimmer, die Hände in den Taschen. »Hallo, Dad.« Er blieb an der Badezimmertür stehen und blickte zu seinem Vater hinüber. »Was ist passiert? Du siehst ganz komisch aus.«

»Jimmy, komm mal hier rüber.« Ted drückte seine Zigarette aus. »Ich will mit dir reden.«

»Ich muß mich zum Abendessen waschen.«

»Komm her und setz dich. Das Abendessen kann warten.«

Jimmy kam und rutschte auf die Couch. »Was ist passiert? Was ist denn los?«

Ted musterte seinen Sohn prüfend. Rundes, kleines Gesicht, zerzaustes Haar, das ihm in die Augen hing. Eine Wange dreckverschmiert. Jimmy war elf. War das ein guter Zeitpunkt, es ihm zu sagen? Grimmig biß Ted die Zähne zusammen. Dieser Zeitpunkt war so gut wie jeder andere – solange er es noch frisch in Erinnerung hatte.

»Jimmy, oben auf Johnsons Dach war ein Marsianer. Ich sah ihn auf dem Heimweg vom Busbahnhof.«

Jimmys Augen wurden rund. »Eine Wanze?«

»Sie fingen ihn mit einer Stange. Eine Wolke von ihnen

ist in der Nähe. Sie kommen in Wolken, alle paar Jahre.« Wieder begannen ihm die Hände zu zittern. Er zündete sich noch eine Zigarette an. »Alle zwei bis drei Jahre. Nicht mehr so oft wie früher. Sie schweben in Wolken vom Mars herunter, zu Hunderten. Überall auf der Welt – wie Blätter.« Ihn schauderte. »Wie eine Menge trockener Blätter, die der Wind herunterweht.«

»Menschenskind!« sagte Jimmy. Er stand von der Couch auf. »Ist er noch dort?«

»Nein, sie haben ihn runtergeholt. Hör zu.« Ted beugte sich zu dem Jungen hinüber. »Hör mir zu – ich erzähle dir das, damit du dich von ihnen fernhältst. Wenn du einen von ihnen siehst, drehst du dich um und rennst, so schnell du kannst. Hörst du? Geh nicht in seine Nähe – halte dich fern. Achte nicht ...«

Er zögerte. »Achte nicht auf ihn. Du drehst dich einfach um und rennst. Hol jemanden, halte den ersten Menschen an, den du siehst, sag's ihm und komm dann nach Hause. Verstanden?«

Jimmy nickte.

»Du weißt, wie sie aussehen. In der Schule haben sie euch Bilder gezeigt. Du hast sicher –«

Lena erschien in der Küchentür. »Das Abendessen ist fertig. Jimmy, hast du dich gewaschen?«

»Ich habe ihn aufgehalten«, sagte Ted und erhob sich von der Couch. »Ich wollte mich mit ihm unterhalten.«

»Vergiß nicht, was dein Vater dir sagt«, sagte Lena. »Über die Wanzen – merk dir, was er sagt, oder er verabreicht dir die schlimmste Tracht Prügel, von der du je gehört hast.«

Jimmy rannte ins Badezimmer. »Ich geh mich waschen.« Er verschwand und knallte die Tür hinter sich zu.

Ted erwiderte Lenas Blick. »Ich hoffe, sie haben sie bald erledigt. Ich mag gar nicht rausgehen.«

»Bestimmt. Ich hab im Fernsehen gehört, daß sie besser darauf vorbereitet sind als beim letzten Mal.« Lena zählte in

Gedanken. »Das ist das fünfte Mal, daß sie gekommen sind. Die fünfte Wolke. Es scheint allmählich aufzuhören. Nicht mehr so häufig. Die erste kam 1958. Die nächste 1959. Ich frage mich, wo das enden wird.«

Jimmy stürzte aus dem Badezimmer. »Essen wir!«

»Okay«, sagte Ted. »Essen wir.«

Es war ein strahlender Nachmittag, überall schien die Sonne. Jimmy Barnes stürmte vom Schulhof durchs Tor hinaus auf den Bürgersteig. Sein Herz hämmerte vor Aufregung. Er lief hinüber zur Maple Street und dann weiter zur Cedar und rannte den ganzen Weg.

Einige Leute stocherten noch immer auf Johnsons Rasen herum – ein Polizist und ein paar Neugierige. In der Mitte des Rasens war eine große, verwüstete Stelle, eine Art Loch, dort, wo das Gras weggerissen worden war. Überall um das Haus herum waren die Blumen niedergetrampelt. Doch von der Wanze war nicht mehr die geringste Spur zu sehen.

Während er zuschaute, kam Mike Edwards rüber und boxte ihn auf den Arm. »Was sagst du, Barnes?«

»Hallo. Hast du sie gesehen?«

»Die Wanze? Nein.«

»Mein Vater hat sie gesehen, auf dem Heimweg von der Arbeit.«

»Quatsch!«

»Nein, wirklich. Er sagte, sie haben sie mit einer Stange runtergeholt.«

Ralf Drake kam auf seinem Rad angefahren. »Wo ist sie? Ist sie weg?«

»Sie haben sie schon zerrissen«, sagte Mike. »Barnes behauptet, sein alter Herr hat sie gesehen, als er gestern abend nach Hause ging.«

»Er sagte, sie haben sie mit einer Stange runtergestoßen. Sie versuchte, sich am Dach festzuhalten.«

»Sie sind ganz vertrocknet und verdörrt«, sagte Mike, »als hätten sie lange in der Garage gehangen.«

»Woher weißt du das?« fragte Ralf.

»Ich hab mal eine gesehen.«

»Ja, ja. Aber sicher!«

Ralf schob sein Fahrrad, und sie liefen den Bürgersteig entlang und diskutierten laut über die Angelegenheit. Sie bogen in die Vermont Street ein und überquerten das große, unbebaute Grundstück.

»Der Nachrichtensprecher berichtete, sie hätten die meisten von ihnen schon aufgelesen«, sagte Ralf. »Es waren diesmal nicht sehr viele.«

Jimmy trat nach einem Stein. »Ich würde wirklich gern eine sehen, bevor sie alle erwischen.«

»Ich würde wirklich gern eine *erwischen*«, sagte Mike.

Ralf grinste höhnisch. »Wenn du jemals eine siehst, würdest du so schnell wegrennen, daß du vor Sonnenuntergang nicht mehr anhältst.«

»Ach ja?«

»Du würdest rennen wie ein Irrer.«

»Den Teufel würde ich. Ich würde die olle Wanze mit einem Stein niederschlagen.«

»Und sie in einer Blechbüchse mit nach Hause nehmen?«

Mike jagte Ralf vor sich her, raus auf die Straße und rauf bis zur Ecke. Der Streit ging endlos weiter, den ganzen Weg quer durch die Stadt und rüber auf die andere Seite der Eisenbahngleise. Sie gingen an den Farbwerken und an den Laderampen der Western Lumber Company vorbei. Die Sonne stand schon tief am Himmel. Es wurde allmählich Abend. Ein kalter Wind kam auf und blies durch die Palmen am Ende des Geländes der Hartly Construction Company.

»Tschüs«, sagte Ralf, schwang sich auf sein Fahrrad und fuhr davon. Mike und Jimmy gingen zusammen in Richtung Stadt zurück. An der Cedar Street trennten sie sich.

»Wenn du 'ne Wanze siehst, ruf mich an«, sagte Mike.

»Na klar.« Jimmy ging weiter die Cedar Street hinauf, die Hände in den Taschen. Die Sonne war untergegangen. Die Abendluft war kalt. Die Nacht brach herein.

Er lief langsam, die Augen auf den Boden gerichtet. Die Straßenlaternen gingen an. Ein paar Autos fuhren die Straße entlang. Hinter den Vorhängen in den Fenstern sah er leuchtendgelben Lichtschein, warme Küchen und Wohnzimmer. Ein Fernseher heulte auf und dröhnte durch die Dunkelheit. Er lief an der Backsteinmauer des Pomeroy-Grundstücks entlang. Die Mauer ging in einen eisernen Zaun über. Über dem Zaun erhoben sich im abendlichen Zwielicht dunkel und reglos große, schweigende Tannen.

Jimmy blieb einen Augenblick stehen und kniete nieder, um seinen Schuh zuzubinden. Um ihn her blies ein kalter Wind, der die Tannen sachte wiegte. In der Ferne hallte das schaurige Klagen eines Zuges durch die Dämmerung. Er dachte ans Abendessen, an Dad, der seine Schuhe ausgezogen hatte und Zeitung las. An seine Mutter in der Küche – den Fernseher, der in der Ecke vor sich hin murmelte – das warme, helle Wohnzimmer.

Jimmy richtete sich auf. Über ihm in den Tannen bewegte sich etwas. Er blickte hinauf und erstarrte. Etwas lag dort zwischen den dunklen Zweigen und wiegte sich mit dem Wind. Er stand wie angewurzelt mit offenem Mund da.

Eine Wanze. Sie kauerte schweigend dort oben im Baum, wartete und lauerte.

Sie war *alt*. Das wußte er sofort. Sie hatte etwas Vertrocknetes an sich, einen Geruch nach Alter und Staub. Eine uralte, graue Gestalt, schweigend und reglos um den Stamm und die Äste der Tanne geschlungen. Ein Haufen Spinnweben, staubige, graue Fäden und Gespinste, die den Baum umschlangen und überzogen. Etwas Nebelhaftes, Büscheliges, in dessen Gegenwart sich seine Nackenhaare sträubten.

Die Gestalt begann sich zu bewegen, aber so langsam, daß er es fast nicht bemerkt hätte. Sie glitt um den Stamm herum, ertastete sich vorsichtig, stückchenweise ihren

Weg. Als ob sie nicht sehen könnte, blind wäre. Sie ertastete ihren Weg Zentimeter für Zentimeter, ein blinder grauer Knäuel aus Spinnweben und Staub.

Jimmy trat vom Zaun zurück. Es war völlig dunkel. Der Himmel über ihm war schwarz. Hoch oben glitzerten ein paar Sterne, Spuren eines entfernten Feuers. Weiter die Straße hinunter rumpelte ein Bus um eine Ecke.

Eine Wanze – über ihm an einen Baum geklammert. Jim kämpfte und zog sich selbst fort. Sein Herz schlug heftig und schmerzhaft und erstickte ihn. Er konnte kaum atmen. Das Bild vor seinen Augen verschwamm, verblaßte und verschwand. Die Wanze war nur ein kleines Stück von ihm entfernt, nur ein paar Meter über seinem Kopf.

Hilfe – er mußte Hilfe holen. Männer mit Stangen, um die Wanze herunterzustoßen – Menschen – jetzt sofort. Er schloß die Augen und schob sich weg vom Zaun. Er fühlte sich wie in einer gewaltigen Strömung, in einem stürmischen Meer, das an ihm zerrte, über ihn hinwegbrandete und ihn festhielt, wo er stand. Er konnte sich nicht losreißen. Er war gefangen. Er straffte sich und kämpfte dagegen an. Ein Schritt ... noch ein Schritt ... ein dritter –

Und dann hörte er es.

Oder besser, er *fühlte* es. Es war kein Laut. Es war wie ein Summen, ähnlich wie Meeresrauschen, in seinem Kopf. Das Summen plätscherte gegen seine Gedanken und umspülte ihn sanft. Er hielt inne. Das Rauschen war leise und rhythmisch. Aber hartnäckig – drängend. Es begann, sich aufzuspalten und Gestalt anzunehmen – Gestalt und Substanz. Es floß, zerbrach in einzelne Sinneswahrnehmungen, Bilder, Szenen.

Szenen – aus einer anderen Welt, *ihrer* Welt. Die Wanze sprach zu ihm, erzählte ihm von ihrer Welt, spann mit ängstlicher Hast Szene um Szene.

»Hör auf«, murmelte Jimmy mit belegter Stimme.

Aber die Szenen kamen noch immer, drängend und hartnäckig plätscherten sie gegen seine Gedanken.

Ebenen – eine gewaltige Wüste ohne Begrenzung oder Ende. Dunkelrot, zerklüftet und von Schluchten zerschnitten. In der Ferne eine stumpfe Hügelkette, staubbedeckt und zerfressen. Weiter rechts ein riesiges Becken, eine endlose, leere Kuchenform, die Ränder mit einer weißen Salzkruste überzogen, bittere Asche, wo einst Wasser geplätschert hatte.

»Hör auf!« murmelte Jimmy wieder und trat einen Schritt zurück.

Die Szenen wuchsen. Toter Himmel, Sandpartikel, die dahinpeitschten und endlos umhertrieben. Weite Sandflächen, gewaltige, sich auftürmende Wolken aus Sand und Staub, die endlos über die zerklüftete Oberfläche des Planeten wehten. Ein paar kümmerliche Pflanzen, die neben den Felsen wuchsen. In den Schatten der Berge riesige Spinnen mit alten, staubbedeckten Netzen, die vor Hunderten von Jahren gesponnen worden waren. Tote Spinnen in den Spalten.

Eine Szene dehnte sich aus. Eine Art künstlicher Röhre, die aus dem roten, ausgetrockneten Boden aufragte. Ein Entlüftungsloch – unterirdische Behausungen. Der Blickwinkel änderte sich. Er schaute hinunter, tief ins Innerste des Planeten – Schicht um Schicht zusammengebrochener Felsen. Ein vertrockneter, zerfurchter Planet ohne Feuer, Leben oder irgendeine Art von Feuchtigkeit. Seine Haut zerbarst, seine Masse trocknete aus und wurde in Staubwolken in die Luft geweht. Tief unten im Innersten eine Art Tank – eine Kammer, ins Herz des Planeten versenkt.

Er befand sich im Inneren des Tanks. Überall waren Wanzen, sie glitten und bewegten sich umher. Maschinen, verschiedenste Anlagen, Gebäude, Reihen von Fabriken, Generatoren, Wohnhäuser, Räume voller komplizierter Apparaturen.

Einige Bereiche des Tanks waren verschlossen – fest verriegelt. Rostige Eisentüren – Maschinen, dem Verfall preisgegeben – verstopfte Ventile, rostende Rohre – geborstene, zerbrochene Skalenscheiben. Verhedderte Kabel – fehlende Zähne an den Getrieben – mehr und mehr Bereiche waren geschlossen. Weniger Wanzen – immer weniger . . .

Die Szenerie wechselte. Die Erde, aus großer Entfernung gesehen – eine weit entfernte, grüne Kugel, die sich unter einer Wolkendecke langsam dreht. Weite Meere, kilometertiefes, blaues Wasser – feuchte Atmosphäre. Die Wanzen schweben durch die leere Weite des Raumes, schweben langsam auf die Erde zu, Jahr um Jahr. Schweben endlos, mit quälender Langsamkeit, in der dunklen Einöde.

Jetzt wurde die Erde größer. Die Szenerie war fast vertraut. Die Oberfläche eines Meeres, meilenweit schäumendes Wasser, darüber ein paar Möwen, in der Ferne eine Küstenlinie. Das Meer, hier auf der Erde. Wolken zogen über den Himmel.

Auf der Wasseroberfläche trieben flache, kreisrunde, riesige Metallscheiben. Schwimmende, künstliche Anlagen mit einem Umfang von über einhundert Metern. Wanzen lagen schweigend auf den Scheiben und sogen Wasser und Mineralien aus dem Meer unter sich.

Die Wanze versuchte, ihm etwas zu sagen, etwas über sich. Scheiben auf dem Wasser – die Wanzen wollten das Wasser benutzen, auf dem Wasser leben, auf der Meeresoberfläche. Große Scheiben auf der Oberfläche, bedeckt von Wanzen – sie wollte, daß er das wußte, daß er die Scheiben sah, die Scheiben auf dem Wasser.

Die Wanzen würden auf dem Wasser leben, nicht an Land. Nur auf dem Wasser – sie wollten seine Erlaubnis. Sie wollten das Wasser benutzen. Das war es, was sie ihm zu erzählen versuchte – daß sie die Wasseroberfläche zwischen den Kontinenten benutzen wollten. Jetzt fragte die Wanze ihn, flehte ihn an. Sie wollte es wissen. Sie wollte, daß er etwas sagte, daß er antwortete, daß er seine Zustimmung gab. Sie wartete, um sie zu hören, wartete und hoffte – und flehte . . .

Die Szenen verblaßten, verschwanden plötzlich aus seinen Gedanken. Jimmy stolperte rückwärts, fiel gegen den Randstein. Er sprang wieder auf und wischte feuchtes Gras von seinen Händen. Er stand im Rinnstein. Er konnte die Wanze, die zwischen den Zweigen der Tanne lag, noch immer sehen. Sie war fast unsichtbar. Er konnte sie kaum erkennen.

Das Summen war schwächer geworden und aus seinem Kopf verschwunden. Die Wanze hatte sich zurückgezogen.

Jimmy drehte sich um und floh. Er rannte quer über die Straße und auf der anderen Seite hinunter und rang schluchzend nach Atem. Er erreichte die Ecke und bog in die Douglas Street ein. An der Bushaltestelle stand ein stämmiger Mann mit einem Essensbehälter unter dem Arm.

Jimmy rannte zu ihm hin. »Eine Wanze. In dem Baum.« Er schnappte nach Luft. »In dem großen Baum.«

Der Mann brummte. »Hau ab, Junge.«

»Eine Wanze!« Vor Panik wurde Jimmys Stimme lauter, schrill und drängend. »Eine Wanze, oben im Baum!«

Zwei Männer tauchten aus der Dunkelheit auf. »Was? Eine Wanze?«

»Wo?«

Noch mehr Menschen erschienen. »Wo ist sie?«

Jimmy deutete in die Richtung und gestikulierte. »Pomeroy-Grundstück. Der Baum. Neben dem Zaun.« Keuchend fuchtelte er umher.

Ein Polizist erschien. »Was ist hier los?«

»Der Junge hat eine Wanze entdeckt. Jemand soll eine Stange holen.«

»Zeig mir, wo sie ist«, sagte der Polizist und packte Jimmy am Arm. »Komm mit.«

Jimmy führte sie zurück die Straße hinunter zu der Backsteinmauer. Er zauderte und hielt sich vom Zaun fern. »Dort oben.«

»Welcher Baum?«

»Der da – glaube ich.«

Eine Taschenlampe flackerte auf und tastete sich suchend durch die Tannen. Im Pomeroy-Haus gingen Lichter an. Die Haustür wurde geöffnet.

»Was ist hier los?« hallte Mr. Pomeroys Stimme wütend herüber.

»Wir haben eine Wanze. Treten Sie zurück.«

Mr. Pomeroys Tür fiel krachend ins Schloß.

»*Dort* ist sie!« Jimmy deutete nach oben. »In *diesem* Baum.« Sein Herz hörte fast auf zu schlagen. »Dort. Dort *oben!*«

»Wo?«

»Ich sehe sie.« Der Polizist ging mit gezogener Pistole rückwärts.

»Sie können sie nicht erschießen. Kugeln gehen einfach durch sie durch.«

»Jemand soll eine Stange holen.«

»Zu hoch für eine Stange.«

»Holt eine Fackel.«

»Jemand soll eine Fackel bringen!«

Zwei Männer rannten los. Autos bremsten. Ein Polizeiwagen kam schlitternd zum Stehen, surrend verstummte seine Sirene. Türen wurden geöffnet, Männer kamen herübergerannt. Ein Suchscheinwerfer leuchtete auf und blendete sie. Er fand die Wanze und wurde darauf eingestellt.

Die Wanze lag reglos da und umschlang den Ast der Tanne. In dem grellen Licht sah sie aus wie ein riesiger Kokon, der sich unsicher an seinen Platz klammerte. Die Wanze begann, sich unschlüssig zu bewegen und um den Stamm herumzukriechen. Ihre Büschel streckten sich vor und tasteten nach Halt.

»Eine Fackel, verdammt noch mal! Holt eine Fackel her!«

Ein Mann kam mit einem brennenden Brett, das er aus einem Zaun gerissen hatte. Sie gossen Benzin über die Zeitungen, die in einem Ring rund um den Fuß des Baumes aufgehäuft waren. Die unteren Zweige begannen zu brennen, zuerst schwach, dann heller.

»Holt mehr Benzin!«

Ein Mann in weißer Uniform schleppte einen Benzinkanister herbei. Er leerte den ganzen Kanister auf den Baum. Flammen loderten auf und stiegen schnell höher. Die Zweige verkohlten und knisterten, sie brannten lichterloh.

Hoch über ihnen begann die Wanze sich zu regen. Sie kletterte und zog sich unsicher auf einen höheren Ast hinauf. Die Flammen züngelten näher. Die Wanze legte mehr Tempo vor. Schlängelnd schleppte sie sich auf den nächsthöheren Ast. Sie kletterte immer höher.

»Seht, wie sie abhaut.«

»Sie wird nicht entkommen. Sie ist schon fast oben.«

Noch mehr Benzin wurde gebracht. Die Flammen sprangen höher. Um den Zaun hatte sich eine Menschenmenge versammelt. Die Polizei hielt sie zurück.

»Dort ist sie.« Der Scheinwerfer folgte der Wanze.

»Sie ist oben.«

Die Wanze hatte die Spitze des Baumes erreicht. Sie blieb liegen, hielt sich an dem Ast fest und wurde hin- und hergewiegt. Flammen sprangen von Ast zu Ast, immer näher zu ihr hinauf. Haltsuchend tastete die Wanze um sich, unschlüssig und blind. Sie streckte ihre tastenden Büschel aus. Eine plötzlich aufschießende Flamme berührte sie.

Die Wanze knisterte, Rauch stieg von ihr auf.

»Sie brennt!« Ein aufgeregtes Raunen ging durch die Menge. »Sie ist erledigt.«

Die Wanze brannte. Sie bewegte sich schwerfällig und versuchte zu entkommen. Plötzlich stürzte sie und fiel auf den darunterliegenden Ast. Einen Augenblick hing sie dort, knisternd und qualmend. Dann gab der Ast nach und brach mit einem Knistern entzwei.

Die Wanze fiel auf den Boden zwischen die Zeitungen und das Benzin.

Die Menge johlte. Brodelnd strömten die Menschen auf den Baum zu und schoben sich nach vorn.

»*Zertretet* sie!«

»*Gebt's* ihr!«

»*Zertretet* das verdammte Ding!«

Stiefel trampelten wieder und wieder, Füße hoben und senkten sich und zermalmten die Wanze in Grund und Boden. Ein Mann fiel hin und kroch beiseite, seine Brille hing nur noch an einem Ohr. Trauben drängelnder Menschen kämpften miteinander, quetschten sich nach vorn und versuchten, den Baum zu erreichen. Ein lodernder Ast fiel herab. Einige aus der Menge zogen sich zurück.

»Ich hab sie *erwischt!*«

»*Zurück!*«

Weitere Zweige fielen krachend zu Boden. Die Menge zerstreute sich und strömte lachend und schiebend rückwärts.

Jimmy spürte die Hand des Polizisten auf seinem Arm, große Finger gruben sich hinein. »Es ist zu Ende, Junge. Es ist überstanden.«

»Haben sie sie erwischt?«

»Sicher. Wie heißt du?«

»Wie ich heiße?« Jimmy begann, dem Polizisten seinen Namen zu sagen, doch genau in diesem Moment brach zwischen zwei Männern eine Rauferei aus, und der Polizist eilte dorthin.

Jimmy stand einen Augenblick da und sah zu. Die Nacht war kalt. Ein eisiger Wind blies um ihn her und ließ ihn durch die Kleider hindurch frösteln. Er dachte plötzlich ans Abendessen und an seinen Vater, der ausgestreckt auf der Couch lag und Zeitung las. An seine Mutter in der Küche, die das Abendessen zubereitete. Die Wände, die freundliche, gelbe, gemütliche Wärme.

Er drehte sich um und zwängte sich durch die Menschen zum Straßenrand. Hinter ihm ragte schwarz und qualmend der verkohlte Baumstumpf in die Nacht, um dessen Fuß herum die restliche Glut ausgetreten wurde. Die Wanze war verschwunden, es war vorbei, es gab nichts mehr zu sehen.

Jimmy rannte nach Hause, als wäre die Wanze hinter ihm her.

»Was sagt ihr dazu?« fragte Ted Barnes; er hatte seinen Stuhl vom Tisch abgerückt und saß mit übereinandergeschlagenen Beinen da. Die Cafeteria war von Lärm und Essensgerüchen erfüllt. Die Menschen schoben ihre Tabletts an der Ausgabetheke vor sich her und nahmen die Speisen aus den Vitrinen.

»Hat dein Junge das wirklich getan?« fragte Bob Walters, der ihm gegenübersaß, mit unverhohlener Neugier.

»Führst du uns auch nicht an der Nase herum?« fragte Frank Hendricks und ließ seine Zeitung einen Augenblick sinken.

»Es stimmt. Die eine, die sie drüben beim Pomeroy-Grundstück erwischt haben – von der rede ich. Das war ein richtiger alter Gauner.«

»Richtig«, gab Jack Green zu. »In der Zeitung steht, irgendein Junge entdeckte ihn zuerst und holte die Polizei.«

»Das war mein Junge«, sagte Ted, und seine Brust schwoll. »Was haltet ihr davon, Jungs?«

»Hatte er Angst?« wollte Bob Walters wissen.

»Teufel, nein!« erwiderte Ted Barnes überzeugt.

»Ich wette, doch.« Frank Hendricks kam aus Missouri.

»Hatte er bestimmt nicht. Er holte die Polizei und brachte sie zu der Stelle – gestern abend. Wir saßen beim Abendbrot und wunderten uns, wo zum Teufel er blieb. Ich war schon ein wenig beunruhigt.« Ted Barnes war noch immer der stolze Vater.

Jack Green erhob sich und schaute auf die Uhr. »Zeit, wieder ins Büro zu gehen.«

Frank und Bob standen ebenfalls auf. »Bis später, Ted.«

Green schlug Ted auf den Rücken. »Einen tollen Jungen hast du, Barnes – ganz der Vater.«

Ted grinste. »Er hatte kein bißchen Angst.« Er sah ihnen nach, wie sie aus der Cafeteria auf die geschäftige mittägliche Straße traten. Einen Augenblick später stürzte er den Rest seines Kaffees hinunter, wischte sich das Kinn ab und erhob sich langsam. »Kein verdammtes bißchen Angst – nicht ein verdammtes bißchen.«

Er bezahlte sein Mittagessen und schob sich nach draußen auf die Straße, noch immer mit stolzgeschwellter Brust. Auf dem Rückweg ins Büro grinste er die Passanten an, noch ganz im Widerschein des Ruhmes leuchtend.

»Kein bißchen Angst«, murmelte er voller Stolz, einem tiefen, glühenden Stolz. »Nicht ein verdammtes bißchen!«

Der Pendler

Der kleine Kerl war müde. Er schob sich langsam durch die Menschenmenge, mitten durch die Bahnhofsvorhalle zum Fahrkartenschalter. Ungeduldig wartete er, bis er an der Reihe war, seine Erschöpfung zeigte sich an den hängenden Schultern und dem schlaffen braunen Mantel.

»Der nächste«, krächzte Ed Jacobson, der Fahrkartenverkäufer.

Der kleine Kerl warf eine Fünfdollarnote auf die Theke. »Geben Sie mir eine neue Monatskarte. Die alte ist abgelaufen.« Er spähte an Jacobson vorbei auf die Wanduhr. »Himmel, ist es wirklich schon so spät?«

Jacobson nahm die fünf Dollar. »Okay, Mister. Eine Monatskarte. Wohin?«

»Macon Heights«, gab der kleine Kerl an.

»Macon Heights.« Jacobson zog seinen Plan zu Rate. »Macon Heights. So einen Ort gibt es nicht.«

Die Miene des kleinen Mannes wurde mißtrauisch. »Soll das ein Witz sein?«

»Mister, es gibt kein Macon Heights. Ich kann Ihnen keine Fahrkarte verkaufen, wenn es diesen Ort nicht gibt.«

»Was wollen Sie damit sagen? Ich wohne dort!«

»Das interessiert mich nicht. Ich verkaufe seit sechs Jahren Fahrkarten, und diesen Ort gibt es nicht.«

Die Augen des kleinen Mannes traten vor Verwunderung aus den Höhlen. »Aber ich habe dort ein Haus. Ich fahre jeden Abend dorthin. Ich –«

»Hier.« Jacobson schob ihm die Tafel mit dem Plan hinüber. »Finden Sie ihn doch selbst.«

Der kleine Mann zog den Plan auf seine Seite. Er studierte ihn, ganz außer sich, seine Finger zitterten, während er die Liste der Ortschaften durchging.

»Gefunden?« fragte Jacobson und stützte die Arme auf die Theke. »Er steht nicht drin, oder?«

Der kleine Mann schüttelte benommen den Kopf. »Ich versteh das nicht. Das ergibt keinen Sinn. Irgendwas stimmt nicht. Es muß wirklich –«

Plötzlich verschwand er. Der Plan fiel auf den Zementfußboden. Der kleine Kerl war nicht mehr da – er existierte nicht mehr.

»Heiliger Bimbam«, keuchte Jacobson. Sein Mund klappte auf und zu. Auf dem Zementfußboden lag nur der Plan.

Der kleine Mann hatte aufgehört zu existieren.

»Was dann?« fragte Bob Paine.

»Ich ging hinüber und hob den Plan auf.«

»War er wirklich nicht mehr da?«

»Er war nicht mehr da, richtig.« Jacobson wischte sich die Stirn. »Wenn Sie nur dabeigewesen wären. Er erlosch wie ein Streichholz. Vollkommen. Ohne einen Laut. Ohne eine Bewegung.«

Paine zündete sich eine Zigarette an und lehnte sich in seinen Stuhl zurück. »Hatten Sie ihn vorher schon mal gesehen?«

»Nein.«

»Wie spät war es?«

»Genau wie jetzt. Ungefähr fünf.« Jacobson ging zum Fahrkartenschalter hinüber. »Da kommt eine Menge Kundschaft.«

»Macon Heights.« Paine blätterte im Städteverzeichnis des Bundesstaates. »Ist in keinem der Bücher eingetragen. Wenn er wieder auftaucht, möchte ich mit ihm sprechen. Bringen Sie ihn ins Büro.«

»Gewiß. Ich will nichts mit ihm zu tun haben. Das ist nicht normal.« Jacobson wandte sich zum Schalter um. »Bitte, meine Dame.«

»Zwei Rückfahrkarten nach Lewisburg.«

Paine drückte seine Zigarette aus und zündete sich eine neue an. »Ich hab noch immer das Gefühl, daß ich den Namen schon mal gehört habe.« Er erhob sich und schlenderte hinüber zur Wandkarte. »Aber er ist nicht eingetragen.«

»Es gibt keine Eintragung, weil es diesen Ort nicht gibt«, sagte Jacobson. »Glauben Sie, ich könnte hier jeden Tag stehen und eine Fahrkarte nach der anderen verkaufen, ohne etwas davon zu wissen?« Er wandte sich wieder seinem Schalter zu. »Bitte, mein Herr.«

»Ich möchte eine Monatskarte nach Macon Heights«, sagte der kleine Kerl und blickte dabei nervös auf die Uhr an der Wand. »Und beeilen Sie sich.«

Jacobson schloß die Augen. Er klammerte sich fest. Als er die Augen wieder öffnete, war der kleine Kerl immer noch da. Kleines, runzliges Gesicht. Schütteres Haar. Brille. Abgetragener, schlaffer Mantel.

Jacobson drehte sich um und ging durchs Büro zu Paine hinüber. »Er ist wieder da.« Jacobson schluckte, sein Gesicht war bleich. »Er ist es wieder.«

Paines Augen flackerten. »Bringen Sie ihn sofort rein.«

Jacobson nickte und ging an den Schalter zurück. »Mister«, sagte er, »würden Sie bitte hereinkommen?« Er deutete zur Tür. »Der stellvertretende Direktor möchte Sie gerne einen Augenblick sprechen.«

Die Miene des kleinen Mannes verfinsterte sich. »Was gibt's denn? Der Zug fährt gleich ab.« Leise vor sich hin schimpfend, stieß er die Tür auf und betrat das Büro. »So was ist mir noch nie passiert. Es wird jedenfalls langsam schwierig, eine Monatskarte zu kaufen. Wenn ich den Zug verpasse, werde ich Ihre Gesellschaft dafür –«

»Setzen Sie sich«, sagte Paine und deutete auf den Stuhl gegenüber seinem Schreibtisch. »Sind Sie der Herr, der eine Monatskarte nach Macon Heights möchte?«

»Ist daran irgend etwas Merkwürdiges? Was ist denn los mit Ihnen allen? Warum können Sie mir nicht eine Monatskarte verkaufen, so wie immer?«

»Wie – wie *immer?*«

Der kleine Mann beherrschte sich nur äußerst mühsam. »Letztes Jahr im Dezember sind meine Frau und ich raus nach Macon Heights gezogen. Ich fahre zehnmal pro Woche mit Ihrem Zug, zweimal am Tag, seit sechs Monaten. Jeden Monat kaufe ich eine neue Zeitkarte.«

Paine beugte sich zu ihm hinüber. »Sagen Sie mir bitte genau, welchen unserer Züge Sie nehmen, Mr. –«

»Critchet. Ernest Critchet. Den B-Zug. Kennen Sie Ihre eigenen Fahrpläne nicht?«

»Den B-Zug?« Paine zog einen Plan für den B-Zug zu Rate und fuhr mit seinem Bleistift daran entlang. Macon Heights war nicht aufgeführt. »Wie lang ist die Fahrt? Wie lang dauert sie?«

»Genau neunundvierzig Minuten.« Critchet blickte hinauf zur Wanduhr. »Falls ich ihn noch erwische.«

Paine rechnete in Gedanken. Neunundvierzig Minuten. Etwa dreißig Meilen außerhalb der Stadt. Er erhob sich und ging hinüber zu der großen Wandkarte.

»Was ist denn los?« fragte Critchet mißtrauisch.

Paine zeichnete einen 30-Meilen-Kreis auf die Karte. Der Kreis durchkreuzte eine Reihe von Städten, doch keine davon war Macon Heights. Und auf der B-Strecke war überhaupt nichts.

»Was ist Macon Heights für ein Ort?« fragte Paine. »Wie viele Einwohner, Ihrer Meinung nach?«

»Ich weiß es nicht. Fünftausend vielleicht. Ich verbringe die meiste Zeit in der Stadt. Ich bin Buchhalter drüben bei der Bradshaw-Versicherung.«

»Ist Macon Heights ein ziemlich neuer Ort?«

»Er ist recht modern. Wir haben ein kleines Haus mit drei Zimmern, ein paar Jahre alt.« Critchet rutschte unruhig auf dem Stuhl herum. »Bekomme ich jetzt meine Monatskarte?«

»Ich fürchte«, sagte Paine langsam, »ich kann Ihnen keine Monatskarte verkaufen.«

»Was? Warum nicht?«

»Wir haben keine Zugverbindung nach Macon Heights.«

Critchet sprang auf. »Was wollen Sie damit sagen?«

»Diesen Ort gibt es nicht. Schauen Sie selbst auf die Karte.«

Critchet keuchte, in seinem Gesicht arbeitete es. Dann drehte er sich wütend zur Wandkarte und suchte sie genau ab.

»Das ist eine merkwürdige Situation, Mr. Critchet«, murmelte Paine. »Der Ort ist nicht auf der Karte eingezeichnet, und im Städteverzeichnis des Bundesstaates ist er nicht aufgeführt. Er taucht auf keinem unserer Fahrpläne auf. Es gibt keine Monatskarten dafür. Wir haben keine –«

Er brach ab. Critchet war verschwunden. Einen Augenblick zuvor hatte er dort gestanden und die Wandkarte studiert. Im nächsten Augenblick war er nicht mehr da. Verschwunden. Ausgeblasen.

»Jacobson!« bellte Paine. »Er ist nicht mehr da!«

Jacobsons Augen weiteten sich. Schweiß trat ihm auf die Stirn. »Er ist weg«, murmelte er.

Tief in Gedanken versunken, starrte Paine auf die leere Stelle, wo Ernest Critchet gestanden hatte. »Irgendwas ist hier im Gange«, murmelte er. »Irgendwas verdammt Merkwürdiges.« Plötzlich griff er hastig nach seinem Überzieher und ging auf die Tür zu.

»Lassen Sie mich nicht allein!« bettelte Jacobson.

»Falls Sie mich brauchen, ich bin in Lauras Wohnung. Die Nummer ist irgendwo in meinem Schreibtisch.«

»Das ist nicht der richtige Zeitpunkt für Spiele mit Mädchen.«

Paine stieß die Tür zur Vorhalle auf. »Ich bezweifle«, sagte er barsch, »daß das hier ein Spiel ist.«

Auf der Treppe zu Laura Nichols' Wohnung nahm Paine zwei Stufen auf einmal. Er lehnte sich gegen den Klingelknopf, bis die Tür geöffnet wurde.

»Bob!« Laura blinzelte überrascht. »Welchem Umstand verdanke ich diese –«

Paine schob sich an ihr vorbei in die Wohnung. »Ich hoffe, ich störe nicht.«

»Nein, aber –«

»Wichtige Ereignisse. Ich werde Hilfe brauchen. Kann ich auf dich zählen?«

»Auf mich?« Laura schloß die Tür hinter ihm. Ihre hübsch eingerichtete Wohnung lag im Halbdunkel. Am andern Ende der tiefgrünen Couch brannte eine einsame Tischlampe. Die schweren Vorhänge waren zugezogen. In der Ecke spielte leise der Plattenspieler.

»Vielleicht werde ich verrückt.« Paine warf sich auf die weiche grüne Couch. »Genau das will ich rausfinden.«

»Wie kann ich helfen?« Laura kam träge herüber, mit verschränkten Armen, eine Zigarette zwischen den Lippen. Sie warf ihr langes Haar zurück, so daß es ihr nicht mehr in die Augen hing. »An was genau hast du gedacht?«

Paine lächelte die junge Frau dankbar an. »Du wirst überrascht sein. Ich möchte, daß du morgen in aller Frühe in die Stadt gehst –«

»Morgen früh! Ich habe einen Job, erinnerst du dich? Und im Büro beginnen wir diese Woche mit einer ganz neuen Artikelserie.«

»Zum Teufel damit. Nimm dir den Vormittag frei. Geh in die Stadt zur Zentralbibliothek. Falls du die Information dort nicht finden kannst, geh rüber zum Bezirksgericht und fang an, die alten Steuerregister zu durchforsten. Such so lange weiter, bis du was findest.«

»Was? Was soll ich finden?«

Nachdenklich zündete Paine sich eine Zigarette an. »Die Erwähnung eines Ortes namens Macon Heights. Ich weiß, daß ich den Namen schon mal gehört habe. Vor Jahren. Hast du begriffen? Geh die alten Atlanten durch. Alte Zeitungen im Lesesaal. Alte Zeitschriften. Berichte. Pläne der Stadtverwaltung. Anträge im Parlament des Bundesstaates.«

Laura setzte sich langsam auf die Couchlehne. »Machst du Witze?«

»Nein.«

»Wie weit zurück?«

»Vielleicht zehn Jahre – wenn nötig.«

»Du lieber Himmel! Da muß ich vielleicht –«

»Bleib dort, bis du was findest.« Paine stand hastig auf. »Bis später.«

»Du gehst. Willst du nicht heute abend mit mir essen gehen?«

»Tut mir leid.« Paine ging auf die Tür zu. »Ich hab zu tun. Wirklich zu tun.«

»Was denn?«

»Ich fahre nach Macon Heights.«

Draußen vor dem Zug erstreckten sich endlose Felder, nur hier und da von einem Gehöft unterbrochen. Kahle Telegraphenmasten ragten in den Abendhimmel.

Paine warf einen Blick auf seine Armbanduhr. Jetzt war es nicht mehr weit. Der Zug fuhr durch eine kleine Stadt. Ein paar Tankstellen, Verkaufsstände am Straßenrand, ein Fernsehgeschäft. Er hielt am Bahnhof, die Bremsen knirschten. Lewisburg. Ein paar Pendler stiegen aus, Männer in Überziehern mit ihren Abendzeitungen. Die Türen wurden zugeschlagen, der Zug setzte sich in Bewegung.

Paine lehnte sich in seinem Sitz zurück und versank tief in Gedanken. Critchet war verschwunden, während er die Karte an der Wand betrachtet hatte. Das erste Mal war er verschwunden, als Jacobson ihm die Tafel mit dem Plan zeigte ... Wenn er erkannte, daß es einen Ort namens Macon Heights nicht gab. Lag darin ein Schlüssel zur Lösung des Rätsels? Die ganze Sache war unwirklich, wie ein Traum.

Paine spähte hinaus. Er war fast da – falls es diesen Ort gab. Draußen vor dem Zug erstreckten sich endlos die braunen Felder. Hügel und flache Felder. Telegraphenmasten. Wagen, die auf dem Highway entlangrasten, winzige schwarze Punkte, die im Zwielicht dahineilten.

Doch kein Anzeichen von Macon Heights.

Der Zug raste weiter. Paine sah auf seine Uhr. Einundfünfzig Minuten waren vergangen. Und er hatte nichts gesehen. Nichts außer Feldern.

Er ging ans Ende des Wagens und setzte sich neben den Schaffner, einen weißhaarigen älteren Herrn. »Schon mal von einem Ort namens Macon Heights gehört?« fragte Paine.

»Nein, Sir.«

Paine zeigte ihm seine Kennkarte. »Sind Sie sicher, daß Sie noch nie von einem Ort mit diesem Namen gehört haben?«

»Ganz sicher, Mr. Paine.«

»Wie lange fahren Sie schon auf dieser Strecke?«

»Elf Jahre, Mr. Paine.«

Paine fuhr bis zum nächsten Halt weiter, bis Jacksonville. Er stieg aus und in den B-Zug Richtung Stadt um. Die Sonne war untergegangen. Der Himmel war fast schwarz. Undeutlich konnte er die Landschaft draußen jenseits des Fensters erkennen.

Er hielt den Atem an. Noch eine Minute. Vierzig Sekunden. War dort irgend etwas? Flache Felder. Kahle Telegraphenmasten. Eine öde, unbewohnte Landschaft zwischen einer Stadt und der anderen.

Zwischen? Der Zug fuhr weiter und eilte durch die Dämmerung dahin. Paine starrte unverwandt hinaus. War dort draußen irgend etwas? Irgend etwas außer den Feldern?

Über den Feldern lag ein langgestreckter, halb durchsichtiger Rauchschleier. Ein gleichmäßiger Schleier, der sich fast eine Meile dahinzog. Was war das? Dampf von der Lokomotive? Aber es war eine Diesellok. Von einem Lastwagen auf dem Highway? Ein Feuer im Unterholz? Keines der Felder sah verbrannt aus.

Plötzlich fuhr der Zug langsamer. Paine verfolgte augenblicklich alles mit höchster Aufmerksamkeit. Der Zug hielt an. Die Bremsen kreischten, die Wagen schlingerten von einer Seite auf die andere. Stille.

Auf der gegenüberliegenden Seite des Ganges erhob sich ein großer Mann im hellen Mantel, setzte seinen Hut auf und ging schnell zur Tür. Er sprang aus dem Zug auf den Boden. Paine beobachtete ihn fasziniert. Der Mann entfernte sich schnell vom Zug über die dunklen Felder. Er ging zielsicher auf die graue Nebelbank zu.

Der Mann stieg empor. Er ging nun etwa dreißig Zentimeter über dem Boden. Er wandte sich nach rechts. Er hob sich wieder empor, jetzt – einen Meter über den Boden. Einen Augenblick lief er parallel zum Boden, noch immer weg vom Zug. Dann verschwand er in der Nebelbank. Er war nicht mehr da.

Paine eilte den Gang hinunter. Doch der Zug war schon wieder schneller geworden. Draußen glitt der Boden vorbei. Paine machte den Schaffner ausfindig, einen puddinggesichtigen jungen Mann, der sich gegen die Waggonwand lehnte.

»Hören Sie«, schnarrte Paine. »Was für eine Station war das?«

»Wie bitte, Sir?«

»Diese Station! Wo zum Teufel waren wir?«

»Wir halten immer hier an.« Der Schaffner griff langsam in seine Jacke und zog eine Handvoll Fahrpläne heraus. Er sah sie durch und reichte einen an Paine weiter. »Der B hält immer in Macon Heights. Wußten Sie das nicht?«

»Nein!«

»Es steht auf dem Fahrplan.« Der Junge hob wieder seinen Groschenroman. »Hält immer hier. War immer so. Wird immer so sein.«

Paine riß den Fahrplan auf. Es stimmte. Macon Heights war zwischen Jacksonville und Lewisburg aufgeführt. Genau dreißig Meilen von der Stadt entfernt.

Die graue Nebelwolke. Die gewaltige Wolke, die schnell

Gestalt annahm. Als wäre etwas im Entstehen. Tatsächlich *war* etwas im Entstehen.

Macon Heights!

Am nächsten Vormittag erwischte er Laura in ihrer Wohnung. Sie trug einen blaßrosa Pullover und dunkle Hosen und saß am Couchtisch, vor sich einen Stapel Notizen, Bleistift und Radiergummi und eine Malzmilch.

»Wie bist du vorangekommen?« fragte Paine.

»Gut. Ich habe deine Information bekommen.«

»Was ist das für eine Geschichte?«

»Es gab ziemlich viel Material.« Sie klopfte auf das Bündel Notizen. »Ich habe die wichtigsten Teile für dich zusammengefaßt.«

»Laß das Resümee hören.«

»Im August vor sieben Jahren gab es im höchsten Gremium der Bezirksverwaltung eine Abstimmung über drei neue Vorortsiedlungen, die außerhalb der Stadt errichtet werden sollten. Eine davon war Macon Heights. Es entspann sich eine große Debatte darüber. Die meisten Geschäftsleute in der Stadt waren gegen die neuen Siedlungen. Sie sagten, das brächte dem Einzelhandel in der Stadt zu hohe Umsatzeinbußen.«

»Erzähl weiter.«

»Es gab einen langen Streit. Schließlich wurden zwei der drei Siedlungen genehmigt. Waterville und Cedar Groves. Macon Heights dagegen nicht.«

»Ich verstehe«, murmelte Paine nachdenklich.

»Macon Heights wurde abgelehnt. Ein Kompromiß; zwei Siedlungen statt drei. Die beiden Siedlungen wurden sofort gebaut. Du kennst sie. Wir sind mal nachmittags durch Waterville gefahren. Netter kleiner Ort.«

»Aber kein Macon Heights.«

»Nein. Macon Heights wurde aufgegeben.«

Paine rieb sich das Kinn. »Das ist also die Geschichte.«

»Das ist die Geschichte. Ist dir klar, daß ich deswegen ein ganzes Halbtagsgehalt verliere? Heute abend *mußt* du mit mir ausgehen. Vielleicht sollte ich mir einen anderen Freund suchen. Ich glaube langsam, mit dir hab ich doch nicht das Große Los gezogen.«

Paine nickte abwesend. »Vor sieben Jahren.« Ganz plötzlich kam ihm ein Gedanke. »Die Abstimmung! Wie knapp war die Abstimmung über Macon Heights?«

Laura sah in ihren Notizen nach. »Das Projekt wurde mit einer Mehrheit von einer einzigen Stimme abgelehnt.«

»Eine einzige Stimme. Vor sieben Jahren.« Paine ging hinaus auf den Flur. »Danke, Liebling. Langsam ergeben die Dinge Sinn. Viel Sinn!«

Vor dem Haus erwischte er ein Taxi. Das Taxi raste mit ihm durch die Stadt zum Bahnhof. Draußen flitzten Schilder und Straßen vorbei. Menschen, Geschäfte und Autos.

Seine Ahnung hatte sich bestätigt. Er *hatte* den Namen schon mal gehört. Vor sieben Jahren. Eine erbitterte Debatte im Bezirk über eine geplante Vorortsiedlung. Zwei Städte genehmigt; eine abgelehnt und vergessen.

Doch jetzt war die vergessene Stadt im Entstehen – sieben Jahre später. Die Stadt, und mit ihr ein unbestimmtes Stück Realität. *Warum*? Hatte sich etwas in der Vergangenheit geändert? Hatte in irgendeinem vergangenen Kontinuum eine Veränderung stattgefunden?

Das schien die Erklärung zu sein. Die Abstimmung war knapp gewesen. Macon Heights war *fast* genehmigt worden. Vielleicht waren manche Teile der Vergangenheit unbeständig. Vielleicht war dieser spezielle Zeitraum vor sieben Jahren ein kritischer Moment. Vielleicht hatte er sich nie vollständig »verfestigt«. Ein merkwürdiger Gedanke: Die Vergangenheit änderte sich, nachdem sie bereits geschehen war.

Plötzlich geriet etwas in Paines Blickfeld. Sofort saß er kerzengerade. Auf der anderen Straßenseite, in der Mitte des Häuserblocks, hing ein Firmenschild. Über einem kleinen, unauffälligen Laden. Als das Taxi weiterfuhr, spähte Paine hinaus, um es lesen zu können.

Bradshaw-Versicherung [oder] Notariat

Er grübelte. Critchets Arbeitsstelle. War es so, daß auch sie kam und ging? War sie immer schon dort gewesen? Irgend etwas daran bereitete ihm Unbehagen.

»Beeilen Sie sich«, befahl Paine dem Fahrer. »Los, fahren Sie.«

Als der Zug in Macon Heights seine Fahrt verlangsamte, erhob sich Paine schnell und ging den Gang hinunter zur Tür. Die knirschenden Räder kamen mit einem Ruck zum Stillstand, und Paine sprang hinunter auf den heißen Kies des Nebengleises. Er blickte sich um.

Im Licht der Nachmittagssonne glitzerte und funkelte Macon Heights, seine geraden Häuserreihen erstreckten sich nach allen Richtungen. Im Stadtzentrum erhob sich das große Schirmdach eines Theaters.

Sogar ein Theater. Paine ging quer über die Gleise auf die Stadt zu. Jenseits des Bahnhofs lag ein Parkplatz. Er betrat den Parkplatz, überquerte ihn und folgte einem Pfad, der ihn an einer Tankstelle vorbei auf einen Bürgersteig führte.

Er kam auf die Hauptstraße der Stadt. Vor ihm erstreckten sich zwei Reihen von Geschäften. Ein Eisenwarenladen. Zwei Drugstores. Ein billiges Warenhaus. Ein modernes Kaufhaus.

Die Hände in den Taschen, schlenderte Paine an ihnen entlang, blickte sich um und bestaunte Macon Heights. Ein Wohnhaus ragte hoch und wuchtig auf. Ein Hausmeister putzte gerade die Vordertreppe. Alles sah neu und modern aus. Die Häuser, die Geschäfte, die Fahrbahn und die Bürgersteige. Die Parkuhren. Ein Polizist in brauner Uniform schrieb einen Strafzettel. Bäume wuchsen in regelmäßigen Abständen. Ordentlich gestutzt und beschnitten.

Er ging an einem großen Supermarkt vorbei. Davor

stand ein Obstständer mit Apfelsinen und Trauben. Er nahm sich eine Traube und biß hinein.

Die Traube war echt, kein Zweifel. Eine große, dunkelblaue Weintraube, süß und reif. Doch vierundzwanzig Stunden zuvor war hier nichts gewesen außer einem kahlen Feld.

Paine betrat einen der Drugstores. Er blätterte in einigen Zeitschriften und setzte sich dann an die Theke. Bei der rotwangigen kleinen Kellnerin bestellte er eine Tasse Kaffee.

»Eine hübsche Stadt hier«, sagte Paine, als sie den Kaffee brachte.

»Ja, nicht wahr?«

Paine zögerte. »Wie – wie lange arbeiten Sie schon hier?«

»Drei Monate.«

»Drei Monate?« Paine musterte die stramme kleine Blondine prüfend. »Wohnen Sie hier in Macon Heights?«

»O ja.«

»Wie lange schon?«

»Ein paar Jahre, glaube ich.« Sie ging weg, um einen jungen Soldaten zu bedienen, der sich auf einem Hocker am Ende der Theke niedergelassen hatte.

Paine saß da, trank seinen Kaffee, rauchte und besah sich träge die Menschen, die draußen vorübergingen. Ganz gewöhnliche Menschen. Männer und Frauen, meistens Frauen. Manche hatten Einkaufstaschen oder kleine Drahtkarren dabei. Autos fuhren gemächlich hin und her. Ein verschlafenes kleines Vorortstädtchen. Modern, obere Mittelschicht. Eine Stadt mit Qualität. Ohne Slums. Kleine, reizende Häuser. Geschäfte mit schräg abfallenden Rasenflächen davor und Leuchtreklamen.

Ein paar Kids aus der Highschool stürmten lachend und schubsend in den Drugstore. Zwei Mädchen in hellen Pullovern setzten sich neben Paine und bestellten Limonade. Sie schwatzten fröhlich, Bruchstücke ihrer Unterhaltung trieben zu ihm herüber.

Er starrte sie an und grübelte trübsinnig vor sich hin. Sie

waren echt, kein Zweifel. Lippenstift und rote Fingernägel. Pullover und die Arme voller Schulbücher. Hunderte von Highschool-Kids, die begierig in den Drugstore strömten.

Paine rieb sich matt die Stirn. Es schien unmöglich. Vielleicht war er verrückt geworden. Die Stadt war *echt*. Völlig echt. Sie mußte schon immer existiert haben. Eine ganze Stadt konnte nicht aus dem Nichts auftauchen; aus einer Wolke grauen Nebels. Fünftausend Menschen, Häuser, Straßen und Geschäfte.

Geschäfte. Bradshaw-Versicherung.

Die Erkenntnis durchbohrte ihn wie ein stechender Schmerz und ließ ihn erstarren. Plötzlich begriff er. Es breitete sich aus. Über Macon Heights hinaus. In die Stadt. Auch die Stadt veränderte sich. Bradshaw-Versicherung. Critchets Arbeitsstelle.

Die Existenz von Macon Heights konnte nicht ohne Auswirkungen auf die Stadt bleiben. Sie durchdrangen sich gegenseitig. Die fünftausend Menschen kamen aus der Stadt. Ihre Arbeitsplätze. Ihre Leben. Die Stadt war darin verstrickt.

Aber wie sehr? Wie sehr veränderte sich die Stadt?

Paine warf einen Vierteldollar auf die Theke und eilte aus dem Drugstore in Richtung Bahnhof. Er mußte in die Stadt zurück. Laura, die Veränderung. War sie noch da? War sein *eigenes* Leben sicher?

Furcht packte ihn. Laura, sein ganzer Besitz, seine ganzen Pläne, Hoffnungen und Träume. Plötzlich war Macon Heights unwichtig. Seine eigene Welt stand auf dem Spiel. Jetzt war nur eines wichtig. Er mußte sich vergewissern; sich vergewissern, daß sein eigenes Leben noch da war. Unberührt von der Veränderung, die von Macon Heights ausging und immer weitere Kreise zog.

»Wohin, mein Freund?« fragte der Taxifahrer, als Paine aus dem Bahnhof herausgestürzt kam.

Paine gab ihm die Adresse der Wohnung. Das Taxi schoß

hinaus in den Verkehr. Nervös lehnte Paine sich zurück. Draußen vor dem Fenster flitzten die Straßen und Bürogebäude vorbei. Die ersten Angestellten kamen schon von der Arbeit und drängten auf die Bürgersteige, um an jeder Ecke in Gruppen zusammenzustehen.

Wieviel hatte sich verändert? Er konzentrierte sich auf eine Reihe von Gebäuden. Das große Kaufhaus. War es schon immer dort gewesen? Der kleine Schuhputzladen daneben. Den hatte er noch nie bemerkt.

NORRIS MÖBEL FÜR IHR HEIM.

Daran konnte er sich nicht erinnern. Aber wie konnte er sicher sein? Er war verwirrt. Wie konnte er es wissen?

Das Taxi ließ ihn vor dem Wohnhaus aussteigen. Paine blieb einen Augenblick stehen und blickte sich um. Unten am Ende des Häuserblocks spannte der Besitzer des italienischen Delikatessenladens die Markise auf. Hatte er dort schon früher einen Delikatessenladen bemerkt?

Er konnte sich nicht erinnern.

Was war mit dem großen Fleischerladen auf der gegenüberliegenden Straßenseite geschehen? Dort standen nur saubere kleine Häuser; ältere Häuser, die aussahen, als stünden sie dort schon ziemlich lange. War dort jemals ein Fleischerladen gewesen? Die Häuser *wirkten* solide.

Im nächsten Block glitzerte vor einem Laden ein rotweißer Zylinder. War dort schon immer ein Friseurladen gewesen?

Vielleicht war er schon immer dort gewesen. Vielleicht, vielleicht auch nicht. Alles war im Umbruch. Neue Dinge entstanden, andere verschwanden. Die Vergangenheit veränderte sich, und das Gedächtnis war an die Vergangenheit gebunden. Wie konnte er sich auf sein Gedächtnis verlassen? Wie konnte er sicher sein?

Entsetzen packte ihn. Laura. Seine Welt ...

Paine raste die Vordertreppe des Wohnhauses hoch und stieß die Eingangstür auf. Er eilte die mit dem Treppenläufer ausgelegten Stufen hinauf in den zweiten Stock. Die Wohnungstür war unverschlossen. Er stieß sie auf und trat ein, sein Herz schlug ihm bis zum Hals, er betete stumm.

Das Wohnzimmer war dunkel und still. Die Rollos waren halb heruntergezogen. Verwirrt blickte er sich um. Die hellblaue Couch, Zeitschriften auf den Lehnen. Der niedrige Eichentisch. Der Fernseher. Aber das Zimmer war leer.

»Laura!« keuchte er.

Laura eilte aus der Küche herein, die Augen angstvoll aufgerissen. »Bob! Wieso bist du schon zu Hause? Ist irgendwas passiert?«

Paine entspannte sich und sackte vor Erleichterung zusammen. »Hallo, Liebling.« Er küßte sie und drückte sie fest an sich. Sie war warm und wirklich; völlig echt. »Nein, nichts ist passiert. Alles in Ordnung.«

»Bist du sicher?«

»Ganz sicher.« Paine zog zitternd seinen Mantel aus und warf ihn über die Couchlehne. Er schlenderte im Zimmer herum, untersuchte die Einrichtung und gewann seine Zuversicht wieder. Seine wohlvertraute blaue Couch mit den Brandflecken auf den Lehnen. Seine ausgefranste Fußbank. Sein Schreibtisch, an dem er abends saß und arbeitete. Seine Angelruten, die hinter dem Bücherregal an der Wand lehnten.

Der große Fernseher, den er erst letzten Monat gekauft hatte; auch der war sicher.

Alles, sein ganzer Besitz, war unberührt. Sicher. Unversehrt.

»Das Abendessen ist erst in einer halben Stunde fertig«, murmelte Laura besorgt und band ihre Schürze auf. »Ich hab dich nicht so früh zu Hause erwartet. Ich hab den ganzen Tag herumgesessen. Ich hab den Backofen gereinigt. Irgendein Vertreter hat eine Probepackung eines neuen Reinigers dagelassen.«

»Schön.« Er musterte einen seiner Lieblingsdrucke von Renoir an der Wand. »Laß dir Zeit. Es tut gut, all diese Dinge wiederzusehen. Ich –«

Aus dem Schlafzimmer war ein Weinen zu hören. Laura drehte sich schnell um. »Ich glaube, wir haben Jimmy aufgeweckt.«

»Jimmy?«

Laura lachte. »Liebling, erinnerst du dich nicht an deinen eigenen Sohn?«

»Natürlich«, murmelte Paine verstört. Langsam folgte er Laura ins Schlafzimmer. »Einen Augenblick lang kam mir alles merkwürdig vor.« Er rieb sich die Stirn und runzelte die Augenbrauen. »Merkwürdig und ungewohnt. Irgendwie unscharf.«

Sie standen neben der Wiege und blickten lange auf das Baby. Jimmy schaute zurück auf Mama und Papa.

»Das muß die Sonne gewesen sein«, sagte Laura. »Es ist so schrecklich heiß draußen.«

»Das muß es sein. Jetzt geht's mir wieder gut.« Paine streckte die Hand aus und knuffte das Baby. Er legte den Arm um seine Frau und zog sie an sich. »Es muß die Sonne gewesen sein«, sagte er. Er sah ihr in die Augen und lächelte.

Die Welt, die sie wollte

Halb dösend betrachtete Larry Brewster das Durcheinander aus Zigarettenkippen, leeren Bierflaschen und zerknüllten Streichholzbriefchen, das sich auf dem Tisch vor ihm auftürmte. Er streckte die Hand aus und rückte eine Bierflasche zurecht – so erzielte er genau die richtige Wirkung.

Im Hintergrund des Wind-up spielte lärmend die kleine Dixieland-Jazz-Combo. Die grellen Jazzklänge mischten sich mit dem Stimmengemurmel, dem Halbdunkel, dem Klirren der Gläser an der Bar. Larry Brewster seufzte wohlig und zufrieden. »Das«, stellte er fest, »ist das Nirwana.« Er nickte langsam mit dem Kopf, einverstanden mit den Worten, die er ausgesprochen hatte. »Oder zumindest die siebente Stufe des Himmels im Zen-Buddhismus.«

»Es gibt im Zen-Buddhismus keine sieben Stufen des Himmels«, korrigierte ihn eine tüchtige weibliche Stimme direkt über ihm.

»Stimmt«, gab Larry zu und dachte über die Angelegenheit nach. »Ich meinte das bildlich, nicht wörtlich.«

»Sie sollten vorsichtiger sein; Sie sollten genau das meinen, was Sie sagen.«

»Und genau das sagen, was Sie meinen?« Larry blickte auf. »Hatte ich schon das Vergnügen, Sie kennenzulernen, junge Dame?«

Das schlanke Mädchen mit dem goldenen Haar ließ sich in einen Sessel gegenüber Larry fallen, im Halbdunkel der Bar waren ihre Augen klar und glänzend. Sie lächelte ihn mit strahlendweißen Zähnen an. »Nein«, sagte sie. »Wir haben uns noch nie getroffen; unsere Zeit ist erst jetzt gekommen.«

»Unsere – unsere Zeit?« Langsam richtete Larry sich auf,

seine schlaksige Gestalt straffte sich. Es lag etwas in dem klugen, patenten Gesicht des Mädchens, das seinen Alkoholschleier durchdrang und ihn irgendwie beunruhigte. Ihr Lächeln war zu ruhig, zu sicher. »Was genau wollen Sie damit eigentlich sagen?« murmelte Larry. »Was soll das alles?«

Das Mädchen schlüpfte aus seinem Mantel und enthüllte dabei volle, runde Brüste und eine geschmeidige Figur. »Ich nehme einen Martini«, sagte sie. »Und übrigens – ich heiße Allison Holmes.«

»Larry Brewster.« Larry musterte das Mädchen aufmerksam. »Was sagten Sie, was Sie möchten?«

»Einen Martini. Trocken.« Allison lächelte ihn kühl an. »Und bestellen Sie sich selbst auch einen, nur zu.«

Larry brummte leise. Er machte dem Kellner ein Zeichen. »Einen trockenen Martini, Max.«

»Okay, Mr. Brewster.«

Ein paar Minuten später kam Max zurück und stellte ein Martiniglas auf den Tisch. Als er gegangen war, lehnte Larry sich zu dem blonden Mädchen hinüber. »Nun, Miss Holmes –«

»Keinen für Sie?«

»Keinen für mich.« Larry beobachtete, wie sie an ihrem Drink nippte. Ihre Hände waren klein und zierlich. Sie sah nicht schlecht aus, doch ihm gefiel die selbstzufriedene Ruhe in ihren Augen nicht. »Was soll das Gerede von unserer Zeit, die gekommen ist? Klären Sie mich mal auf.«

»Das ist ganz einfach. Ich sah Sie hier sitzen, und ich wußte, daß Sie der Richtige sind. Trotz des schmuddeligen Tisches.« Sie rümpfte die Nase über das Durcheinander aus Flaschen und Streichholzbriefchen. »Warum lassen Sie das nicht wegräumen?«

»Weil es mir Freude macht. Sie wußten, daß ich der *Richtige* war? Welcher Richtige?« Larry wurde langsam neugierig. »Erzählen Sie weiter.«

»Larry, das ist ein sehr wichtiger Augenblick in meinem

Leben.« Allison blickte umher. »Wer hätte gedacht, daß ich Sie an einem solchen Ort finden würde? Aber so ist es immer für mich gewesen. Das ist nur ein Glied in einer langen Kette, die zurückreicht – nun, so weit zurück, wie ich mich erinnern kann.«

»Was für eine Kette denn?«

Allison lachte. »Armer Larry. Sie verstehen das nicht.« Sie beugte sich zu ihm hinüber, ihre wunderbaren Augen tanzten. »Sehen Sie, Larry, ich weiß etwas, was niemand sonst weiß – niemand sonst in dieser Welt. Etwas, was ich erfuhr, als ich ein kleines Mädchen war. Etwas –«

»Warten Sie einen Augenblick. Was meinen Sie mit ›dieser Welt‹? Meinen Sie, es gibt schönere Welten als diese? Bessere Welten? Wie bei Platon? Diese Welt ist nur ein –«

»Natürlich nicht!« Allison runzelte die Stirn. »Das ist die beste Welt, Larry. Die beste aller möglichen Welten.«

»Oh. Herbert Spencer.«

»Die beste aller möglichen Welten – für mich.« Sie lächelte ihn an, mit einem kalten, unergründlichen Lächeln.

»Warum für Sie?«

In dem wohlgeformten Gesicht des Mädchens lag etwas beinahe Raubtierhaftes, als sie antwortete. »Weil«, sagte sie ruhig, »das *meine* Welt ist.«

Larry zog eine Augenbraue hoch. »Ihre Welt?« Dann grinste er gutmütig. »Klar ist sie das, Baby; sie gehört uns allen.« Er wies mit weit ausholender Geste durch den Raum. »Ihre Welt, meine Welt, die Welt des Banjospielers –«

»Nein.« Allison schüttelte entschlossen den Kopf. »Nein, Larry. Meine Welt; sie gehört mir. Alles und jeder. Alles meins.« Sie rückte ihren Sessel herum, bis sie dicht neben ihm saß. Er konnte ihr Parfüm riechen, warm, süß und aufreizend. »Verstehen Sie nicht? Das gehört mir. All diese Dinge – sie sind meinetwegen hier; für mein Glück.«

Larry rückte ein wenig ab. »Oh? Wissen Sie, als philosophischer Grundsatz ist das ein bißchen schwer aufrechtzuerhalten. Ich gebe zu, daß Descartes gesagt hat, wir kennen die Welt nur vermittels unserer Sinne, und unsere Sinne spiegeln unsere eigenen –«

Allison legte ihre kleine Hand auf seinen Arm. »Das meine ich nicht. Verstehen Sie, Larry, es gibt *viele* Welten. Alle Arten von Welten. Millionen und Abermillionen. So viele Welten, wie es Menschen gibt. Jeder Mensch hat seine eigene Welt, Larry, seine eigene, persönliche Welt. Eine Welt, die für ihn existiert, für sein Glück.« Bescheiden senkte sie den Blick. »Das hier ist zufällig *meine* Welt.«

Larry überlegte. »Sehr interessant, aber was ist mit den anderen Menschen? Beispielsweise mit mir?«

»Sie existieren selbstverständlich für mein Glück; darüber spreche ich ja gerade.« Der Druck ihrer kleinen Hand verstärkte sich. »Sobald ich Sie sah, wußte ich, daß Sie der Richtige sind. Ich habe schon seit mehreren Tagen darüber nachgedacht. Es ist Zeit, daß *er* mir begegnet. Der Mann für mich. Der Mann, der mir zum Heiraten bestimmt ist – damit mein Glück vollkommen sein kann.«

»Hey!« rief Larry aus und wich zurück.

»Was ist los?«

»Was ist mit *mir?*« fragte Larry. »Das ist nicht fair! Zählt denn *mein* Glück nicht?«

»Doch . . . aber nicht hier, nicht in dieser Welt.« Sie gestikulierte unbestimmt. »Sie haben irgendwo anders eine Welt, eine eigene Welt; in dieser Welt sind Sie lediglich ein Teil meines Lebens. Sie sind nicht ganz echt. Ich bin die einzige in dieser Welt, die *ganz* echt ist. All die anderen sind meinetwegen hier. Sie sind nur – nur *teilweise* echt.«

»Ich verstehe.« Larry lehnte sich langsam zurück und rieb sich das Kinn. »Dann existiere ich also irgendwie in vielen verschiedenen Welten. Ein bißchen hier, ein bißchen dort, je nachdem, wo ich gebraucht werde. Wie jetzt, zum Beispiel, in dieser Welt. Ich bin fünfundzwanzig Jahre umhergeirrt, damit ich genau dann auftauchen konnte, als Sie mich brauchten.«

»Richtig.« Allisons Augen tanzten fröhlich. »Sie haben es erfaßt.« Plötzlich warf sie einen Blick auf ihre Armbanduhr. »Es wird spät. Wir gehen besser.«

»Gehen?«

Allison stand schnell auf, nahm ihre winzige Handtasche und zog ihren Mantel um sich. »Ich will so vieles mit Ihnen unternehmen, Larry! So viel zu sehen! So viel zu tun!« Sie packte seinen Arm. »Kommen Sie mit. Beeilen Sie sich.«

Larry erhob sich langsam. »Hören Sie, warten Sie –«

»Wir werden viel Spaß haben.« Allison dirigierte ihn zur Tür. »Mal sehen . . . Was schön wäre . . .«

Larry blieb wütend stehen. »Die Rechnung! Ich kann nicht einfach rausgehen.« Er suchte in seiner Tasche herum. »Das macht ungefähr –«

»Keine Rechnung; nicht heute abend. Das ist mein besonderer Abend.« Allison wirbelte zu Max herum, der den freigewordenen Tisch abräumte. »Ist es nicht so?«

Der alte Kellner blickte langsam auf. »Was ist los, Miss?«

»Keine Rechnung heute abend.«

Max schüttelte den Kopf. »Keine Rechnung heute abend, Miss. Der Boss hat Geburtstag; Getränke auf Rechnung des Hauses.«

Larry fiel die Kinnlade herunter. »Was?«

»Kommen Sie mit.« Allison zerrte ihn durch die schwere, plüschbespannte Tür hinaus auf den kalten, dunklen New Yorker Bürgersteig. »Kommen Sie mit, Larry – wir haben so viel vor!«

Larry murmelte: »Ich weiß noch immer nicht, woher das Taxi kam.«

Das Taxi fuhr weg und raste die Straße hinunter. Larry blickte sich um. Wo waren sie? Die dunklen Straßen lagen still und verlassen da.

»Zuerst«, sagte Allison Holmes, »will ich ein Ansteckbukett. Larry, finden Sie nicht, Sie sollten Ihrer Verlobten ein Ansteckbukett verehren? Ich will von Anfang an hübsch aussehen.«

»Ein Ansteckbukett? Mitten in der Nacht?« Larry wies auf die dunklen, stillen Straßen. »Machen Sie Witze?«

Allison grübelte nach, dann überquerte sie plötzlich die Straße; Larry ging hinter ihr her. Allison erreichte einen geschlossenen Blumenladen, das Schild war ausgeschaltet, die Tür verschlossen. Sie klopfte mit einer Münze gegen die verspiegelte Schaufensterscheibe.

»Sind Sie verrückt geworden?« schrie Larry. »Es ist niemand da drinnen, mitten in der Nacht!«

Im Hintergrund des Blumenladens regte sich jemand. Ein alter Mann kam langsam ans Fenster, nahm seine Brille ab und steckte sie in die Tasche. Er bückte sich und schloß die Tür auf. »Was gibt's, meine Dame?«

»Ich möchte ein Ansteckbukett, das schönste, das Sie haben.« Allison schob sich in den Laden hinein und blickte voller Ehrfurcht auf die Blumen um sie herum.

»Vergessen Sie's, mein Lieber«, murmelte Larry. »Achten Sie nicht auf sie. Sie ist –«

»Ist schon in Ordnung.« Der alte Mann seufzte. »Ich hab gerade meine Einkommensteuererklärung durchgesehen; ich kann 'ne Pause gebrauchen. Es dürften schon einige fertig sein. Ich werde im Kühlraum nachschauen.«

Fünf Minuten später standen sie wieder draußen auf der Straße, und Allison schaute entzückt auf die herrliche Orchidee, die an ihren Mantel gesteckt war. »Sie ist wunderschön, Larry!« flüsterte sie. Sie drückte seinen Arm und sah ihm ins Gesicht. »Vielen Dank; wir sollten jetzt gehen.«

»Wohin? Vielleicht haben Sie einen alten Kerl gefunden, der sich um ein Uhr morgens mit seiner Steuererklärung herumplagt, aber ich weiß genau, daß Sie in dieser gottverlassenen, ausgestorbenen Gegend weiter nichts finden werden.«

Allison blickte sich um. »Mal sehen . . . Dort drüben. Das große alte Haus dort drüben. Ich wäre kein bißchen überrascht –« Sie zerrte Larry den Bürgersteig entlang, ihre hohen Absätze klapperten in der nächtlichen Stille.

»In Ordnung«, murmelte Larry mit leichtem Grinsen. »Ich begleite Sie; das dürfte interessant werden.«

In dem großen, altmodischen Haus war kein Licht zu sehen; alle Rollos waren heruntergelassen. Allison eilte den Weg hinunter und tastete sich durch die Dunkelheit bis hinauf auf die Veranda des Hauses.

»Hey!« rief Larry plötzlich beunruhigt. Allison hatte den Türgriff gepackt und stieß die Tür auf.

Plötzlich fiel Licht auf sie, Licht und Geräusche. Stimmengemurmel. Hinter einem schweren Vorhang bewegten sich Menschen, ein riesiger Saal voller Menschen. Männer und Frauen in Abendkleidung, die sich über lange Tische und Theken beugten.

»Oh, oh«, murmelte Larry. »Jetzt haben Sie uns reingeritten; das hier ist nicht der richtige Ort für uns.«

Drei unangenehm aussehende Gorillas kamen herübergeschlendert, die Hände in den Hosentaschen. »Okay, Mister; gehen wir.«

Larry wandte sich zum Gehen. »Meinetwegen gern. Ich bin ein friedfertiger Mensch.«

»Unsinn.« Allison packte ihn am Arm, ihre Augen funkelten vor Aufregung. »Ich wollte schon immer mal in ein Spielcasino. Sehen Sie sich nur die vielen Tische an! Was machen die dort? Was ist das dort drüben?«

»Um Himmels willen«, keuchte Larry verzweifelt. »Lassen Sie uns hier verschwinden. Diese Leute kennen uns nicht.«

»Darauf können Sie wetten«, krächzte einer der drei riesenhaften Schläger. Er nickte seinen Gefährten zu. »Auf geht's.« Sie packten Larry und trieben ihn vor sich her zur Tür.

Allison blinzelte. »Was machen Sie mit ihm? Lassen Sie das!« Sie konzentrierte sich, ihre Lippen bewegten sich. »Lassen Sie mich – lassen Sie mich mit *Connie* sprechen.«

Die drei Schläger erstarrten. Sie wandten sich langsam zu

ihr um. »Mit *wem?* Wen wollten Sie sprechen, meine Dame?«

Allison lächelte zu ihnen auf. »Connie – glaube ich. Habe ich das nicht gesagt? Connie. Wo ist er?« Sie blickte sich um. »Ist er das dort drüben?«

Ein kleiner, eleganter Mann an einem der Tische drehte sich bei der Erwähnung seines Namens wütend um und verzog ärgerlich das Gesicht.

»Lassen Sie's gut sein, meine Dame«, sagte einer der Schläger schnell. »Belästigen Sie Connie nicht; er mag es nicht, wenn man ihn belästigt.« Er schloß die Tür und schob Larry und Allison durch den Vorhang in den großen Saal hinein. »Gehen Sie spielen. Amüsieren Sie sich; viel Spaß.«

Larry blickte hinunter auf das Mädchen neben sich. Matt schüttelte er den Kopf. »Ich könnte wirklich einen Drink gebrauchen – einen starken.«

»In Ordnung«, sagte Allison glücklich, die Augen auf den Roulettetisch geheftet. »Sie gehen und holen sich Ihren Drink. Ich fange schon an zu spielen!«

Nach ein paar guten, starken Gläsern Scotch mit Wasser glitt Larry vom Hocker und schlenderte von der Bar hinüber zum Roulettetisch in der Mitte des Saales.

Um den Tisch hatte sich eine Menschentraube gebildet. Larry schloß die Augen und versuchte, die Ruhe zu bewahren; er wußte schon Bescheid. Nachdem er seine Kräfte gesammelt hatte, schob er sich durch die Menschen bis vorn an den Tisch.

»Was bedeutet diese hier?« fragte Allison den Croupier und hielt eine blaue Spielmarke hoch. Vor ihr lag ein riesiger Haufen Spielmarken – in allen Farben. Alle raunten, redeten und schauten sie an.

Larry ging zu ihr hinüber. »Wie läuft's denn so? Haben Sie Ihre Mitgift schon verspielt?«

»Noch nicht. Nach Aussage dieses Herrn hier liege ich vorn.«

»Er sollte es wissen«, seufzte Larry matt. »Er ist aus der Branche.«

»Möchten Sie auch spielen?« fragte Allison und nahm einen Armvoll Spielmarken entgegen. »Sie können die hier haben. Ich hab noch mehr.«

»Das sehe ich. Aber – nein danke; das liegt mir nicht. Kommen Sie mit.« Larry führte sie weg vom Tisch. »Ich glaube, es ist an der Zeit, daß wir beide mal ein wenig plaudern. Dort drüben in der Ecke, wo es ruhiger ist.«

»Plaudern?«

»Ich hab darüber nachgedacht; diese Sache geht mir langsam zu weit.«

Allison folgte ihm. Larry ging mit großen Schritten hinüber in eine Ecke des Saales. In einem riesigen Kamin brannte ein knisterndes Feuer. Larry warf sich in einen tiefen Sessel und deutete auf den Sessel daneben. »Setzen Sie sich«, sagte er.

Allison setzte sich, schlug die Beine übereinander und strich ihren Rock glatt. Sie lehnte sich zurück und seufzte. »Ist es nicht schön hier? Das Feuer und alles? Genau das, was ich mir immer vorgestellt habe.« Sie schloß verträumt die Augen.

Larry nahm seine Zigaretten heraus und zündete sich nachdenklich eine an. »Jetzt hören Sie mal zu, Miss Holmes –«

»Allison. Schließlich werden wir heiraten.«

»Allison, meinetwegen. Hör zu, Allison, diese ganze Sache ist absurd. Während ich an der Bar saß, habe ich darüber nachgedacht. Sie stimmt nicht, deine verrückte Theorie.«

»Warum nicht?« Ihre Stimme klang schläfrig, abwesend.

Larry machte eine wütende Handbewegung. »Ich werde dir sagen, warum nicht. Du behauptest, ich sei nur *teilweise* echt. Richtig? Du bist die einzige, die ganz echt ist.«

Allison nickte. »Richtig.«

»Aber sieh mal! Ich weiß nicht, was mit all den anderen

Menschen ist –« Larry deutete mißbilligend auf sie. »Vielleicht hast du recht, was sie betrifft. Vielleicht *sind* sie wirklich nur Phantome. Aber ich nicht! Du kannst nicht behaupten, daß ich nur ein Phantom bin.« Er schlug mit der Faust gegen die Sessellehne. »Siehst du? Nennst du das nur teilweise echt?«

»Auch der Sessel ist nur teilweise echt.«

Larry stöhnte. »Verdammt noch mal, ich bin seit fünfundzwanzig Jahren in dieser Welt, und ich habe dich erst vor ein paar Stunden kennengelernt. Soll ich glauben, ich sei nicht wirklich lebendig? Nicht wirklich – nicht wirklich ich? Daß ich nur eine Art – ein Stück Kulisse in deiner Welt bin? Ein Teil der Einrichtung?«

»Larry, Liebling. Du *hast* deine eigene Welt. Jeder von uns hat seine eigene Welt. Aber diese hier ist zufällig meine, und du bist meinetwegen hier.« Allison öffnete ihre großen blauen Augen. »In deiner echten Welt existiere ich vielleicht auch ein wenig für dich. Alle unsere Welten überschneiden sich; verstehst du das nicht? Du existierst für mich in meiner Welt. Wahrscheinlich existiere ich für dich in deiner.« Sie lächelte. »Der Große Schöpfer muß ökonomisch arbeiten – wie alle guten Künstler. Viele der Welten sind ähnlich, fast identisch. Aber jede von ihnen gehört nur einem einzigen Menschen.«

»Und diese hier gehört dir.« Larry seufzte. »Okay, Baby. Du hast dir deine Meinung gebildet; ich werde dein Spiel mitspielen – zumindest eine Zeitlang. Ich werde mich anschließen.« Er betrachtete das Mädchen, das sich in dem tiefen Sessel neben ihm zurücklehnte. »Weißt du, du siehst nicht schlecht aus, überhaupt nicht schlecht.«

»Vielen Dank.«

»Ja, ich werde anbeißen. Zumindest eine Zeitlang. Vielleicht *sind* wir füreinander bestimmt. Aber du mußt ein bißchen ruhiger werden; du stellst dein Glück zu sehr auf die Probe. Wenn du mit mir zusammen bist, solltest du es ein bißchen lockerer nehmen.«

»Was willst du damit sagen, Larry?«

»Das alles hier. Dieses Casino. Was, wenn die Bullen kommen? Glücksspiel. Rumtreiberei.« Larry starrte in die Ferne. »Nein, das ist nicht das richtige. Das ist nicht die Art von Leben, die ich mir vorstelle. Weißt du, was ich vor meinem geistigen Auge sehe?« Larrys Gesicht strahlte vor sehnsuchtsvoller Freude. »Ich sehe ein kleines Haus, Baby. Draußen auf dem Land. Weit draußen. Farmland. Flache Felder. Vielleicht Kansas. Colorado. Ein kleines Häuschen. Mit einem Brunnen. Und Kühe.«

Allison runzelte die Stirn. »Oh?«

»Und weißt du, was noch? Mich, irgendwo im Hintergrund. Als Farmer. Oder – oder beim Füttern der Hühner. Schon mal Hühner gefüttert?« Larry schüttelte glücklich den Kopf. »Das macht Spaß, Baby. Und Eichhörnchen. Gehst du manchmal in den Park und fütterst Eichhörnchen? Die grauen Eichhörnchen mit den buschigen langen Schwänzen? Schwänze, die so lang sind wie die Eichhörnchen selbst.«

Allison gähnte. Plötzlich stand sie auf und nahm ihre Handtasche. »Ich glaube, wir müssen jetzt gehen.«

Larry erhob sich langsam. »Ja, das glaube ich auch.«

»Wir haben morgen viel vor. Ich möchte früh aufbrechen.« Allison drängte sich durch die Menschen auf die Tür zu. »Ich glaube, als erstes suchen wir –«

Larry hielt sie zurück. »Deine Spielmarken.«

»Was?«

»Deine Spielmarken. Wechsle sie ein.«

»Gegen was?«

»Gegen Geld – ich glaube, so nennt man das jetzt.«

»Oh, wie dumm.« Allison wandte sich an einen untersetzten Mann am Black-Jack-Tisch. »Hier!« Sie kippte dem Mann die Spielmarken auf den Schoß. »Nehmen Sie sie. In Ordnung, Larry. Gehen wir!«

Das Taxi hielt vor Larrys Wohnung. »Hier wohnst du?«

fragte Allison und schaute zu dem Gebäude hinauf. »Nicht sehr modern, nicht wahr?«

»Nein.« Larry stieß die Tür auf. »Und die Wasserleitungen sind auch nicht sehr gut. Aber was soll's.«

»Larry?« Allison hielt ihn zurück, als er gerade aussteigen wollte.

»Ja?«

»Du vergißt das mit morgen nicht, nicht wahr?«

»Morgen?«

»Wir haben so viel zu tun. Ich möchte, daß du in aller Frühe aufstehst und fertig bist, um loszufahren. Damit wir einiges erledigen können.«

»Wie wär's mit sechs Uhr abends? Ist das früh genug?« Larry gähnte. Es war spät und kalt.

»O nein. Ich hol dich um zehn Uhr morgens ab.«

»Um zehn! Aber mein Job. Ich muß arbeiten!«

»Nicht morgen. Morgen ist *unser* Tag.«

»Wovon zum Teufel soll ich leben, wenn ich nicht –«

Allison reichte hinauf und legte ihre schlanken Arme um ihn. »Mach dir keine Sorgen. Das geht schon in Ordnung. Weißt du nicht mehr? Das ist meine Welt.« Sie zog ihn zu sich herunter und küßte ihn auf den Mund. Ihre Lippen waren süß und kühl. Sie hielt ihn mit geschlossenen Augen fest umarmt.

Larry machte sich los. »Schon in Ordnung.« Er zog seine Krawatte gerade und stand auf der Fahrbahn.

»Dann bis morgen. Und mach dir keine Sorgen wegen deinem komischen Job. Wiedersehen, Larry-Liebling.« Allison schlug die Tür zu. Das Taxi fuhr davon, die dunkle Straße hinunter. Larry starrte ihm nach, noch immer benommen. Schließlich zuckte er die Achseln und wandte sich dem Wohnhaus zu.

Drinnen, auf dem Tisch in der Vorhalle, lag ein Brief für ihn. Er schnappte ihn und öffnete ihn, während er die Treppen hinaufstieg. Der Brief war von seinem Büro, der Bray-Versicherungsgesellschaft. Der jährliche Urlaubsplan für das Personal, in dem die zwei Wochen aufgeführt waren, die auf jeden Angestellten entfielen. Er brauchte nicht einmal seinen Namen zu finden, um zu wissen, wann *sein* Urlaub begann.

»Mach dir keine Sorgen«, hatte Allison gesagt.

Larry grinste wehmütig und stopfte den Brief in die Manteltasche. Er schloß seine Wohnungstür auf. Um zehn Uhr, hatte sie gesagt? Nun, wenigstens konnte er ausschlafen.

Der Tag war warm und strahlend. Larry Brewster saß draußen auf der Vordertreppe des Wohnhauses, rauchte und dachte nach, während er auf Allison wartete.

Sie kam gut zurecht; daran bestand kein Zweifel. Verdammt viele Dinge schienen ihr wie reife Pflaumen in den Schoß zu fallen. Kein Wunder, daß sie dachte, das sei ihre Welt . . . Schön, sie hatte einfach Glück. Aber manche Menschen waren so. Glückskinder. Sie machten reiche Erbschaften, gewannen bei Quizveranstaltungen, fanden Geld im Rinnstein, setzten auf das richtige Pferd. Das kam vor.

Ihre Welt? Larry grinste. Offensichtlich glaubte Allison wirklich daran. Interessant. Nun, er würde sich ihr zumindest noch ein Weilchen anschließen; sie war ein nettes Mädel.

Eine Hupe ertönte, und Larry blickte auf. Vor ihm hielt ein zweifarbiges Kabriolett mit offenem Verdeck. Allison winkte. »Hallo! Steig ein!«

Larry erhob sich und kam herüber. »Wo hast du den denn her?« Er öffnete die Tür und glitt langsam neben sie.

»Den?« Allison ließ den Wagen an. Er schoß hinaus in den Verkehr. »Hab ich vergessen; ich glaube, jemand hat ihn mir gegeben.«

»Hast du vergessen!« Er starrte sie an. Dann entspannte er sich in dem weichen Sitz. »Nun? Was steht als erstes auf dem Programm?«

»Wir werden uns unser neues Haus anschauen.«

»Wessen neues Haus?«

»Unseres. Deins und meins.«

Larry sank tief in den Sitz. »Was! Aber du –«

Allison bog mit quietschenden Reifen um eine Ecke. »Es wird dir gefallen; es ist schön. Wie groß ist deine Wohnung?«

»Drei Zimmer.«

Allison lachte fröhlich. »Es hat elf Zimmer. Zwei Stockwerke. Einen halben Morgen Land. Das haben sie mir zumindest gesagt.«

»Hast du es nicht gesehen?«

»Noch nicht. Mein Anwalt hat mich erst heute früh angerufen.«

»Dein Anwalt?«

»Es gehört zu einer Erbschaft, die ich gemacht habe.«

Larry straffte sich langsam. Allison, in einem scharlachroten Kostüm, schaute glücklich vor sich auf die Straße, das kleine Gesicht leicht abwesend und zufrieden. »Laß mich das alles mal klarstellen. Du hast es nie gesehen; dein Anwalt hat dich gerade angerufen; du bekommst es als Teil einer Erbschaft.«

»Richtig. Irgendein alter Onkel von mir. Ich hab seinen Namen vergessen. Ich hatte nicht erwartet, daß er mir etwas hinterläßt.« Sie wandte sich Larry zu und strahlte ihn begeistert an. »Aber das ist so eine besondere Zeit für mich. Es ist wichtig, daß *alles* klappt. Meine ganze Welt . . .«

»Ja. Deine ganze Welt. Nun, ich hoffe, dir gefällt das Haus, nachdem du es gesehen hast.«

Allison lachte. »Bestimmt. Schließlich existiert es meinetwegen; dazu ist es da.«

»Du hast das ausgearbeitet wie eine exakte Wissenschaft«, murmelte Larry. »Alles, was du erlebst, geschieht zu deinem Besten. Du bist mit allem zufrieden. Also *muß* es deine Welt sein. Vielleicht machst du nur das Beste aus den Dingen – indem du dir sagst, daß dir die Dinge, die du erlebst, wirklich gefallen.«

»Glaubst du das?«

Er runzelte nachdenklich die Stirn, während sie dahinglitten. »Erzähl mal«, sagte er schließlich, »wie hast du von diesen parallelen Welten erfahren? Warum bist du so sicher, daß das hier deine ist?«

Sie lächelte ihn an. »Das habe ich selbst herausgefunden«, sagte sie. »Ich habe Logik studiert, Philosophie und Geschichte – und da war immer etwas, was mich verblüffte. Warum gab es so viele entscheidende Veränderungen im Schicksal der Menschen und Völker, die anscheinend durch die Vorsehung bestimmt waren und genau im richtigen Moment stattfanden? Warum mußte meine Welt offenbar tatsächlich genau so sein, wie sie war, so daß im Lauf der Zeit immer wieder merkwürdige Dinge geschahen, die sie so vollkommen machten?

Ich hatte von der ›Das-ist-die-beste-aller-möglichen-Welten‹-Theorie gehört, aber das, was ich darüber las, ergab keinen Sinn. Ich beschäftigte mich mit den Religionen der Menschheit und wissenschaftlichen Betrachtungen über die Existenz eines Schöpfers – aber irgend etwas fehlte, irgend etwas, das man entweder nicht erklären konnte oder das einfach übersehen wurde.«

Larry nickte. »Nun, wirklich. Das ist einfach; wenn das die beste aller möglichen Welten ist, warum gibt es dann so viel Leiden – unnötiges Leiden; falls es einen gütigen und allmächtigen Schöpfer gibt, wie so viele Millionen geglaubt haben, glauben und zweifellos auch in Zukunft glauben werden, wie soll man dann die Existenz des Bösen erklären?« Er grinste sie an. »Und du hast die Antwort auf das alles gefunden, hä – sie einfach hergezaubert wie einen Martini?«

Allison rümpfte die Nase. »So brauchst du das nicht zu formulieren . . . Nun, es *ist* einfach, und ich bin nicht die einzige, die das herausgefunden hat, obwohl es auf der Hand liegt, daß ich die einzige in *dieser* Welt bin . . .«

»Okay«, unterbrach Larry, »ich werde meine Einwände

zurückstellen, bis du mir gesagt hast, wie du vorgegangen bist.«

»Danke, Liebling«, sagte sie. »Siehst du, du verstehst *doch* – selbst wenn du nicht gleich auf Anhieb mit mir übereinstimmst . . . Nun, das würde schnell ermüdend werden, dessen bin ich sicher. Es macht viel mehr Spaß, wenn ich mich anstrengen muß, um dich zu überzeugen . . . Oh, werd nicht ungeduldig, ich komme gleich zur Sache.«

»Danke«, sagte er.

»Es ist ganz einfach, wie der Trick mit den Eiern, wenn man erst mal die Methode kennt. Der Grund, warum *sowohl* die Theorie vom gütigen Schöpfer *als auch* die von der besten aller möglichen Welten uns nicht weiterbringen, liegt darin, daß wir von einer ungerechtfertigten Annahme ausgehen – nämlich davon, daß das hier die *einzige* Welt ist. Aber stell dir vor, wir versuchen einen anderen Ansatz: Nimm einen Schöpfer mit unendlicher Macht an; selbstverständlich wäre solch ein Wesen in der Lage, unendlich viele Welten zu erschaffen . . . oder zumindest eine so große Anzahl von Welten, daß sie uns als unendlich erschiene.

Wenn du *das* annimmst, dann ergibt alles andere einen Sinn. Der Schöpfer setzte Kräfte in Gang; Er schuf für jeden lebenden Menschen eine eigene Welt; jede davon existiert nur für diesen einen Menschen. Er ist Künstler, doch Er geht sparsam mit seinen Mitteln um, so daß sich überall in diesen Welten Themen, Ereignisse und Motive häufig wiederholen.«

»Oh«, erwiderte Larry sanft, »jetzt beginne ich zu begreifen, worauf du hinauswillst. In einigen Welten hat Napoleon die Schlacht von Waterloo gewonnen – obwohl nur in seiner eigenen Welt *alles* für ihn gut ausging; in dieser hier mußte er verlieren . . .«

»Ich bin nicht sicher, ob Napoleon in meiner Welt jemals existierte«, sagte Allison nachdenklich. »Ich glaube, er ist nur ein Name in den Geschichtsbüchern, auch wenn so ein Mensch in anderen Welten existiert hat. In meiner Welt wurde Hitler besiegt; Roosevelt starb – ich wäre traurig darüber, nur daß ich ihn nicht kannte, und außerdem war er sowieso nicht sehr echt; sie waren beide nur Bilder, die aus den Welten anderer Menschen herübergebracht wurden . . .«

»Schön«, sagte er. »Und alles ist für dich gut ausgegangen, dein ganzes Leben lang, hä? Du warst nie richtig krank, verletzt oder hungrig . . .«

»So ungefähr«, stimmte sie zu. »Ich habe ein paar Verletzungen und Enttäuschungen erlebt, aber nichts wirklich . . . nun, wirklich Lähmendes. Und sie alle haben entscheidend dazu beigetragen, daß ich etwas bekam, was ich wirklich wollte, oder daß ich etwas Wichtiges verstand. Du siehst, Larry, die Logik ist perfekt; ich habe das alles aus Tatsachen abgeleitet. Es gibt keine andere Antwort, die einer Prüfung standhält.«

Larry lächelte. »Was spielt es für eine Rolle, was ich denke? Du wirst deine Meinung nicht ändern.«

Larry betrachtete das Gebäude angewidert und voller Abscheu. »Das soll ein Haus sein?« murmelte er schließlich.

Allisons Augen tanzten vor Glück, während sie zu dem großen Wohnhaus aufblickte. »Was, Liebling? Was hast du gesagt?«

Das Haus war riesig – und supermodern, wie der Albtraum eines Konditors. Gewaltige Säulen ragten auf, verbunden durch schräg abfallende Tragbalken und Strebepfeiler. Die Zimmer waren übereinandergestapelt wie Schuhkartons, jedes in einem anderen Winkel. Das ganze Gebäude war mit einer Art glänzender Metallschindeln in einem gräßlichen Buttergelb verkleidet. Es glänzte und funkelte in der Morgensonne.

»Was ist – das da?« Larry deutete auf ein paar einsame Pflanzen, die sich an den unregelmäßigen Seiten des Hauses emporrankten. »Sollen die dort sein?«

Allison blinzelte und runzelte leicht die Stirn. »Was hast

du gesagt, Liebling? Meinst du die Bougainvillea? Das ist eine sehr exotische Pflanze. Sie kommt vom Südpazifik.«

»Wozu ist sie gut? Um das Haus zusammenzuhalten?«

Allisons Lächeln verschwand. Sie zog eine Augenbraue hoch. »Liebling, fühlst du dich nicht wohl? Ist irgend etwas nicht in Ordnung?«

Larry ging zurück zum Wagen. »Laß uns zurückfahren in die Stadt. Ich kriege Hunger aufs Mittagessen.«

»Na schön«, sagte Allison und sah ihn seltsam an. »Na schön, fahren wir zurück.«

An diesem Abend nach dem Essen schien Larry verstimmt und unansprechbar. »Laß uns ins Wind-up gehen«, sagte er plötzlich. »Ich möchte zur Abwechslung gerne mal wieder was Vertrautes sehen.«

»Was willst du damit sagen?«

Larry nickte zu dem teuren Restaurant hinüber, das sie gerade verlassen hatten. »All diese extravaganten Lampen. Und kleine, uniformierte Leute, die in dein Ohr flüstern. Auf französisch.«

»Wenn du etwas bestellen willst, solltest du ein wenig Französisch können«, stellte Allison fest. Ihr Gesicht verzog sich zu einem ärgerlichen Schmollen. »Larry, ich fange an, mich über dich zu wundern. Wie du dich dort draußen bei dem Haus verhalten hast. Die merkwürdigen Sachen, die du gesagt hast.«

Larry zuckte die Achseln. »Sein Anblick hat mich vorübergehend in den Wahnsinn getrieben.«

»Nun, ich hoffe wirklich, du erholst dich.«

»Ich erhole mich von Minute zu Minute.«

Sie erreichten das Wind-up. Allison ging hinein. Larry blieb einen Augenblick stehen und zündete sich eine Zigarette an. Das gute alte Wind-up; er fühlte sich schon besser, während er nur davorstand. Warm, dunkel, laut, die Klänge der schrägen Dixieland-Combo im Hintergrund –

Seine Lebensgeister kehrten zurück. Die Ruhe und Eintracht einer guten, heruntergekommenen Bar. Er seufzte und stieß die Tür auf.

Und blieb sprachlos stehen.

Das Wind-up hatte sich verändert. Es war hell erleuchtet. An Stelle von Max, dem Kellner, hasteten Kellnerinnen in sauberen weißen Uniformen geschäftig umher. Das Lokal war voller gutgekleideter Frauen, die an ihren Cocktails nippten und plauderten. Und im Hintergrund spielte ein falsches Zigeunerorchester mit einem langhaarigen Grobian in nachgemachter Tracht, der eine Geige quälte.

Allison drehte sich um. »Komm mit!« stieß sie ungeduldig hervor. »Du erregst Aufsehen, wenn du dort in der Tür stehenbleibst.«

Larry starrte lange auf das falsche Zigeunerorchester, die geschäftigen Kellnerinnen, die plaudernden Damen, die eingelassenen Neonlampen. Eine schleichende Lähmung befiel ihn. Er sackte zusammen.

»Was ist los?« Gereizt packte ihn Allison am Arm. »Was ist los mit dir?«

»Was – was ist passiert?« Kraftlos deutete Larry auf die Einrichtung. »Hat hier 'ne Bombe eingeschlagen?«

»Oh, das. Ich hab vergessen, es dir zu sagen. Ich habe mit Mr. O'Mallery darüber gesprochen. Kurz bevor ich dich gestern abend kennenlernte.«

»Mr. O'Mallery?«

»Ihm gehört dieses Gebäude. Er ist ein alter Freund von mir. Ich machte ihn darauf aufmerksam, wie – wie *schmutzig* und wenig anziehend sein kleines Lokal geworden war. Ich machte ihn darauf aufmerksam, was ein paar Verbesserungen bewirken würden.«

Larry drängte sich nach draußen auf den Bürgersteig. Er trat seine Zigarette mit dem Absatz aus und schob die Hände in die Taschen.

Allison eilte mit vor Empörung geröteten Wangen hinter ihm her. »Larry! Wo gehst du hin?«

»Gute Nacht.«

»Gute Nacht?« Sie starrte ihn verwundert an. »Was willst du damit sagen?«

»Ich gehe.«

»Wohin gehst du?«

»Aus. Nach Hause. In den Park. Irgendwohin.« Larry ging los, den Bürgersteig entlang, vornübergebeugt, die Hände in den Taschen.

Allison holte ihn ein und versperrte ihm wütend den Weg. »Hast du den Verstand verloren? Weißt du, was du da sagst?«

»Sicher. Ich verlasse dich; wir trennen uns. Nun, es war schön. Bis demnächst.«

Die beiden Flecken auf Allisons Wangen brannten wie zwei glühende Kohlen. »Einen Augenblick, Mr. Brewster. Ich glaube, Sie haben etwas vergessen.« Ihre Stimme klang hart und spröde.

»Etwas vergessen? Zum Beispiel?«

»Du *kannst* nicht gehen; du kannst mich nicht sitzenlassen.«

Larry zog eine Augenbraue hoch. »Kann ich nicht?«

»Ich glaube, du solltest es dir noch mal überlegen, solange du noch Zeit dazu hast.«

»Ich kann dir nicht folgen.« Larry gähnte. »Ich glaube, ich geh nach Hause in meine Dreizimmerwohnung und leg mich ins Bett. Ich bin müde.« Er wollte an ihr vorbeigehen.

»Hast du vergessen?« stieß Allison hervor. »Hast du vergessen, daß du nicht *ganz echt* bist? Daß du nur als ein Teil meiner Welt existierst?«

»Lieber Himmel! Willst du schon wieder *damit* anfangen?«

»Denk lieber darüber nach, bevor du fortgehst. Du existierst zu meinem Nutzen, Mr. Brewster. Das ist *meine* Welt; vergiß das nicht. Vielleicht sind die Dinge in deiner eigenen Welt anders, aber das ist *meine* Welt. Und in meiner Welt tun die Dinge, was *ich* sage.«

»Bis dann«, sagte Larry Brewster.

»Du willst – du willst noch immer gehen?«

Langsam schüttelte Larry Brewster den Kopf. »Nein«, sagte er. »Nein, um ehrlich zu sein, ich gehe nicht; ich hab's mir anders überlegt. Du machst zu viele Schwierigkeiten. *Du gehst.*«

Und während er sprach, senkte sich sachte eine Kugel aus strahlendem Licht über Allison Holmes und hüllte sie in eine gleißende Aura der Erhabenheit. Die Lichtkugel stieg nach oben, trug Miss Holmes hinauf in die Luft und hob sie mühelos über die Häuser hinaus in den Abendhimmel.

Larry Brewster sah ruhig zu, während die Lichtkugel Miss Holmes davontrug. Er war nicht überrascht, zu sehen, wie sie allmählich verblaßte und verschwamm – bis plötzlich nichts mehr da war.

Nichts außer einem schwachen Schimmer am Himmel. Allison Holmes war verschwunden.

Larry Brewster stand lange da, tief in Gedanken versunken, und rieb sich nachdenklich das Kinn. Er würde Allison vermissen. Irgendwie hatte er sie gemocht; eine Zeitlang hatte es Spaß gemacht. Nun, jetzt war sie fort. In dieser Welt war Allison Holmes nicht ganz echt gewesen. Was er gekannt hatte, was er »Allison Holmes« genannt hatte, war nicht mehr als eine teilweise Erscheinung von ihr.

Dann hielt er inne und erinnerte sich: Als die strahlende Lichtkugel sie davontrug, hatte er einen flüchtigen Blick erhascht – einen flüchtigen Blick an ihr vorbei in eine andere Welt, eine, die offensichtlich *ihre* Welt war, ihre echte Welt, die Welt, die sie wollte. Die Gebäude sahen beunruhigend vertraut aus; er konnte sich noch an das Haus erinnern ...

Dann – war Allison also doch echt gewesen, sie hatte in Larrys Welt existiert, bis ihre Zeit kam und sie in ihre Welt befördert wurde. Würde sie dort einen anderen Larry

Brewster finden – einen, der mit ihr übereinstimmte? Er schauderte bei dem Gedanken.

Eigentlich war diese ganze Erfahrung ein bißchen zermürbend gewesen.

»Ich frage mich, warum«, murmelte er leise. Er dachte zurück an andere unerfreuliche Begebenheiten und erinnerte sich, wie diese ihm im nachhinein größere Befriedigungen ermöglicht hatten – einen Erfahrungsreichtum, den er ohne sie nicht zu würdigen gewußt hätte. »Ach ja«, seufzte er, »es ist alles zum Besten.«

Die Hände in den Taschen, machte er sich langsam auf den Heimweg und blickte hin und wieder zum Himmel auf, als wollte er sich vergewissern . . .

Ein Raubzug auf der Oberfläche

Harl verließ die dritte Ebene und nahm einen Untergrundwagen nach Norden. Der Untergrundwagen trug ihn schnell durch eine der großen Verbindungsblasen hinunter zur fünften Ebene. Harl erhaschte flüchtig einen aufregenden Blick auf Menschen und Verkaufsstände, auf ein wirres Durcheinander von mittperiodischer Betriebsamkeit und zielloser Verwirrung.

Dann lag die Blase hinter ihm, und er näherte sich seinem Ziel, der gewaltigen fünften Ebene, dem Industriegebiet, das sich unter den anderen Ebenen ausbreitete wie ein riesiger rußbedeckter Krake aus einem Albtraum.

Der schimmernde Untergrundwagen spuckte ihn aus, fuhr weiter und verschwand im Tunnel. Harl sprang behende auf den Ankunftsstreifen und kam, noch immer aufrecht stehend und geschickt hin und her schwankend, zum Stillstand.

Ein paar Minuten später erreichte er den Eingang zum Büro seines Vaters. Harl hob die Hand, und die codierte Tür glitt zurück. Er trat ein, sein Herz schlug laut vor Aufregung. Jetzt war es soweit.

Edward Boynton war in der Planungsabteilung und überprüfte gerade den Entwurf für einen neuen Automatikbohrer, als ihm mitgeteilt wurde, daß sein Sohn im Hauptbüro eingetroffen sei.

»Ich bin gleich wieder da«, sagte Boynton und ging an seinen leitenden Mitarbeitern vorbei die Rampe hinauf ins Büro.

»Hallo, Dad«, rief Harl und straffte die Schultern. Vater und Sohn begrüßten sich mit Handschlag. Dann setzte sich Harl langsam. »Wie läuft's denn so?« fragte er. »Ich nehme an, du hast mich erwartet.«

Edward Boynton setzte sich hinter seinen Schreibtisch. »Was willst du hier?« fragte er. »Du weißt, ich bin sehr beschäftigt.«

Harl lächelte seinen Vater dünn an. Edward Boynton in seiner braunen Industrieplaneruniform, ein kräftiger Mann mit breiten Schultern und dichtem blondem Haar, überragte seinen halbwüchsigen Sohn. Seine blauen Augen waren kalt und hart, als er den ruhigen Blick des jungen Mannes erwiderte.

»Ich habe zufällig gewisse Informationen erhalten.« Unbehaglich blickte Harl sich im Zimmer um. »Dein Büro wird doch nicht abgehört, oder?«

»Natürlich nicht«, versicherte ihm der ältere Boynton.

»Keine Bildschirme oder fremden Ohren?« Harl entspannte sich ein wenig. »Ich habe erfahren, daß du mit ein paar anderen aus deiner Abteilung bald eine Fahrt zur Oberfläche unternehmen wirst.« Eifrig beugte Harl sich zu seinem Vater vor. »Rauf zur Oberfläche – zu einem Raubzug, um Saps zu erbeuten.«

Ed Boyntons Gesicht verfinsterte sich. »Wo hast du das gehört?« Er blickte seinen Sohn prüfend an. »Hat irgend jemand in dieser Abteilung –?«

»Nein«, sagte Harl schnell. »Niemand hat mich benachrichtigt. Ich habe die Information selbst aufgeschnappt, im Zusammenhang mit meiner Tätigkeit in der Ausbildung.«

Ed Boynton begriff langsam. »Ich verstehe. Du hast mit dem Abhören der Frequenzbereiche herumexperimentiert und dabei die Vertrauensbereiche angezapft. Wie sie euch das in der Nachrichtentechnik beibringen.«

»Richtig. Zufällig habe ich eine Unterhaltung zwischen dir und Robin Turner aufgeschnappt, in der es um den Raubzug ging.«

Die Atmosphäre im Zimmer wurde lockerer und freundlicher. Ed Boynton entspannte sich und lehnte sich in seinem Stuhl zurück. »Erzähl weiter«, sagte er.

»Es war der pure Zufall. Ich hatte zehn oder zwölf Frequenzbereiche angezapft, jeden nur für einen Augenblick. Ich benutzte die Ausrüstung der Jugend-Liga. Ganz plötzlich erkannte ich deine Stimme. Deshalb blieb ich drin und kriegte das ganze Gespräch mit.«

»Dann hast du das meiste ja gehört.«

Harl nickte. »Wann genau fahrt ihr rauf, Dad? Hast du einen genauen Termin festgelegt?«

Ed Boynton runzelte die Stirn. »Nein«, sagte er, »noch nicht. Doch es wird irgendwann in dieser Woche sein. Es ist fast alles vorbereitet.«

»Wie viele kommen mit?« fragte Harl.

»Wir nehmen ein Mutterschiff und ungefähr dreißig Eier mit hinauf. Alle aus dieser Abteilung.«

»Dreißig Eier? Sechzig oder siebzig Männer?«

»Richtig.« Ed Boynton blickte seinen Sohn fest an. »Es wird kein großer Raubzug. Nicht zu vergleichen mit einigen der Raubzüge des Direktoriums in den letzten Jahren.«

»Aber für eine einzelne Abteilung ziemlich groß.«

Ed Boyntons Augen flackerten. »Sei vorsichtig, Harl. Wenn dieses lose Geschwätz nach außen dringt –«

»Ich weiß. Ich hab den Recorder ausgeschaltet, sobald ich die Bedeutung eures Gespräches begriff. Ich weiß, was passieren würde, wenn das Direktorium herausfände, daß eine Abteilung ohne Genehmigung einen Raubzug unternimmt – für ihre eigenen Fabriken.«

»Weißt du das wirklich? Da bin ich nicht ganz sicher.«

»Ein Mutterschiff und dreißig Eier«, rief Harl und ignorierte die Bemerkung. »Werdet ihr ungefähr vierzig Stunden an der Oberfläche bleiben?«

»Ungefähr. Kommt drauf an, wie's läuft.«

»Wie viele Saps wollt ihr fangen?«

»Wir brauchen mindestens zwei Dutzend«, erwiderte der ältere Boynton.

»Männchen?«

»Überwiegend. Ein paar Weibchen, aber in erster Linie Männchen.«

»Für die Werksanlagen der Grundstoffindustrie, nehme ich an.« Harl richtete sich in seinem Sessel auf. »Also schön. Jetzt, nachdem ich mehr über den Raubzug an sich weiß, können wir zur Sache kommen.«

Er blickte seinem Vater fest in die Augen.

»Zur Sache?« Boynton sah ihn scharf an. »Was genau willst du damit sagen?«

»Den eigentlichen Grund, warum ich hier runtergekommen bin.« Harl beugte sich über den Schreibtisch zu seinem Vater hinüber, seine Stimme klang gepreßt und angespannt. »Ich komme mit euch auf den Raubzug. Ich will mitkommen – um ein paar Saps für mich zu fangen.«

Einen Augenblick herrschte erstauntes Schweigen. Dann lachte Ed Boynton. »Wovon redest du? Was weißt denn *du* über Saps?«

Die Innentür glitt zurück, und Robin Turner trat rasch ins Büro. Er gesellte sich zu Ed Boynton hinter den Schreibtisch.

»Er kann nicht mitkommen«, sagte Turner entschieden. »Das würde die Risiken verzehnfachen.«

Harl blickte auf. »Also doch fremde Ohren.«

»Natürlich. Turner hört immer mit.« Ed Boynton nickte und betrachtete seinen Sohn nachdenklich. »Warum willst du mitkommen?«

»Das ist meine Sache«, sagte Harl mit zusammengepreßten Lippen.

Turner schnarrte: »Emotionale Unreife. Irrationale jugendliche Sehnsucht nach Abenteuer und Aufregung. Es gibt noch immer einige wie ihn, die sich nicht ganz von dem alten Gehirn freimachen können. Nach zweihundert Jahren sollte man glauben –«

»Ist es das?« fragte Boynton. »Ein pubertäres Verlangen, raufzufahren und die Oberfläche zu sehen?«

»Vielleicht«, gab Harl leicht errötend zu.

»Du kannst nicht mitkommen«, sagte Ed Boynton mit Nachdruck. »Das ist viel zu gefährlich. Wir gehen nicht aus romantischer Abenteuerlust dort rauf. Das ist Arbeit – eine grausame, harte und aufreibende Arbeit. Die Saps sind wachsam geworden. Es wird immer schwerer, eine ganze Fuhre zurückzubringen. Wir können keines unserer Eier entbehren, egal, für welche romantische Torheit –«

»Ich weiß, daß es schwer geworden ist«, unterbrach Harl. »Du mußt mich nicht überzeugen, daß es fast unmöglich ist, eine ganze Fuhre zusammenzutreiben.« Harl blickte seinen Vater und Turner herausfordernd an. Er wählte seine Worte sorgfältig. »Und ich weiß, daß das der Grund ist, warum das Direktorium private Raubzüge als Hochverrat betrachtet.«

Stille.

Schließlich seufzte Ed Boynton, in seinem Blick lag widerwillige Bewunderung. Langsam musterte er seinen Sohn von oben bis unten. »Okay, Harl«, sagte er, »du hast gewonnen.«

Turner sagte nichts. Seine Gesichtszüge waren hart.

Harl stand schnell auf. »Dann ist alles geklärt. Ich werde in meine Unterkunft zurückkehren und mich vorbereiten. Benachrichtigt mich, sobald ihr zum Aufbruch bereit seid. Ich stoße dann bei der Startplattform auf der ersten Ebene zu euch.«

Der ältere Boynton schüttelte den Kopf. »Wir starten nicht von der ersten Ebene. Das wäre zu riskant.« Seine Stimme klang bedrückt. »Dort streifen zu viele Wachposten des Direktoriums herum. Wir müssen uns hier auf der fünften Ebene einschiffen, in einem der Lagerhäuser.«

»Wo soll ich euch dann treffen?«

Ed Boynton erhob sich langsam. »Wir werden dich benachrichtigen, Harl. Es geht bald los, das verspreche ich dir. Es dauert höchstens noch ein paar Perioden. Halte dich in deiner Ausbildungsunterkunft bereit.«

»Die Oberfläche ist vollständig strahlungsfrei, nicht wahr?« fragte Harl. »Gibt es dort keine radioaktiven Gebiete mehr?«

»Sie ist seit fünfzig Jahren strahlungsfrei«, versicherte ihm sein Vater.

»Dann muß ich mich nicht um einen Strahlenschutz kümmern«, sagte Harl. »Eine Sache noch, Dad. Welche Sprache werden wir benutzen? Können wir unser normales –«

Ed Boynton schüttelte den Kopf. »Nein. Die Saps haben nie gelernt, eines der rationalen semantischen Systeme zu beherrschen. Wir müssen zu den alten, traditionellen Formen zurückkehren.«

Harl machte ein langes Gesicht. »Ich kann keine der traditionellen Formen. Sie werden nicht mehr gelehrt.«

Ed Boynton zuckte die Achseln. »Das macht nichts.«

»Was ist mit ihrer Verteidigung? Was für Waffen soll ich mitnehmen? Reichen Tarnschirm und Sprengschußgewehr?«

»Lebenswichtig ist nur der Tarnschirm«, sagte der ältere Boynton. »Wenn die Saps uns sehen, fliehen sie in alle Richtungen. Ein Blick auf uns genügt, und weg sind sie.«

»Gut«, sagte Harl. »Ich werde meinen Tarnschirm überprüfen lassen.« Er ging auf die Tür zu. »Ich fahre wieder rauf zur dritten Ebene. Ich warte auf euer Zeichen. Ich halte meine Ausrüstung bereit.«

»In Ordnung«, sagte Ed Boynton.

Die beiden Männer sahen zu, wie die Tür hinter dem jungen Mann zuglitt.

»Wirklich ein feiner Junge«, murmelte Turner.

»Endlich wird was aus ihm«, murmelte Ed Boynton. »Er wird es weit bringen.« Nachdenklich rieb er sich das Kinn. »Aber ich frage mich, wie er sich während des Raubzuges an der Oberfläche verhalten wird.«

Eine Stunde nachdem er das Büro seines Vaters verlassen hatte, traf sich Harl auf der dritten Ebene mit seinem Gruppenleiter.

»Dann ist also alles geklärt?« fragte Fashold und blickte von seinen Berichtsbändern auf.

»Alles geklärt. Sie benachrichtigen mich, sobald das Schiff startbereit ist.«

»Übrigens.« Fashold legte die Bänder beiseite und schob den Scanner zurück. »Ich habe etwas über die Saps in Erfahrung gebracht. Als JL-Leiter habe ich Zugang zu den Akten des Direktoriums. Ich habe etwas in Erfahrung gebracht, was praktisch sonst niemand weiß.«

»Was denn?« fragte Harl.

»Harl, die Saps sind mit uns verwandt. Sie sind eine andere Spezies, aber sie sind sehr nah mit uns verwandt.«

»Erzähl weiter«, drängte Harl.

»Früher gab es nur die eine Spezies – die Saps. Die vollständige Bezeichnung für sie ist *homo sapiens*. Wir stammen von ihnen ab, entwickelten uns aus ihnen. Wir sind biogenetische Mutanten. Die Veränderung fand während des Dritten Weltkrieges statt, vor zweihundertfünfzig Jahren. Bis zu dieser Zeit hatte es noch keine *Technos* gegeben.«

»Technos?«

Fashold lächelte. »So nannten sie uns anfangs. Als sie uns nur für eine eigenständige Klasse hielten und nicht für eine andere Rasse. *Technos.* Das war ihr Name für *uns*. So nannten sie uns immer.«

»Aber warum? Das ist ein merkwürdiger Name. Warum *Technos*, Fashold?«

»Weil die ersten Mutanten in den Technokratenklassen auftauchten und sich allmählich über alle anderen gebildeten Klassen ausbreiteten. Sie tauchten unter Wissenschaftlern, Gelehrten, Forschern und Fachteams auf, in all den verschiedenen spezialisierten Klassen.«

»Und die Saps haben nicht bemerkt –«

»Sie hielten uns nur für eine andere Klasse, wie ich dir gerade erzählt habe. Das war während des Dritten Weltkrieges und danach. Erst während des Letzten Krieges zeigte sich, daß wir spürbar und grundlegend anders sind. Es wurde offenbar, daß wir nicht einfach ein weiterer spezialisierter Ableger des *homo sapiens* sind. Nicht einfach eine andere Klasse von Menschen, gebildeter als der Rest, mit größeren intellektuellen Fähigkeiten.«

Fashold blickte in die Ferne. »Während des Letzten Krieges zeigten wir uns und gaben uns als das zu erkennen, was wir wirklich sind – eine überlegene Spezies, die den *homo sapiens* verdrängte, genau wie der *homo sapiens* den Neandertaler einst verdrängt hatte.«

Harl dachte über das nach, was Fashold gesagt hatte. »Ich wußte nicht, daß wir so nah mit ihnen verwandt sind. Ich hatte keine Ahnung, daß es uns erst seit so kurzer Zeit gibt.«

Fashold nickte. »Das war erst vor zweihundert Jahren, während des Krieges, der die Oberfläche des Planeten verwüstete. Die meisten von uns arbeiteten unten in den großen Laboratorien und Fabriken unterhalb der verschiedenen Gebirgszüge – unter dem Ural, den Alpen und den Rockies. Wir waren tief unter der Erde, unter kilometerdikken Schichten von Felsen, Erde und Lehm. Und auf der Oberfläche schlug sich der *homo sapiens* mit den Waffen, die wir konstruiert hatten.«

»Jetzt verstehe ich langsam. Wir konstruierten die Waffen, damit sie Krieg führen konnten. Sie benutzten unsere Waffen, ohne zu bemerken –«

»Wir konstruierten sie, und die Saps benutzten sie, um sich selbst zu vernichten«, warf Fashold ein. »Das war eine Feuerprobe der Naturkräfte, die Ausmerzung der einen Spezies und das Auftauchen der anderen. Wir gaben ihnen die Waffen, und sie vernichteten sich selbst. Als der Krieg vorbei war, war die Oberfläche geschmolzen, es gab nur noch Asche, Hydroglas und radioaktive Wolken.

Wir schickten unsere Kundschafterkommandos aus den unterirdischen Labors hinauf und fanden nur noch eine schweigende, unfruchtbare Einöde. Es war vollbracht. Sie waren verschwunden, ausradiert. Und wir waren gekommen, um ihren Platz einzunehmen.«

»Sie können nicht alle ausradiert worden sein«, gab Harl zu bedenken. »Es gibt noch immer eine ganze Menge von ihnen dort oben auf der Oberfläche.«

»Stimmt«, räumte Fashold ein. »Einige überlebten. Verstreute, kümmerliche Restgruppen hier und dort. Allmählich, als die Radioaktivität an der Oberfläche abgeklungen war, begannen sie, sich neu zu formieren, sich zusammenzutun, kleine Dörfer und Hütten zu bauen. Ja, sogar etwas Land freizuräumen – etwas anzupflanzen und zu züchten. Doch sie sind noch immer kümmerliche Restgruppen einer sterbenden Rasse, die jetzt fast untergegangen ist, genau wie der Neandertaler.«

»Also gibt es jetzt nichts als heimatlose Männchen und Weibchen.«

»Hier und dort findet man Dörfer – wo immer es ihnen gelungen ist, die Oberfläche freizuräumen. Doch sie sind in völlige Barbarei zurückgefallen und leben wie Tiere, tragen Häute und jagen mit Steinen und Speeren. Ihre Restgruppen ähneln Tierherden, die keinerlei organisierten Widerstand leisten, wenn wir für unsere Fabriken einen Raubzug in einige ihrer Dörfer dort oben unternehmen.«

»Dann haben wir –« Plötzlich unterbrach sich Harl, als eine leise Klingel ertönte. Erschrocken und voller Vorahnungen drehte er sich um und schaltete das Videofon ein.

Auf dem Bildschirm erschien das Gesicht seines Vaters, hart und streng. »Okay, Harl«, sagte er. »Wir sind bereit.«

»So schnell? Aber –«

»Wir haben den Zeitpunkt vorverlegt. Komm runter in mein Büro.« Das Bild auf dem Videoschirm verblaßte und verschwand.

Harl rührte sich nicht.

»Sie müssen beunruhigt sein«, sagte Fashold grinsend. »Sie hatten offensichtlich Angst, du könntest die Information weitergeben.«

»Ich bin bereit«, sagte Harl. Er nahm sein Sprengschußgewehr vom Tisch. »Wie sehe ich aus?«

In seiner silbernen Fernmeldeuniform sah Harl blendend aus, beeindruckend. Er hatte schwere Armeestiefel und Handschuhe angezogen. Mit einer Hand packte er sein Sprengschußgewehr. Um die Hüfte trug er den Kontrollgürtel für seinen Tarnschirm.

»Was ist das?« fragte Fashold, als Harl eine schwarze Schutzbrille über die Augen zog.

»Das? Oh, das ist gegen die Sonne.«

»Natürlich – die Sonne. Hab ich vergessen.«

Geschickt balancierte Harl sein Gewehr. »Die Sonne würde mich blind machen. Die Brille schützt meine Augen. Mit Tarnschirm und Gewehr und mit dieser Schutzbrille bin ich dort oben sicher.«

»Das hoffe ich.« Fashold grinste noch immer und schlug ihm auf den Rücken, als er zur Tür ging. »Bring 'ne Menge Saps mit zurück. Mach deine Sache gut – und vergiß nicht, daß ein Weibchen dabeisein soll!«

Das Mutterschiff bewegte sich langsam aus dem Lagerhaus hinaus auf die Hebeplattform, eine rundliche schwarze Träne, die aus dem Speicher auftauchte. Die Verriegelungen der Pforten glitten zurück, Rampen wurden hochgezogen und schnappten in die Verriegelungen ein. Sofort waren Vorräte und Ausrüstungsgegenstände auf ihrem Weg nach oben und wurden in den Schiffsbauch hinaufbefördert.

»Fast fertig«, sagte Turner; sein Gesicht zuckte nervös, während er durch die Beobachtungsfenster auf die Laderampen draußen schaute. »Ich hoffe, es geht nichts schief. Falls das Direktorium davon erfährt –«

»Schluß jetzt mit den Sorgen!« befahl Ed Boynton. »Du hast dir den falschen Zeitpunkt ausgesucht, um deinen Thalamusimpulsen die Kontrolle zu überlassen.«

»Tut mir leid.« Turner preßte die Lippen aufeinander und trat von den Fenstern zurück. Die Hebeplattform war zum Aufstieg bereit.

»Wir wollen starten«, drängte Boynton. »Hast du Männer aus unserer Abteilung auf jeder Ebene?«

»In der Nähe der Plattform werden sich nur Mitglieder unserer Abteilung aufhalten«, erwiderte Turner.

»Wo ist der Rest der Crew?« fragte Boynton.

»Auf der ersten Ebene. Ich hab sie im Lauf des Tages raufgeschickt.«

»Sehr gut.« Boynton gab das Zeichen, und die Plattform unter dem Schiff begann, sich langsam zu heben und sie stetig zur darüberliegenden Ebene hinaufzubefördern.

Harl spähte durch die Beobachtungsfenster nach draußen und sah, wie die fünfte Ebene zurückfiel und die vierte Ebene, das weitläufige Handelszentrum des unterirdischen Systems, in Sicht kam.

»Wird nicht lange dauern«, sagte Ed Boynton, als die vierte Ebene vorbeiglitt. »So weit, so gut.«

»Wo werden wir am Ende auftauchen?« fragte Harl.

»In den letzten Phasen des Krieges waren unsere verschiedenen unterirdischen Bauten durch Tunnel miteinander verbunden. Dieses ursprüngliche Tunnelnetz bildete die Grundlage für unser heutiges System. Wir werden bei einem der ursprünglichen Eingänge auftauchen, der in dem Gebirgszug liegt, den man ›Die Alpen‹ nennt.«

»Die Alpen«, murmelte Harl.

»Ja, in Europa. Wir haben Landkarten von der Oberfläche, auf denen die Standorte der Sap-Dörfer in dieser Gegend eingezeichnet sind. Eine ganze Ansammlung von Dörfern liegt im Norden und Nordosten, dort, wo früher Dänemark und Deutschland waren. Dort haben wir noch keine Raubzüge unternommen. Es ist den Saps in dieser Gegend gelungen, die Schlacke von mehreren tausend Morgen Land wegzuräumen, und sie scheinen den größten Teil Europas allmählich wieder urbar zu machen.«

»Aber warum, Dad?« fragte Harl.

Ed Boynton zuckte die Achseln. »Ich weiß es nicht. Sie scheinen sich selbst kein organisiertes Ziel gesetzt zu haben. Eigentlich zeigen sie keinerlei Anzeichen dafür, aus ihrem Zustand der Barbarei herauszukommen. All ihre Traditionen sind verlorengegangen – Bücher und Aufzeichnungen, Erfindungen und Techniken. Wenn du mich fragst –« Plötzlich unterbrach er sich. »Hier kommt die dritte Ebene. Wir sind fast da.«

Das riesige Mutterschiff dröhnte langsam dahin und glitt über die Oberfläche des Planeten. Harl spähte hinaus; was er unter sich sah, war furchteinflößend.

Die Erdoberfläche war mit einer Kruste aus Schlacke überzogen, einer endlosen Schicht geschwärzter Steine. Die Erzablagerungen erstreckten sich über die ganze Fläche, nur hier und da von Hügeln unterbrochen, die jäh aufragten, von Asche bedeckt und unterhalb der Kuppen mit spärlichen Büschen bewachsen. Riesige Aschewände, die die Sonne verdunkelten, trieben über den Himmel, doch nichts Lebendiges regte sich. Die Oberfläche der Erde war tot und unfruchtbar, ohne jedes Anzeichen von Leben.

»Sieht hier alles so aus?« fragte Harl.

Ed Boynton schüttelte den Kopf. »Nicht alles. Die Saps haben einen Teil des Landes wieder urbar gemacht.« Er packte den Arm seines Sohnes und zeigte auf etwas. »Siehst du dort drüben? Dort oben haben sie ziemlich viel weggeräumt.«

»Wie räumen sie die Schlacke eigentlich weg?« fragte Harl.

»Sie ist hart«, antwortete sein Vater. »Durch die Wasserstoffbomben geschmolzen, wie Glaslava – Hydroglas. Sie zerhacken sie, Stückchen für Stückchen, Jahr um Jahr. Mit ihren Händen, mit Steinen und mit den Äxten, die aus dem Glas selbst hergestellt sind.«

»Warum entwickeln sie keine besseren Werkzeuge?«

Ed Boynton grinste schief. »Du kennst die Antwort darauf. *Wir* haben die meisten Werkzeuge für sie gemacht, ihre Werkzeuge, Waffen und Erfindungen, jahrhundertelang.«

»Wir sind da«, sagte Turner. »Wir landen.«

Das Schiff setzte auf und kam auf der Schlacke zum Stillstand. Einen Augenblick polterte der geschwärzte Stein unter ihnen. Dann war es still.

»Wir sind unten«, sagte Turner.

Ed Boynton jagte die Oberflächenkarte durch den Scanner und studierte sie eingehend. »Als erstes schicken wir zehn Eier raus. Wenn wir hier nicht viel Glück haben, fliegen wir mit dem Schiff weiter nach Norden. Aber es müßte eigentlich gutgehen. In dieser Gegend hat es noch keine Raubzüge gegeben.«

»Wie werden die Eier eingesetzt?« fragte Turner.

»Die Eier werden fächerförmig ausschwärmen, jedes Ei bekommt ein eigenes Gebiet. Unser Ei wird sich dort nach rechts rüber bewegen. Wenn wir Erfolg haben, kehren wir sofort zum Schiff zurück. Andernfalls bleiben wir draußen bis zum Einbruch der Nacht.«

»Einbruch der Nacht?« fragte Harl.

Ed Boynton lächelte. »Bis es dunkel wird. Bis diese Seite des Planeten sich von der Sonne wegdreht.«

»Gehen wir«, sagte Turner ungeduldig.

Die Verriegelungen der Pforten öffneten sich. Die ersten Eier flitzten hinaus auf die Schlacke, ihre Laufflächen gruben sich in die schlüpfrige Oberfläche. Nacheinander tauchten sie aus dem schwarzen Rumpf des Mutterschiffes auf, winzige Kugeln, deren Hecks sich zu Düsenstrahlrohren verjüngten und deren Nasen in stumpfen Steuertürmchen endeten. Sie brausten über die Schlacke davon und verschwanden.

»Jetzt sind wir dran«, sagte Ed Boynton.

Harl nickte und packte sein Sprengschußgewehr fester. Er zog seine Schutzbrille über die Augen, Turner und Boynton taten dasselbe. Sie bestiegen ihr Ei, Boynton setzte sich hinters Steuerpult.

Einen Augenblick später schossen sie aus dem Schiff hinaus auf die glatte Oberfläche des Planeten.

Harl spähte hinaus. Er konnte nichts sehen außer

Schlacke überall um sich herum. Schlacke und dahintreibende Aschewolken.

»Das ist furchtbar«, murmelte er. »Selbst mit der Schutzbrille verbrennt die Sonne meine Augen.«

»Dann sieh nicht hin«, sagte Ed Boynton. »Sieh in die andere Richtung.«

»Ich kann nicht anders. Es ist so – so merkwürdig.«

Ed Boynton brummte und beschleunigte das Ei. Weit vor ihnen kam etwas in Sicht. Er steuerte das Ei darauf zu.

»Was ist das?« fragte Turner besorgt.

»Bäume«, sagte Boynton beruhigend. »Bäume, die in einer Gruppe dort wachsen. Sie kennzeichnen das Ende der Schlacke. Danach kommt eine ganze Weile Asche, und dahinter liegen Felder, die die Saps bepflanzt haben.«

Boynton steuerte das Ei bis zum Rand des Schlackengebietes. Er schaltete die Düsen aus, blockierte die Laufflächen und brachte das Ei dort zum Stehen, wo die Schlacke endete und die Baumgruppe begann. Er, Harl und Turner stiegen vorsichtig aus, die Gewehre schußbereit.

Nichts regte sich. Um sie herum nur Stille und die endlose Oberfläche aus Schlacke. Zwischen den dahintreibenden Aschewolken war der Himmel von einem blassen Grünlichblau, einige Regenwolken trieben mit der Asche dahin. Die Luft roch gut. Sie war dünn und frisch, und die Sonne verbreitete eine angenehme Wärme.

»Schaltet eure Tarnschirme ein«, erinnerte Ed Boynton sie. Während er das sagte, drückte er auf den Schalter an seinem Gürtel, und sein eigener Tarnschirm summte und blitzte um ihn herum auf. Rasch verschwamm Boyntons Gestalt, flimmerte und verblaßte. Sie erlosch – und war verschwunden.

Schnell folgte Turner seinem Beispiel. »Okay«, kam seine Stimme aus einem schimmernden Oval rechts von Harl. »Du als nächster.«

Harl schaltete seinen Tarnschirm ein. Einen kurzen Augenblick lang umhüllte ihn ein merkwürdiges, kaltes Glühen von Kopf bis Fuß, ein Funkenregen umgab ihn. Dann verschwamm auch sein Körper und verschwand. Die Tarnschirme funktionierten einwandfrei.

In Harls Ohren erklang ein leises Klicken, das ihn an die Gegenwart der beiden anderen erinnerte. »Ich kann euch hören«, sagte Harl. »Eure Tarnschirme sind in meinen Kopfhörern.«

»Verlauf dich nicht«, warnte ihn Ed Boynton. »Bleib in unserer Nähe und achte auf das Klicken. Hier auf der Oberfläche ist es gefährlich, sich zu trennen.«

Harl ging vorsichtig weiter. Die beiden anderen befanden sich rechts von ihm, nur wenige Meter entfernt. Sie überquerten ein trockenes, gelbes Feld, das mit irgendeiner Pflanzensorte überwachsen war. Die Pflanzen hatten lange Halme, die unter den Füßen zerbrachen und knirschten. Hinter Harl verlief eine Spur abgebrochener Gewächse. Er konnte deutlich die entsprechenden Spuren sehen, die Turner und sein Vater hinterließen.

Doch jetzt mußte er sich von Turner und seinem Vater trennen. Vor Harl erhoben sich die Umrisse eines Sap-Dorfes; seine Hütten bestanden aus einer Art Pflanzenfasern, die in Haufen auf hölzernen Rahmen aufgeschichtet waren. Er konnte die schattenhaften Umrisse von Tieren sehen, die an den Hütten festgebunden waren. Bäume und Pflanzen umgaben das Dorf, und er konnte die geschäftigen Gestalten von Menschen unterscheiden und ihre Stimmen hören.

Menschen – Saps. Sein Herz schlug schnell. Mit etwas Glück könnte er vielleicht drei oder vier gefangennehmen und für die Jugend-Liga zurückbringen. Plötzlich fühlte er sich selbstsicher und furchtlos. Es würde bestimmt nicht schwer sein. Bepflanzte Felder, festgebundene Tiere, wakkelige Hütten, krumm und schief –

Während Harl weiterging, wurde der Gestank von Kot, der sich mit der Nachmittagshitze vermischte, fast unerträglich. Rufe und andere Geräusche fieberhafter menschlicher Betätigung trieben zu ihm hinüber. Der Boden war flach und trocken, von Gestrüpp und Pflanzen überwuchert. Er verließ das gelbe Feld und gelangte auf einen schmalen Fußweg, der mit dem Abfall der Menschen und mit Tierkot übersät war.

Und genau jenseits der Straße lag das Dorf.

Das Klicken in seinen Kopfhörern war schwächer geworden. Jetzt hatte es sich ganz verloren. Harl grinste vor sich hin. Er hatte sich von Turner und Boynton entfernt und stand nicht mehr in Kontakt mit ihnen. Sie hatten keine Ahnung, wo er war.

Er wandte sich nach links und ging vorsichtig um den Rand des Dorfes herum. Er kam an einer Hütte vorbei, dann an mehreren, die sich aneinanderdrängten. Um ihn herum wuchsen grüne Bäume und Pflanzen in großen Gruppen, und direkt vor ihm glitzerte ein schmaler Fluß mit schräg abfallenden, moosbedeckten Ufern.

Ein Dutzend Menschen wuschen sich am Rand des Flusses, die Kinder hüpften ins Wasser und krabbelten zurück ans Ufer.

Harl blieb stehen und starrte sie verwundert an. Ihre Haut war dunkel, fast schwarz. Es war ein glänzendes, kupferfarbenes Schwarz – ein kräftiger Bronzeton, der sich mit der Farbe des Schmutzes vermischte. *War* das Schmutz?

Plötzlich begriff er, daß die Badenden von der ununterbrochenen Sonneneinstrahlung schwarzgebrannt waren. Die Wasserstoffexplosionen hatten die Atmosphäre verdünnt und den größten Teil der feuchtigkeitsspendenden Wolkenschicht zerstört, und seit zweihundert Jahren hatte die Sonne erbarmungslos auf sie niedergebrannt – ganz im Gegensatz zu seiner eigenen Rasse. Unter der Erdoberfläche gab es kein ultraviolettes Licht, das die Haut verbrennen oder den Pigmentgehalt erhöhen konnte. Er und die anderen *Technos* hatten ihre Hautfarbe verloren. In ihrer unterirdischen Welt gab es keine Verwendung dafür.

Die Badenden hingegen waren unglaublich dunkel, von

einem kräftigen Rötlichschwarz. Und sie waren völlig unbekleidet. Sie hüpften und sprangen eifrig herum, planschten durch das Wasser und sonnten sich am Ufer.

Harl beobachtete sie eine Zeitlang. Kinder und drei oder vier hagere, ältere Weibchen. Würden sie genügen? Er schüttelte den Kopf und umging behutsam den Fluß.

Er kehrte zurück zu den Hütten, lief langsam und vorsichtig und blickte sich wachsam um, das Gewehr schußbereit.

Ein leichter Wind umwehte ihn und rauschte in den Bäumen zu seiner Rechten. Die Geräusche der badenden Kinder vermischten sich mit dem Kotgeruch, dem Wind und dem Wiegen der Bäume.

Harl ging vorsichtig weiter. Er war unsichtbar, doch er wußte, daß er jeden Augenblick durch seine Fußabdrücke oder die Geräusche, die er vielleicht verursachte, entdeckt werden konnte. Und wenn jemand in ihn hineinlief –

Verstohlen huschte er an einer Hütte vorbei und gelangte auf einen freien Platz, einen flachen Bereich festgestampfter Erde. Im Schatten der Hütte lag ein Hund und schlief, während Fliegen über seine mageren Flanken krochen. Eine alte Frau saß auf der Veranda der primitiven Behausung und kämmte sich ihr langes graues Haar mit einem Kamm aus Knochen.

Harl ging vorsichtig an ihr vorbei. In der Mitte des freien Platzes stand eine Gruppe junger Männer. Sie gestikulierten und unterhielten sich. Einige reinigten ihre Waffen, lange Speere und Messer von unvorstellbarer Primitivität. Auf dem Boden lag ein totes Tier, eine riesige Bestie mit langen, schimmernden Stoßzähnen und dicker Haut. Blut sickerte aus seinem Maul – dickes, dunkles Blut. Einer der jungen Männer drehte sich plötzlich um – und trat mit dem Fuß dagegen.

Harl ging zu den jungen Männern hinüber und blieb stehen. Sie hatten Kleidungsstücke aus Stoff an, lange Beinkleider und Hemden. Die Oberseite ihrer Füße war nackt, denn an Stelle von Schuhen trugen sie Sandalen aus locker geflochtenen Pflanzenfasern. Sie waren glattrasiert, doch ihre Haut schimmerte fast so schwarz wie Ebenholz. Ihre Ärmel waren aufgerollt und gaben pralle, glänzende Muskeln frei, die in der heißen Sonne von Schweiß trieften.

Harl konnte nicht verstehen, was sie sagten, doch er war sicher, daß sie eine der archaischen, traditionellen Sprachen benutzten.

Er ging weiter. Auf der anderen Seite des freien Platzes saß eine Gruppe alter Männer mit gekreuzten Beinen im Kreis und webte rauhen Stoff auf grobe Rahmen. Eine Zeitlang beobachtete Harl sie schweigend. Ihr Geplauder trieb laut zu ihm herauf. Jeder der alten Männer war aufmerksam über seinen Rahmen gebeugt, die Augen auf die Arbeit geheftet.

Jenseits der Reihe von Hütten pflügten einige jüngere Männer und Frauen ein Feld; sie zogen den Pflug mit Seilen, die fest um ihre Taillen und Schultern gebunden waren.

Fasziniert schlenderte Harl weiter. Jeder war mit irgend etwas beschäftigt – außer dem Hund, der unter der Hütte schlief. Die jungen Männer mit ihren Speeren, die alte Frau vor der Hütte mit Haarekämmen, die anderen mit Weben.

In einer Ecke brachte eine riesige Frau einem Kind etwas bei, anscheinend ein Additions- und Subtraktionsspiel, bei dem sie kleine Stöckchen an Stelle von Zahlen benutzte. Zwei Männer häuteten ein kleines Pelztier; vorsichtig zogen sie ihm das Fell ab.

Harl kam an einer Wand aus Häuten vorbei, die alle sorgfältig zum Trocknen aufgehängt waren. Der üble Gestank reizte seine Nase und brachte ihn beinahe zum Niesen. Er kam an einer Gruppe von Kindern vorbei, die in einem ausgehöhlten Stein Getreide stampften und zu Mehl zerstießen. Keines von ihnen blickte auf, als er vorüberging.

Manche Tiere waren zu einer Gruppe zusammengebunden. Manche lagen im Schatten, großes Vieh mit riesigen Eutern. Sie beobachteten ihn schweigend.

Harl erreichte den Rand des Dorfes und blieb stehen. Von diesem Punkt aus erstreckten sich menschenleere Felder. Jenseits der Felder lag ein etwa anderthalb Kilometer breiter Streifen von Bäumen und Büschen und jenseits davon kilometerweit Schlacke.

Er drehte sich um und ging zurück. Etwas abseits im Schatten saß ein junger Mann und war dabei, einen Block aus Hydroschlacke zu behauen und ihn mit groben Werkzeugen sorgfältig zu bearbeiten. Anscheinend stellte er eine Waffe her. Harl beobachtete ihn, beobachtete die endlosen, feierlichen Schläge, die wieder und wieder darauf niederfielen. Die Schlacke war hart. Es war eine langwierige, ermüdende Arbeit.

Er ging weiter. Eine Gruppe von Frauen reparierte zerbrochene Pfeile. Ihr Geplauder begleitete ihn eine Zeitlang, und er ertappte sich bei dem Wunsch, sie verstehen zu können. Alle waren beschäftigt und arbeiteten schnell. Dunkle, glänzende Arme hoben und senkten sich, plauderndes Stimmengemurmel trieb hin und her.

Leben und Treiben. Gelächter. Plötzlich hallte Kinderlachen durch das Dorf, ein paar Köpfe wandten sich um. Harl beugte sich hinunter und besah sich aus nächster Nähe den Kopf eines Mannes.

Ein kluges Gesicht hatte er. Sein verdrehtes, verknotetes Haar war kurz, seine Zähne waren gleichmäßig und weiß. An den Armen trug er Kupferreifen, die fast den gleichen kräftigen Bronzeton hatten wie seine Haut. Seine nackte Brust war mit Tätowierungen geschmückt, die mit leuchtendbunter Farbe unter die Haut gestochen worden waren.

Harl schlenderte den Weg zurück, den er gekommen war. Er kam an der alten Frau auf der Veranda vorbei und hielt wieder inne, um sie zu beobachten. Sie hatte aufgehört, ihr Haar zu kämmen. Jetzt frisierte sie ein Kind und flocht sein Haar geschickt zu einer kunstvollen Frisur. Fasziniert sah Harl ihr zu. Die Frisur war schwierig und kompliziert, und die Aufgabe erforderte viel Zeit. Die welken

Augen der alten Frau waren aufmerksam auf das Haar des Kindes und auf die umständliche Arbeit gerichtet. Ihre vertrockneten Hände flogen.

Harl ging weiter, zum Fluß hinunter. Er kam wieder an den badenden Kindern vorbei. Sie waren alle ans Ufer geklettert und ließen sich in der Sonne trocknen. Das waren also die *Saps*. Die Rasse, die im Aussterben begriffen war – die sterbende Rasse, die bald untergegangen sein würde. Kümmerliche Restgruppen.

Aber sie wirkten nicht wie eine sterbende Rasse. Sie arbeiteten schwer, zerhackten unermüdlich die Hydroschlacke, reparierten ihre Pfeile, jagten, pflügten, zerstießen Getreide, webten, kämmten –

Plötzlich blieb er wie erstarrt stehen, sein Sprengschußgewehr im Anschlag. Vor ihm, zwischen den Bäumen am Fluß, bewegte sich etwas. Dann hörte er zwei Stimmen – eine Männer- und eine Frauenstimme –, die sich laut und aufgedreht unterhielten.

Harl näherte sich vorsichtig. Er schob sich an einem blühenden Busch vorbei und spähte in das Dunkel zwischen den Bäumen.

Ein Mann und eine Frau saßen am Rande des Wassers im dunklen Schatten des Baumes. Der Mann machte Schüsseln, er formte sie aus nassem Ton, den er aus dem Wasser schaufelte. Seine Finger flogen geschickt und schnell. Er formte die Schüsseln auf einer rotierenden Scheibe zwischen seinen Knien.

Nachdem der Mann die Schüsseln fertiggestellt hatte, nahm die Frau sie auf und bemalte sie mit geschickten, kraftvollen Strichen mit einem groben Pinsel voll glänzender roter Farbe.

Die Frau war schön. Von Bewunderung überwältigt, betrachtete Harl sie. Sie saß fast reglos da, lehnte sich gegen einen Baum und hielt jede Schüssel sicher in der Hand, während sie sie bemalte. Das schwarze Haar fiel ihr über Schultern und Rücken bis zur Taille. Sie hatte feingeschnittene Gesichtszüge, jede Linie war klar und lebhaft, ihre dunklen Augen waren riesig. Aufmerksam betrachtete sie jede Schüssel, ihre Lippen bewegten sich ein wenig, und Harl bemerkte, daß ihre Hände klein und zierlich waren.

Er bewegte sich vorsichtig und ging zu ihr hinüber. Die Frau hörte ihn nicht und blickte nicht auf. Mit wachsender Verzückung stellte er fest, daß ihr kupferfarbener Körper klein und wohlgeformt war, ihre Glieder waren schlank und geschmeidig. Sie schien ihn nicht zu bemerken.

Plötzlich sprach der Mann wieder. Die Frau blickte auf und stellte die Schüssel auf den Boden. Sie ruhte sich einen Augenblick aus und säuberte ihren Pinsel mit einem Blatt. Sie trug rauhe Beinkleider, die ihr bis zu den Knien reichten und an der Taille mit einem gedrehten Flachsstrick zusammengebunden waren. Weiter trug sie nichts. Ihre Füße und Schultern waren nackt, und in der Nachmittagssonne hob und senkte sich ihr Busen schnell, während sie atmete.

Der Mann sagte noch etwas. Einen Augenblick später nahm die Frau eine andere Schüssel und begann wieder zu malen. Die beiden arbeiteten flink und schweigend, beide eifrig mit ihrer Arbeit beschäftigt.

Harl betrachtete die Schüsseln eingehend. Sie hatten alle eine ähnliche Form. Der Mann fertigte sie mit flinken Bewegungen, baute sie aus Tonrollen auf, ließ sie dann schwungvoll kreisen und zog sie höher und höher. Er klatschte Wasser auf den Ton und rieb die Oberfläche glatt und fest. Schließlich legte er sie in Reihen aus, damit sie in der Sonne trockneten.

Die Frau suchte die getrockneten Schüsseln heraus und bemalte sie.

Harl beobachtete die Frau. Er betrachtete sie lange und aufmerksam – die Art, wie sie ihren kupferfarbenen Körper bewegte, ihren lebhaften Gesichtsausdruck, die undeutlichen Bewegungen ihrer Lippen und ihres Kinns. Ihre Finger waren schlank und ungemein feingliedrig, mit langen, spitzen Fingernägeln. Sie hielt jede Schüssel vorsichtig in der Hand, drehte sie mit geschickter Sorgfalt und malte mit schnellen Strichen ihre Zeichnung.

Er beobachtete sie ganz genau. Sie malte die gleiche Zeichnung auf jede Schüssel, malte sie immer wieder. Einen Vogel und dann einen Baum. Eine Linie, die offenbar den Boden darstellen sollte. Eine Wolke, die direkt darüber hing.

Was genau bedeutete dieses sich wiederholende Motiv? Harl beugte sich weiter vor und sah es sich aufmerksam an. War es wirklich immer dasselbe? Er beobachtete die geschickte Bewegung ihrer Hände, während sie eine Schüssel nach der anderen nahm und die Zeichnung immer wieder begann. Die Zeichnung war im Grunde immer dieselbe – doch sie machte sie jedesmal ein bißchen anders. Keine zwei Schüsseln waren am Ende genau gleich.

Er war gleichzeitig verwirrt und fasziniert. Es war die gleiche Zeichnung, aber jedesmal leicht verändert. Die Farbe des Vogels konnte verändert sein – oder die Länge seines buschigen Schwanzes. Seltener die Position des Baumes oder der Wolke. Einmal malte sie zwei winzige Wolken, die über dem Boden schwebten. Manchmal malte sie Gras und die Umrisse von Hügeln im Hintergrund.

Plötzlich stand der Mann auf und wischte sich die Hände an seinen Kleidern ab. Er sprach mit dem Mädchen und eilte dann davon, schlängelte sich durch das Gebüsch, bis er nicht mehr zu sehen war.

Harl blickte sich aufgeregt um. Das Mädchen fuhr fort, schnell und ruhig zu malen. Der Mann war verschwunden, das Mädchen blieb allein und malte still vor sich hin.

Harl wurde von widerstreitenden Gefühlen beinahe überwältigt. Er wollte mit dem Mädchen sprechen, sie über ihr Malen und ihre Zeichnung befragen. Er wollte sie fragen, warum sie sie jedesmal veränderte.

Er wollte sich hinsetzen und sich mit ihr unterhalten. Zu ihr sprechen und hören, wie sie zu ihm sprach. Es war merkwürdig. Er verstand es selbst nicht. Das Bild vor seinen Augen verschwamm, wurde verzerrt und undeutlich, Schweiß rann von seinem Nacken und seinen hängenden Schultern. Das Mädchen malte weiter. Sie blickte nicht auf und ahnte auch nicht, daß er direkt vor ihr stand. Harls Hand flog an seinen Gürtel. Er atmete tief durch und zögerte. Würde er es wagen? Sollte er? Der Mann würde zurückkommen –

Harl drückte auf den Knopf an seinem Gürtel. Der Tarnschirm um ihn herum zischte und funkte.

Das Mädchen blickte erschrocken auf. Ihre Augen weiteten sich in jähem Entsetzen.

Sie schrie.

Harl trat schnell zurück und packte sein Gewehr, bestürzt darüber, was er getan hatte.

Das Mädchen rappelte sich hoch und stieß dabei Schüsseln und Farben um. Mit weit aufgerissenen Augen und offenem Mund starrte sie ihn an. Langsam wich sie zum Gebüsch zurück. Dann drehte sie sich plötzlich um und floh, stürzte mit gellenden Schreien durch das Strauchwerk davon.

In plötzlicher Angst richtete Harl sich auf. Schnell stellte er seine Tarnung wieder her. Das Dorf war von anschwellenden Geräuschen erfüllt. Er konnte Stimmen hören, die in erregter Panik schrien, und das Geräusch von rennenden Menschen, die durchs Gebüsch stürzten – im ganzen Dorf brach erregte Betriebsamkeit aus.

Harl hastete flußabwärts durchs Gebüsch, hinaus ins freie Gelände.

Plötzlich blieb er stehen, sein Herz schlug wie rasend. Ein Haufen *Saps* eilte zum Fluß – Männer mit Speeren, alte Frauen und schreiende Kinder. Am Rande des Gebüsches hielten sie an, spähten und lauschten, die Gesichter in einem merkwürdig gespannten Ausdruck erstarrt. Dann drangen sie ins Gebüsch vor und stießen wütend die Zweige aus dem Weg – *sie suchten nach ihm.*

Plötzlich klickten seine Kopfhörer.

»Harl!« Ed Boyntons Stimme kam klar und deutlich. »Harl, Junge!«

Harl fuhr zusammen und rief dann in verzweifelter Dankbarkeit: »Dad, hier bin ich.«

Ed Boynton packte seinen Arm und riß ihn fast um. »Was ist los mit dir? Wo bist du gewesen? Was hast du gemacht?«

»Hast du ihn?« platzte Turners Stimme dazwischen. »Dann kommt mit – alle beide! Wir müssen hier verschwinden, und zwar schnell. Sie verstreuen überall weißes Pulver.«

Saps jagten umher und warfen das Pulver in großen Wolken in die Luft. Es trieb durch die Luft und lagerte sich überall ab, es sah aus wie eine Art pulverisierte Kreide. Andere Saps versprengten Öl aus großen Krügen, ihre Stimmen überschlugen sich vor Aufregung.

»Wir hauen besser hier ab«, stimmte Boynton grimmig zu. »Wir wollen uns nicht mit ihnen in einen Kampf einlassen, wenn sie erregt sind.«

Harl zögerte. »Aber –«

»Komm mit!« drängte sein Vater und zerrte ihn am Arm. »Gehen wir. Wir haben keine Sekunde zu verlieren.«

Harl starrte zurück. Er konnte die Frau nicht sehen, doch überall rannten Saps herum, warfen ihre Kreidewolken und versprengten das Öl. Andere Saps, Speere mit eisernen Spitzen in der Hand, kamen drohend näher und traten gegen Unkraut und Buschwerk, während sie sie einkreisten.

Harl ließ zu, daß sein Vater ihn führte. Ihm war schwindlig. Die Frau war verschwunden, und er war sicher, daß er sie nie wiedersehen würde. Als er sich sichtbar gemacht hatte, hatte sie geschrien und war davongelaufen.

Warum? Es ergab keinen Sinn. Warum war sie in blindem Entsetzen vor ihm zurückgewichen? Was hatte er getan?

Und was spielte es schon für eine Rolle für ihn, ob er sie wiedersah oder nicht? Warum war sie wichtig? Er verstand das nicht. Er verstand *sich selbst* nicht. Es gab keine rationale Erklärung für das, was geschehen war. Es war völlig unbegreiflich.

Harl folgte seinem Vater und Turner zurück zu ihrem Ei, noch immer verwirrt und niedergeschlagen, noch immer bemüht zu verstehen, die Bedeutung dessen zu erfassen, was zwischen ihm und der Frau geschehen war. Es ergab keinen Sinn. Er hatte den Kopf verloren, und dann hatte *sie* den Kopf verloren. Das mußte irgendeine Bedeutung haben – wenn er sie nur erfassen könnte.

Bei ihrem Ei blieb Ed Boynton stehen und blickte zurück. »Ein Glück, daß wir entkommen konnten«, sagte er zu Harl und schüttelte den Kopf. »Wenn sie erregt sind, sind sie wie Bestien. Sie sind Tiere, Harl. Genau das sind sie. Wilde Tiere.«

»Kommt mit«, sagte Turner ungeduldig. »Laßt uns hier verschwinden – solange wir noch können.«

Julie schauderte noch immer, selbst nachdem sie behutsam im Fluß gebadet, gereinigt und von einer der älteren Frauen mit Öl abgerieben worden war.

Sie saß zusammengekauert da, die Arme um die Knie geschlungen, unkontrollierbar zitternd und bebend. Ihr Bruder Ken stand mit grimmigem Gesicht neben ihr, seine Hand ruhte auf ihrer nackten, kupferfarbenen Schulter.

»Was war das?« murmelte Julie. »Was war das?« Sie schauderte. »Es war – grauenvoll. Es war abstoßend, der bloße Anblick hat mich krank gemacht.«

»Wie sah es aus?« fragte Ken.

»Es sah – es sah aus wie ein Mensch. Aber es kann kein Mensch gewesen sein. Es wirkte ganz metallisch, von Kopf bis Fuß, und es hatte riesige Hände und Füße. Sein Gesicht war ganz käsig weiß wie – wie Mehl. Es sah – kränklich aus. Abstoßend kränklich. Weiß und metallisch und kränklich. Wie eine Art Wurzel, die aus der Erde ausgegraben wurde.«

Ken wandte sich an den alten Mann, der hinter ihm saß und aufmerksam zuhörte. »Was war das?« fragte er. »Was war das, Mr. Stebbins? Sie kennen sich in solchen Dingen aus. Was hat sie gesehen?«

Mr. Stebbins stand langsam auf. »Du sagst, es hatte weiße Haut? Käsig? Wie Teig? Und riesige Hände und Füße?«

Julie nickte. »Und – noch etwas.«

»Was?«

»Es war *blind*. Es hatte etwas an Stelle von Augen. Zwei schwarze Löcher. Dunkelheit.« Sie schauderte und sah zum Fluß hinüber.

Plötzlich straffte sich Mr. Stebbins' Mund und wurde hart. Er nickte. »Ich weiß«, sagte er. »Ich weiß, was das war.«

»Was war es?«

Mr. Stebbins runzelte die Stirn und murmelte vor sich hin. »Das ist nicht möglich. Aber deine Beschreibung –« Er blickte unverwandt in die Ferne, die Stirn in Falten gelegt. »Sie leben unterirdisch«, sagte er schließlich, »unter der Oberfläche. Sie tauchen aus den Bergen auf. Sie leben in der Erde, in riesigen Tunnels und Gewölben, die sie selbst geschaffen haben. Sie sind keine Menschen. Sie sehen aus wie Menschen, aber sie sind keine. Sie leben unterirdisch und graben das Metall aus der Erde aus. Sie graben nach Metall und horten es. Sie kommen selten herauf an die Oberfläche. Sie können nicht in die Sonne gucken.«

»Wie nennt man sie?« fragte Julie.

Mr. Stebbins suchte in seiner Erinnerung, ging in Gedanken Jahre zurück. Zurück zu den alten Büchern und den Legenden, die er gehört hatte. Wesen, die unter der Erde lebten ... Wie Menschen, aber doch keine Menschen ... Wesen, die Tunnels gruben und nach Metallen schürften ... Wesen, die blind waren, die große Hände und Füße und käsig weiße Haut hatten.

»Kobolde«, erklärte Mr. Stebbins. »Was du gesehen hast, war ein Kobold.«

Julie nickte und starrte mit aufgerissenen Augen zu Boden, ihre Arme umklammerten die Knie. »Ja«, sagte sie.

»Das hört sich an, als wäre es das gewesen. Es hat mich erschreckt. Ich hatte solche Angst. Ich drehte mich um und lief weg. Es schien so grauenvoll.« Sie blickte zu ihrem Bruder auf und lächelte ein wenig. »Jetzt geht es mir schon besser ...«

Ken rieb seine großen, dunklen Hände gegeneinander und nickte erleichtert. »Gut«, sagte er. »Jetzt können wir wieder an die Arbeit gehen. Es gibt eine Menge zu tun. Eine Menge zu erledigen.«

Projekt: Erde

Dumpf hallte das Geräusch durch das große Fachwerkhaus. Es versetzte das Geschirr in der Küche und die Abflußrinnen auf dem Dach in Schwingungen und hämmerte langsam und gleichmäßig wie ferne Donnerschläge. Von Zeit zu Zeit verstummte es, doch dann begann es von neuem, durch die stille Nacht zu dröhnen, ein unbarmherziges Geräusch, unmenschlich in seiner Regelmäßigkeit. Aus dem obersten Stockwerk des großen Hauses.

Im Badezimmer drängten sich die drei Kinder um den Stuhl, nervös und lautlos schoben sie einander neugierig beiseite.

»Bist du sicher, daß er uns nicht sehen kann?« krächzte Tommy.

»Wie sollte er uns sehen können? Macht bloß keinen Lärm.« Dave Grant veränderte seine Stellung auf dem Stuhl, das Gesicht zur Wand gedreht. »Sprecht nicht so laut.« Er guckte weiter und ignorierte die beiden.

»Laß mich mal sehen«, flüsterte Joan und stieß ihren Bruder leise mit spitzem Ellbogen an. »Geh aus dem Weg.«

»Sei still.« Dave schubste sie zurück. »Jetzt kann ich besser sehen.« Er drehte die Lampe nach oben.

»Ich will mal gucken«, sagte Tommy. Er schubste Dave vom Stuhl herunter auf den Fußboden des Badezimmers. »Komm schon.«

Widerspenstig zog Dave sich zurück. »Das ist unser Haus.«

Tommy stieg vorsichtig auf den Stuhl. Er drückte sein Auge auf den Spalt und sein Gesicht gegen die Wand. Eine Zeitlang sah er nichts. Der Spalt war schmal und das Licht auf der anderen Seite schlecht. Dann, allmählich, begann er Umrisse und Formen jenseits der Wand zu erkennen.

Edward Billings saß an einem riesigen, altmodischen Schreibtisch. Er hatte aufgehört zu tippen und ließ seine Augen ausruhen. Aus seiner Westentasche hatte er eine runde Taschenuhr gezogen. Langsam und sorgfältig zog er die große Uhr auf. Ohne Brille sah sein hageres, eingefallenes Gesicht nackt und traurig aus, wie die Gesichtszüge eines ältlichen Vogels. Dann setzte er die Brille wieder auf und zog seinen Stuhl näher an den Schreibtisch heran.

Er begann zu tippen und bearbeitete mit geschickten Fingern das gewaltige Gebilde aus Metall und Einzelteilen, das hoch vor ihm aufragte. Erneut hallte das unheildrohende Dröhnen durchs Haus und nahm seinen beharrlichen Rhythmus wieder auf.

Mr. Billings' Zimmer war dunkel und unordentlich. Überall lagen Haufen und Stöße von Büchern und Papieren herum, auf dem Schreibtisch, auf dem Tisch, in Stapeln auf dem Fußboden. Die Wände waren mit Karten bedeckt, mit anatomischen Karten, Landkarten, astronomischen Karten und Karten der Tierkreiszeichen. Neben den Fenstern stapelten sich Reihen von staubbedeckten Flaschen und Päckchen voller Chemikalien. Oben auf dem Bücherschrank stand grau und schlaff ein ausgestopfter Vogel. Auf dem Schreibtisch lagen ein riesiges Vergrößerungsglas, griechische und hebräische Wörterbücher, eine Briefmarkenschachtel und ein Brieföffner aus Bein. Der geringelte Klebestreifen eines Fliegenfängers wurde von den Luftströmen, die aus dem Gasofen aufstiegen, gegen die Tür geweht.

An einer Wand lehnten die Überreste einer Laterna magica. Ein schwarzer Schulranzen mit einem Stapel Kleider obendrauf. Hemden und Socken und ein langer Gehrock, verblichen und fadenscheinig. Packen von Zeitungen und Zeitschriften, die mit brauner Kordel zusammengebunden waren. Ein riesiger schwarzer Regenschirm gegen den Tisch gelehnt, um seine Metallspitze eine trübe Wasserlache. Ein Glaskasten mit getrockneten Schmetterlingen, die in vergilbenden Baumwollstoff gepreßt waren.

Und am Schreibtisch der riesige alte Mann, der über seine altertümliche Schreibmaschine und Stapel von Notizen und Papieren gebeugt war.

»Menschenskind«, sagte Tommy.

Edward Billings arbeitete an seinem Bericht. Der Bericht lag offen neben ihm auf dem Schreibtisch, ein gewaltiges, in Leder gebundenes Buch, das an seinen aufgeplatzten Nähten hervorquoll. Dort trug er Daten aus seinen Stapeln von Notizen ein.

Das regelmäßige Hämmern der großen Schreibmaschine ließ die Sachen im Badezimmer klirren und zittern, die Lampenfassung, die Flaschen und Röhrchen im Arzneischrank. Sogar den Boden unter den Füßen der Kinder.

»Er ist eine Art kommunistischer Agent«, sagte Joan. »Er zeichnet Karten von der Stadt, damit er Bomben zünden kann, wenn Moskau den Befehl dazu gibt.«

»So ein Blödsinn«, sagte Dave wütend.

»Siehst du nicht die ganzen Karten und Bleistifte und Papiere? Warum sollte er sonst –«

»Sei still«, stieß Dave hervor. »Er wird uns hören. Er ist kein Spion. Er ist zu alt, um ein Spion zu sein.«

»Was ist er dann?«

»Ich weiß es nicht. Aber er ist kein Spion. Du bist wirklich blöd. Außerdem haben Spione Bärte.«

»Vielleicht ist er ein Verbrecher«, sagte Joan.

»Ich habe einmal mit ihm gesprochen«, sagte Dave. »Er kam die Treppe herunter. Er redete mit mir und gab mir ein Bonbon aus einer Tüte.«

»Was für ein Bonbon war das?«

»Ich weiß nicht. Ein hartes Bonbon. Hat nicht geschmeckt.«

»Was macht er eigentlich?« fragte Tommy und wandte sich von dem Spalt ab.

»Sitzt den ganzen Tag in seinem Zimmer. Tippt.«

»Arbeitet er nicht?«

Dave grinste höhnisch. »Das tut er ja gerade. Er schreibt seinen Bericht. Er ist Beamter bei irgendeiner Gesellschaft.«

»Was für einer Gesellschaft?«

»Hab ich vergessen.«

»Geht er nie raus?«

»Er geht raus aufs Dach.«

»Aufs Dach?«

»Er hat eine Terrasse, auf die er rausgeht. Wir haben sie befestigt. Sie gehört mit zur Wohnung. Er hat einen Garten. Er kommt runter und holt Erde aus dem Hinterhof.«

»Pssst!« warnte Tommy. »Er hat sich umgedreht.«

Edward Billings hatte sich erhoben. Er bedeckte die Schreibmaschine mit einem schwarzen Tuch, schob sie zurück und sammelte die Bleistifte und Radiergummis ein. Er öffnete die Schreibtischschublade und warf die Bleistifte hinein.

»Er ist fertig«, sagte Tommy. »Er hat aufgehört zu arbeiten.«

Der alte Mann nahm seine Brille ab und legte sie in ein Etui. Er betupfte sich müde die Stirn und lockerte Kragen und Krawatte. Sein Hals war lang, unter der gelben, faltigen Haut traten die Stränge hervor. Sein Adamsapfel hüpfte auf und ab, während er etwas Wasser aus einem Glas trank.

Seine Augen waren blaßblau, beinahe farblos. Einen Augenblick lang starrte er direkt in Tommys Richtung, sein Falkengesicht war ausdruckslos. Dann, plötzlich, ging er durch eine Tür und verließ das Zimmer.

»Er geht zu Bett«, sagte Tommy.

Mr. Billings kehrte mit einem Handtuch über dem Arm zurück. Am Schreibtisch blieb er stehen und legte das Handtuch über die Stuhllehne. Er hob das klobige Berichtsbuch hoch und trug es vom Schreibtisch hinüber zum Bücherschrank, wobei er es mit beiden Händen festhielt. Es war schwer. Er legte es hin und ging wieder aus dem Zimmer.

Der Bericht war ganz nah. Tommy konnte die goldenen Buchstaben erkennen, die in den rissigen Ledereinband eingeprägt waren. Er starrte lange auf die Buchstaben – bis Joan ihn schließlich von dem Spalt wegschubste und ihn ungeduldig vom Stuhl schob.

Tommy stieg hinunter und trat beiseite; was er gesehen hatte, erfüllte ihn mit Ehrfurcht und Faszination. Das große Berichtsbuch, der riesige Band voller Daten, an dem der alte Mann Tag für Tag arbeitete. Im flackernden Licht der Schreibtischlampe hatte er leicht die goldgeprägten Worte auf dem verschlissenen Ledereinband erkennen können:

PROJEKT B: ERDE

»Gehen wir«, sagte Dave. »Er wird in ein paar Minuten hier reinkommen. Er könnte uns beim Beobachten erwischen.«

»Du hast Angst vor ihm«, spottete Joan.

»Du auch. Mama auch. Alle.« Er warf einen raschen Blick auf Tommy. »Hast du Angst vor ihm?«

Tommy schüttelte den Kopf. »Ich würde wirklich gern wissen, was in diesem Buch steht«, murmelte er. »Ich würde wirklich gern wissen, was der alte Mann da macht.«

Das Licht der späten Nachmittagssonne war strahlend hell und kalt. Edward Billings kam langsam die Hintertreppe herunter, einen leeren Eimer in der Hand und zusammengerollte Zeitungen unterm Arm. Er blieb einen Augenblick stehen, beschirmte seine Augen und blickte sich um. Dann verschwand er im Hinterhof und schob sich durch das fette, feuchte Gras.

Tommy trat hinter der Garage hervor. Lautlos raste er, zwei Stufen auf einmal nehmend, die Treppe hinauf. Er betrat das Gebäude und eilte den dunklen Flur hinunter.

Einen Augenblick später stand er vor Edward Billings' Wohnungstür, seine Brust hob und senkte sich, er horchte aufmerksam.

Kein Laut war zu hören.

Tommy prüfte den Türgriff. Der ließ sich leicht drehen. Er drückte. Die Tür schwang auf, und eine modrige Wolke warmer Luft trieb an ihm vorbei auf den Flur hinaus.

Er hatte wenig Zeit. Bald würde der alte Mann mit seinem Eimer voll Erde aus dem Hof zurückkommen.

Tommy betrat das Zimmer und ging hinüber zum Bücherschrank, sein Herz schlug heftig vor Aufregung. Das riesige Berichtsbuch lag zwischen Stapeln von Notizen und Bündeln von Zeitungsausschnitten. Er schob die Papiere beiseite, ließ sie vom Buch heruntergleiten. Er öffnete es schnell, aufs Geratewohl, die dicken Seiten knisterten und bogen sich.

Dänemark

Zahlen und Fakten. Endlose Fakten, Seiten und Spalten, Zeile um Zeile. Die Buchstabenreihen tanzten vor seinen Augen. Er konnte wenig daraus entnehmen. Er wandte sich einem anderen Abschnitt zu.

New York

Fakten über New York. Er bemühte sich, die Überschriften der Spalten zu verstehen. Die Zahl der Einwohner. Was sie machten. Wie sie lebten. Was sie verdienten. Wie sie ihre Zeit verbrachten. Ihre Überzeugungen. Religion. Politik. Philosophie. Moral. Ihr Alter. Gesundheit. Intelligenz. Graphiken und Statistiken, Mittelwerte und Berechnungen.

Berechnungen. Bewertungen. Er schüttelte den Kopf und wandte sich einem anderen Kapitel zu.

Kalifornien

Bevölkerung. Wohlstand. Aktivitäten der Regierung des Bundesstaates. Flug- und Seehäfen. Fakten, Fakten, Fakten –

Fakten über alles. Überall. Er blätterte den Bericht durch. Über alle Teile der Welt. Jede Stadt, jeden Bundesstaat, jedes Land. Jede nur denkbare Information.

Beunruhigt klappte Tommy den Bericht zu. Er wanderte ruhelos im Zimmer herum und untersuchte die Stapel von Notizen und Papieren, die Bündel von Zeitungsausschnitten und Karten. Der alte Mann, der Tag für Tag tippte. Fakten sammelte, Fakten über die ganze Welt. Die Erde. Ein Bericht über die Erde, die Erde und alles auf ihr. Über alle Menschen. Über alles, was sie taten und dachten, ihre Handlungen, Heldentaten, Errungenschaften, Überzeugungen und Vorurteile. Ein umfassender Bericht mit sämtlichen Informationen aus der ganzen Welt.

Tommy nahm das große Vergrößerungsglas vom Schreibtisch. Er untersuchte damit die Schreibtischoberfläche und betrachtete eingehend das Holz. Einen Augenblick später legte er das Glas hin und nahm den Brieföffner aus Bein. Er legte den Brieföffner hin und untersuchte die kaputte Laterna magica in der Ecke. Den Kasten mit den toten Schmetterlingen. Den schlaffen, ausgestopften Vogel. Die Flaschen mit Chemikalien.

Er verließ das Zimmer und ging hinaus auf die Dachterrasse. Das Licht der späten Nachmittagssonne flackerte unbeständig; die Sonne ging gerade unter. In der Mitte der Terrasse befand sich ein hölzerner Rahmen, um den herum Erde und Gras aufgehäuft waren. Am Geländer aufgereiht standen große Tonkrüge, Säcke mit Dünger, feuchte Pakkungen mit Samen. Eine umgedrehte Spritzpistole. Ein schmutziges Handtuch. Teppichreste und ein wackliger Stuhl. Eine Gießkanne.

Über den hölzernen Rahmen war Maschendraht gespannt. Tommy beugte sich hinunter und lugte durch die Maschen. Er sah Pflanzen, Reihen von kleinen Pflanzen. Moos wuchs auf dem Boden. Ein Gewirr von winzigen, ungemein komplizierten Pflanzen.

An einer Stelle war etwas trockenes Gras zu einem Haufen aufgeschichtet. Wie eine Art Kokon.

Wanzen? Irgendwelche Insekten? Tiere?

Er nahm einen Strohhalm und steckte ihn durch den Maschendraht in das getrocknete Gras. Das Gras regte sich.

Irgend etwas war darin. Es gab noch andere Kokons, mehrere, da und dort zwischen den Pflanzen.

Plötzlich flitzte etwas aus einem der Kokons heraus und raste quer übers Gras. Es quiekte vor Angst. Ein zweites folgte ihm. Rosa, flink. Eine kleine Schar kreischender, rosafarbener Wesen, fünf Zentimeter groß, die zwischen den Pflanzen herumrannten und -jagten.

Tommy beugte sich tiefer, schielte aufgeregt durch den Maschendraht und versuchte zu erkennen, was sie waren. Unbehaart. Irgendwelche unbehaarten Tiere. Aber winzig, winzig wie Grashüpfer. Zwergenhafte Wesen? Sein Puls raste heftig. Zwergenhafte Wesen, oder vielleicht –

Ein Geräusch. Er drehte sich schnell um und erstarrte.

Edward Billings stand in der Tür und rang nach Luft. Er stellte den Eimer voll Erde ab, seufzte und tastete in der Tasche seines dunkelblauen Jacketts nach seinem Taschentuch. Schweigend wischte er sich die Stirn und blickte auf den Jungen, der neben dem Rahmen stand.

»Wer bist du, junger Mann?« sagte Billings nach einem Weilchen. »Ich kann mich nicht entsinnen, dich schon mal gesehen zu haben.«

Tommy schüttelte den Kopf. »Nein.«

»Was machst du hier?«

»Nichts.«

»Würdest du bitte diesen Eimer für mich raus auf die Terrasse tragen? Er ist schwerer, als ich dachte.«

Tommy blieb einen Augenblick stehen. Dann ging er hinüber und nahm den Eimer. Er trug ihn hinaus auf die Dachterrasse und stellte ihn neben dem hölzernen Rahmen ab.

»Danke«, sagte Billings. »Ich weiß das zu schätzen.« Seine scharfen blaßblauen Augen flackerten, während er den Jungen prüfend musterte, sein mageres Gesicht machte einen gerissenen, aber nicht unfreundlichen Eindruck. »Du siehst mir ganz schön stark aus. Wie alt bist du? Ungefähr elf?«

Tommy nickte. Er wich zum Geländer zurück. Darunter, zwei oder drei Stockwerke tiefer, lag die Straße. Mr.

Murphy lief unten vorbei, auf dem Heimweg vom Büro. Ein paar Kinder spielten an der Ecke. Eine junge Frau auf der anderen Straßenseite sprengte ihren Rasen; sie hatte einen blauen Pullover um ihre schlanken Schultern gelegt. Er war hier ziemlich sicher. Falls der alte Mann versuchte, irgend etwas zu tun –

»Warum bist du hergekommen?« fragte Billings.

Tommy sagte nichts. Sie standen da und sahen sich an, der schlaffe alte Mann, riesig in seinem dunklen, altmodischen Anzug, der junge Bursche in rotem Pullover und Jeans, eine kleine randlose Mütze auf dem sommersprossigen Kopf, Tennisschuhe. Gleich darauf blickte Tommy rasch auf den hölzernen, mit Maschendraht bedeckten Rahmen und dann zu Billings auf.

»Das? Wolltest du das sehen?«

»Was ist da drinnen? Was sind das?«

»Das?«

»Die Wesen. Insekten? Ich hab so was noch nie gesehen. Was sind das?«

Billings ging langsam hinüber. Er bückte sich und löste die Ecke des Maschendrahtes. »Ich werde dir zeigen, was das sind. Falls es dich interessiert.« Er band den Maschendraht los und bog ihn zurück.

Tommy kam mit weit aufgerissenen Augen herüber.

»Nun?« sagte Billings gleich darauf. »Du kannst sehen, was das sind.«

Tommy pfiff leise. »Ich hab mir gedacht, daß sie das sein könnten.« Langsam richtete er sich auf, sein Gesicht war blaß. »Ich hab mir gedacht, vielleicht – aber ich war nicht sicher. Kleine, winzige Menschen!«

»Nicht eigentlich«, sagte Mr. Billings. Er ließ sich schwer in den wackligen Stuhl sinken. Aus seinem Jackett nahm er eine Pfeife und einen zerschlissenen Tabaksbeutel. Er schüttelte Tabak in die Pfeife und stopfte sie bedächtig. »Nicht eigentlich Menschen.«

Tommy starrte immer noch in den Rahmen hinunter.

Die Kokons waren winzige Hütten, die die kleinen Menschen errichtet hatten. Jetzt waren einige von ihnen ins Freie getreten. Sie standen beieinander und starrten zu ihm herauf. Winzige, rosafarbene Geschöpfe, fünf Zentimeter hoch. Nackt. Deshalb waren sie rosa.

»Sieh sie dir genauer an«, murmelte Billings. »Sieh dir ihre Köpfe an. Was siehst du?«

»Sie sind so klein –«

»Geh und hol das Glas vom Schreibtisch. Das große Vergrößerungsglas.« Er schaute zu, wie Tommy ins Arbeitszimmer eilte und schnell mit dem Glas herauskam. »Jetzt sag mir, was du siehst.«

Tommy untersuchte die Gestalten durch das Glas. Na schön, sie sahen aus wie Menschen. Arme, Beine – einige waren Frauen. Ihre Köpfe. Er kniff die Augen zusammen.

Und prallte zurück.

»Was ist los?« brummte Billings.

»Sie sind – sie sind nicht normal.«

»Nicht normal?« Billings lächelte. »Nun, das kommt ganz darauf an, was du gewöhnt bist. Sie sind anders – als du. Aber sie sind normal. Es ist nichts verkehrt an ihnen. Zumindest hoffe ich, daß nichts verkehrt ist.« Sein Lächeln erlosch, und er saß da, zog an seiner Pfeife und war tief in stille Gedanken versunken.

»Haben Sie sie gemacht?« fragte Tommy.

»Ich?« Billings nahm die Pfeife aus dem Mund. »Nein, ich nicht.«

»Woher haben Sie sie?«

»Sie wurden mir geliehen. Eine Versuchsgruppe. Um ehrlich zu sein, *die* Versuchsgruppe. Sie sind neu. Sehr neu.«

»Wollen Sie – wollen Sie einen davon verkaufen?«

Billings lachte. »Nein. Tut mir leid. Ich muß sie behalten.«

Tommy nickte und nahm seine Beobachtungen wieder auf. Durch das Glas konnte er ihre Köpfe deutlich sehen.

Sie sahen nicht ganz wie Menschen aus. Auf der Vorderseite jeder einzelnen Stirn wuchsen Fühler, winzige, drahtartige Fortsätze mit Knoten am Ende. Wie die Antennen von Insekten, die er gesehen hatte. Sie waren keine Menschen, aber sie waren den Menschen ähnlich. Abgesehen von den Fühlern schienen sie normal zu sein – von den Fühlern und ihrer außerordentlichen Winzigkeit.

»Sind sie von einem anderen Planeten gekommen?« fragte Tommy. »Vom Mars? Von der Venus?«

»Nein.«

»Woher dann?«

»Diese Frage ist schwer zu beantworten. Die Frage ist bedeutungslos, jedenfalls im Zusammenhang mit ihnen.«

»Wofür ist der Bericht?«

»Der Bericht?«

»Da drinnen. Das große Buch mit all den Fakten. Die Sache, die Sie da machen.«

»Daran habe ich lange gearbeitet.«

»Wie lange?«

Billings lächelte. »Auch das kann nicht beantwortet werden. Es ist bedeutungslos. Jedenfalls wirklich sehr lange. Aber bald bin ich fertig.«

»Was werden Sie damit machen? Wenn er fertig ist?«

»Ich werde ihn meinen Vorgesetzten übergeben.«

»Wer sind sie?«

»Du würdest sie nicht kennen.«

»Wo sind sie? Sind sie hier in der Stadt?«

»Ja. Und nein. Das kann man nicht beantworten. Eines Tages wirst du vielleicht –«

»Der Bericht ist über uns«, sagte Tommy.

Billings wandte den Kopf. Seine scharfen Augen bohrten sich in Tommy. »So?«

»Er ist über uns. Der Bericht. Das Buch.«

»Woher weißt du das?«

»Ich hab ihn mir angesehen. Ich hab den Titel auf dem Einband gesehen. Er ist über die Erde, nicht wahr?«

Billings nickte. »Ja. Er ist über die Erde.«

»Sie sind nicht von hier, nicht wahr? Sie sind von irgendwo anders her. Von außerhalb des Sonnensystems.«

»Woher – woher weißt du das?«

Tommy grinste mit überlegenem Stolz. »Ich kann das erraten. Ich hab da meine Methoden.«

»Wieviel hast du von dem Bericht gesehen?«

»Nicht viel. Wofür ist er? Warum machen Sie ihn? Was werden Sie damit anfangen?«

Billings dachte lange nach, bevor er antwortete. Schließlich redete er. »Das«, sagte er, »hängt von *denen* ab.« Er deutete auf den hölzernen Rahmen. »Was sie mit dem Bericht anfangen, hängt davon ab, wie Projekt C sich entwickelt.«

»Projekt C?«

»Das dritte Projekt. Davor gab es nur zwei andere. Sie lassen sich viel Zeit. Jedes Projekt wird sorgfältig geplant. Neue Faktoren werden sehr ausführlich berücksichtigt, bevor irgendeine Entscheidung getroffen wird.«

»Zwei andere?«

»Fühler für diese. Eine völlig neue Zusammenstellung der kognitiven Fähigkeiten. Fast keine Abhängigkeit von angeborenen Trieben. Größere Flexibilität. Eine gewisse Verringerung des allgemeinen Emotionsschlüssels, doch was sie an Libidoenergie verlieren, gewinnen sie an rationaler Kontrolle. Ich würde eher eine stärkere Betonung der individuellen Erfahrung erwarten als eine Abhängigkeit vom traditionellen Gruppenlernen. Weniger stereotypes Denken. Schnellere Fortschritte bei der Situationskontrolle.«

Billings' Worte ergaben wenig Sinn. Tommy fand sich nicht mehr zurecht. »Wie sahen die anderen aus?« fragte er.

»Die anderen? Projekt A war schon vor langer Zeit. Ich erinnere mich nur undeutlich daran. Flügel.«

»Flügel?«

»Sie hatten Flügel, waren mobilitätsabhängig und besaßen eine Menge individualistischer Eigenschaften. Letztendlich gewährten wir ihnen zuviel Selbständigkeit. Stolz.

Sie hatten Vorstellungen von Stolz und Ehre. Sie waren Kämpfer. Jeder gegen die anderen. In kleinste, antagonistische Splittergrüppchen zerfallen und –«

»Wie sahen die anderen aus?«

Billings klopfte seine Pfeife am Geländer aus. Er sprach weiter, redete mehr zu sich selbst als zu dem Jungen, der vor ihm stand. »Der Typ mit den Flügeln war unser erster Versuch mit höheren Organismen. Projekt A. Nachdem es fehlgeschlagen war, zogen wir uns zu Beratungen zurück. Das Ergebnis davon war Projekt B. Wir waren sicher, daß es gelingen würde. Wir eliminierten viele der übertrieben individualistischen Eigenschaften und ersetzten sie durch einen gruppenorientierten Prozeß. Eine Methode, gemeinsam zu lernen und zu erleben. Wir hofften, daß die allgemeine Kontrolle über das Projekt sichergestellt wäre. Unsere Arbeit am ersten Projekt überzeugte uns davon, daß eine stärkere Beaufsichtigung nötig sein würde, wenn wir Erfolg haben sollten.«

»Wie sah der zweite Typ aus?« fragte Tommy und suchte nach einem verständlichen Faden in Billings' gelehrtem Vortrag.

»Wir entfernten die Flügel, wie ich bereits sagte. Die allgemeine Physiognomie blieb dieselbe. Zwar wurde die Kontrolle für kurze Zeit aufrechterhalten, doch auch dieser zweite Typ wich vom Plan ab und zersplitterte in selbstbestimmte Gruppen, die wir nicht beaufsichtigen konnten. Es besteht kein Zweifel daran, daß überlebende Exemplare des ursprünglichen Typs A an ihrer Beeinflussung beteiligt waren. Wir hätten den ursprünglichen Typ ausrotten sollen, sobald –«

»Sind noch welche übrig?«

»Von Projekt B? Natürlich.« Billings war irritiert. »Ihr seid Projekt B. Deshalb bin ich hier unten. Sobald mein Bericht abgeschlossen ist, kann die endgültige Anordnung für euren Typ ausgeführt werden. Es besteht kein Zweifel daran, daß meine Empfehlung mit der bezüglich Projekt A identisch sein wird. Da euer Projekt sich in einem solchen Ausmaß unserer Oberaufsicht entzogen hat, daß ihr praktisch nicht mehr funktional seid –«

Doch Tommy hörte nicht zu. Er stand über den hölzernen Rahmen gebeugt und blickte hinunter auf die winzigen Gestalten darin. Neun kleine Menschen, Männer und Frauen. Neun – und sonst keine auf der ganzen Welt.

Tommy begann zu zittern. Erregung durchströmte ihn. In ihm keimte ein Plan auf und wurde plötzlich lebendig. Sein Gesicht blieb starr, sein Körper straffte sich.

»Ich glaube, ich muß jetzt gehen.« Er trat von der Terrasse zurück ins Zimmer und auf die Tür zur Diele zu.

»Gehen?« Billings erhob sich. »Aber –«

»Ich muß gehen. Es wird spät. Bis nächstes Mal.« Er öffnete die Tür zur Diele. »Auf Wiedersehen.«

»Auf Wiedersehen«, sagte Billings überrascht. »Ich hoffe, ich sehe dich wieder, junger Mann.«

»Bestimmt«, sagte Tommy.

Er rannte nach Hause, so schnell er konnte, raste die Verandatreppe hinauf und ins Haus.

»Gerade rechtzeitig zum Abendessen«, rief seine Mutter aus der Küche.

Tommy blieb auf der Treppe stehen. »Ich muß noch mal weg.«

»Nein, das mußt du nicht! Du wirst –«

»Nur ganz kurz. Bin gleich wieder da.« Tommy eilte hinauf in sein Zimmer, trat ein und blickte sich um.

Das leuchtendgelbe Zimmer. Wimpel an den Wänden. Die große Frisierkommode mit Spiegel, Bürste und Kamm, Modellflugzeugen und den Bildern von Baseballspielern. Die Papiertüte voll Kronenkorken. Das kleine Radio mit seinem gesprungenen Plastikgehäuse. Die hölzernen Zigarrenkisten voller Plunder, allerlei Krimskrams, Dinge, die er gesammelt hatte.

Tommy packte eine der Zigarrenkisten und leerte ihren

Inhalt aufs Bett. Er steckte die Kiste unter seine Jacke und verließ das Zimmer.

»Wohin gehst du?« fragte sein Vater, ließ seine Abendzeitung sinken und blickte auf.

»Bin gleich wieder da.«

»Deine Mutter hat gesagt, es ist Zeit fürs Abendessen. Hast du das nicht gehört?«

»Bin gleich wieder da. Es ist wichtig.« Tommy stieß die Eingangstür auf. Eisige Abendluft wehte herein, kalt und dünn. »Ehrlich. Echt wichtig.«

»Zehn Minuten.« Vince Jackson sah auf seine Armbanduhr. »Nicht länger. Oder du bekommst kein Abendessen.«

»Zehn Minuten.« Tommy knallte die Tür zu. Er rannte die Stufen hinunter, hinaus in die Dunkelheit.

Flackerndes Licht schien unter Mr. Billings' Zimmertür hervor und durchs Schlüsselloch.

Tommy zögerte einen Augenblick. Dann hob er die Hand und klopfte. Eine Zeitlang war es still. Dann ein Geräusch, etwas regte sich. Das Geräusch schwerer Schritte.

Die Tür öffnete sich. Mr. Billings guckte in die Diele hinaus.

»Hallo«, sagte Tommy.

»Du bist wieder da!« Mr. Billings hielt die Tür weit auf, und Tommy trat schnell ins Zimmer. »Hast du etwas vergessen?«

»Nein.«

Billings schloß die Tür. »Setz dich. Möchtest du irgend etwas? Einen Apfel? Ein bißchen Milch?«

»Nein.« Tommy wanderte nervös im Zimmer herum, berührte etwas hier und dort, Bücher, Papiere und Bündel von Zeitungsausschnitten.

Billings beobachtete den Jungen einen Augenblick. Dann kehrte er an seinen Schreibtisch zurück und ließ sich seufzend nieder. »Ich glaube, ich werde mit meinem Bericht weitermachen. Ich hoffe, sehr bald fertig zu sein.« Er klopfte auf einen Stapel Notizen neben sich. »Das sind die letzten. Dann kann ich hier weg und den Bericht zusammen mit meinen Empfehlungen vorlegen.«

Billings beugte sich über seine riesige Schreibmaschine und hackte gleichmäßig darauf herum. Das unbarmherzige Rattern der altertümlichen Maschine vibrierte durchs Zimmer. Tommy drehte sich um und trat aus dem Zimmer hinaus auf die Terrasse.

In der kalten Abendluft lag die Terrasse stockfinster da. Er blieb stehen und gewöhnte sich an die Dunkelheit. Nach einer Weile erkannte er die Säcke voll Dünger und den wackligen Stuhl. Und in der Mitte den hölzernen Rahmen mit dem darübergelegten Maschendraht und die Haufen aus Erde und Gras drumherum.

Tommy blickte kurz zurück ins Zimmer. Billings war über die Schreibmaschine gebeugt und in seine Arbeit vertieft. Er hatte sein dunkelblaues Jackett ausgezogen und es über den Stuhl gehängt. Er arbeitete in Weste und Hemdsärmeln.

Neben dem Rahmen ging Tommy in die Hocke. Er ließ die Zigarrenkiste unter seiner Jacke hervorgleiten und legte sie mit offenem Deckel hin. Er packte den Maschendraht, löste ihn von der Reihe von Nägeln und stemmte ihn nach hinten.

Aus dem Rahmen war leises, ängstliches Quieken zu hören. Nervöses Trippeln im getrockneten Gras.

Tommy griff hinunter und tastete zwischen dem Gras und den Pflanzen herum. Seine Finger schlossen sich um etwas, um ein kleines Wesen, das sich vor Angst krümmte und sich in wildem Entsetzen wand. Er ließ es in die Zigarrenkiste fallen und suchte das nächste.

Nach einem Weilchen hatte er sie alle. Neun davon, alle neun in der hölzernen Zigarrenkiste.

Er schloß den Deckel und steckte sie wieder unter die Jacke. Eilig verließ er die Terrasse und kehrte ins Zimmer zurück.

Billings blickte geistesabwesend von seiner Arbeit auf, in einer Hand einen Bleistift, in der anderen Papiere. »Wolltest du mit mir reden?« murmelte er und schob seine Brille nach oben.

Tommy schüttelte den Kopf. »Ich muß gehen.«

»Schon? Du bist doch gerade erst gekommen!«

»Ich muß gehen.« Tommy öffnete die Tür zur Diele. »Gute Nacht.«

Billings rieb sich müde die Stirn, das Gesicht von Erschöpfung gezeichnet. »Na schön, mein Junge. Vielleicht sehen wir uns noch, bevor ich abreise.« Er nahm seine Arbeit wieder auf, hackte langsam auf der großen Schreibmaschine herum, gebeugt vor Erschöpfung.

Tommy schloß die Tür hinter sich. Er rannte die Treppen hinunter und hinaus auf die Veranda. Die Zigarrenkiste an seiner Brust bebte und schwankte. Neun. Alle neun. Er hatte sie alle. Jetzt waren sie seine. Sie gehörten ihm – und es gab sonst keine, nirgendwo auf der Welt. Sein Plan hatte einwandfrei funktioniert.

So schnell er konnte, rannte er die Straße hinunter, nach Hause.

Draußen in der Garage fand er einen alten Käfig, in dem er früher einmal weiße Ratten gehalten hatte. Er säuberte ihn und trug ihn hinauf in sein Zimmer. Er legte Papier auf dem Käfigboden aus und richtete ihn mit einer Wasserschüssel und etwas Sand ein.

Als der Käfig fertig war, leerte er den Inhalt der Zigarrenkiste hinein.

Die neun winzigen Gestalten drängten sich in der Mitte des Käfigs zusammen, ein kleines Häufchen Rosa. Tommy schloß die Käfigtür und verriegelte sie fest. Er trug den Käfig zur Frisierkommode und zog sich dann einen Stuhl heran, um zu beobachten.

Zögernd begannen die neun kleinen Menschen, herumzulaufen und den Käfig zu erkunden. Tommys Herz schlug schnell und aufgeregt, während er sie beobachtete.

Er hatte sie von Mr. Billings weggeholt. Jetzt waren sie seine. Und Mr. Billings wußte nicht, wo er wohnte, er kannte nicht einmal seinen Namen.

Sie sprachen miteinander. Dabei bewegten sie ihre Fühler schnell, so, wie er es bei Ameisen gesehen hatte. Einer der kleinen Menschen kam herüber zur Seite des Käfigs. Er stand da, hielt sich am Draht fest und spähte hinaus ins Zimmer. Ein anderer gesellte sich zu ihm, ein Weibchen. Sie waren nackt. Von dem Haar auf ihren Köpfen abgesehen, waren sie rosa und glatt. Er fragte sich, was sie wohl aßen. Aus dem großen Kühlschrank in der Küche nahm er etwas Käse und Hackfleisch und fügte zerdrückte Brotstückchen, Salatblätter und einen kleinen Teller mit Milch hinzu.

Sie mochten die Milch und das Brot. Doch das Fleisch rührten sie nicht an. Sie nahmen die Salatblätter und begannen, daraus kleine Hütten zu bauen.

Tommy war fasziniert. Er beobachtete sie den ganzen nächsten Morgen vor der Schule, dann wieder um die Mittagszeit und den ganzen Nachmittag bis zum Abendessen.

»Was hast du da oben?« fragte sein Vater beim Abendessen.

»Nichts.«

»Du hast doch keine Schlange, oder?« fragte seine Mutter ängstlich. »Wenn du da oben wieder eine Schlange hast, junger Mann –«

»Nein.« Tommy schüttelte den Kopf und schlang sein Essen hinunter. »Es ist keine Schlange.«

Er war mit dem Essen fertig und rannte nach oben.

Die kleinen Geschöpfe hatten ihre Hütten aus den Salatblättern fertiggebaut. Einige befanden sich im Inneren. Andere wanderten im Käfig herum und erkundeten ihn.

Tommy setzte sich vor die Frisierkommode und beobachtete. Sie waren klug. Viel klüger als die weißen Ratten, die er besessen hatte. Und sauberer. Sie benutzten den Sand, den er für sie hineingeschüttet hatte. Sie waren klug – und ziemlich zahm.

Nach einer Weile schloß Tommy die Zimmertür. Mit angehaltenem Atem entriegelte er den Käfig und machte eine Seite weit auf. Er streckte seine Hand hinein und fing einen der kleinen Menschen. Er zog ihn aus dem Käfig heraus und öffnete dann behutsam die Hand.

Der kleine Mensch klammerte sich an seine Handfläche und lugte über den Rand und zu ihm hinauf, seine Fühler bewegten sich heftig hin und her.

»Hab keine Angst«, sagte Tommy.

Der kleine Mensch stand vorsichtig auf. Er lief mitten über Tommys Handfläche bis zum Handgelenk. Langsam kletterte er Tommys Arm hinauf und blickte über den Rand. Er erreichte Tommys Schulter, blieb stehen und starrte nach oben in sein Gesicht.

»Du bist wirklich klein«, sagte Tommy. Er holte noch einen aus dem Käfig und setzte die beiden aufs Bett. Sie liefen lange auf dem Bett herum. Andere waren zu der offenen Seite des Käfigs gekommen und starrten vorsichtig hinaus auf die Frisierkommode. Einer fand Tommys Kamm. Er untersuchte ihn und zerrte an den Zähnen. Ein zweiter gesellte sich zu ihm. Die beiden winzigen Geschöpfe zerrten an dem Kamm – vergeblich.

»Was wollt ihr?« fragte Tommy. Nach einer Weile gaben sie auf. Sie fanden ein Fünfcentstück, das auf der Frisierkommode lag. Einer von ihnen schaffte es, es hochkant hinzustellen. Er rollte es. Das Fünfcentstück wurde schneller und raste auf den Rand der Frisierkommode zu. Bestürzt rannten die winzigen Menschlein hinterher. Das Fünfcentstück fiel über die Kante.

»Seid vorsichtig«, mahnte Tommy. Er wollte nicht, daß ihnen irgend etwas passierte. Er hatte so viele Pläne. Es würde einfach sein, Gegenstände zusammenzubasteln, mit denen sie etwas anfangen konnten – wie bei den Flöhen, die er im Zirkus gesehen hatte. Kleine Handwagen zum Ziehen. Schaukeln, Rutschen. Gegenstände, die sie handhaben konnten. Er konnte sie dressieren und dann Eintritt verlangen.

Vielleicht konnte er mit ihnen auf Tournee gehen. Vielleicht würde ihn sogar die Zeitung lobend erwähnen. Seine Gedanken rasten. Die verschiedensten Dinge. Unendliche Möglichkeiten. Doch er mußte sich Zeit lassen – und vorsichtig sein.

Am nächsten Tag nahm er eines der Geschöpfe in seiner Tasche, in einem Einmachglas, mit zur Schule. Er stanzte Löcher in den Deckel, damit es atmen konnte.

In der Pause zeigte er es Dave und Joan Grant. Sie waren fasziniert.

»Woher hast du es?« fragte Dave.

»Das ist meine Sache.«

»Willst du es verkaufen?«

»Das ist kein *es*. Das ist ein er.«

Joan errötete. »Es hat gar nichts an. Am besten sorgst du dafür, daß es auf der Stelle Kleider anzieht.«

»Kannst du Kleider für sie machen? Ich habe noch acht weitere. Vier Männer und vier Frauen.«

Joan war aufgeregt. »Ich kann – wenn du mir eines von ihnen gibst.«

»Den Teufel werde ich. Sie gehören mir.«

»Woher kommen sie? Wer hat sie gemacht?«

»Geht euch nichts an.«

Joan machte kleine Kleidungsstücke für die vier Frauen. Kleine Röcke und Blusen. Tommy ließ die Kleidung in den Käfig hinunter. Die kleinen Menschen liefen unsicher um den Haufen herum und wußten nicht, was sie tun sollten.

»Besser, du zeigst es ihnen«, sagte Joan.

»Es ihnen zeigen? Du bist wohl verrückt.«

»Ich werde sie anziehen.« Joan nahm eine der winzigen Frauen aus dem Käfig und zog ihr behutsam Rock und Bluse an. Sie setzte das Geschöpf wieder hinein. »Mal sehen, was jetzt passiert.«

Die anderen drängten sich um die angezogene Frau und

zupften vorsichtig an der Kleidung. Gleich darauf begannen sie, die restlichen Kleider zu verteilen, einige nahmen sich Blusen, andere Röcke.

Tommy lachte und lachte. »Mach besser Hosen für die Männer. Damit sie alle angezogen sind.«

Er nahm ein paar von ihnen heraus und ließ sie seine Arme rauf und runter rennen.

»Sei vorsichtig«, mahnte Joan. »Du wirst sie verlieren. Sie werden abhauen.«

»Sie sind zahm. Sie laufen nicht weg. Ich zeig's dir.« Tommy setzte sie auf den Fußboden. »Wir haben ein Spiel. Sieh zu.«

»Ein Spiel?«

»Sie verstecken sich, und ich suche sie.«

Die Geschöpfe machten sich davon und suchten nach Verstecken. Einen Augenblick später war keins mehr zu sehen. Tommy ließ sich auf Hände und Knie nieder, griff unter die Frisierkommode und zwischen die Bettdecken. Ein schrilles Quieken. Er hatte eins gefunden.

»Siehst du? Das gefällt ihnen.« Nacheinander trug er sie zurück zum Käfig. Das letzte blieb lange versteckt. Es war in eine der Schubladen in der Kommode geschlüpft, in einen Beutel voller Murmeln, und hatte die Murmeln über seinen Kopf gezogen.

»Sie sind schlau«, sagte Joan. »Würdest du mir nicht einmal eins von ihnen geben?«

»Nein«, sagte Tommy mit Nachdruck. »Sie gehören mir. Ich lasse sie nicht von mir fort. Ich gebe keins davon weg, *niemandem*.«

Tommy traf Joan am nächsten Tag nach der Schule. Sie hatte kleine Hosen und Hemden für die Männer gemacht.

»Hier.« Sie gab sie ihm. Sie liefen den Bürgersteig entlang. »Ich hoffe, sie passen.«

»Danke.« Tommy nahm die Kleider und steckte sie in seine Tasche. Sie gingen über das unbebaute Grundstück.

Am anderen Ende des Grundstücks saßen Dave Grant und ein paar Kinder im Kreis und spielten Murmeln.

»Wer gewinnt?« fragte Tommy und blieb stehen.

»Ich«, sagte Dave, ohne aufzublicken.

»Laß mich spielen.« Tommy ließ sich neben ihn plumpsen. »Komm schon.« Er streckte seine Hand aus. »Gib mir deine Achatmurmel.«

Dave schüttelte den Kopf. »Hau ab.«

Tommy boxte ihn auf den Arm. »Komm schon! Nur einen Wurf.« Er überlegte. »Hör zu –«

Ein Schatten fiel über sie.

Tommy blickte auf. Und erbleichte.

Edward Billings starrte schweigend auf den Jungen herab und stützte sich auf seinen Regenschirm, dessen Metallspitze in dem weichen Boden einsank. Er sagte nichts. Sein altes Gesicht war zerfurcht und hart, seine Augen wie blaßblaue Steine.

Tommy stand langsam auf. Schweigen hatte sich über die Kinder gesenkt. Einige schnappten sich ihre Murmeln und machten sich davon.

»Was wollen Sie?« fragte Tommy. Seine Stimme klang trocken und heiser, fast unhörbar.

Billings' kalte Augen bohrten sich in ihn hinein, zwei durchdringende Kugeln ohne die geringste Spur von Wärme. »Du hast sie genommen. Ich will sie wiederhaben. Auf der Stelle.« Seine Stimme klang hart und düster. Er streckte seine Hand aus. »Wo sind sie?«

»Wovon reden Sie?« murmelte Tommy. Er wich zurück. »Ich weiß nicht, was Sie meinen.«

»Das Projekt. Du hast sie aus meinem Zimmer gestohlen. Ich will sie wiederhaben.«

»Den Teufel habe ich. Was meinen Sie?«

Billings wandte sich an Dave Grant. »Das ist doch der, den du meintest, nicht wahr?«

Dave nickte. »Ich hab sie gesehen. Er hat sie in seinem Zimmer. Er läßt niemanden in ihre Nähe.«

»Du bist gekommen und hast sie gestohlen. *Warum?*« Billings ging drohend auf Tommy zu. »Warum hast du sie genommen? Was willst du mit ihnen anfangen?«

»Sie sind verrückt«, murmelte Tommy, doch seine Stimme zitterte. Dave Grant sagte nichts. Er blickte ängstlich in die andere Richtung. »Das ist eine Lüge«, sagte Tommy.

Billings packte ihn. Kalte, uralte Hände hielten ihn fest im Griff und gruben sich in seine Schultern. »Gib sie zurück! Ich will sie. Ich bin verantwortlich für sie.«

»Lassen Sie mich.« Tommy riß sich los. »Ich habe sie nicht bei mir.« Er hielt den Atem an. »Ich meine –«

»Dann hast du sie also doch. Zu Hause. In deinem Zimmer. Bring sie hierher. Geh und hol sie. Alle neun.«

Tommy steckte die Hände in die Taschen. Langsam kehrte sein Mut zurück. »Ich weiß nicht«, sagte er. »Was geben Sie mir dafür?«

Billings' Augen blitzten. »Dir geben?« Drohend hob er den Arm. »Warte, du kleiner –«

Tommy sprang zurück. »Sie können mich nicht zwingen, sie zurückzugeben. Sie haben keine Gewalt über uns.« Er grinste unerschrocken. »Das haben Sie selbst gesagt. Sie haben keine Macht über uns. Das habe ich Sie sagen hören.«

Billings' Gesicht war wie Granit. »Ich werde sie holen. Es sind meine. Sie gehören mir.«

»Wenn Sie versuchen, sie zu holen, rufe ich die Polizei. Und mein Dad wird da sein. Mein Dad und die Polizei.«

Billings umklammerte seinen Regenschirm. Sein Mund öffnete und schloß sich, sein Gesicht war häßlich dunkelrot. Weder er noch Tommy sprachen. Die anderen Kinder starrten die beiden mit aufgerissenen Augen an, ehrfurchtsvoll und unterwürfig.

Plötzlich huschte ein Gedanke über Billings' Gesicht. Er blickte auf den Boden, auf den ungelenken Kreis und die Murmeln. Seine kalten Augen flackerten. »Hör zu. Ich werde – ich werde mit dir um sie spielen.«

»Was?«

»Das Spiel. Murmeln. Wenn du gewinnst, kannst du sie behalten. Wenn ich gewinne, bekomme ich sie sofort zurück. Alle.«

Tommy überlegte und blickte schnell von Mr. Billings hinunter zu dem Kreis auf den Boden. »Wenn ich gewinne, werden Sie dann nie wieder versuchen, sie zu holen? Darf ich sie dann behalten – für immer?«

»Ja.«

»In Ordnung.« Tommy entfernte sich. »Abgemacht. Wenn Sie gewinnen, können Sie sie zurückhaben. Aber wenn ich gewinne, gehören sie mir. Und Sie bekommen sie nie mehr zurück.«

»Bring sie sofort hierher.«

»Klar. Ich geh sie holen.« – Und meine Achatmurmel auch, dachte er bei sich. »Ich bin gleich wieder da.«

»Ich warte hier«, sagte Mr. Billings, und seine riesigen Hände umklammerten den Regenschirm.

Zwei Stufen auf einmal nehmend, rannte Tommy die Verandatreppe hinunter.

Seine Mutter kam zur Tür. »Du solltest nicht schon wieder so spät weggehen. Wenn du in einer halben Stunde nicht zu Hause bist, bekommst du kein Abendessen.«

»Halbe Stunde«, rief Tommy und rannte den dunklen Bürgersteig entlang, die Hände gegen die Ausbuchtung in seiner Jacke gepreßt. Gegen die hölzerne Zigarrenkiste, die sich bewegte und hin und her rutschte. Er lief immer weiter und schnappte nach Luft.

Mr. Billings stand noch immer am Rande des Grundstücks und wartete schweigend. Die Sonne war untergegangen. Es wurde Abend. Die Kinder hatten sich auf den Heimweg gemacht. Als Tommy das unbebaute Grundstück betrat, fegte ein eisiger, feindseliger Wind zwischen das Gestrüpp und das Gras und ließ seine Hosenbeine flattern.

»Hast du sie mitgebracht?« fragte Mr. Billings.

»Klar.« Tommy blieb stehen, seine Brust hob und senkte sich. Er griff langsam unter seine Jacke und holte die schwere hölzerne Zigarrenkiste heraus. Er streifte das Gummiband herunter und öffnete den Deckel einen Spaltbreit. »Hier drinnen.«

Mr. Billings kam näher und atmete heiser. Tommy ließ den Deckel zufallen und spannte das Gummiband wieder darum. »Wir müssen spielen.« Er stellte die Kiste auf den Boden. »Sie gehören mir – es sei denn, Sie gewinnen sie zurück.«

Billings lenkte ein. »Na schön. Also, fangen wir an.«

Tommy suchte in seinen Taschen. Er holte seine Achatmurmel heraus und hielt sie vorsichtig fest. Die große, rotschwarze Murmel schimmerte im letzten Tageslicht; sie hatte sandfarbene und weiße Streifen. Wie Jupiter. Eine riesige, harte Murmel.

»Es geht los«, sagte Tommy. Er kniete nieder und zeichnete einen ungelenken Kreis auf den Boden. Er leerte einen Beutel Murmeln in den Ring. »Haben Sie keine?«

»Keine?«

»Murmeln. Womit wollen Sie werfen?«

»Mit einer von deinen.«

»Klar.« Tommy nahm eine Murmel aus dem Ring und warf sie zu ihm hinüber. »Soll ich zuerst werfen?«

Billings nickte.

»Gut.« Tommy grinste. Er kniff ein Auge zusammen und zielte sorgfältig. Einen Augenblick war sein Körper reglos und zu einem gespannten, harten Bogen erstarrt. Dann warf er. Murmeln klapperten und klickten und rollten über den Kreis hinaus ins Gras und Gestrüpp. Er war es gut angegangen. Er las seine Gewinne auf und verstaute sie wieder in den Stoffbeutel.

»Bin ich dran?« fragte Billings.

»Nein. Meine Achatmurmel liegt noch immer im Ring.« Tommy ging wieder in die Hocke. »Ich hab noch einen Wurf.«

Er warf. Dieses Mal bekam er drei Murmeln. Seine Achatmurmel war wieder im Kreis liegengeblieben.

»Noch ein Wurf«, sagte Tommy grinsend. Er hatte fast die Hälfte. Er kniete nieder, zielte und hielt dabei den Atem an. Vierundzwanzig Murmeln waren übrig. Wenn er noch vier bekommen könnte, hätte er gewonnen. Noch vier –

Er warf. Zwei Murmeln rollten aus dem Kreis. Und seine Achatmurmel. Die Achatmurmel rollte heraus und hüpfte ins Gestrüpp.

Tommy sammelte die beiden Murmeln und die Achatmurmel ein. Er hatte insgesamt neunzehn. Zweiundzwanzig lagen noch im Ring.

»Okay«, murmelte er zögernd. »Diesmal sind Sie dran. Fangen Sie an.«

Edward Billings kniete steif nieder, er keuchte und schwankte. Sein Gesicht war grau. Unsicher drehte er seine Murmel in der Hand.

»Haben Sie noch nie gespielt?« fragte Tommy. »Sie wissen nicht, wie man sie hält, nicht wahr?«

Billings schüttelte den Kopf. »Nein.«

»Sie müssen sie zwischen Zeigefinger und Daumen nehmen.« Tommy beobachtete, wie ungeschickt sich die steifen alten Finger mit der Murmel anstellten. Einmal ließ Billings sie fallen und hob sie schnell wieder auf. »Ihr Daumen gibt ihr Schwung. So. Hier, ich zeig's Ihnen.«

Tommy ergriff die uralten Finger und bog sie um die Murmel. Schließlich hatte er sie in der richtigen Position. »Fangen Sie an.« Tommy richtete sich auf. »Mal sehen, wie Sie abschneiden.«

Der alte Mann ließ sich viel Zeit. Er starrte auf die Murmeln im Ring, seine Hand zitterte. Tommy konnte seinen Atem hören, das heisere, tiefe Schnaufen in der feuchten Abendluft.

Der alte Mann blickte rasch auf die Zigarrenkiste, die im Halbdunkel lag. Dann wieder auf den Kreis. Seine Finger bewegten sich –

Ein Blitz. Ein greller Blitz. Tommy schrie auf und fuhr sich über die Augen. Alles drehte sich im Kreis, wurde herumgeschleudert und kippte um. Er stolperte, stürzte und sank ins feuchte Gestrüpp. Sein Kopf dröhnte. Er saß auf dem Boden, rieb sich die Augen, schüttelte den Kopf und versuchte, etwas zu sehen.

Schließlich verschwanden die sprühenden Funken. Blinzelnd blickte er sich um.

Der Kreis war leer. Im Ring lagen keine Murmeln mehr. Billings hatte sie alle bekommen.

Tommy streckte die Hand aus. Seine Finger berührten etwas Heißes. Er zuckte zusammen. Es war ein Stück Glas, ein rotglühendes Stück geschmolzenes Glas. Überall um ihn herum, im feuchten Gestrüpp und Gras, leuchteten Glasstücke auf und wurden langsam kalt und dunkel. Tausend Splitter von Sternen, die um ihn herum glühten und erloschen.

Edward Billings erhob sich langsam und rieb seine Hände. »Ich bin froh, daß das vorbei ist«, keuchte er. »Ich bin zu alt, um mich so zu bücken.«

Seine Augen erblickten die Zigarrenkiste, die auf dem Boden lag.

»Jetzt können sie zurückkommen. Und ich kann meine Arbeit fortsetzen.« Er hob die Holzkiste auf und steckte sie unter den Arm. Er ergriff seinen Regenschirm und schlurfte davon, auf den Bürgersteig hinter dem Grundstück zu.

»Auf Wiedersehen«, sagte Billings und blieb einen Augenblick stehen. Tommy sagte nichts.

Billings eilte den Bürgersteig entlang und drückte die Zigarrenkiste fest an sich.

Schnell atmend betrat er seine Wohnung. Er schleuderte den schwarzen Regenschirm in die Ecke, setzte sich an den Schreibtisch und legte die Zigarrenkiste vor sich hin. Einen Augenblick saß er da, atmete tief und starrte auf das braunweiße Viereck aus Holz und Pappe.

Er hatte gewonnen. Er hatte sie zurückbekommen. Sie gehörten wieder ihm. Und gerade noch rechtzeitig. Der Abgabetermin für seinen Bericht stand praktisch kurz bevor.

Billings schlüpfte aus Mantel und Weste. Leicht zitternd krempelte er seine Ärmel auf. Er hatte Glück gehabt. Die Kontrolle über den B-Typ war äußerst begrenzt. Sie unterstanden faktisch nicht mehr ihrer Oberaufsicht. Das war natürlich das eigentliche Problem. Sowohl dem A- als auch dem B-Typ war es gelungen, sich der Aufsicht zu entziehen. Sie hatten rebelliert, Befehle mißachtet und sich dadurch selbst außerhalb der Grenzen des Planes gestellt.

Aber diese – der neue Typ, Projekt C. Alles hing von ihnen ab. Sie waren ihm aus den Händen genommen worden, doch jetzt waren sie wieder da. Unter Kontrolle, wie beabsichtigt. Unter Aufsicht und Anleitung.

Billings streifte das Gummiband von der Kiste. Langsam und vorsichtig hob er den Deckel.

Sie schwärmten heraus – schnell. Einige liefen nach rechts, einige nach links. Zwei Kolonnen winziger Geschöpfe, die mit gesenkten Köpfen davonrasten. Eines erreichte den Rand des Schreibtisches und sprang. Es landete auf dem Teppich, rollte herum und fiel hin. Ein zweites sprang hinterher, dann ein drittes.

Billings erwachte aus seiner Erstarrung. Wütend und heftig packte er zu. Nur zwei waren noch da. Er schlug nach einem und verfehlte es. Das andere –

Er packte es und drückte es fest zwischen seine zusammengepreßten Finger. Sein Gefährte drehte sich rasch herum. Er hielt etwas in der Hand. Einen Splitter. Einen Holzsplitter, den er aus dem Inneren der Zigarrenkiste herausgerissen hatte.

Er nahm Anlauf und bohrte die Spitze des Splitters in Billings' Finger.

Billings keuchte vor Schmerz. Seine Finger sprangen auf. Der Gefangene taumelte heraus und rollte auf den Rücken.

Sein Gefährte half ihm auf und schleifte ihn halb an den Rand des Schreibtisches. Die beiden sprangen gemeinsam.

Billings beugte sich hinunter und tastete nach ihnen. Sie machten sich hastig davon, auf die Terrassentür zu. Eines von ihnen stand neben dem Lampenstecker und zerrte daran. Ein zweites gesellte sich zu ihm, und die beiden winzigen Gestalten zogen gemeinsam. Die Lampenschnur löste sich aus der Wand. Das Zimmer wurde in Dunkelheit getaucht.

Billings fand die Schreibtischschublade. Er riß sie auf und verstreute ihren Inhalt über den Fußboden. Er fand ein paar große Schwefelstreichhölzer und zündete eins an.

Die Geschöpfe waren verschwunden – hinaus auf die Terrasse.

Billings eilte hinter ihnen her. Das Streichholz erlosch. Er zündete ein neues an und hielt schützend seine Hand davor.

Die Geschöpfe hatten das Geländer erreicht. Sie kletterten über den Rand, hielten sich am Efeu fest und ließen sich in die Dunkelheit hinab.

Zu spät erreichte er die Brüstung. Sie waren verschwunden, alle. Alle neun, über die Dachkante, in die Schwärze der Nacht.

Billings rannte nach unten und hinaus auf die hintere Veranda. Unten angekommen, eilte er um die Seite des Hauses herum, dort, wo der Efeu die Hauswand hinaufwuchs.

Nichts bewegte sich. Nichts regte sich. Stille. Nirgends ein Zeichen von ihnen.

Sie waren geflohen. Sie waren fort. Sie hatten einen Fluchtplan ausgearbeitet und ihn in die Tat umgesetzt. Zwei Kolonnen, die in entgegengesetzte Richtungen liefen, sobald der Deckel angehoben wurde. Perfekte zeitliche Abstimmung und Ausführung.

Langsam stieg Billings die Treppen zu seinem Zimmer hinauf. Er stieß die Tür auf und blieb stehen, tief atmend und benommen von dem Schock.

Sie waren fort. Projekt C war schon beendet. Es war genauso verlaufen wie die anderen. Auf die gleiche Art und Weise. Rebellion und Unabhängigkeit. Die Aufsicht ausgeschaltet. Unkontrollierbar. Projekt A hatte Projekt B beeinflußt – und jetzt hatte die Verseuchung auf die gleiche Art und Weise auf C übergegriffen.

Schwerfällig setzte sich Billings an seinen Schreibtisch. Lange saß er reglos da, schweigend und nachdenklich, und allmählich begann er zu begreifen. Es war nicht seine Schuld. Es war schon vorher passiert – zweimal. Und es würde wieder passieren. Jedes Projekt würde die Unzufriedenheit ins nächste hineintragen. Das würde nie aufhören, egal, wie viele Projekte geplant und ausgeführt wurden. Rebellion und Flucht. Die Umgehung des Planes.

Nach einer Weile streckte Billings die Hand aus und zog das große Berichtsbuch zu sich heran. Langsam schlug er die Stelle auf, die er frei gelassen hatte. Er entfernte den gesamten letzten Abschnitt aus dem Bericht. Die Zusammenfassung. Es hatte keinen Zweck, das laufende Projekt fallenzulassen. Ein Projekt war so gut wie das andere. Sie würden alle gleich enden – gleichermaßen mißlingen.

Er hatte es gewußt, sobald er sie gesehen hatte. Sobald er den Deckel angehoben hatte. Sie hatten Kleider an. Kleine Kostüme und Anzüge. Wie die anderen, vor langer Zeit.

NACH- UND HINWEISE

Alle kursiv gesetzten Anmerkungen stammen von Philip K. Dick. Das Jahr, in dem die Anmerkung entstand, folgt in Klammern im Anschluß an die jeweilige Anmerkung. Die meisten dieser Anmerkungen wurden für die in den Sammelbänden THE BEST OF PHILIP K. DICK *(Die besten Stories von Philip K. Dick, 1977)* und THE GOLDEN MAN *(Der goldene Mann, 1980)* enthaltenen Geschichten geschrieben. Einige sind auf Wunsch von Herausgebern entstanden, die eine Geschichte von PKD in einem Buch oder einem Magazin veröffentlicht oder nachgedruckt haben.

Wenn dem Titel einer Geschichte ein Datum folgt, so ist dies das Datum, an dem das Manuskript laut den Unterlagen der Scott Meredith Literary Agency bei Dicks Agent einging. Ist kein Datum vorhanden, sind darüber keinerlei Unterlagen verfügbar. Der Titel eines Magazins, gefolgt von Monats- und Jahresangabe, bezeichnet die Erstveröffentlichung einer Geschichte. Ein Alternativtitel in Anführungszeichen hinter einer Geschichte bezeichnet Dicks Originaltitel für diese Geschichte, wie in den Agenturunterlagen ausgewiesen.

Die vorliegenden zehn Bände enthalten sämtliche Kurzgeschichten Philip K. Dicks, mit Ausnahme von Kurzromanen, die später als solche veröffentlicht wurden oder in anderen Romanen enthalten waren, Schriften aus der Kindheit und unveröffentlichten Schriften, für die keinerlei Manuskripte aufzufinden waren. Die Geschichten sind weitestgehend in der chronologischen Reihenfolge ihres Entstehens angeordnet; die Recherchen für diese Chronologie besorgten Gregg Rickman und Paul Williams.

DIE KEKSFRAU *(The Cookie Lady)* 27. 08. 52;
Fantasy Fiction, Juni 1953

JENSEITS DER TÜR *(Beyond the Door)* 29. 08. 52;
Fantastic Universe, Januar 1954

VARIANTE ZWEI *(Second Variety)* 03. 10. 52;
Space Sciene Fiction, Mai 1953
Mein großes Thema – wer ist Mensch und wer scheint nur (maskiert sich als) Mensch? – kommt hier voll zum Tragen. Wenn wir nicht individuell oder kollektiv eine sichere Antwort auf diese Frage geben können, sehen wir uns, meiner Ansicht nach, dem ernstesten möglichen Problem gegenüber. Können wir die Frage nicht hinreichend beantworten, dann können wir uns unseres

eigenen Ichs nicht sicher sein. Ich kann nicht einmal mich selbst kennen, geschweige denn einen anderen. Also arbeite ich weiter an diesem Thema; für mich gibt es keine wichtigere Frage. Und eine Antwort ist schwer zu finden. (1976)

Jons Welt *(Jon's World/»Jon«)* 21. 10. 52;
Time to Come, herausgegeben von August Derleth, New York, 1954

Die kosmischen Wilderer *(The Cosmic Poachers/»Burglar«)* 22. 10. 52;
Imagination, Juli 1953

Nachwuchs *(Progeny)* 03. 11. 52;
If, November 1954

Gewisse Lebensformen *(Some Kinds of Life/»The Beleaguered«)* 03. 11. 52;
Fantastic Universe, Oktober/November 1953
[unter dem Pseudonym Richard Phillips]

Marsianer kommen in Wolken *(Martians Come in Clouds/»The Buggies«)* 05. 11. 52;
Fantastic Universe, Juni/Juli 1954

Der Pendler *(The Commuter)* 19. 11. 52;
Amazing, August/September 1953

Die Welt, die sie wollte *(The World She Wanted)* 24. 11. 52;
Sciene Fiction Quarterly, Mai 1953

Ein Raubzug auf der Oberfläche *(A Surface Raid)* 02. 12. 52;
Fantastic Universe, Juli 1955

Projekt: Erde *(Project: Earth/»One Who Stole«)* 06. 01. 53;
Imagination, Dezember 1953